Arno Geiger

Es geht uns gut

Roman

Büchergilde Gutenberg

www.buechergilde.de

Lizenzausgabe für die Büchergilde Gutenberg,
Frankfurt am Main, Wien und Zürich
Mit freundlicher Genehmigung des
Carl Hanser Verlags, München Wien

Satz: Greiner & Reichel, Köln
Druck und Bindung: Friedrich Pustet, Regensburg
Printed in Germany 2005
ISBN 3-7632-5676-8

Es geht uns gut

Montag, 16. April 2001

Er hat nie darüber nachgedacht, was es heißt, daß die Toten uns überdauern. Kurz legt er den Kopf in den Nacken. Während er die Augen noch geschlossen hat, sieht er sich wieder an der klemmenden Dachbodentür auf das dumpf durch das Holz dringende Fiepen horchen. Schon bei seiner Ankunft am Samstag war ihm aufgefallen, daß am Fenster unter dem westseitigen Giebel der Glaseinsatz fehlt. Dort fliegen regelmäßig Tauben aus und ein. Nach einigem Zögern warf er sich mit der Schulter gegen die Dachbodentür, sie gab unter den Stößen jedesmal ein paar Zentimeter nach. Gleichzeitig wurde das Flattern und Fiepen dahinter lauter. Nach einem kurzen und grellen Aufkreischen der Angel, das im Dachboden ein wildes Gestöber auslöste, stand die Tür so weit offen, daß Philipp den Kopf ein Stück durch den Spalt stecken konnte. Obwohl das Licht nicht das allerbeste war, erfaßte er mit dem ersten Blick die ganze Spannweite des Horrors. Dutzende Tauben, die sich hier eingenistet und alles knöchel- und knietief mit Dreck überzogen hatten, Schicht auf Schicht wie Zins und Zinseszins, Kot, Knochen, Maden, Mäuse, Parasiten, Krankheitserreger (Tbc? Salmonellen?). Er zog den Kopf sofort wieder zurück, die Tür krachend hinterher, sich mehrmals vergewissernd, daß die Verriegelung fest eingeklinkt war.

Johanna kommt vom Fernsehzentrum, das schiffartig am nahen Küniglberg liegt, oberhalb des Hietzinger Friedhofs und der streng durchdachten Gartenanlage von Schloß Schönbrunn.

Sie lehnt das Waffenrad, das Philipp ihr vor Jahren überlassen hat, gegen den am Morgen gelieferten Abfallcontainer.

– Ich habe Frühstück mitgebracht, sagt sie: Aber zuerst bekomme ich eine Führung durchs Haus. Na los, beweg dich.

Er weiß, das ist nicht nur eine Ermahnung für den Moment, sondern auch eine Aufforderung in allgemeiner Sache.

Philipp sitzt auf der Vortreppe der Villa, die er von seiner im Winter verstorbenen Großmutter geerbt hat. Er mustert Johanna aus schmal gemachten Augen, ehe er in seine Schuhe schlüpft. Mit Daumen und Zeigefinger schnippt er beiläufig (demonstrativ?) seine halb heruntergerauchte Zigarette in den noch leeren Container und sagt:

– Bis morgen ist er voll.

Dann stemmt er sich hoch und tritt durch die offenstehende Tür in den Flur, vom Flur ins Stiegenhaus, das im Verhältnis zu dem, was als herkömmlich gelten kann, mit einer viel zu breiten Treppe ausgestattet ist. Johanna streicht mehrmals mit der flachen Hand über die alte, aus einer porösen Legierung gegossene Kanonenkugel, die sich auf dem Treppengeländer am unteren Ende des Handlaufs buckelt.

– Woher kommt die? will Johanna wissen.

– Da bin ich überfragt, sagt Philipp.

– Das gibt's doch nicht, daß die Großeltern eine Kanonenkugel am Treppengeländer haben, und kein Schwein weiß woher.

– Wenn allgemein nicht viel geredet wird –.

Johanna mustert ihn:

– Du mit deinem verfluchten Desinteresse.

Philipp wendet sich ab und geht nach links zu einer der hohen Flügeltüren, die er öffnet. Er tritt ins Wohnzimmer. Johanna hinter ihm rümpft in der Stickluft des halbdunklen Raumes die Nase. Um dem Zimmer einen freundlicheren Anschein zu geben, stößt Philipp an zwei Fenstern die Läden auf. Ihm ist, als würden sich die Möbel in der abrupten Helligkeit ein wenig bauschen. Johanna geht auf die Pendeluhr zu, die über dem Schreibtisch hängt. Die Zeiger stehen auf zwanzig vor sieben. Sie lauscht vergeblich auf ein Ticken und fragt dann, ob die Uhr noch funktioniert.

– Die Antwort wird dich nicht überraschen. Keine Ahnung.

Er kann auch den Platz für den Schlüssel zum Aufziehen nicht nennen, obwohl anzunehmen ist, daß ihm der Aufbewahrungsort einfallen würde, wenn er lange genug darüber nachdächte. Er und seine Schwester Sissi, der aus dem Erbe zwei Lebensversicherungen und ein Anteil an einer niederösterreichischen Zuckerfabrik zugefallen sind, haben in den siebziger Jahren zwei Monate hier verbracht, im Sommer nach dem Tod der Mutter, als es sich nicht anders machen ließ. Damals war das Ministerium des Großvaters längst in anderen Händen und der Großvater tagelang mit Wichtigtuereien unterwegs, ein Graukopf, der jeden Samstagabend seine Uhren aufzog und dieses Ritual als Kunststück vorführte, dem die Enkel beiwohnen durften. Grad so, als sei es in der Macht des alten Mannes gestanden, der Zeit beim Rinnen behilflich zu sein oder sie daran zu hindern.

Philipp betrachtet zwei Fotos, die links und rechts der Pendeluhr arrangiert sind, ebenfalls über dem Schreibtisch. Johanna öffnet derweil den Uhrenkasten, um hineinzuschauen (wie eine Katze in eine finstere Stiefelöffnung schaut). Hinterher zieht sie am Aufbau des Schreibtischs kleinere Schubladen heraus.

– Wer ist das? fragt sie zwischendurch.

– Das rechts ist Onkel Otto.

Zum linken Foto sagt Philipp nichts, Johanna muß auch so Bescheid wissen. Aber er nimmt das Foto von der Wand, damit er es aus der Nähe betrachten kann. Es zeigt seine Mutter 1947, elfjährig, abseits der Dreharbeiten zum Film *Der Hofrat Geiger*, wie sie der Donau beim Fließen zusieht. Ein Ausflugsboot steuert flußabwärts, hinter Dieselqualm. Im Off singt Waltraud Haas zur Zither *Mariandl-andl-andl.*

– Wollte deine Mutter auch später noch Schauspielerin werden? fragt Johanna.

– Ich war zu jung, als sie starb, daß ich mich mit ihr darüber unterhalten hätte.

Und er weiß auch nicht, wen er statt seiner Mutter fragen soll, denn sein Vater schaut ihn großäugig an, und er selbst besitzt nicht die Entschiedenheit, weiter zu bohren, vermutlich, weil er gar nicht bohren will. Zu unangenehm ist es ihm, daß er von seiner Mutter das allermeiste nicht weiß. Jedes Nachdenken Stümperei, beklemmend, wenn er sich den Aufwand an Phantasie ausmalt, der nötig wäre, sich auszudenken, wie die Dinge gewesen sein *könnten*.

Er wischt den Gedanken weg und sagt, damit Johanna ihn reden hört:

– Mir kommt trotzdem vor, ein wenig waren sie alle Schauspielerinnen. Alle dieser Waltraud-Haas-Typus, blond, nett und optimistisch. Nur die Männer waren nicht wie die Männer im Heimatfilm. Ich nehme an, das war die spezielle Tragik.

– Und weiter?

– Dazu habe ich längst alles gesagt. Die Ehe meiner Eltern war nicht das, was man glücklich nennt. Ein ziemlich lausiges Weiter.

Er macht eine Pause und benutzt die Gelegenheit, seine Hand in Johannas Nacken zu schieben.

– Ich finde es ausgesprochen sinnlos, hier etwas nachholen zu wollen. Da denke ich lieber über das Wetter nach.

Philipp küßt Johanna, ohne auf Widerstand oder Erwiderung zu stoßen.

Über das Wetter vom Tag, das Johanna in ihren Haaren mitbringt, über das Wetter der kommenden Tage, das aus den Ausdrucken, den Tabellen und Computersimulationen in ihrer Tasche zu erschließen sein müßte.

– Über das Wetter statt über die Liebe statt über das Vergessen statt über den Tod.

– Sonst fällt dir nichts ein? fragt Johanna, die Meteorologin, halb lachend, wobei sie ungnädig-gnädig den Kopf schüttelt. Und weil das etwas ist, was Philipp an ihr kennt, fühlt er sich ihr einen Moment lang näher. Ebenfalls halb lachend, aber säuerlich, hebt er die Schultern, wie um sich zu entschuldigen, daß er nichts Besseres anzubieten hat oder anbieten will.

– Aber was rede ich, fügt Johanna hinzu, familiäre Unambitioniertheit ist bei dir ja nichts Neues.

Andererseits hat Philipp schon öfters versucht, ihr beizubringen, daß sie die Sache nicht ganz von der richtigen Seite betrachtet. Schließlich ist es nicht seine Schuld, daß man vergessen hat, ihn in puncto Familie rechtzeitig auf den Geschmack zu bringen.

– Ich beschäftige mich mit meiner Familie in genau dem Maß, wie ich finde, daß es für mich bekömmlich ist.

– Schaut aus wie Nulldiät.

– Wonach immer es ausschaut.

Er hängt das Foto, das seine Mutter als Mädchen zeigt, an den Nagel zurück, als Hinweis, daß er es vorziehen würde, den Rundgang durchs Haus in einem anderen Zimmer fortzusetzen. Er geht zur Tür. Als er sich nach Johanna umblickt, schüttelt sie den Kopf. Mißbilligend? Frustriert? Na ja, er weiß aus eigener Erfahrung, manchmal redet man wie gegen eine Wand. Schluck's runter, denkt er. Johanna fixiert ihn für einen Moment, dann will sie wissen, ob sie die Pendeluhr geschenkt haben könne.

– Meinetwegen.

– Liegt dir vielleicht doch an dem Zeug?

– Nein. Nur hab ich nicht einmal Lust, es zu verschenken.

– Dann laß es, mein Gott, ich muß die Uhr nicht unbedingt haben.

– Weil du schon eine hast.

– Weil ich schon eine habe, stimmt genau.

Und wieder das Stiegenhaus, Herrenzimmer, Nähzimmer,

die Veranda, Stiegenhaus, die teppichbelegte Treppe, zwei Hände beim flüchtigen Polieren einer Kanonenkugel, die in jeder anständigen Familie den Punkt markieren würde, bis zu dem man sich zurückerinnern kann.

Was Philipp jetzt einfällt, ist, daß ihn die Großmutter während einer der wenigen Begegnungen zurechtgewiesen hat, bei der nächsten Ungezogenheit werde man ihn auf die Kanonenkugel setzen und zu den Türken zurückschicken. Eine Drohung, die ihm deutlich im Gedächtnis geblieben ist, sogar mit dem großmütterlichen Tonfall und einer Ahnung ihrer Stimme.

Sie gehen das Obergeschoß ab, den Nachgeschmack von Streitereien im Mund, flüchtig und ohne viel zu reden, was sie voreinander mit dem Hinweis rechtfertigen, sie seien hungrig geworden. Also wieder nach unten. Johanna hilft in der Küche den Tisch abräumen, der noch genauso ist, wie Philipp ihn vorgefunden hat, samt dem durchgefaulten Apfel in der hellblauen Obstschale. Doch anschließend besteht Johanna darauf, draußen zu frühstücken, auf der Vortreppe. Dort ist es mittlerweile noch wärmer geworden (in dieser befremdlich heilen Gegend aus Villen und unbegangenen Bürgersteigen). Johanna holt sich trotzdem ein Kissen zum Unterlegen. Da sitzen sie, Philipp mit lang ausgestreckten, Johanna mit eng angezogenen Beinen, und Philipp versucht den abweisenden Eindruck, den er während des Rundgangs erweckt hat, abzumildern, indem er von den halbvermoderten Stühlen erzählt, die an mehreren Stellen entlang der Gartenmauer postiert sind. Sehr mysteriös. Ein Stuhl zu jedem Nachbarsgrundstück, damit man hinübersehen kann. Philipp berichtet, wieviel Honig es im Keller gebe und wie viele Sorten selbstgemachter Marmelade.

– Ich mag keine Marmelade, schmollt Johanna, die aufs Reden nicht mehr scharf ist.

Sie spuckt Olivenkerne in den Abfallcontainer. Sie horcht dem hallenden Geräusch hinterher, das die Kerne beim Aufprall auf dem schrundigen Metall erzeugen. Philipp indes, voller

Unruhe, die er sich nicht zugeben will, vertreibt sich die Zeit, indem er die Tauben beobachtet, die Kurs auf die Kunstdenkmäler der Bundeshauptstadt nehmen oder auf den Dachboden, der neuerdings ihm gehört. Reges Kommen und Gehen.

– Ein Wahnsinn, murmelt er nach einiger Zeit.

Und noch mal, nickend:

– Ein Wahnsinn. Ist doch irre, nicht?

Wenig später verabschiedet sich Johanna. Sie küßt Philipp, bereits mit einer Wäscheklammer am rechten Hosenbein, und verkündet, daß es so mit ihnen nicht weitergehen könne.

– Typisch, fügt sie hinzu, nachdem Philipp aufgesehen hat, als wolle er zu einer Antwort ansetzen, dann aber nichts herausbrachte: Keine Antwort, somit auch kein Interesse, nicht anders als für deine Verwandtschaft.

– Dann haben wir das auch besprochen.

Er sieht nicht ein, worüber Johanna sich beklagen will. Immerhin ist sie es, die es nicht schafft, sich von Franz zu trennen. Sie ist es auch, die einen gewissen Stolz an den Tag legt, wenn sie behauptet, in einer der bestgeführten zerrütteten Ehen Wiens zu leben. Er braucht keine Geliebte, die nur jedes zweite Mal mit ihm schläft. Und das wiederum hält Philipp Johanna vor.

Sie zieht die Brauenbögen spöttisch hoch, verabschiedet sich nochmals, diesmal ohne Kuß, als wolle sie so den Kuß von vorhin zurücknehmen. Sie will losfahren, doch in dem Moment hebt Philipp das Hinterrad am Gepäckträger hoch, so daß Johanna ins Leere tritt. Die Fahrt ist leicht und ohne Wegweiser, ohne Anfang und ohne Ende, auf der allerstabilsten Straße, die man sich vorstellen kann. Immer geradeaus. Nicht zu verfehlen. Es kümmert Philipp nicht, daß Johanna sich beschwert:

– Laß los! Laß los, du Idiot!

Er läßt nicht los, er spürt den Rhythmus ihrer Tritte wie einen Pulsschlag in den Händen.

– Was für eine schöne Reise am Fleck! Man wird nie wissen wohin!

Johanna klingelt wie verrückt.

– Laß los! schreit sie: Du Idiot!

Er sieht auf ihren hin und her rutschenden Hintern. Er denkt, er denkt an vieles, an ihren Körper und daran, daß sie auch diesmal nicht gevögelt haben und daß sie auf der Stelle treten, und wenn nicht beide, dann wenigstens er.

– Schau doch! Wie leer die Straßen sind, die Grundstücke, die Bahnsteige! Die Hände, die Taschen, die Tage!

– Ich muß zu meinem Termin! Ich muß die Bilder von der Karottenernte schneiden! Für die Vorhersage am Abend! Es ist ganz nutzlos, was du machst! Denk über das Wetter nach! Mein Gott! Aber nicht, daß du dich übernimmst! Und mich laß! Laß looos!

Wenn man sich etwas vorgenommen hat, das ist Philipps Meinung, darf man sich trotzdem nicht daran klammern, so schwer es auch fällt. Also setzt er das Hinterrad ab und schiebt Johanna kräftig an, indem er hinter ihr herläuft. Sie verliert beinahe das Gleichgewicht und korrigiert mehrfach den Kurs. Die Briefträgerin tritt beiseite, als Philipp und Johanna durch das offene Tor auf die Straße biegen. Doch in Wahrheit klingelt Johanna nur für ihn.

– Komm wieder! ruft er, als er mit ihrem Tempo nicht mehr Schritt halten kann. Er winkt ihr hinterher. Die Speichen ihres Rades blitzen in der Sonne. Johanna sticht klingelnd in die erste Seitengasse und klingelt noch, während Philipp sich eine Zigarette ansteckt und überlegt, warum sie ihn besucht hat. Warum? Warum eigentlich? Er kommt zu keinem Ergebnis. Einerseits will er sich keine falschen Hoffnungen machen (sie hält ihn für nett, aber harmlos und hat sich deswegen schon einmal für einen anderen entschieden). Andererseits will er nicht unhöflich sein (er hat Besseres zu tun, als an einem vom Wetter begünstigten Montag unhöflich zu sein). Also setzt er sich zurück auf die Vortreppe, über den Schenkeln die großmütterliche Post, die nach wie vor einlangt, obwohl die Adressatin schon seit Wochen tot ist, und wechselt in Gedanken das Thema.

Er malt sich ein fiktives Klassenfoto aus, mit vierzig Kindern in den Bänken, lauter Sechs- und Siebenjährige, die weder von den Jahren, in denen sie geboren, noch von den Orten, an denen sie aufgewachsen sind, zusammenpassen. Einer der Buben hat als Erwachsener im zweiten Türkenkrieg gekämpft und von dort eine Kanonenkugel mitgebracht, ein anderer, dritte Reihe türseitig, ist Philipps Vater noch mit Milchzähnen. Auch dessen Mutter sitzt als Mädchen in derselben Klasse. Einer wird später ein erfolgreicher Ringkämpfer, Albert Strouhal, ein anderer, Juri, ist der Sohn des sowjetischen Stadtkommandanten. Philipp geht die Reihen durch und fragt sich: Was ist aus ihnen geworden, aus all diesen Toten, die täglich mehr werden? Das Mädchen mit den Zöpfen, die Kleine, die wie die andern Kinder ihre weißen Hände vor sich auf dem Pult liegen hat? Sie hat sich nie getraut aufzuzeigen, wenn sie aufs Klo mußte. Sie heißt Alma. Als junge Frau hat sie einen Verwaltungsjuristen in der Elektrizitätswirtschaft und späteren Minister geheiratet. Aus der Ehe sind zwei Kinder hervorgegangen. Das eine, der Bub, ist 1945 im Alter von vierzehn Jahren in der Schlacht um Wien umgekommen, das jüngere, ein Mädchen, hatte in dem Hans-Moser- und Paul-Hörbiger-Film *Der Hofrat Geiger* einen kleinen Auftritt. Auch das Mädchen ist eine reizende Mitschülerin. Auf dem Foto sitzt sie in der zweiten Reihe an der Wand. Sie hat sich sehr jung für einen sechs Jahre älteren Burschen entschieden und sich dessentwegen mit ihren Eltern überworfen. Der Bursch? Den hatten wir schon, ebenfalls türseitig, in der Bank dahinter. Ein netter Kerl, wenn auch nicht ganz der richtige zum Heiraten. Als junger Mann hat er Spiele erfunden und mit diesen Spielen bankrott gemacht, obwohl eines dieser Spiele ganz erfolgreich war: *Wer kennt Österreich?*

Und der da, in der ersten Bank der Fensterreihe: Das bin ich. Ich bin auch einer von ihnen. Aber was soll ich über mich sagen? Was soll ich über mich sagen, nachdem ich über all die andern nachgedacht habe und dabei nicht glücklicher geworden bin.

Dienstag, 25. Mai 1982

Im Halbschlaf registriert sie das Aussickern der Finsternis und gleichzeitige Zunehmen des Lichts, das in das große Zimmer voller dunkler Möbel schlüpft. Es wäre praktisch, über eine Automatik zu verfügen, mittels deren sich, vom Bett aus, ein Fenster öffnen ließe: Raus mit der schalen Luft, dem Gemisch aus Atem, Roßhaarmatratze und gründlich verbrannter Milch. Ihr Mann hat vor drei Tagen, als sie mit dem Kulturkreis in Kalkwang war, einen halben Liter Milch acht Stunden lang gekocht. Die Milch war bei Almas Heimkehr in schwarzen Klastern an Topf und Herd sedimentiert, und abgesehen von der Mühe und der Zeit, die es kostete, den Herd mit Stahlwolle und Scheuermittel sauber zu bekommen (der Topf wanderte geradeaus in den Müll), vermutet Alma, daß der Geruch so rasch aus dem frisch gestrichenen Haus nicht hinausgehen wird. Sie selbst wird den Geruch heute vielleicht nicht mehr wahrnehmen, kann sein. Aus Gewohnheit. Aber jeder, der ins Haus tritt, hat dieses Alte-Leute-Aroma in der Nase. Befürchtet sie. Gut, mag sein, sie sieht das zu pessimistisch, mag sein, sie ist überempfindlich, weil ihr diese Dinge zu Bewußtsein bringen, daß es irgendwann nicht mehr weitergehen wird. Der Nagelzwicker im Kühlschrank, das schmutzige Unterleibchen, das Richard ausziehen sollte, unter dem übergestreiften frischen. Die Pizza mitsamt der Plastikhülle im Backrohr. Eigentlich harmlos. Und trotzdem: beängstigend, grauenvoll kommt ihr das vor, weil anzunehmen ist, daß es schlimmer werden wird. Irgendwann wird Richard fragen, ob *Der Wolf und die sieben Geißlein* eine Geschichte von Kindsmord ist. So Sachen hat sein Vater gegen Ende gefaselt. Oder er wird, wie Alma es beim Besuch im Seniorenheim erlebt hat, anfangen zu krähen, wenn ein Gockel im Fernsehen es vormacht. Abwarten, das wird gewiß noch geboten. Früh genug. Unruhig dreht sie sich im Bett. Nach mehreren unbefriedigenden Versuchen, eine bequemere Lage zu finden, bleibt sie halb auf dem Bauch liegen, den rechten Arm abgewinkelt oberhalb des Kopfes, den linken quer über der Brust, die Finger rechts an Hals und Ohr, die Decke zwischen den Beinen, damit die Schenkel einander nicht berühren. Almas Kopf liegt wangenseitig am Bettrand, zur Hälfte über der Bettkante, damit das Gesicht etwas von der kühlen Luft abbekommt, die von unter dem Bett hochsteigt. Einige Minuten noch. Abwarten.

Dies.

Es ist der Hochzeitstag von Ingrid, ihrer Tochter, und zugleich der Sterbetag ihrer Mutter. Erst als Alma beim Begräbnis Geburts- und Sterbejahr auf dem provisorischen Holzkreuz eingebrannt sah, begriff sie, daß ihre Mutter fast hundert Jahre gelebt hatte. Hundert Jahre. Muß man sich durchs Gehirn laufen lassen. Almas Mutter sah als Kind, wie ihr Vater, Almas Großvater, neben einer Glaskugel arbeitete, um das Licht zu verstärken, das kann sich heute keiner mehr vorstellen. Sie spielte am unregulierten Wienfluß im Bereich, wo jetzt die U-Bahn fährt, und nahe beim Karlsplatz ging sie auf dem Weg zur Arbeit über die Elisabethbrücke, die mit den Statuen geschmückt war, die mittlerweile im Arkadenhof des Rathauses stehen. Manchmal erzählte sie von einer Nähmaschine mit Fußantrieb, auf der sie als Mädchen lernen durfte. Damals ein halbes Wunderding. Bis zuletzt holte Almas Mutter voller Stolz ein auf dieser Maschine genähtes Unterkleid hervor, das war, als die Menschen bereits Atombomben geworfen und vom Weltraum aus die Erde gesehen hatten.

– Es ist arg, seufzt Alma halblaut, als würde es nicht genügen, das zu denken.

Alma selbst sah, wie der Mistbauer kam. Er läutete mit einer großen Messingglocke, und ihre Mutter lief mit dem stinkenden Mistkübel hinunter und stimmte den Mistbauern, einen primitiven Menschen, mit zwei Zigaretten gnädig, damit er von der Höhe des Wagens den Mistkübel wieder herunterreichte und ihn nicht aufs Pflaster warf. Bong! Sieben Jahrzehnte liegt das zurück oder besser, sieben Jahrzehnte sind seither vergangen, denn *liegen* klingt, als könne man hingehen und es abholen. Alma wird in diesem Jahr fünfundsiebzig, und Richard feiert demnächst seinen Zweiundachtzigsten. Sie weiß, das kann man unterschiedlich deuten, denn viele würden sich beglückwünschen bei der Aussicht, in diesem Alter noch am Leben zu sein. Aber wenn man es erst einmal bis hierher geschafft und den Achtziger, den andere sich lediglich wünschen, überschritten hat, ist der Gedanke an die, die es schlechter treffen, ein schwacher Trost, denn das eigene Leben wird dadurch nicht leichter.

Seit Richards Kopf nicht mehr mitmacht, merkt man ihm den Verfall auch körperlich an. Seine Vergeßlichkeit hat den weniger unangenehmen Alterserscheinungen, die längst sichtbar waren, das Charmante genommen und sie in etwas Schrundiges und Krummes verwandelt. Richards Gang ist knieweich und absatzschleifend, und jeder Schritt bedarf einer genauen Beobachtung durch die Augen, als könnte jeder Schritt mittendrin abreißen. Für Richard bezeichnet der Tod keinen Endpunkt mehr, auf den man nach und nach zustrebt, sondern eine Bedrohung in unmittelbarer Nähe, mit der er rechnet, wenn er Pläne schmiedet, die über einen absehbaren Zeitraum hinausreichen. Richard, so er nicht auch das gerade vergessen hat (bei dem vielen, das von seiner Vergeßlichkeit betroffen ist), besitzt ein neu gewonnenes Zeitgefühl für das, was ihm an Zukunft bevorsteht. Als würde für das Errechnen der Jahre, die einem bleiben, eine kindliche Richtlinie gelten: Was sich an einer

Hand nicht abzählen läßt, ist eine unbestimmbare Größe und lohnt das Nachdenken nicht. Eins zwo drei vier fünf, wenn es gutgeht, oder zurück, vier drei. Schon nicht mehr ganz so weit weg.

Alma weiß gefühlsmäßig, daß Richard in dieser Größenordnung denkt. Und obwohl er das Thema beharrlich ausklammert, weiß sie in mindestens gleichem Maß, daß für Richard die verbleibende Spanne weder hinsichtlich ihrer Länge noch ihrer Qualität Anlaß gibt, in Jubel auszubrechen – wohl einer der Gründe, weshalb ihm das Aufstehen so schwerfällt. Man sieht ihn selten vor zehn. Alma würde gerne dahinterkommen, was Richard in seinem Zimmer mit der vielen Zeit anfängt, ob ihn ähnliche Überlegungen umtreiben wie sie. Aber nach aller Wahrscheinlichkeit reicht die Kraft nicht zu mehr, als an die Decke zu starren und sich zu wünschen, daß alles auf einen Schlag besser wird: Es kommt zurück. Wenn ich nur fest daran glaube, kommt alles zurück. Alma, die nie eine Langschläferin war, zieht es bei weitem vor, den Tag sehr zeitig zu beginnen. Sie mag es, wenn sie das Haus und den Garten vier Stunden für sich hat. Mit all den Geräuschen, Gerüchen, Erinnerungen – an die Jahre, als sie in die Volksschule ging, wo auch den Kleinsten die Klassiker vorgelesen wurden: *Die Menschen treiben aneinander vorbei, einer sieht nicht den Schmerz des anderen.* Oder so ähnlich. Derlei Dinge kommen ihr morgens in den Sinn. Die Gedanken in der Früh tragen ziemlich weit, findet sie. Weiter als am Abend. Sie muß zugeben, daß dies eine der Ursachen ist, die sie davon abhält, Richard morgens aus dem Bett zu helfen, so schäbig ihr das manchmal vorkommt.

Sie setzt sich auf, schiebt die Beine unter der Decke hervor. Mit beiden Händen greift sie an die Bettkante, dort hockt sie, gekrümmt, den Kopf tief zwischen den Schultern, den Blick zum Schoß hin, über dem sich das Nachthemd spannt mit kleinen blauen Blumen. Nach einer Weile, während der sie sich die grauen Haare aus dem Gesicht gestrichen hat, nimmt sie den Morgenmantel vom Sessel, schlüpft hinein und tritt zum Fenster, das sie öffnet. Zwei Vögel queren den wie mit Rauch verhangenen Himmel nach Westen, dem Tag voran. Alma schaut ihnen hinterher. Dann senkt sie den Blick in einem Bogen hinunter in den Garten zum Bienenhaus, dorthin, wo sie in einer Stunde mit der Arbeit beginnen will. Die Wettervorhersage hat Besserung versprochen an allen Fronten. Die Helligkeit nimmt langsam zu. Die stellenweise von der Sonne fast schwarzen Bretter, aus denen das Bienenhaus gefertigt ist, haben sich während der Nacht zusätzlich mit Dunkelheit vollgesogen. Doch der blaßtürkise Fensterladen neben der Tür und die Flechten auf den Dachziegeln schimmern bereits in einem wasserhellen Licht, das im Bereich der Baumkronen weiter an Farbe verliert. Dann wieder das Bienenhaus, ganz plump, starr unter dem Rascheln des ausgreifenden Astes, die Seitenansicht in Pi-Form gezimmert, ein wenig irrational wie die Zahl. Alma denkt, daß dieser kleine Schuppen mit den sechs Völkern eine stets sich erneuernde Arbeit für Wochen und Monate bereithält: Schon erstaunlich.

Gestern in der Imkerzeitung der neueste Stand zum Thema Schwärmverhinderung.

Aber die verdeckelten Weiselzellen an den betroffenen Stöcken sind bereits ausgebrochen, das hat nicht viel gebracht. Weiters werden nur Gewaltmethoden empfohlen. Die Königin töten. Die Königin einsperren, entweder im Stock oder durch ein Absperrgitter vor dem Flugloch. Lauter Vorschläge, die seit Jahren jeder macht, die aber zu der Zeit, als Alma die Bienenzucht erlernte, nie erwähnt wurden. Damals hatte Alma auch jahrelang kaum einen Schwarm, und es hieß, es gebe Bienen, deren Schwarmtrieb gering ist, weil ihnen die Veranlagung fehlt.

Diese Bienen hätte Alma gerne zurück.

Sie steht jetzt im Bad und bürstet die Zähne, wäscht sich Hände und Gesicht mit kaltem Wasser, frisiert sich. In Betrachtung der dünnen Morgenfarben auf ihren Lippen muß sie daran denken, daß die Art, wie sie sich als junge Frau fühlte, bei der Arbeit mit den Bienen erhalten geblieben ist. Wenn sie dagegen im Spiegel ihr Gesicht ansieht, läßt sie innerlich immer ein wenig den Kopf hängen, und kein Gedanke kann sich dann gegen das Erstaunen behaupten, daß von der jungen Frau, die Alma einmal war, zwischen den Furchen und Runzeln kaum etwas zu erkennen ist. Auf Fotos schon, interessanterweise. Wenn sie ganz bestimmte Fotos zu einer Strecke nebeneinanderlegt, wirkt es wie die Dokumentation einer allmählich fortschreitenden Baustelle. Abends 17 Uhr: Klick, klick, klick. Aber vor dem Spiegel? Nichts. Vor dem Spiegel? Das soll *ich* sein? Aber ja. Ja ja ja. Schau sich das einer an. Also schön: Vor dem Spiegel, da muß sie klein beigeben. Da beschleicht sie ein tristes Gefühl, um etwas betrogen worden zu sein, das sie einmal war und jetzt nicht mehr findet. Schon abenteuerlich, wie diese Dinge nicht aufhören einen zu beschäftigen. Wenn es nach ihr ginge, sollte irgendwann eine Phase kommen, in der man resigniert und darauf verzichtet, Kompromisse mit den permanenten Verschlechterungen zu suchen. Sich anmalen ist ja doch nichts Stabiles und macht die Wahrheit nicht erträglicher, es bewirkt allenfalls, daß sich keine Gewöhnung einstellt und der Schrecken in der Früh sich ständig erneuert. Vor einigen Jahren machte Richard eine Bemerkung, die Alma nicht von ungefähr in den Ohren geblieben ist: Daß es, um glücklich zu sein, notwendig ist, die Dinge schöner zu sehen, als sie in Wirklichkeit sind, und daß diese Fähigkeit mit den Jahren nicht nur verlorengeht, sondern sich allmählich in ihr Gegenteil wendet.

So einfach.

Sie wünscht sich all diese Momente zurück, in denen sie Richard bewundert hat. Viele werden nicht mehr hinzukommen. In letzter Zeit geht es Schlag auf Schlag. Oft kann sie schon gar nicht mehr glauben, daß der Mann, mit dem sie unter einem Dach lebt, derselbe sein soll, der sie mit seiner Klugheit beeindruckte, als er jung war. *Der Römer*, wie ihn seine Kommilitonen nannten. Damals schien das Leben unendlich lang. Sie freuten sich auf spätere Tage und erwarteten. Aber was genau? Was sie erwarteten? Weiß sie gar nicht mehr. Und jetzt? Oft war und ist es, als ob es nicht gewesen wäre.

Anfang vergangener Woche, als Alma mit der Zubereitung eines Milchrahmstrudels beschäftigt war (Richard ißt mittlerweile so süß, daß er sauer gar nicht mehr kennt), kam er zu ihr in die Küche und beklagte sich, daß seine dritten Zähne gebrochen seien.

– Zeig her, sagte sie.

Richard nahm die obere Hälfte bereitwillig heraus und reichte sie ihr.

Wegen eines eitrigen Backenzahns waren 1955 die Feiern zur Unterzeichnung des Staatsvertrags für Richard ins Wasser gefallen. Er fehlt auf sämtlichen offiziellen Fotos und in allen Filmen. Im großen Knirschen über diese optische Absenz, mit der ihm sein Anteil an dem *historischen Erfolg* genommen wurde, und weil nach dem Reißen auch zwei weitere Zähne zu eitern begannen, kam Richard zu dem Entschluß, daß eine Prothese ihn vor weiterer Unbill dieser Art bewahren werde. Obwohl Alma diese Reaktion in vielerlei Hinsicht (eigentlich in jeder Hinsicht) für dumm hielt, vermochte sie ihrem Mann den einmal gefaßten Entschluß nicht auszureden. In einer Sitzung, die bis weit nach Mitternacht dauerte, ließ Richard sich beide Kiefer ausräumen. Dem Vernehmen nach schlief er trotz der Schmerzhaftigkeit der Extraktionen wiederholt ein. Die Assistentin von Dr. Adametz habe sich mehrmals darum bemühen müssen, den Herrn Minister mit Wasser aus einem Sprüher, wie man ihn zum Fensterputzen verwendet, munter zu machen. Ohne anhaltenden Erfolg, wie es hieß. Das eigentlich Komische war, wenn etwas komisch war (damals, nicht heute, heute ist manches komisch), daß Richard diese Episode bereits unmittelbar darauf hoch angerechnet bekam. Echos seines Schnarchens in der Ordination von Dr. Adametz fanden ihren Weg bis in die Zeitungen, dort brachte man sein Schlafbedürfnis (der Begriff *Ohnmachten* hätte diese Zustände allerdings besser bezeichnet) mit dem aufopferungsvollen Einsatz fürs Vaterland in Verbindung. Bei einer Festrede anläßlich von Richards Ausscheiden aus dem Amt wurden seine Zähne sogar mit Außenminister Figls Leber verglichen, die dieser sich bei den Verhandlungen mit den Russen ruiniert habe. Ein gewisses Maß an Ironie wird schon dabeigewesen sein, Alma geht davon aus.

– So ein Krempelwerk, schimpfte Richard in der vergangenen Woche. Er schien ziemlich geladen.

– Jetzt beruhig dich doch, sagte Alma. Sie drehte die obere Hälfte der Zähne behutsam zwischen den Fingern.

Es war noch immer dieselbe Prothese, in den fünfziger Jahren teuer wie ein Moped, österreichisches Handwerk, gestützt auf Erkenntnisse aus der noch jungen sowjetischen Weltraumtechnik. Das befremdliche Elaborat war trotzdem nicht für die Ewigkeit geschaffen, und ab Mitte der siebziger Jahre unternahm Alma verschiedentlich dezente und weniger dezente Versuche, Richard zu einem neuen Modell zu überreden. Aber er stellte sich taub. Dabei tat er sich mit den Zähnen oft schwer, und anfallsartig behauptete er, sie paßten nicht aufeinander. Häufig trug er sie statt im Mund in der Hosentasche, hie und da setzte er sich drauf, aber leider fiel nie etwas Ärgeres vor.

Als er diesmal kam, hoffte Alma, daß die Epoche der Staatsvertrags-Zähne endlich vorbei sei. Doch die verlangte Begutachtung führte lediglich zu der Feststellung, daß die von Richard beargwöhnten Sprünge nichts weiter waren als die dem Gaumen entsprechenden Erhöhungen und Vertiefungen.

– Von kaputt kann keine Rede sein. Abgenutzt und schlecht gepflegt, das allerdings.

– Was willst du damit sagen? fragte Richard. In seinen Augen ein Ausdruck unsäglicher Verwunderung und das zur Gewohnheit gewordene Mißtrauen, als gebe er sich inmitten der

Disteln und Dornen dieser Welt redlich Mühe zu begreifen, was Alma im Schilde führt.

– Na, daß du dich ehrlich freuen kannst. Was das Mechanische anlangt, sind deine Zähne nach nahezu dreißig Jahren noch immer tadellos. Wir könnten uns glücklich schätzen, wären wir nur halb so unsterblich.

– So ein Quatsch. Ich finde, ich hätte mir wünschen dürfen, daß sie noch ein paar Jahre halten.

Alma versuchte ihm nüchtern und in kurzen Worten beizubringen, einerseits was es mit den Furchen, andererseits was es mit den diversen Belägen auf sich habe, bräunlichen Ablagerungen in allen Schattierungen, die vorne wie Korrosionsflecken aussahen und sich in den hinteren Regionen mit den Stockzähnen zu einer einzigen Masse verklumpt hatten. Ihren Widerwillen hielt sie aus dem, was sie sagte, heraus. Trotzdem trugen ihr ihre Deutungen mitleidige Blicke, abschätzige Handbewegungen und gönnerhafte Repliken ein, die alle auf dasselbe hinausliefen, daß in ihrem Kopf nicht allzuviel los sein könne.

Das ist überhaupt so eine fixe Idee von ihm. Alles, was sie sagt, ist am Ende lächerlich oder banal oder überdreht. Davon verstehst du nichts, hört sie dann meistens. Und dazu dieses siebengescheite Minister-Getue. Immer das gleiche. Wie oft schon. Sie reagiert gar nicht mehr darauf, denn jede Widerrede wird mit dem unweigerlichen Standardargument quittiert, daß sie (Alma) an Verfolgungswahn leide. Was soll's. Es lohnt sich nicht. In so eine Rolle wächst man mit der Zeit hinein. Sie begnügt sich damit, es sich selbst zu erklären, daß Richards Haltung eine Spezialität der Männer ist, die noch vor dem ersten Krieg geboren sind, nicht nur von denen, aber von denen ganz besonders. Es hat mit dem zu tun, was diese Männer als Buben in den sogenannten guten Häusern und in der Schule gelernt haben: Daß Frauen haushalten sollen, ab und zu im Bett funktionieren (aber nicht zu oft und wenn, dann im Schweinsgalopp) und daß zum Kinderkriegen und -großziehen Intelligenz nicht erforderlich ist, weil das nötige Hirnschmalz durch die sporadische Anwesenheit des Haushaltsvorstandes eingebracht wird. Oder durch reine Gedankenübertragung, da der Mann mit den Kindern ja ohnehin nicht redet. Was aber Entscheidungen, Finanzen und technische Dinge anbelangt, haben Frauen das Maul zu halten, ja. Klappe. Daß Alma das viel zu oft getan und damit mehr als nur einen Fehler begangen hat, merkte sie erst, als es zu spät war. Das erste Mal 1938, kurz nach dem Anschluß, als Richard aus nie ganz klargewordenen Gründen das Wäschegeschäft ihrer Mutter an eine Handelskette abgab und den Namen Arthofer aus dem Register streichen ließ, obwohl zur selben Zeit auch die vielen jüdischen Geschäfte zur Übernahme gestellt wurden und das Gerangel um die besseren Lagen begann. Daß Richard weder zu den neuen Herren noch zur reichsdeutschen Strumpfindustrie wechseln wollte, hat Alma ihm nicht so recht abgenommen. Hinter eventuelle andere Gründe ist sie allerdings auch nie gekommen. Was da bloß dahintersteckte? Irgendein verschwiegener Ausdruck von Eigensinn, der sich mit einer beeindruckenden Zeitverzögerung von fast zehn Jahren wenigstens für Richard bezahlt gemacht hat. Spät, aber doch. Richard mußte nie für die Jahre vor 1945 Rechenschaft ablegen, als es um seine Karriere ging. Lediglich Almas Interessen blieben auf der Strecke, wenn auch der Verkauf des Wäschegeschäfts durch den fast gleichzeitigen Erwerb von Dr. Löwys Bienenhaus teilweise kompensiert wurde, eine neue Beschäftigung für die Gattin, ohne besondere Ansprüche und noch dazu im eigenen Garten.

– Diese Zähne sind gebrochen, das ist schade, sie sind erledigt, sagte Richard mit wichtiger Miene.

– Sind sie nicht. Aber von mir aus kannst du sie trotzdem gerne der Mission vermachen.

– Dein Spott ist genau das, was mir fehlt. Gib sie mir zurück. Ich werde mich selbst drum kümmern.

– Warum kommst du zu mir, wenn dich meine Meinung nicht interessiert?

– Weil ich, wie die Dinge liegen, keine guten Ratschläge, sondern einen Termin beim Zahnarzt brauche.

– Der wird dir auch keinen anderen Bescheid geben als ich. Es gibt keine Sprünge. Zeig mir, wo sind sie?

– Sprünge halt.

Richard streckte weit die offene Hand aus, während er die andere, wie schon die ganze Zeit, vor den karpfenhaft eingefallenen Mund hielt.

– Gib sie mir zurück, du verstehst nichts davon.

Alma war eigenartig berührt, wie sie Richard dastehen und aufrichtige Zweifel äußern sah, daß ausgerechnet seine Frau ihm bei seinen Problemen behilflich sein werde. Da er sich so stur und unfreundlich gebärdete, hatte auch sie wenig Grund, netter zu sein. Er soll sich gefälligst zusammenreißen. Aber gleichzeitig erinnerte sie sich daran, was für ein armer Kerl er war und daß er die Dinge niemals mehr so sehen würde wie sie. Die Zeit des Begreifens war für ihn vorbei, statt dessen gab es jetzt Verunsicherung und, was schwerer wog, Zorn über diese Verunsicherung. Alma hatte schon oft die Beobachtung gemacht, daß in Situationen, in denen Richard Schwäche zeigen mußte oder wenigstens nicht auftrumpfen konnte, es meist nicht lange dauerte, bis er innerlich die Fäuste ballte. Die allerersten Postkarten, die Peter an Ingrid geschickt hatte und die in Morsezeichen abgefaßt waren, ein arabisch anmutendes Gewimmel aus Strichen und Punkten, kurz lang kurz, kurz kurz, lang kurz kurz, lang kurz lang, lang lang kurz. Viel konnte nicht draufgestanden haben, liebe Grüße aus Soundso das Wetter hier ist soundso, aber es hatte komischer ausgesehen als nur liebe Grüße aus Soundso das Wetter hier ist soundso.

(Und das in einem Land, in dem Postkartengrüße aus höchstens fünf Worten jahrzehntelang mit einer Portoermäßigung belohnt wurden, als ob die Wörter auch für den Postboten Gewicht hätten, als ob man an Staatsbürgern interessiert sein müsse, die für eine Ersparnis von zwei Schillingen darauf verzichten, mehr mitzuteilen als nur *Mama, mir geht es gut!*)

Richard hatte sich bei den für ihn kryptischen Zeichen weiß der Kuckuck was gedacht: Jemand, der eine solche Idee hat, kommt auch auf andere Ideen. Mal angenommen. Heimlichkeiten. Schlurfige Späße. Was kann so einer wollen? Noch ehe Peter sich persönlich vorstellen kam, war er bei Richard unten durch. Ingrid, ganz Tochter des Vaters, stellte ebenfalls auf stur. Der Rest war dann Draufgabe.

Alma reichte Richard seine Zähne in die ausgestreckte Hand. Während er sich diese in einer kruden Mischung aus Skepsis und Gier klappernd in den Mund schob, winkte sie ab, ruhig:

– Laß gut sein. Ich werde Dr. Wenzel anrufen.

Sie sagte nichts weiter, sah Richard noch einen Moment lang an, ohne Groll, sie wusch sich die Hände sehr gründlich mit einem kleinen Stück zitronenduftender Hirschseife. Sie dachte an gelbe Seerosen, die auf dem Wasser eines Zahnglases schwimmen, als kleine Idee für einen Roman, wie sie es um Ostern herum gelesen hatte, ganz nett, wirklich recht nett. Da war ein Glas mit dritten Zähnen von Wasserpflanzen überwachsen worden. Doch schon beim Lesen hatte Alma an Richard denken müssen, und auch während des Händewaschens sah sie einen Augenblick lang schleimige Algen, Muschelbewuchs und langsam sich setzenden Fischkot. Sie schüttelte vor sich selbst den Kopf. Brr! Alles, was recht ist. Befand nach kurzem Überlegen aber, entschuldigt zu sein, einerseits wegen Richards Ahnungslosigkeit, daß die Zähne gereinigt gehören, andererseits weil auch sie selbst sich nach solchen Gesprächen immer fühlte, als hätte sie sich das Gehirn verstaucht.

– Ich kann mit einem Termin rechnen? fragte Richard.

Alma nickte. Sie trocknete sich zögernd die Hände an einem Geschirrtuch ab, und ehe sie die Zubereitung des Mittagessens wiederaufnahm, blickte sie Richard hinterher. In seiner knieweichen Manier schlurfte er aus der Küche. Es schien ihr, der Ausgang der Diskussion befriedige ihn und er schöpfe daraus eine gewisse Genugtuung. Soll er. Dabei hatte sie ihm den Namen des Hausarztes statt den des Zahnarztes genannt, es schien ihn nicht zu stören.

Am darauffolgenden Tag war Richard um halb zehn noch immer nicht aufgestanden. Alma erinnerte ihn mit Klopfen an seine Tür an den Arzttermin, da sagte er, er empfinde für Ärzte keine Anhänglichkeit, die würden ihm ja doch nur bescheinigen, daß er zum alten Eisen zählt. Auf Almas Nachfragen rückte er damit heraus, daß er im Bett bleiben wolle, er fühle sich nicht besonders. Nähere Angaben zur Art dieses Unwohlseins machte er nicht, und er ließ sich auch nicht dazu bewegen, seine Tür zu öffnen.

Es war nicht das erste Mal, daß Richard seine Pläne wegen eines plötzlichen Anflugs von Willensschwäche unter dubiosen Vorwänden aufschob. Doch da Richard sich seit einigen Jahren immer einsperrte, bekam es Alma mit der Angst zu tun. Sie dachte, womöglich ist er ernsthaft krank und spielt es herunter, weil Krankheit für einen Mann wie ihn eine schwer zu ertragende Schande ist, vergleichbar mit mutwilliger Sachbeschädigung. Dem Tonfall nach, fand sie, grantelte er auch überraschend wenig. Das schien ihr ein weiteres schlechtes Zeichen. So war es nur konsequent, daß sie Dr. Wenzel anrief und ihn bat vorbeizukommen.

Dr. Wenzel traf zwanzig Minuten später ein, klopfte einmal kräftig an Richards Tür und nannte nach einer wohlkalkulierten Pause mit lauter Stimme Beruf und Namen, was Richard beeindruckte. Er öffnete die Tür bereitwillig (beflissen, diensteifrig) und sagte:

– Besten Dank, daß Sie gekommen sind.

Er war im offenen Schlafrock und sah erschöpft aus. An seinem Pyjama zeichneten sich große Schweißflecken ab, als bedeute Schlafen und Im-Zimmer-Sitzen für ihn eine anstrengende Arbeit. Alma tat es weh, ihn so zu sehen, so abgezehrt und mitgenommen. Richtig versackt sah er aus. Ein Bild des Jammers. Deshalb und um ihm die Sache ein bißchen leichter zu machen, verzog sie sich nach unten.

Dr. Wenzel blieb eine ganze Weile bei Richard. Das Gespräch dauerte gut fünfzehn Minuten, in der Zwischenzeit flickte Alma ihre Regenhaut, die linke Ärmelnaht war gerissen. Als Dr. Wenzel wieder herunten war, berichtete er, das Gespräch habe vor allem die eine Aussage gebracht, daß Richard sich den Kopf zerbreche, wie er zu Geld kommen könne. Richard wisse nicht mehr, daß er nur auf die Bank gehen und von seinem Konto abheben müsse, soviel er wolle.

Dr. Wenzel sagte:

– Es ist ein Jammer. Irgendwann verläßt einen die Kraft. Man möchte es nicht für möglich halten. Ein Minister a. D.

– Adé, wie's die Sieben Schwaben sagen. Auf Wiedersehen, servus.

Zum Beispiel, wenn er auf Dienstreise gefahren war: Auf Wiedersehen, Richard. Auf Wiedersehen, Alma, baba.

Dr. Wenzel erläuterte, daß Richard sehr wohl wisse, wie sehr er momentan mental im Eck sei (Richards eigene Worte). Richard befinde sich in einer Grauzone zwischen dem Ist-Zustand, den er verständlicherweise ablehne, und der Leistungsfähigkeit von früher, an die er sich in Schreckmomenten erinnere, von der er auch eine Vorstellung besitze, doch ohne daß daraus abzuleiten wäre, wie eine Besserung der Situation herbeigeführt werden kann. Er verfüge noch über die theoretische Kenntnis seiner einstigen Möglichkeiten, das bringe ihm die gegenwärtigen Mängel um so stärker zu Bewußtsein. Vermutlich deshalb habe er in erster Linie von den glorreichen alten Zeiten erzählt und sich über die Gegenwart nur beiläufig und voller Zorn und Verbitterung geäußert.

– Am besten, Sie schaffen sich schön langsam ein dickes Fell an, riet Dr. Wenzel.

– Das ist leicht gesagt, aber auf Dauer nicht immer möglich. Mit der Zeit greift das entschieden die Nerven an.

– Sie dürfen es nicht allzu ernst nehmen.

– Na, man wird sehen. Ich gebe mir jedenfalls Mühe.

Dr. Wenzel verabschiedete sich. Sowie er das Haus verlassen hatte, kam Richard herunter, zum Weggehen gekleidet, mit zwei Anzugjacken übereinander. Die Jacken waren farblich aufeinander abgestimmt und machten Richard in den Schultern recht imposant. Er telefonierte mit Frau Ziehrer, seiner langjährigen Sekretärin, wann er sie besuchen dürfe.

– Das ist hervorragend. Dann komme ich bis in einer Stunde.

Alma, die mittlerweile mit allem rechnete, befürchtete, daß Richard Frau Ziehrer bitten werde, mit ihm eine Bank aufzusuchen. Also fragte sie ihn:

– Wohin willst du?

– Einen Besuch machen.

– Aber dafür brauchst du keine zwei Anzugjacken.

Es gelang ihr nach einigem Hin und Her, ihm die zweite Anzugjacke abzujagen. Da sagte er mürrisch:

– Da du mich jetzt so lange aufgehalten hast, muß ich den Wagen nehmen.

– Vergiß bitte nicht, daß auf deiner Kraftfahrzeugssteuerkarte die Steuermarken für den letzten und diesen Monat noch nicht geklebt sind.

Seine Augen wurden wieder groß.

– Auf deiner KFZ-Karte! Die Steuermarken! wiederholte Alma.

– Bei mir verstärkt sich der Eindruck, du erfindest das nur, um mich zu ärgern und weil ich im Moment knapp bei Kasse bin.

Sie zeigte ihm ihre eigene Karte:

– Die gleiche gibt es für deinen Wagen.

Der Groschen fiel wieder nicht, und als Richard in doppelter Lautstärke seinen Verdacht erneuerte, das sei alles nur, um ihn zu ärgern, ließ Alma das Thema fallen, eingedenk des sachdienlichen Rates, den Dr. Wenzel ihr vor wenigen Minuten gegeben hatte, sie solle Richard im Zweifelsfall nicht allzu ernst nehmen. Na gut. Des Lebens Abendröte. Sie sagte sich: Ich muß schön langsam anfangen umzudenken. Am besten, ich schicke ihm eine Streife hinterher. Er gibt ja selbst zu, daß er Abstände nicht mehr richtig einschätzen kann. Außerdem habe ich vor einigen Wochen beobachtet, wie er beim Salatessen mehrmals Anstalten machte, eine auf den Teller gemalte Blattverzierung auf die Gabel zu laden. Erst nach dem dritten oder vierten Versuch begriff er, daß der Teller leer war.

Alma ließ Richard gewähren, sie tat so, als würde sein Weggehen ihr schon nichts mehr ausmachen.

– Wo ist mein Hut? wollte er wissen.

– Am Garderobenhaken, sagte sie mit Nachsicht.

Und wenig später, wohlwollend:

– Paß auf dich auf.

Aber noch während sie den Wagen die Auffahrt hinunterrollen hörte, rief sie bei der Polizei an mit der Bitte, man möge Richard den Führerschein wegnehmen. Dann Anruf bei der Kammer, wo man ihr mitteilte, daß Frau Ziehrer frei habe. Sie probierte es bei Frau Ziehrer zu Hause. Erfolgreich. Alma sagte, daß sie – bevor sie ihre Bitte ausspreche – einiges erzählen wolle, so, daß Richard überall behaupte, sie (Alma) nenne ihn Mörder. Und daß er beim Weggehen zwei Anzugröcke übereinander anziehen wollte mit der Begründung, daß er nichts anderes habe. Zuletzt kam sie zum Eigentlichen und bat Frau Ziehrer, sie solle ihr die Demütigung ersparen, mit Richard auf die Bank zu gehen, falls er sie darum ersuchen sollte.

– Sie wollen damit sagen, der Herr Doktor ist *deppert*.

– Ich habe dieses Wort nicht gebraucht.

– Nein, gebraucht nicht, aber Sie haben mir den Herrn Doktor so beschrieben, daß ich es bei mir nicht anders als mit *deppert* zusammenfassen kann. Und wie ich ihn das letzte Mal gesehen habe, war nichts zu merken, das auf einen Zustand schließen ließe, wie Sie ihn schildern. Sie haben nicht immer recht, Frau Doktor Sterk. Schon vor Jahren war ich schockiert, als Sie dem Herrn Kommerzialrat Lonardelli sagten, Ihr Mann wisse nicht mehr, was er rede.

Frau Ziehrer hielt Alma eine minutenlange Predigt mit Vorwürfen, daß Alma die Spucke wegblieb. Als auch Ingrid darin vorkam, Alma hätte seinerzeit das Briefgeheimnis verletzt, als sie Richards Brief an Peter gelesen habe, legte Alma auf. Sie fand, solche Anschuldigungen müsse sie sich nicht gefallen lassen. Immerhin (sollte man annehmen) wird auch Frau Ziehrer Richards Gedächtnislücken bemerkt haben. Die sind groß genug, so was kann man nicht übersehen. Oder doch? Nein. Alma schüttelte wiederholt den Kopf, schockiert über soviel Haß und Verdrehung. Sie bereute das Gespräch aber nicht. So sah sie immerhin, wie richtig Richards Ausspruch war, der bei ihr seinerzeit mehr Verwunderung als Zustimmung ausgelöst hatte: Daß man die Fehler, die man selbst begeht, den Leidtragenden nicht verzeiht.

Stimmt: Richard verzeiht ihr nicht, daß er sich ihr nie anvertraut hat und jetzt krampfhaft seine Vergeßlichkeit vor ihr verbergen muß. Frau Ziehrer verzeiht ihr nicht, daß sie fortwährend Almas Vertrauen mißbraucht mit ihrem hinterfotzigen Getue. Und Richards Schwester Nessi verzeiht ihr nicht, daß sie (Nessi) eine Erbschleicherin ist und ständig zugunsten ihrer Kinder Richards Konten plündert, obwohl es längst kein Geheimnis mehr ist, daß sie Richard über die Höhe ihrer Witwenpension belogen hat.

Was gibt es dazu noch groß zu sagen?

Unterm Strich, weiß Gott: Von gut ist das alles weit entfernt.

Alma unterbricht die Arbeit an den Absperrgittern, weil sie gerade von einer zweiten Biene gestochen wurde. Auch dieser

Stich nahezu an derselben Stelle des Schienbeins, wo es nicht gerade angenehm ist, vor allem, da die Stiche, so kommt es Alma vor, bis auf die Beinhaut gegangen sind. Alma hat eine handtellergroße Rötung, die stark geschwollen ist, und es tut auch weh. Mit einem Futterballon in jeder Hand hinkt sie Richtung Werkstatt, wo sie die Stiche mit Salbe versorgt. Nachdem sie fünf Minuten auf dem Sessel verschnauft hat, schleudert sie das halbe Dutzend Waben, das seit fast einer Woche in der Werkstatt liegt. Richard hat Alma während dieser Zeit so sehr in Atem gehalten, daß sie zu nichts gekommen ist. Nach dem Schleudern begutachtet Alma noch einmal ihren Unterschenkel. Die Geschwulst hat sich weiter vergrößert. Alma nimmt an, daß mindestens einer der Stiche in ein empfindliches Gefäß gegangen ist. Jetzt schmerzt auch das Knie und ein wenig alle anderen Gelenke, entweder durch die Vergiftung selbst oder, was Alma eher glaubt, weil das Gift Hand in Hand mit der Wetterlage den Blutdruck so gesenkt hat, daß die Abfallstoffe aus den Gelenken nicht mehr abtransportiert werden. Da es schon auf halb elf zugeht, verordnet Alma sich eine Stunde Ruhe. Zwar wollte sie vor dem Mittagessen noch die Fuchsien und Usambaraveilchen spritzen beziehungsweise abpinseln, sie hat diese bereits gestern in die Pergola getragen, damit sie die Blumen bis in einigen Tagen nicht von Blattläusen zugrunde gerichtet findet. Aber wie die Dinge liegen, wird sie sich diese Aufgabe und auch die Behandlung der Ameisen, die die Blattläuse verteilen, für den frühen Nachmittag aufsparen müssen. An eine Fortsetzung der Arbeit an den Bienenstöcken ist sowieso nicht zu denken, denn die steigenden Temperaturen werden die Biester nicht friedlicher machen.

Im unteren Stockwerk ist von Richard nichts zu sehen. Als Alma die Küche betritt, um sich einen Dunstumschlag mit Essigwasser zu machen, bemerkt sie immerhin, daß Richard schon aufgestanden ist. Am Küchentisch liegt der Stellkalender von der Sparkasse mit einem auf der Rückseite des Vorwochenblattes aufgesetzten halbfertigen Telegramm. Darin bittet Richard seinen Freund Loisl um eine Familienhelferin.

Lieber Loisl stop habe die große Bitte stop um Bereitstellung einer Familien

Dann stockt der Text, weil Richard offenbar nicht mehr wußte, wie man *helferin* schreibt. Er hat ein halbes Dutzend Varianten probiert, muß über diese Versuche aber selbst dermaßen entsetzt gewesen sein, daß er das Geschriebene immer wieder mit einer solchen Gründlichkeit durchgestrichen hat, daß das Papier von der Mine des Kugelschreibers an mehreren Stellen aufgerissen wurde. Tiefe, kreuz und quer laufende Kerben haben sich in die darunterliegenden Blätter eingefurcht. Irgendwann hat Richard die Versuche aufgegeben. Alma hofft, daß damit das ganze Vorhaben eingeschlafen ist (wozu eine Familienhelferin? und was, bitte, hat Loisl damit zu tun?). Aber sie hält es nicht eigentlich für wichtig, eher für etwas Zufälliges, aus dem sich (vermutlich) nichts ableiten läßt. Alma hat schon länger keine Lust mehr, sich über derlei Dinge den Kopf zu zerbrechen.

Sie reißt das Blatt vom Kalender herunter und zerknüllt es. Aus den Augen, aus dem Sinn; was in erster Linie für Richard gelten soll. Sie nimmt ein Aspirin und zur Sicherheit auch ein Pyramidon. Dann streckt sie sich im Wohnzimmer auf der ledernen Ottomane aus, die schon ganz ausgedorrt ist und staubig riecht. Unter den sich im Wind wellenden Vorhängen und trotz des Tickens der Uhr und des sausenden Geräuschs, das der Perpendikel beim Hin- und Herschwingen erzeugt, schläft Alma augenblicklich ein. Dabei träumt sie von Ingrid, und zwar so plastisch, daß sie nach dem Wachwerden noch eine Weile liegenbleibt, um den Traum nachwirken zu lassen. Sie befürchtet, daß die Bilder, wenn sie aufsteht, schneller verblassen, und daß auch das Glück rascher abklingt, das sie empfindet, weil sie ihre Tochter gesehen hat ohne das Gefühl, Ingrid lebe nicht mehr.

In dem Traum ging Alma mit Richard und Ingrid, die etwa

fünfzehn war, durch Moos bei einer bestimmten Brücke am Mauerbach, die es leider nicht mehr gibt. Man hatte von dort einen Blick auf den Tulbinger Kogel, und im tiefen Wasser unmittelbar unter der Brücke standen immer Forellen. In dem Wasser schwamm plötzlich auch Ingrid. Alma freute sich an den kräftigen Bewegungen und an dem schön gebauten Körper und dachte (wie schon öfters): Da gibt es Leute, die behaupten, dieses wunderbare Mädchen sei tot. Ingrid sprang aus dem Wasser und stand wieder auf der Brücke mit ihrem zurückhaltenden Lächeln, das sie hatte, wenn sie sich über etwas besonders freute. Sie schien Alma größer und schlanker als zuletzt, nur im Gesicht war sie vielleicht ein bißchen voller. Sie trug ihren Roßschwanz und eine Bluse, die an ein Modell erinnerte, das Alma ihr einmal zu Weihnachten geschickt hatte, mit Blumenmuster und in dem Baumwollkrepp, der jetzt wieder modern ist. Alma betrachtete Ingrid und war glücklich, wie innerlich strahlend das Mädchen aussah. Sie sprach Ingrid an: Wie schön, daß du auch wieder einmal gekommen bist, wir haben uns seit deiner Hochzeit nicht gesehen.

Was dann weiter war, weiß Alma nicht mehr, jedenfalls ist sie nicht gleich aufgewacht. Aber danach war nicht das traurige Gefühl vorherrschend, ach, sie ist ja tot, sie ist ertrunken, deshalb hast du sie schwimmen gesehen. Sie empfand vielmehr das Glück, einem Menschen, dem man schon sehr lange nicht mehr begegnet ist, plötzlich gegenübergestanden zu sein und dabei das tröstliche Gefühl zu haben: Sie hat mich nicht vergessen, es liegt ihr also doch noch etwas an mir.

Eigenartig ist, daß Alma erst ein halbes Jahr nach Ingrids Tod angefangen hat, von ihr zu träumen, und daß diese Träume seither anhalten. Auch von Otto hat sie früher oft geträumt, meistens, daß er aus russischer Kriegsgefangenschaft zurückkehrt, wo er nie war, weil er mit seinen vierzehn Jahren für die Gefangenschaft viel zu jung gewesen wäre. Diese Träume gingen bis ins Jahr 1957, dann hörten sie plötzlich auf.

Einmal, sie sieht es noch heute, kam Otto über Ungarn, es war der letzte Traum, den sie von ihm hatte, der stand mit dem ungarischen Aufstand in Verbindung. Sie hörte Schritte. Wer kann jetzt kommen? Es war Otto, er trug seine blonden Haare wieder wie damals, bevor sie ihm beim Jungvolk auf Zündholzlänge geschnitten worden waren. Unter seinen Bubenaugen hatte er blauschwarze Schatten, wie man es von den Heimkehrern aus der Austria-Wochenschau kannte. Alma fragte ihn: Bub, und bist du jetzt wirklich zurückgekommen, und ist es kein Traum wie schon so oft? Da sagte er: Mama, ich bin über Ungarn hergekommen, ich bin erleichtert, daß ich da bin bei euch, es ist wirklich kein Traum. Ich bleibe zu Hause.

Jetzt hingegen lebt Alma in einem Zustand, als ob all das, was gerade vorfällt, sich nur im Schlaf zutragen könne. Immer wieder glaubt sie, aufwachen zu müssen, aber es ist umsonst, denn ihre Träume spiegeln immer Wünsche wider und nicht Ängste. Daran erkennt sie im Zusammenleben mit Richard auch leicht, daß sie wach ist. Zwicken hilft nichts, davon würde sie nur noch wacher.

Sie setzt sich auf. Seit einigen Minuten dreht Richard krisenhaft am Radio in der Küche, ohne länger als eine Sekunde in einen Sender hineinzuhorchen. Er muß die Ortsnamen am betreffenden Band schon mindestens drei- oder viermal auf ihr Repertoire an atmosphärischen Störungen geprüft haben, vermutlich um auf diese Weise darauf aufmerksam zu machen, daß er es von Kind auf gewohnt ist, um Schlag zwölf sein Mittagessen serviert zu bekommen. Alma beugt sich über ihr Bein, das wesentlich besser aussieht als noch vor einer Stunde. Sie stemmt sich hoch, geht langsam Richtung Küche. Immerhin, nach der Begegnung mit dem jüngeren ihrer Geisterkinder fühlt sie sich auch innerlich hinreichend wiederhergestellt, den Alltag mit Richard durchzustehen.

– Wonach suchst du? fragt sie ihn.

– Nach nichts. Vielleicht nach einem schönen Platzkonzert. Nach Marschmusik.

Aber gleichzeitig dreht Richard das Radio ab, und anstatt die Küche zu verlassen, wie er es sonst immer macht, wenn Alma kommt, setzt er sich an den Tisch zu einem Kaffee, den er sich selbst gekocht hat.

Alma merkt, wie ihre Anspannung steigt. Allein Richards Gegenwart beschleunigt ihren Puls, daran ändert auch nichts, daß Richard im Moment einigermaßen auf der Höhe zu sein scheint. Damit er kein Gespräch anfängt, macht sie viel Lärm mit den Töpfen. Das hat den Nachteil, daß die Bilder von Ingrid sich weiter zurückziehen, viel zu schnell, wie auch die Jahre damals zu schnell verstrichen sind. Alma hatte den Kontakt zu Ingrid wieder anschubsen wollen und immer gedacht, daß noch ausreichend Zeit bleibt. Aber in Wahrheit, wenn sie zurückschaut, muß sie sich eingestehen, daß es mehr Mut oder wenigstens mehr Antrieb verlangt hätte, als sie seinerzeit besaß. Dann war plötzlich auch Ingrid tot.

Die Briefe fallen ihr wieder ein, die sie von Ingrid in ihren letzten Jahren erhalten hat. Das gute Gefühl bricht endgültig weg. Alma fragt sich, wo sie die Briefe hingetan hat. Seit einigen Jahren findet sie sie nicht mehr, trotz mehrfachen Suchens, sie hat sie zu gut versteckt.

– Wie geht es dir? fragt Richard in eine Pause der Küchengeräusche hinein.

– So weit, so gut.

– Als ob das eine Aussage ist.

Alma dreht sich zu ihrem Mann hin. Sie würde ihm gerne von ihrem Traum erzählen, aber solche Ereignisse unterschlägt sie normalerweise, ohne daß sie einen konkreten Grund dafür angeben könnte. Vielleicht, weil es irgendwie ausgemacht ist, daß über die Kinder nicht viel geredet wird. Wo sind die beiden jetzt? Kann das jemand sagen, wenn er sein ganzes Wissen zusammennimmt? Vermutlich nicht. Vor allem ist Almas Bereitschaft, Dinge vor allem deshalb zu glauben, weil sich darin Trost finden läßt, eher gering. Wäre ja auch blödsinnig. Wenn in der Abwasch ein Glas verrutscht oder wenn es für Schritte im oberen Stockwerk keine einfache Erklärung gibt: Ist Otto jetzt doch noch zurückgekehrt? Nein. Sucht Ingrid nach ihren Lieblingshaarspangen, die sie bei ihrem überstürzten Weggang vergessen hat und die noch immer mit anderem Krimskrams in einer der Schubladen im Bad liegen? Nein. Und noch mal nein. Nein.

– Wie wird es mir schon gehen? sagt Alma.

Mit einer Handgeste bittet Richard sie, sich zu ihm an den Tisch zu setzen. Er läßt die Hand ausgestreckt, bis er sicher ist, daß Alma seiner Bitte nachkommt. Sie schenkt sich ebenfalls eine Tasse Kaffee ein. Als Richard sich eine Zigarette anzündet, schließt sie sich auch darin an, weil es selten genug vorkommt, daß sie gemeinsam am Tisch sitzen und sich unterhalten.

– Ich glaube, ich bin schon halb hinüber, sagt Richard.

– Wir werden beide alt, und das Alter ist zu keinem freundlich. Also mach dir nicht allzuviel draus.

(Aber sie hat bestimmt leichter reden als er.)

– Meines ist besonders unfreundlich. Das Leben hat es in diesem Punkt wirklich nicht sonderlich gut mit mir gemeint.

(Alma ist immer wieder erstaunt, wie wenig Mühe es Richard zwischendurch bereitet, über allgemeine Dinge zu reden, während er gleichzeitig weder Monat noch Tag nennen könnte. Sie hat keine Erklärung, warum das so ist.)

– Aber wir werden trotzdem nicht darüber streiten, ob du's besonders schlimm getroffen hast. Vielleicht sind das gar keine so schlechten Erfahrungen, schlecht schon, natürlich, aber hoffentlich nicht unnütz.

(Weisheiten, die zu keinen Weisheiten führen, die man trotzdem mit Gleichaltrigen wechselt, um einander zu beruhigen.)

– Ich wüßte nicht, wozu es gut sein sollte. Vom Kranksein wird man alt, und vom Altsein krank, und von beidem zusammen stirbt man. Am schlimmsten ist, daß man mich daheim und in der Schule nicht darauf vorbereitet hat. Aufs Sterben schon. Aber vor dem davor hat mich keiner gewarnt, obwohl das Sterben das wenigste sein dürfte.

(Es ist seit langem das erste Mal, daß er das Wort *Sterben* ohne Angst benutzt.)

– Ich hab es mir auch anders vorgestellt, bevor ich erwachsen war.

(Sie lacht, aber nur kurz, unsicher.)

– Sehr richtig, so ist es. Ich habe es mir auch anders vorgestellt.

(Sie denkt: Ich hätte mich gerne mal mit ihm über seine Jugend im Verhältnis zu meiner unterhalten. In Meidling führte ich ein fast ebenso freies Leben wie die Halbwüchsigen heute, jedenfalls im Vergleich zu ihm. In seiner oberklerikalen, reichen Familie hatte er ja so gut wie keine Spielräume.)

– Darf ich dich etwas fragen? sagt er.

– Was liegt dir auf der Seele?

(Sie beobachtet Richard, der dem Tabak seiner Zigarette beim Verglühen zusieht, als empfange er von dort seine augenblickliche Inspiration. Er redet, ohne aufzusehen:)

– Ich würde gerne wissen, wann das beginnt, daß man den Kopf nicht mehr rechts und nicht mehr links wenden kann. Beginnt das plötzlich, oder schlittert man da hinein, ohne es zu merken?

– Der Beginn ist schleichend, nehme ich an. Links geht es vielleicht noch bergauf, während es rechts schon bergab geht.

(Sie legt einen Moment lang ihre Hand auf seine und drückt sie. Botschaften, die von den Fingerspitzen ausstrahlen.)

– Es ist, sagt er, als hätte ein Magnet den Kompaß ruiniert. Es gibt doch diese Stellen im Ozean, an denen die Kompaßnadeln zu rotieren beginnen.

(Weshalb dann die Schiffe, an deren Kurs sich irgendwann niemand mehr erinnert, den Launen des Wetters überlassen bleiben. Aber das traut Alma sich nicht zu sagen. Wie sie auch nicht erwähnen will – obwohl es ihr in den Sinn kommt –, daß es einen Teil des atlantischen Ozeans gibt, den tropischen Teil, den die Spanier *el Golfo de las Damas* nannten, weil dort die Schiffahrt so leicht war, daß selbst die zartesten Hände das Steuer führen konnten. Gibt es das auch im Leben? Das müßte schön sein. Ein Damenmeer. Und wann wäre das bei Richard und ihr gewesen? Wo fing es an und wo hörte es auf? Und wie gestalteten sich die Übergänge? Abrupt oder mit einer langsam aufkommenden Brise? Sie versucht sich in die fraglichen Zeiten zurückzuversetzen. Sie schließt die Augen, und es tauchen Kindheitserinnerungen auf. Kindheit gilt nicht, überlegt sie, Kindheit ist ohnehin immer viel zu schnell bei der Hand, es müßte später gewesen sein. *Müßte*. Denn glücklich war sie auch später oft, nehmen wir nur, als Ingrid ihre erste Regel bekam. Aber unbeschwert?)

– Weißt du noch, sagt sie, wie vor dem Ersten Krieg im Sommer immer der Spritzwagen in die Gassen kam? Daran könntest du dich erinnern.

(Ein ganz gewöhnliches Ereignis: ein von zwei starken Pferden gezogenes riesiges Faß auf vier Rädern mit reichlich an der Hinterseite ausströmendem Wasser. Mit diesem Wasser wurde an heißen Sommertagen die staubige Straße genetzt. Der Spritzwagen war immer von einer Menge Buben begleitet, die sich die Hosen ganz hoch hinaufsteckten, um möglichst weit in den Strahl laufen zu können. Die Mädchen, wenn Mädchen überhaupt mitgingen, liefen ganz weit außen, damit nur die Füße naß wurden, denn sie durften die Röcke nicht hochheben. Eigentlich wäre Alma auch gerne mitgelaufen, aber sie wußte, daß das nur Gassenkinder tun, solche, deren Väter auf den Fingern pfeifen. Ihre Mutter, die oft für einen Augenblick aus dem Fenster schaute, hätte es bestimmt nicht gern gesehen, wenn ihre Tochter mit von der Partie gewesen wäre. Daran fand Alma damals noch nicht einmal etwas Besonderes.)

– Bei uns in Meidling im Bereich der Tivoligasse gab es viele Gassenkinder, für die war der Spritzwagen eine willkommene Abwechslung vom Diabolo und Tempelhupfen.

(Die Namen dieser Kinder, die Alma einmal wußte, sind vergessen. Ihre Vorstadtakzente haben sich abgeschliffen wie Steine in einem Gletscher. Das Knarren der längst verfaulten Fässer, das Wiehern der Pferde und der Nachhall der nackten Kinderfüße auf dem Boden geistern noch, jedes Geräusch isoliert in einem eigenen Gedanken, durch die allmählich austrocknenden Gehirne, Erinnerungsstaub, der sich zurück in die Substanz der Ereignisse setzt, weil weder Luft noch Zeit ihn allzulange tragen.)

– Bei uns in Hietzing gab es keine Gassenkinder, mutmaßt Richard.

(Peter war bestimmt so ein Gassenkind, ein Gassenläufer, wenn auch späteren Jahrgangs, denkt Alma.)

– Und auch Bloßfüßige bekommt man seit Jahren nicht mehr zu sehen.

(Er schaut kurz in sich hinein, schließt einen Moment lang erschöpft die Augen, fügt dann hinzu:)

– Wie sind wir jetzt eigentlich auf das gekommen?

(Ende des Gesprächs.)

Bereits ein Viertel der argentinischen Luftwaffe soll zerstört sein. Die eiserne Maggie treibt ihre Jungs zur Eile an. Von britischer Kommandoseite wird in Aussicht gestellt, daß die Rückeroberung der Inseln eher in Tagen als in Wochen beendet sein werde. Argentinien verkündet indessen die unmittelbar bevorstehende Niederlage der britischen Landetruppen. Bisher mehr als 450 Tote. Queen zittert um Prinz Andrew. Bundespräsident Kirchschläger beginnt seinen Staatsbesuch in Moskau. Kirchschläger in einem Interview gegenüber der »Prawda«: Zwischen Moskau und Wien herrscht Vertrauen. Der seit 1955 eingeschlagene Weg ist der richtige. Die Politik der Neutralität muß sich gerade in einer Zeit internationaler Spannun-

gen bewähren. Mit Sprengstoff vollgepacktes Bombenauto zerreißt in Beirut 14 Menschen. Zitat des Tages: Heldentod ist der traurige Zufall eines Granatsplitters. Hat Karl Kraus im 1. Weltkrieg geschrieben. Neuer Sieg für Khomeinis Truppen. Saddam Hussein würde Kriegseintritt Ägyptens auf seiten des Iraks begrüßen. Personalwechsel im ZK. Juri Andropow wurde Montag zum ZK-Sekretär gewählt. In der mehrheitlich von Albanern bewohnten jugoslawischen Provinz ist es – wie erst jetzt bekannt wird – wieder zu Unruhen gekommen. Es wurde für eine eigene Republik Kosovo demonstriert. Bund schießt für Pensionen 18,4 Mrd. Schilling zu. Spitalskosten die große Belastung für 1982. Tragisches Ende der österreichischen Himalaja-Expedition am Cho-Oyo. Vorschau: Allgemein sonniges Wetter. Ab Wochenmitte im Westen und Südwesten lokale Gewitter. Winde zunächst aus Nordwest, später auf Südwest drehend. Höchsttemperaturen bis 21 Grad.

Nachdem sie sich beide richtig vollgegessen haben, zieht Richard sich in den Keller zurück, um sinn- und zwecklos die dort eingelagerten Vorräte mit neuen Etiketten zu versehen. Nebenher nascht er für gewöhnlich löffelweise Honig, aber das macht nichts (es heißt, Gelee Royal sei gut fürs Gehirn). Alma räumt das schmutzige Geschirr in den Spüler. Ehe sie die Arbeiten wiederaufnimmt, die sie am Vormittag nicht beenden konnte, spielt sie ein wenig auf der Querflöte. Sie ist gerade bei einem Stück von Bach, eine in F-dur gesetzte Triosonate, als Richard im Garten laut ihren Namen ruft.

Es klingt nicht nach schwerem Alarm. Alma glaubt die sonderbare Freude herauszuhören, die man empfindet, wenn es eine spannende und doch harmlose Neuigkeit mitzuteilen gibt. Sie unterbricht das Stück, wischt das Mundstück der Querflöte mit der Handinnenfläche ab, legt die Flöte auf den Steg des Notenständers und beugt sich aus dem offenstehenden Fenster.

– Was gibt es? fragt sie.

Aber da sieht sie bereits, daß einer der Stöcke beim Bienenhaus zu schwärmen begonnen hat.

– Sie ziehen aus, ruft Richard.

In einem Sicherheitsabstand von zehn Metern ist er unter dem Kirschbaum postiert. In der rechten Hand hält er eine Zigarette, deren Glut zum Körper zeigt. Er blickt kopfnickend, zufrieden zwischen dem sich bildenden Schwarm und Alma hin und her. Alma stößt sich ungestüm vom Fenster weg, läuft in Hausschuhen über die Veranda nach draußen und stolpert beinahe über die vier Stufen hinunter in den Garten. Sie bleibt stehen, um sich einen Überblick zu verschaffen. Sie sieht, daß sich der Schwarm im Wipfel des alten Zwetschgenbaums niederlassen will, wo sie ihn nur schwer einfangen könnte, mit der langen Leiter vielleicht, mit etwas Glück.

Sie ruft:

– Bleib weg, Richard, du kannst mir ja doch nicht helfen.

Gleichzeitig wendet sie sich zum Wasserhahn unter der Veranda. So schnell sie kann, koppelt sie den Gartenschlauch an in der Absicht, die Bienen anzuspritzen, das hat sich schon einige Male bewährt. Diesmal wird sie selbst naß. Beim Aufdrehen des Wassers vergißt sie, daß sie nur drehen, aber nicht ziehen darf, weshalb der Verschlußhahn aus dem Gewinde geschleudert wird. Das Wasser schießt in senkrechtem Schwall aus dem Rohr in die Höhe und auf Almas Oberkleid. Rasch hält sie das Rohr mit der rechten Hand zu, und der größte Schwall zischt abermals auf ihren Körper. Doch mit der Linken kann sie durch Zusammendrücken des Schlauchs ausreichend Druck erzeugen, daß das Wasser im abfallenden Bogen die Krone des Zwetschgenbaums erreicht. Der Schwarm schwenkt irritiert in einer fahnenartigen Wellenbewegung zur Seite, unentschlossen nach rechts zwischen die Bäume. Richard macht einige Schritte in Almas Richtung, vielleicht, um ihr mit dem Hahn behilflich zu sein.

– Bleib weg, ruft sie wieder.

Da verzieht er sich zu der Schutzengelskulptur beim Gemüsegarten und schneuzt in ein Stofftaschentuch, daß es durch den ganzen Garten schallt. Über das Taschentuch hinweg beäugt er den weiteren Fortgang der Ereignisse.

Alma nimmt sich Zeit, zu schauen, wohin der Hahn geschleudert wurde. Er liegt zu ihren Füßen. Sie schnappt ihn sich, und beim Einsenken ins Rohr folgt das dritte Bad. Sie blickt nach den Bienen, die gedrängt in den Wipfel des Kirschbaums strömen. Dort könnte Alma sie noch weniger erwischen als im Zwetschgenbaum. Sie setzt die Bienen einem neuerlichen Platzregen aus. Die Bienen vollführen eine abrupte Auf- und Ab-Bewegung, verharren für einen Moment in wütendem Gewimmel, ehe sie über die Gartenmauer flüchten, die das Grundstück gegen alle Seiten abschließt, ins mildere Klima bei den Wessely-Nachbarn. Atemlos vor Erregung folgt Alma dem Schwarm. Von einem der ausrangierten Verandastühle, die zu diesem Zweck entlang der Mauer aufgestellt sind, sieht sie zu, wie der Schwarm sich in einem alten Quittenbaum niederläßt, in gut erreichbarer Höhe.

Alma ruft:

– Fritz! Susanne!

Sie wiederholt ihr Rufen, bis Fritz sich an einem der Fenster zeigt mit blitzender Nickelbrille. Alma gibt Bescheid. Sie holt die Schwarmkiste aus der Werkstatt, sie eilt zur Straße vor, wo Fritz bereits beim Gartentor wartet. Wie meistens um diese Tageszeit ist er schon leicht illuminiert. Er bringt seinen unverzichtbaren Handkuß an.

– Wenn du nicht hinken würdest, könnte man dich mit Bo Derek verwechseln.

Alma kennt keine Bo Derek. Vermutlich eine Halbprominente. Aber sie kann sich vorstellen, daß die Anspielung mit ihren triefenden Haaren zu tun hat und ein Kompliment sein soll, wenn auch bestimmt keines, das den Gepflogenheiten des diplomatischen Dienstes entspricht.

– Mach mir jetzt nicht den Hof, das Leben ist auch so anstrengend genug.

– Ich sehe da keinen Zusammenhang. In welcher Welt lebst du?

– Ich?

– Du. Du hast schon richtig gehört.

Er blickt ihr vergnügt und offen in die Augen.

Vor zwanzig Jahren hätte sie das noch nervös gemacht, heute macht es sie nach wie vor nervös, aber es ist eine andere Nervosität, eher so, wie man auf die Uhr schaut, eher wie die Kameraführung dieser neuen Franzosen, die nicht mehr neu sind, es für Alma aber bleiben werden. Sie denkt, ich sollte Fritz und Susanne mal wieder zum Essen einladen, ist auch schon Monate her seit dem letzten Mal, keine Ahnung, ob das an Richard liegt, daß mir die Lust vergangen ist, und Kienasts lassen sich auch immer seltener blicken, seit die Gespräche so quer gehen, dito mit Grubers, dasselbe in Grün, auf Dauer ist das allen zu blöd. Recht haben sie.

Sie tritt durch das Gartentor, das Fritz ihr aufhält. Ein betonierter Plattenweg, die Platten in Dreierreihen, Gras und Moos in den Fugen, weil das besser aussieht. Alma steuert auf den Quittenbaum zu. Fritz folgt ihr. Vom Übergewicht, dem Rauchen und Trinken ist er kurzatmig, er redet in ihrem Rükken, schnauft, abwechselnd, stoßweise:

– Es gefällt mir, daß du mit einer Königin zu tun hast, die ihren Hochzeitsflug absolviert.

Alma stellt die Schwarmkiste in den Rasen, ganz froh über die kleine Aufregung:

– Du verstehst nichts von Bienen.

– Da ist was dran, räumt er ein: Verzeihung.

– Das ist die alte Königin. Ihr Hochzeitsflug war im vergangenen Frühling. Die Vorräte in ihren Samenschläuchen reichen noch für mindestens drei Jahre.

– Welche Vorräte?

– Zum Eierlegen. Die Königin wird in ihrem Leben nur einmal begattet.

Fritz runzelt die Stirn:

– Warum züchtet man eine so freudlose Spezies? Das schlägt am Ende auf einen selbst.

Alma gibt ihm einen Klaps auf die Baskenmütze. Statt sich die Mütze zurück in die gewohnte Position zu korrigieren, mimt Fritz den Beleidigten und schiebt sich die Mütze tiefer in die Stirn.

Er ist der Sproß eines Nebenzweiges einer österreichischen Schauspielerfamilie und zur Einsicht in die Uneinheitlichkeit seines Charakters erzogen worden, in die Vielfalt von Wünschen, Antrieben und Inkonsequenzen. Alma mag ihn. Zwar hat er sich mit den Jahren ein bißchen zu sehr auf die Rolle des charmanten Schwerenöters abonniert, der weiß, daß seine Zeit abgelaufen ist. Dennoch ist er ein Mensch mit einem beträchtlichen Repertoire an Unbeständigkeit. Ganz im Gegensatz zu Richard. Bei dem muß immer alles stabil und berechenbar sein, und er hat ein Leben lang Form und Förmlichkeit verwechselt, wie es ihm daheim am Mittagstisch vorgelebt wurde: Die Ellbogen müssen an den Körper gedrückt und die Zeigefinger in Längsrichtung des Stiels an das Besteck angelegt sein, wobei die Spitzen des Bestecks nicht in die Höhe zeigen dürfen.

Fritz sagt:

– Als Entschädigung für die Tätlichkeit bekomme ich ein halbes Kilo Honig.

Alma, die ihrerseits etwas murmelt, schenkt ihm keine Beachtung mehr. Sie inspiziert die Traube, die sich in Kopfhöhe, leicht erreichbar, im Blattwerk der Quitte gebildet hat, eine ausgefranste, zähflüssige, laut summende Masse ohne scharf gezogene Grenzen, aber innerhalb bestimmter Radien, so daß dieses gespenstisch schwebende Wimmeln dem Stillstand trotzdem näher scheint als der Bewegung. Ein ungewöhnlich kräftiger Geruch strahlt von dem Schwarm ab, malzig, muffig, weil die Bienen reichlich Wasser abbekommen haben. Alma schöpft mit dem Löffel einen Teil der Masse ab, dort, wo sie am dichtesten ist. Das Gebilde dehnt sich, wie zur Illustrierung der japanischen Weisheit, daß man dem Feind, der als Berg angreift, als Meer begegnen soll. Breiig quellen Bienen über den Rand der Kelle, fliegen teilweise von selbst in die Schwarmkiste, was vermuten läßt, daß Alma die Königin auf Anhieb erwischt hat. Sie hat die Königin im vergangenen Jahr nicht finden können, als sie die anderen Königinnen markierte, sie heuer nur einmal gesehen, doch während sie den Pinsel holte, war ihr das Biest ausgekommen. Diesmal hat Alma mehr Glück. Vorsichtig, weil sie keine der anderen Bienen zerquetschen will, schließt sie den Deckel der Schwarmkiste. Der Rest der Traube fällt auseinander und beginnt mit dem Abzug, heimwärts über dic Mauer. Alma bedankt sich bei Fritz, der als behaglicher Zuschauer Abstand gehalten hat, an die Mauer gelehnt. Ein Schwätzchen (in extenso) vertagen sie auf die nächste Woche.

– Dann bekommst du auch den Honig.

Er breitet die Arme aus und lacht:

– Was du verschenkst, ist dein, was du behältst, auf ewig verloren.

Als Alma in den Garten zurückkehrt, noch immer naß, zieht der Schwarm bereits wieder in den Stock ein. Richard bemerkt davon nichts, er befreit gerade den Gemüsegarten von Unkraut. Im sanften Nachmittagslicht pfeift er etwas aus der *Fledermaus* vor sich hin, als wäre nichts vorgefallen. Auch Vogelgezwitscher ist zu hören und gelegentlich, wenn Wind heranfährt, das Laub. Auf der Terrasse marschieren die Ameisen an den Fuchsien auf und ab und melken unbehelligt die von ihnen bewirtschafteten Lausherden. Eine Libelle umkreist die Schutzengelfigur, sie hinterläßt einen Ton, als lasse jemand die Seiten eines dürren Buches über den Daumen laufen. Das Dreiervolk schafft seine Toten vom Flugbrett weg, gleich haben die Lebenden das Leben wieder für sich. Ruhe. Sieht ganz wie ein kleines Idyll in der Vorstadt aus.

Alma durchquert den Garten zur Werkstatt. Sie stellt die Schwarmkiste, in der es die Königin und ihre Vasallen noch eine Weile aushalten müssen, auf eine der alten Beuten hinter der Tür. Als nächstes wird sie duschen. Und der Rest des Nachmittags wird damit draufgehen, daß sie Mittelwände einlötet und dann die anderen Stöcke ansieht, damit die Schwärmerei nicht woanders weitergeht. Dieser Flohzirkus, denkt sie.

Mittwoch, 18. April 2001

Den ganzen Vormittag bringt Philipp nichts zustande. Mit den Ellbogen auf den Knien sitzt er auf der Vortreppe, von wo aus er die Auffahrt und die stadtseitige Anflugschneise der Tauben überblicken kann. Er ißt Champagnerpralinen, die seine Großmutter zu ihrem letzten, dem dreiundneunzigsten Geburtstag geschenkt bekommen hat. Zwischendurch liest er, versuchsweise, unkonzentriert, zunächst in *Zoo oder Briefe nicht über die Liebe*, später in den *Stanisläusen*. Korrekt: *Der alte und der junge und der kleine Stanislaus*, ein Buch, das Philipp in seiner Kindheit sehr gemocht hat und von dem er nicht weiß, wie es in den Fundus seiner Großeltern geraten ist. Lese ich eben die *Stanisläuse*, sagt er zu sich. Oder ich schreibe ein Buch: *Glanz und Elend der Stanisläuse*.

Nachmittags lungert er eine Weile mit einem belegten Brot in der Diele herum. Er kann sich aber nicht dazu durchringen, nochmals in den Dachboden hinaufzusteigen, um dort die Tauben zu vertreiben. Die Tauben: die ihn demoralisieren und ihm jede Lust an der Arbeit nehmen. Nicht daß seine Moral sonderlich gut oder seine Lust sonderlich groß wäre. Doch es würde Hoffnung bestehen. Er kommt über die erste Stufe nicht hinaus. Lange steht er am unteren Treppenabsatz und versucht, sich weniger miserabel zu fühlen. Er streicht mechanisch über die von vielen Händen polierte Kanonenkugel. Er fragt sich, ob je ein Familienmitglied über die Herkunft der Kanonenkugel Bescheid wußte. Kann doch sein, daß das Haus fertig gekauft wurde oder die Kugel erst beim Aushub für den Keller zum Vorschein kam, wie es auch sein kann, daß die Kugel aus einem

Theaterdepot stammt. Auch eine Kanonenkugel hat das Anrecht auf ein Schicksal, das nicht zwangsläufig ereignisreich ist, zum Beispiel, daß sie nie zum Einsatz kam, nie etwas anderes als getragen oder gerollt wurde und schließlich als Zierstück in einem großbürgerlichen Stiegenhaus endete. Ein völlig ruhmloser Lebenslauf. Es gäbe auch andere Varianten. Man denke an diesen Grafen, der über viele Jahre in monotoner Arbeit an einer Kanonenkugel feilte, Woche für Woche, Jahr für Jahr, bis die Kanonenkugel so klein war, daß sie in die Pistole des Mannes paßte. Daraufhin, als wäre die Konzentrierung des Kalibers der einzige Grund und das Ziel der langwierigen Feilerei gewesen, schoß sich der Graf die ehemalige Kanonenkugel mit der Pistole in den Kopf. Gut Ding braucht Weile. Ja, ja. Braucht es das? Lohnt sich der ganze Aufwand? Die endlose Feilerei?

Auch in den Dachboden hochzusteigen und bestätigt zu finden, was er bereits weiß, käme Philipp hochgradig sinnlos vor. Das bringt nichts, sagt er sich. Gleichzeitig wendet er sich dem Telefon zu und ruft die Firma an, bei der er den Abfallcontainer bestellt hat. Im anfänglichen Überschwang hat er vereinbart, daß der Container alle drei Tage geleert werden soll. Doch die riesige Mulde steht nach wie vor ungenutzt da.

Philipp kreist in der Warteschleife, und während dort eine instrumentale Version von *Mais Que Nada* ertönt, füllt sich sein Kopf mit einem Wirbel aus Schwierigkeiten, auf die er in den letzten Tagen gestoßen ist. Neben dem Dachboden machen ihm die alten Möbel zu schaffen, sie sind verleimt oder mit Krampen versehen, und die Schrauben stecken entweder nur zur Zierde in ihren ausgenudelten Löchern, oder sie sind so vermurkst, daß kein Schraubendreher mehr greift. Philipp hat am Vortag stundenlang daran herumgebastelt auf der Suche nach einem Weg, wie er es fertigbringen könnte, die Möbel aus dem Haus zu schaffen. Bei manchen Möbeln gelang es ihm nicht einmal, sie von der Stelle zu rücken.

– Was kann ich für Sie tun? fragt die Stimme einer jungen Frau am anderen Ende der Leitung.

Philipp ermahnt sich, daß es allgemein für richtig angesehen wird, daß in jedem Augenblick nur die Tatsachen zählen und selbst die nicht für lange. Also beantwortet er die Frage nüchtern und zielstrebig: Der Abfallcontainer, den man ihm geliefert habe, müsse aufgrund von Umständen, die nicht vorhersehbar gewesen seien, bis auf weiteres nicht geleert werden. Er (Philipp Erlach) werde sich in einigen Tagen wieder melden.

– Ich habe es eingegeben, sagt die Frau.

– Vielen Dank. Auf Wiedersehen.

– Auf Wiederhören, sagt die Frau.

Erleichtert plumpst Philipp auf die Vortreppe. Dort nutzt er den durch das Telefonat gewonnenen Freiraum zum gründlichen Nachdenken. Eigentlich will er sich die weitere Vorgehensweise beim Ausräumen des Hauses zurechtlegen. Doch seine Gedanken gleiten rigoros ab, und er malt sich aus, was er anfangen wird, wenn er mit dem Ausräumen und Wegwerfen fertig ist.

Es müßte schön sein, wenn das Haus leer wäre und nicht nur leer, sondern ausgeputzt, ausgewaschen, ausgekratzt, alle Fenster offen. Durchzug würde herrschen. Und in alle Zimmer würde er Schreibtische stellen, in jedes Zimmer einen Schreibtisch, für jede Person auf dem Klassenfoto einen Schreibtisch. Er würde die Lebensläufe der Kinder synchron entwerfen wie Anatoli Karpow im Schach gleichzeitig gegen sieben oder zehn Großmeister antritt: einen Rumänen, zwei Ukrainer, einen Franzosen, einen Amerikaner, eine Ungarin, eine Chinesin, einen Aserbaidschaner.

Im ersten Raum des Kellers würde der mächtigste Schreibtisch aufgebaut, für die Lebensgeschichte eines Großvaters mit nur schwer bestimmbarer Anzahl an *Ur*-Präfixen. Eine große Tischlampe wäre erforderlich, damit Philipp die halb zerfallenen Papiere, die auf dem Schreibtisch ausgebreitet lägen, sichten und auswerten könnte. Besagter Vorfahre wäre zu Zeiten der zweiten Türkenbelagerung als Kundschafter in Diensten der kaiserlichen Armee gestanden und während eines Ausritts in die Hände der muselmanischen Belagerer gefallen. Die Türken würden ihm eine Kanonenkugel, die am Vortag einen Neffen des Heerführers erschlagen hätte, in den Bauch eingenäht und ihn dergestalt zu seinem Kaiser zurückgeschickt haben. Der Kundschafter, der zuvor nur seiner Karriere gedient hätte, würde sich nun einen beachtlichen Ruf als Frauenheld erwerben, um mit Hilfe der stets jungen Mädchen wenigstens in den Nächten das latente Gefühl von Kälte im Unterleib zu lindern. Der Mann wäre wegen seiner besonderen Wetterfühligkeit geachtet gewesen und gälte heute als Begründer der systematischen Temperaturaufzeichnungen für die Hauptstadt des Kaiserreichs, Wien: Stanislaus Xaver Sterk. Er ist einer der Männer, die auf dem Klassenfoto im Hintergrund stehen, links neben der Glasvitrine mit den ausgestopften Tieren, der ältere der beiden: der Herr Klassenlehrer.

Rechts neben der Vitrine steht der Vikar. Es sieht aus, als würde die Wildkatze mit ihren das Blitzlicht reflektierenden Glasaugen einen Überraschungsangriff auf ihn planen: Stanislaus Baptist Sterk. Er wäre der Ururgroßvater des Autors, Bediensteter der Kaiser-Ferdinand-Nordbahn zu Wien und gleichfalls ein Weiberheld, weil in Familienromanen von fernen Vorfahren nie viel anderes bekannt wird, als daß sie große Weiberhelden waren. Für Stanislaus Baptist wäre der Schreibtisch im Kellerraum neben dem Raum mit dem Schreibtisch für Stanislaus Xaver vorgesehen. Eine grüne Schreibunterlage trüge viel schlecht geordnetes, cremefarbenes Papier, auf dessen Grundlage sich bis in den Wortlaut hinein die Audienz beim Kaiser rekonstruieren ließe, zu der Stanislaus Baptist wegen einer nützlichen Erfindung 1847 geladen worden wäre.

Kaiser:
So hat man sich ein Gewitter über einem meiner Kronländer vorzustellen?
Stanislaus Baptist:
Über Austerlitz, wo kaiserliche Hoheit von Gottes Gnaden König von Böhmen sind.
Kaiser:
Was allseits bekannt ist.
Stanislaus Baptist:
Verzeihung, Majestät. Dort beliebte am 22. Juli dieses Jahres ein heftiges Gewitter niederzugehen.
(Kaiser gibt mit der Hand Zeichen zum raschen Weiterreden.)
Stanislaus Baptist:
Ein Blitz fuhr in die Telegraphenleitung Ihrer durchlauchtesten Majestät, und die so gefangene Elektricität pflanzte sich über viele Kilometer nach Wien fort, wo dies- und jenseits der Donau Kaiserwetter herrschte.
Kaiser:
Kurios, woher der liebe Herrgott das viele Wetter nimmt.
Stanislaus Baptist:
Die Leitungsdrähte sangen und knisterten wie sonst nie. Plötzlich wurden alle unbenutzten Apparate der Kaiser-Ferdinand-Nordbahn zu Wien, hierselbst, in Bewegung gesetzt, mit lautem Knallen sprangen kräftige Funken zwischen den Metallteilen der Bedienungstastaturen über, Drähte wurden zum Schmelzen gebracht, so daß der Gesang darin erstarb. Dem justament in Floridsdorf mit Telegraphieren beschäftigten Stanislaus Baptist Sterk, mir selbst, wurde ein so heftiger Schlag versetzt, daß er mit berganstehendem Haar vom Stuhl rücklings in einen offenen Schrank mit Akten flog.
Kaiser:
Oha! Oha! Er ist ein kräftiger Kerl, der Sterk. Man möchte nicht hinter ihm gestanden haben.
(Kaiser lacht auf eine gönnerisch langsame Art, Stanislaus Bap-

tist lacht mit seinem Kaiser, ebenfalls verhalten, als wolle er seinen Kaiser imitieren. Der Kaiser gibt mit Handgeste Zeichen zum Fortfahren. Stanislaus Baptist orientiert sich anhand eines mitgebrachten Merkblattes, das er aus seiner Weste zieht, über das weiter zu Sagende.)

Stanislaus Baptist:

Um solcherlei Gefahren von den Telegraphendiensten Ihrer Majestät in Hinkunft abzuwenden, hat besagter Stanislaus Baptist Sterk, ich selbst, eine Vorrichtung konstruiert, die imstande ist, die galvanische Elektricität, welche zum Telegraphieren sich herbeiläßt, den Apparaten zuzuführen, die störende Gewitterelektricität aber unschädlich in die Erde zu leiten.

Kaiser:

So hat sich der Stanislaus Sterk selbst zu einem Erfinder eines Telegraphen-Blitzableiters hochgeschwungen.

Stanislaus Baptist:

Auf der Basis, daß Gewitterelektricität lieber Unterbrechungen in der Leitung überspringt, als etwa durch sehr geringfügige Drähte sich fortpflanzt, während galvanische Elektricität auch der geringfügigsten metallischen Leitung folgt, so diese nur ununterbrochen ist.

Kaiser:

Bravo, bravo, lieber Sterk! Er ist ein tüchtiger Untertan, eine Zierde für das Vaterland!

(Der Kaiser gibt seinem Sekretär Anweisung über drei Golddukaten zur Auszahlung an Stanislaus Baptist Sterk. Stanislaus Baptist Sterk empfängt die Dukaten mit untertänigstem Dank. Dann schiebt er sich rückwärts zur Tür, sich auf dem Weg dorthin vielfach in Richtung seines Kaisers verbeugend.)

(Ende der Szene.)

Obwohl er Freude an diesen Entwürfen hat, ist Philipp unsicher, ob sie ihm weiterhelfen. Vielleicht sind es ja doch nur Spinnereien, die sich auf nichts gründen, eine Art von bizarrem Wassertreten, nicht gänzlich passiv, aber auch nicht sonderlich produktiv. Oder destruktiv.

– Alles Floskeln, die dich vor einer ernsthaften Auseinandersetzung bewahren sollen, sagte Johanna jüngst bei ähnlicher Gelegenheit.

Beim Gedanken an Johanna fühlt Philipp sich unbehaglich. Er legt sein Notizbuch zur Seite und steht von der Vortreppe auf, um sich ein wenig abzulenken. Zunächst probiert er, ob ihm an der sehr stabil gebauten Teppichstange ein Hüftumschwung gelingt. Gelingt ihm nicht, obwohl er sein Bestes gibt. Lediglich das Blut schießt ihm in den Kopf. Er führt Klimmzüge aus, aber auch Klimmzüge bringt er nur sehr zapplige zustande. Fünf. Und als er seinen Körper inspiziert, nackt vor dem Garderobenspiegel Verrenkungen macht, muß er feststellen, daß an ihm nicht viel dran ist. Alles eine Frage der Betrachtungsweise, sagt er nach einer Weile und macht Liegestütze. Das ist ihm aber auch zu blöd, er läßt es wieder und vertritt sich die Beine ums Haus. Er zieht mit den Schuhen Spuren durch den Kies des Vorplatzes, in den die Auffahrt mündet und wo eine staubige Wärme aufsteigt. Er schneidet ein gutes Dutzend gelber und gelboranger Tulpen, die nach dem Tod seiner Großmutter von allein gekommen sind. Er arrangiert die Tulpen in einer großen Vase und stellt die Vase in eines der Küchenfenster, an dem er angesichts der milden Witterung beide Flügel öffnet. Er bohrt auch die dringend benötigten Löcher in die Sitzflächen der an der Gartenmauer postierten Stühle, damit die Sitzflächen, in deren Mulden Regenwasser stehenbleibt, nicht restlos durchfaulen. Er wagt neuerliche Blicke zu den Nachbarn, entdeckt aber wieder niemanden, keine Menschenseele. Einen der Stühle, durch den er am Vortag eingebrochen ist, zertrümmert er und wirft ihn in den Abfallcontainer. Geeigneter Ersatz findet sich im Nähzimmer. Philipp versieht auch diesen Stuhl mit einem Loch am tiefsten Punkt der Sitzfläche. Zufrieden, etwas getan zu haben, kehrt er zur Vortreppe zurück. Dabei flucht er über die ständige Abwesenheit der Nachbarn und sagt sich, wie schön es doch ist, etwas zu haben, über das man fluchen kann, ohne ein schlechtes Gewissen bekommen zu müssen.

Dies und einige weitere Ausführungen notiert er in sein aktuelles Heft und belästigt damit auch einen Freund, der ihn anruft, um sich zu erkundigen, ob er (Philipp Erlach) untergetaucht sei, ob der Grund, daß Philipp nichts mehr von sich hören lasse, der sei, daß er bis zu den Ellbogen in Arbeit stecke, ob er noch lebe oder ob man schön langsam anfangen solle, auf einen Kranz roter Rosen zu sparen.

– Nein, nein und ja, ja, erwidert Philipp.

Der Freund, ein schriftgelehrter Mensch, gibt zu bedenken, daß der Teufel ebenfalls Bibelzitate verwendet habe, als er Jesus in der Wüste versuchen wollte. Der Freund holt in verschiedene Richtungen aus. Philipp bringt zwischendurch ein paar höfliche Lacher an, was aber ein Fehler ist, weil das Gespräch damit nur unnötig verlängert wird. Am Ende will der Freund einen Besuch ankündigen. Aber Philipp sagt ganz offen, daß er sich von Besuchen und der Gefahr, eingeladen zu werden, möglichst fernhalte. Der Freund tut so, als enttäusche ihn die Auskunft. Dann will er wissen, woran Philipp im Moment gerade sitze.

Um die Beantwortung der Frage zu umgehen, erwähnt Philipp die Champagnerpralinen, die, wie er mutmaßt, schon mehrfach den Besitzer gewechselt haben, wahrscheinlich im selben Geschenkpapier. Das Ablaufdatum ist seit gut zwei Jahren überschritten, die Oberfläche der Schokolade hat ihren Glanz eingebüßt und ist von weißlichem Film überzogen. Philipp erzählt von der Kanonenkugel und dem ausdauernden Grafen. Doch das ist ebenfalls ein Fehler, schon sein zweiter. Oder dritter? Denn der Freund korrigiert ihn, Jan Potocki, der polnische Graf und Autor der *Handschrift von Saragossa*, habe nicht das Kaliber einer Kanonenkugel minimiert, sondern an einer Verzierung seines Samowars gefeilt.

– Um es genau zu sagen, an einer Eichelverzierung dieses Samowars.

– Ist nicht möglich, sagt Philipp.

– Kein Zweifel, insistiert der Freund: Während Potocki mit Freunden Tee getrunken hat. Von einer Kanonenkugel kann nicht die Rede sein.

– Ausgerechnet. Ein Samowar. Eine Eichelverzierung.

Doch was der Freund sagt, klingt überzeugend, er hat, wie er behauptet, das ganze Buch gelesen, beide Bände, das Vorwort, das Nachwort und weiß der Kuckuck was noch, während Philipps Quellen diffus sind (wie die der Donau). Alles mutmaßlich und nichts gewiß. Er kann sich nur darauf hinausreden, daß Potocki gegen die Ungenauigkeit bestimmt nichts einzuwenden hätte.

– Ernsthafte Arbeit, so oder so, sagt Philipp und bringt das Gespräch zu einem raschen Ende.

Im stillen und aus Gründen, die mit den Fakten nichts zu tun haben, steht Philipps Entschluß, auf der Version mit der Kanonenkugel zu beharren, in dem Moment ohnehin schon fest; als kleine Huldigung an die Gebrechlichkeit der Welt, die jeder sich zusammenbaut. Der Gedanke an das beharrliche Feilen ist anschließend zwar nicht mehr derselbe, weil Fakten das Hartnäckigste sind, was man sich vorstellen kann. So sagt man. Es bekümmert Philipp, daß auch diese Geschichte nicht wahr ist oder in Wahrheit nicht so, wie er es will. Aber er leistet Widerstand, er stemmt sich dagegen.

Und später, als er wieder auf der Vortreppe sitzt (gegen die Sonne blinzelt, auf einen Anruf von Johanna wartet, der er keinesfalls zuvorkommen will), hat er sogar einen lichten Moment. Da versöhnt er sich mit all diesen Kleinigkeiten, die so sehr ins Gewicht fallen. Da fühlt er sich einen Moment lang erhaben über den trostlosen Ehrgeiz der Faktentreue. Denn auf der Vortreppe gehört alles ihm. Dort ist er alleiniger Besitzer des Wetters, der Liebe, des polnischen Grafen, aller Tauben auf dem

Dach und einer großen Einsamkeit. Er sagt sich: Wenn einer mit einem Ballon über dem Haus stünde und in meine Länderei schaute, was würde er dann von mir denken? Er würde hoffentlich einen sehr günstigen Eindruck von mir gewinnen, und ohne darauf bestehen zu wollen, ist doch anzunehmen, daß ich (*trotzdem* bleibt das wichtigste Wort) ausreichend Anlaß gäbe, von ihm beneidet zu werden.

Und während er so brütet und während er sich wünscht, daß Johanna besagte Ballonfahrerin wäre auf der Suche nach dem Wetter von morgen, fällt die Asche seiner Zigarette, an der er, wie meistens, in sehr unregelmäßigen und langen Abständen zieht, von selbst. Er schiebt die Asche mit der Schuhspitze dort, wo eine Assel kauert, in eine Mulde, wo die verputzte Oberfläche der untersten Stufe abgeschilfert ist.

Im Rauch des letzten Zuges legt er dem jungen Stanislaus folgende Worte in den Mund:

– Fragen kann man sich vieles. Es ist auch schön, daß man manches denken kann. Aber das ist auch schon wieder alles.

Samstag, 6. August 1938

Er befindet sich im Dunkelsteiner Wald, tastet mit aufgestellten Lichtern die zurückweichenden und sich wieder aufbäumenden Straßenränder ab, an jeder Kreuzung auf dem brüchigen Fahrdamm rangierend, er wüßte gerne, wohin die Hinweisschilder gekommen sind und wer die wenigen vorhandenen Schilder verdreht hat und wofür das Bezahlen von Steuern gut sein soll, wenn nicht einmal auf die Beschilderung der Straßen Verlaß ist, und ob unter den neuen Herren vielleicht doch alles besser wird, breitere Straßen, hellerer Mond, bessere Orientierung. Auch die Grenzen der Phantasie haben sich unter dem Druck der Übermacht verschoben: Das große Reich der Ordnung und Gerechtigkeit hebt an. Na ja, denkt er, vorstellbar ist vieles, auch das Unwahrscheinliche, doch muß man von dem ausgehen, was wahrscheinlich ist, weshalb er an die nationalsozialistische Verheißung nicht recht glauben kann. Von *glauben wollen* ist noch nicht einmal die Rede. Klüger wäre es (zumindest träte der gewünschte Effekt verläßlicher ein), wenn er sich so schnell nicht wieder zu einer derartigen Zusammenkunft überreden ließe. Wobei: Ablehnen wäre auch schwer möglich gewesen aufgrund der Dienstreise und der zufälligen Anwesenheit in der Gegend. Die glücklose Suche nach einer halbwegs plausibel klingenden Ausrede hat ihn verlegen gemacht, so daß er sich kurzerhand zusagen hörte. Selbstverständlich werde er, allein aus Verbundenheit mit den werten (bedauernswerten) –.

(Stille.)

– Und wo genau soll das stattfinden?

Also ist er den Vertretern des niederösterreichischen Bauernbundes nach Ratzersdorf gefolgt, einem Flecken nördlich von Sankt Pölten, wo behördliche Störungen nicht zu befürchten sind, wie es hieß. Und alles wegen Geldangelegenheiten, um die Versorgung der Familien jener christlichsozialen Gesinnungsgenossen sicherzustellen, die seit dem Einmarsch in Dachau angehalten werden und von denen niemand vorherzusagen weiß, wann sie wieder freikommen. Richard versprach einen namhaften Betrag, und weil er dank dieser Zusage abkömmlich war, hielt ihn niemand zurück, als er sich verabschiedete, noch ehe er sein Bier getrunken hatte. Das war ihm dann auch wieder nicht recht. Wenigstens ein paar höfliche Einwände hätte er gerne gehört.

Jetzt irrt er seit gut einer halben Stunde durchs nächtliche Land, zwischen kleinsten, in Feldschneisen geduckten Ansiedlungen ohne jegliche Straßenbeleuchtung (was für ein Marktpotential, durchfährt es ihn). Wie Hasen springen die Häuser durchs Licht und zurück in die Deckung, wo man die Hand vor Augen nicht sieht. Von Bewohnern kein Zeichen, keine Menschenseele, alle im Bett. Das Kreuz schmerzt Richard, so spannt er den Oberkörper über den Lenker, den Hals langgestreckt, damit der Blick hinter den hastigen Scheinwerfern nicht zurückbleibt. Als an einer größeren Kreuzung wieder nur ein blecherner Pfeil mit *Krems*, aber nicht *Sankt Pölten* aus der Schwärze durchs Licht ruckt, nimmt er entnervt den Weg dorthin, weshalb er Wien erst kurz vor Mitternacht erreicht.

Lediglich Frieda ist noch auf, das Kindermädchen (das Hausmädchen, das Mädchen für alles). Sie sitzt in der Küche an dem mit Blech überzogenen Arbeitstisch und schreibt an einem Brief. Während sie ihre Schleifen malt, murmelt sie jedes Wort Silbe für Silbe vor sich hin. Richard, am Treppenabsatz, den Hut in der Hand, versucht mit schräggeneigtem Kopf aus dem in die Diele dringenden Gemurmel einzelne Wörter herauszulösen. Er horcht angestrengt, dabei wird ihm bewußt, daß man Wünsche haben kann, die einander direkt widersprechen:

Den Wunsch, Alma nicht zu betrügen, und den Wunsch, in die Küche zu gehen und das Kindermädchen aufzufordern, den Brief später zu Ende zu schreiben. Er besinnt sich darauf, wie Frieda am Nachmittag vor seiner Abreise im Garten eine Decke ausgebreitet und sich in die Sonne gelegt hat, um im Freien den Schlaf nachzuholen, der ihr in der Nacht zuvor entzogen worden war. Sie schmierte sich mit Creme ein, und solange sie damit beschäftigt war, hatte Richard sie betrachtet, ihre kurzen dunkelblauen Hosen, das bunte, quergestreifte Ruderleibchen und das weiße, auf beiden Seiten verknotete Tuch am Kopf. Vorne ließ das Tuch einen Teil der roten Haare sehen, den Stolz der ganzen Person, auf der rechten Seite schaukelten die verknoteten Enden des Tuches vor Friedas kräftigen Brüsten. Jetzt, in der Erinnerung, kommen ihm ihre Brustwarzen wie runzlige Stielaugen vor, die ihm mit seltsamem Grimm über Tage hinweg und auf Umwegen über Ybbs und Ratzersdorf nachsehen bis hierher.

Was geschieht? Was in den letzten Monaten viel zu oft geschehen ist: Daß sich der Vizedirektor der städtischen Elektrizitäts-Werke mit einer Hutblume unmöglich macht, Dr. Richard Sterk, Ende dreißig, doch kraft seines Amtes und seiner Würde ein gereifter Mann, der um sein Versagen weiß und trotzdem nicht in der Lage ist, dem Ganzen ein Ende zu machen. Er kommt von diesem Mädchen nicht los, obwohl es allerhöchste Zeit wäre. Sooft er den Beschluß faßt, daß es das definitiv letzte Mal sein wird oder gerade ist oder war, so oft sehnt er den Augenblick herbei, an dem er erneut mit Küssen über diese kinderspeckige Weinviertler Molligkeit herfällt. Er will es und will es gleichzeitig nicht. Bereits mit dem warmen, rauhen Kleid in der einen Hand, wenn er unter Friedas Achseln riecht, wenn er mit der anderen Hand die Speckröllchen streichelt, dort, wo der Büstenhalter einschneidet (der rote Büstenhalter, der auf der Vorderseite heller ist als auf der Rückseite): Wenn er diesen BH öffnet und Friedas weiße Brüste herausquellen und Frieda ihm währenddessen die Namen ihrer zwölf Geschwister psalmodiert: Da schwört er dem Mädchen heftig ab, so wahr ich hier stehe, um es kurz darauf ebenso heftig zu nehmen. Diesmal dreht er sie herum, sie beugt sich bereitwillig nach vorn und die Sommernacht und das Zirpen der Heuschrecken und die Dünste der Küche und das Knallen einer Fliege am gekippten Fenster – und – und – die wie von einer obszönen Feuchtigkeit glänzenden Ausläufer von Friedas durchgebogenem, durchgedrücktem Rücken im Licht der Deckenlampe und das Erlöschen der Glanzpartikel, als Richard sich nochmals nach vorn beugt, um Friedas dicke Brüste zu berühren. Dann, mit den Händen ihre Hinterbacken auseinander- und hochschiebend, während Frieda in ihr rechtes Handgelenk beißt, weil ihr gerade ein Stöhnen ausgekommen ist, stößt er hastig in diese wohlig warme, hinter dem borstigen Haarbüschel versteckte Höhle hinein, von alles überflutender Lust getrieben und von nicht minder heftiger Reue geplagt. Mit dem beunruhigenden Unterschied, daß die Lust hinterher rasch abklingt, die Reue jedoch bleibt. Die Reue kommt mit, als Richard sich mit angehaltenem Atem neben Alma ins Bett schiebt. Sie nimmt nicht ab mit dem Rasierschaum, den Richard sich in der Früh aus dem Gesicht schabt, und sie bohrt in seiner Magengrube, während er im Amt telefonisch mitteilt, daß er an diesem Tag nicht kommen werde, weil er die Dienstreise genausogut daheim aufarbeiten könne. Das trifft sogar zu, ist ihm normalerweise trotzdem kein hinreichender Grund für eine englische Woche. Vielmehr hat er beschlossen, diesen Samstag mit Alma und den Kindern zu verbringen und nebenher einen Weg ausfindig zu machen, wie unauffällig beendet werden kann, was nie hätte beginnen dürfen. Er will nicht den Rest seines Lebens in solcher Unordnung verbringen, das fällt ihm nicht im Traum ein. Oft empfindet er eine solche Abscheu gegen sich, und weil er Abscheu gegen sich empfindet, auch eine Abscheu gegen Frieda, daß es ihn Überwindung kostet, sich im eigenen Haus von einem Zimmer ins nächste zu bewegen. Ich darf kein Doppelleben führen, ermahnt er sich beim Mittagessen. Das wiederholt er einige Male zur Bekräftigung, skandiert es mit je einem Löffel Fridattensuppe: *Ich darf kein Doppelleben führen*. Aber am Ende weiß er nicht, ob ihn der Gedanke schreckt oder – noch schlimmer – ob es ihm schmeichelt, daß ihm dieses Doppelleben seit fünfeinhalb Monaten, seit Ende Februar, besser (wenn auch nicht leichter) von der Hand geht, als er es sich zugetraut hätte.

Bisher tut Alma, als lebe sie ohne Verdacht. Richards spätes Heimkommen am Vortag hat sie gar nicht angesprochen, sich allerdings auch nicht nach dem Verlauf der Dienstreise erkundigt, was ihn doch kränkt. Es scheint niemanden allzuhart zu treffen, wenn er ein paar Tage außer Haus verbringt. Im Moment, wie Alma es nennt, ist er in der Tat nichts anderes als der Ernährer und Haushaltsvorstand. Und außerdem der Liebhaber des Kindermädchens. Kann gut sein, daß Alma mehr als nur eine Vermutung in diese Richtung hat, auch wenn sie nach außen hin vorgibt, die Zeichen zu mißdeuten. Neulich kreidete sie ihm an, neben der Arbeit zuwenig Gestaltungskraft für die Familie aufzubringen, ständig sei er abgekämpft und müde, ohne Ringe unter den Augen würde sie ihn gar nicht mehr erkennen. Sie erkundigte sich nach seinem Schlaf, ohne Hintergedanken, wie ihm schien, sehr fürsorglich. Bei seinen bekannt mäßigen Ansprüchen auf diesem Gebiet muß Richard trotzdem befürchten, daß ein Denkprozeß in Bewegung gekommen ist. An der Arbeit allein kann seine Übermüdung nicht liegen, da wird auch Alma sich ihren Reim machen. Wann gab es bei ihm je Gähnen am Nachmittag? Und Ringe unter den Augen? Schlafstörungen zählen nicht zu seinen Sorgen, die nächtliche Hitze scheuert nicht an seinen Nerven, die Verdauung funktioniert ohne jeden Anstand, was bei der gemischten Kost, die er aus Rücksicht auf die Kinder nimmt, schon etwas heißen will. Auf die Sorgen im Zusammenhang mit den politischen Umwälzungen kann er auch nicht ewig alle Schuld schieben, wo doch schon jetzt etliche Anhaltspunkte darauf schließen lassen, daß vorerst nicht einmal die Absicht besteht, ihn von seinem Posten zu entfernen.

Am 13. März, dem Tag nach Beginn des Einmarsches, einem Sonntag, wurde Richard morgens von der Polizei aus dem Bett geholt und auf das Kommissariat in der Lainzer Straße verbracht. Man forderte ihm Gürtel und Schnürsenkel ab, beides bekam er nicht zurück, als er am späten Nachmittag in einem Taxi, das er selbst bezahlen mußte, in das Polizeigefängnis auf der Elisabethpromenade überstellt wurde. Er verbrachte mehrere Stunden in Gewahrsam, wenn man so nennen will, was er als Gefährdung empfunden hat, in einer katastrophal überfüllten Zelle, wo es ununterbrochen Streit gab. Kommunisten stritten mit Christlichsozialen und Christlichsoziale mit Sozialdemokraten und Sozialdemokraten mit Kommunisten um die Sache mit dem Gewissen, auf dem irgendwer das liebe Vaterland ja haben müsse. Am meisten beunruhigte Richard, daß die Männer sich größtenteils im Besitz sowohl ihrer Gürtel als auch ihrer Schnürsenkel befanden, wenn bei manchen auch Nase und Lippen und weniger sichtbare Körperteile Beschädigungen aufwiesen. Augenpartien erblühten als Veilchen, in Taxitüren eingeklemmte Finger färbten sich schwarz. Wo nicht gestritten wurde, war die Stimmung gedrückt, und Richard einer der Gedrücktesten, weil er keine Bürgerkriegserfahrung hatte und im Gegensatz zu den meisten der Anwesenden mit derlei Situationen völlig unvertraut war. Mit zunehmendem Schrecken richtete er sich auf seine erste Nacht im Arrest ein, die dann aber doch nicht stattfand, weil die Aktion wenigstens in seinem Fall vor allem der Einschüchterung diente. Nach einer kurzen nächtlichen Befragung durch reichsdeutsche Beamte, denen Illegale zur Seite standen, unterschrieb er ein im Stapel aufliegendes, mehrseitiges Gelöbnis, dessen Inhalt ihm dahingehend verdeutscht wurde, daß man von ihm erwarte, sich politisch nicht mehr zu betätigen. Als ob er sich je ernsthaft politisch betätigt hätte. Daraufhin wurde er nach Hause entlassen. Er weiß noch, daß er sich von den Beamten in aller Form verabschiedete und die Tür hinter sich schloß, als läge drinnen jemand im Sterben. Auf dem Flur nahm er Haltung an und stieg, so würdevoll es seine offenen Schuhe zuließen, die breite Steintreppe hinunter. Was ihm dabei durch den Kopf ging, hat sich bereits wieder verflüchtigt, aber ein Gefühl von nie zuvor empfundener Wucht ist ihm in Erinnerung geblieben: daß jede Stufe, wenn sie mit seinem Gewicht belastet wird, einen Mechanismus auslösen könnte, der seine sofortige und neuerliche Festsetzung sowie Schläge ins Gesicht zum Ergebnis haben würde. Er fühlte sich beobachtet und verfolgt, und trotz der peinlichen Mängel an seiner Garderobe traute er sich nicht, ein Taxi zu nehmen, wofür er keine wirkliche Erklärung hatte; vielleicht, weil die Fahrer allesamt wie Großdeutsche aussahen. Er zog es vor, die um vieles zeitaufwendigere Stadtbahn zu nehmen, setzte sich in den hintersten Wagen, und selbst dort erschien ihm, vom Schienenschlag und einer unbestimmten Angst geschüttelt, sein plötzliches Freikommen noch äußerst gespenstisch – wiewohl weitere Behelligungen seither nicht stattgefunden haben.

Mit dem warmen Gefühl des Mittagessens im Bauch knöchelt er im Vorbeigehen gegen das Barometer in der Veranda, dabei beruhigt er sich mit Zureden, wozu bin ich ein reicher Mann, notfalls ziehe ich mich in die Vorstadt zurück, um hier die Geborgenheit der Familie zu genießen. Er schnappt sich vom Sofa ein Kissen, und in der anderen Hand mit Henry Fords monotonen Denkschriften, mit denen er seit Wochen nicht vorwärtskommt, sowie der *Reichspost* vom Tag, tritt er hinaus in den Garten. Das Sonnenlicht prickelt in seinem Gesicht, er blinzelt über die Rasenfläche und gibt sich Mühe, das herumliegende Spielzeug und die für den Kinderwagen zu schmalen und deshalb beidseits abgefahrenen Gartenwege mit den Augen eines glücklichen Familienvaters zu sehen. Bald wird Ingrid auch längere Strecken alleine gehen können, und vor allem wird man sie nicht mehr, wie jetzt, zum Mittagsschlaf durch den Garten kutschieren müssen. Das Befahren der Gartenwege mit dem Kinderwagen schadet den Wegen außerordentlich. Vermutlich ist auch das Tretauto beteiligt, das Otto im Vorjahr bei einer Kindertombola gewonnen hat und aus dem er bald herausgewachsen sein wird. Wenn Otto das Tretauto wenigstens nicht immer mitten am Vorplatz abstellen würde, dieser Bengel. Richard schaut zu Otto hinüber, faul liegt der Bub, die Katze im Arm, auf den warmen Steinplatten unter der mit Bohnen bewachsenen Pergola und bohrt in der Nase.

– Schreibst du mir eine Postkarte? fragt Richard.

– Ich? fragt Otto.

– Weißt du von wo?

Otto schaut nochmals auf und wischt sich die Finger an seiner Lederhose ab, die aufgestickten Edelweißmotive an seinem rechten Schenkel erzeugen ein holprig scheuerndes Geräusch. Otto hält inne, überlegt, ob seine Reaktion richtig war, streichelt dann wieder die Katze, was ihm bezogen auf seine Rotzfinger unverfänglicher vorkommt.

– Von oben, sagt Richard: Man kann im Leben hinaufkommen und hinunter. Wenn man ganz oben ist, kann man seinen Wagen quer in der Einfahrt parken. Das ist, was ich meine.

Richard schaut wieder zum Vorplatz, wo Frieda, von der anderen Seite des Hauses kommend, auf einer ihrer Runden den Kinderwagen in sein Blickfeld schiebt. Der lose Untergrund knirscht und knistert unter den hohen, mit Hartgummi bezogenen Rädern. Gleich wird der Kinderwagen auf Höhe der Schutzengelfigur, die Richards Mutter während des Krieges dort aufstellen ließ, den Gartenweg erreichen und wippend auf die Platten springen.

– Ist sie schon eingeschlafen? will Richard wissen.

Frieda wiegt den Kopf.

– Warum fährst du nicht in den Park mit ihr?

Frieda errötet und drückt den Stoßbügel halb mit den Händen, halb mit dem Bauch nach unten, damit der Wagen ein wenig schaukelt. Die Federung quietscht an den Nietstellen, sie sollte geölt werden.

– Vor die Soldaten ist man im Moment nirgends sicher, sagt sie, kichert verlegen, ihr Busen hebt und senkt sich schneller als sonst oder wie sonst nur in der Nacht, wenn sie ihre Plumpheit verliert, diese Verschrecktheit aus Heimweh und der Unfähigkeit zu einem halbwegs normalen Deutsch. Richard hat begonnen, auf derlei Kleinigkeiten zu achten, ihre Schüchternheit, wenn sie Hunger hat, ihr Zusammenzucken, wenn Alma brüsk das Wort an sie richtet, und darauf, wo Frieda sich tagsüber kratzt und ob es an Stellen ist, wo Richards eingetrockneter Speichel für das Jucken verantwortlich sein könnte (während Friedas Speichel offenbar nächtliche Alpträume verursacht).

Er tritt zur Seite und läßt Frieda mit dem Kinderwagen passieren. Sie bewegt sich mit scheuer Ungelenkigkeit an ihm vorbei. Auch Richard fühlt sich nicht sonderlich wohl bei dieser Begegnung. Wie schon beim gemeinsamen Mittagessen empfindet er die Situation als ziemlich verrückt. Das Verhältnis ist ohne Zukunft, und trotzdem ist da ein enormer Reiz, der anhält und anhält und von dem ganz unklar ist, wozu er sich auswachsen wird. Im Moment: Er weiß nicht, es muß ein Ende haben, und zwar rasch, er hat keine Begabung für die Unordnung, betrüblicherweise, einerseits. Andererseits wird alles unkalkulierbar, und er mag es nicht, wenn sich die Dinge seiner Kontrolle entziehen.

– Werden weiterhin Truppen in die Stadt verlegt? fragt Alma.

– Wer Augen hat zu sehen, der sehe, antwortet Richard.

Er nimmt die zweite Liege, die außen an einem Stützbalken

der Pergola lehnt. Noch während er die Liege auseinanderklappt, fügt er dem Gesagten hinzu:

– Apropos *Augen auf*: In der Klosettabteilung der Mansarde ist die rechte Seite des Fensters mit dem Blech nicht dicht genug abgedeckt, so daß Wasser eindringt und der Fensterrahmen und auch der Balken darunter faul geworden sind. Man sieht es, wenn man sich hinausbeugt.

Alma räkelt sich bäuchlings auf ihrer Liege, in einem weißen Sommerkleid mit blauen Punkten und Puffärmeln, diese große, gelassene und trotz ihres grobknochigen Körperbaus mehr lunare als ländliche Schönheit. Sie blättert in ihrem Buch einige Seiten nach vorne, um zu sehen, ob das Kapitel bald zu Ende ist, sie schließt das Buch und legt es in den Schatten unter ihrem Stuhl. Ihre Augen sehen vom Lesen schläfrig aus. Sie hebt die Brauen und läßt den Blick, schräg hoch, länger als sonst auf Richard verweilen.

– Ich beuge mich nicht zum Klosettfenster hinaus. Warum sollte ich das tun?

– Sei so gut und laß einen Spengler kommen, er soll es in Ordnung bringen. Meinetwegen kann er nach eigener Einschätzung alle Blechteile des Hauses minisieren und streichen. An der Nordseite ist die Wand entlang der Rinne ständig feucht. Kann sein, daß die Rinne beschädigt ist, man muß es sich gründlich ansehen.

– Soll ich Frau Mendel fragen? Vielleicht will ihr Schwiegersohn kommen.

Richard setzt sich als Schutz gegen die Sonne seine Kapitänsmütze auf und macht es sich auf der Liege bequem. Die Bespannung gibt unter der Belastung ein knarzendes Geräusch von sich. Er sagt:

– Ich bin vor ein paar Tagen auf der Hietzinger Hauptstraße mit ihr zusammengetroffen, und ich kann nicht behaupten, daß sie ausgesprochen freundlich war.

– Frau Mendel?

– Ja, Frau Mendel.

Alma räkelt sich und atmet tief ein, bis ihre Lunge ganz von Gartenluft angefüllt ist.

– Ich nehme halt an, man wird im Verkehr mit ihr in nächster Zeit die Lage berücksichtigen müssen, in der sie sich neuerdings befindet. Sollte sie deswegen schlechte Laune haben, mich würde es nicht wundern.

Sie schließt die Augen.

– Wie wahr, wie wahr, grunzt Richard.

Diese Art Logik, denkt er, ist Almas Stärke, außer ihr kennt er niemanden, der sich in der Befindlichkeit anderer wie in einem vertrauten Element bewegt. Alma scheint mit diesem Talent auf die Welt gekommen zu sein, mit den Dingen im kleinen Finger. Diese Gabe ist etwas, was ihn in ihrem Fall beunruhigt, was er in seinem Fall gerne für sich hätte. Er selbst wird meistens nicht sonderlich schlau aus seinem Gegenüber, auch nicht aus Alma, die von einer immer gleichen, schwierigen Ruhe beherrscht wird. Oft, wenn er wüßte, was in ihr vorgeht, wäre ihm leichter, und er würde im Umgang mit ihr vielleicht mehr als nur ein paar eckige Alltäglichkeiten zustande bringen. Ohne Alma, glaubt er, wäre das Leben trostlos. Was ohne sie wäre, kann er mit letzter Bestimmtheit nicht sagen, aber er stellt sich vor, daß es trostlos wäre. Auf einmal fallen ihm eine Menge Dinge über sie ein, an die er schon lange nicht mehr gedacht hat und die seine Gereiztheit abklingen lassen: Daß sie vor neun Jahren, als sie einander kennenlernten, behauptete, eine moderne junge Frau zu sein, und daß sie zum Argwohn seines Vaters das Haar schon damals sehr kurz trug. Richard öffnet nochmals die Augen, schon ganz schläfrig, er wirft einen heimlichen Blick zu Alma hinüber. Sie hat ihre Sonnenbrille aufgesetzt und liest wieder in dem Roman von Schnitzler, zwischendurch mit einem Bleistiftstummel an den Rand schreibend, diese geheimen Zeichen, deren Sinn er nicht ergründen kann. Ob sie wohl manchmal ihrem Studium nachtrauert? Nein. Und wenn doch? Ein bißchen vielleicht. Als sie schwanger wurde –. Wie war das damals? Sie hat es auf die ihr typische Art in Glück umgemünzt, mit offenen Armen für alles, was vorfällt, weil sie so gerne am Leben ist (ihre eigenen Worte). Er hat diesen Zug an ihr erst viel später wahrgenommen. Und er? Er hat gesagt, jetzt wird geheiratet. Ein großes Haus. Das war vorhanden. Eine Handvoll Kinder. Aus der ist nichts geworden. Ob sich diese Dinge in Almas Kopf mit dem Gelesenen vermischen? Er würde es gern wissen. Die zweite Schwangerschaft mit Ingrid, von der ihr die Ärzte dringend abgeraten hatten und die tatsächlich beinah schiefgegangen wäre? Anschließend fiel Alma aus allen Kleidern, nur langsam setzt sie wieder Speck an, auch oben herum, wo sie nicht mehr viel aufzubieten hat. Es sollte alles wieder wie früher sein, sagt er sich. All die Jahre. Und dann. Wie dumm kann man eigentlich sein? Wo ist bloß sein Verstand hingekommen? Mit dem Kindermädchen. Kein Platz vor ihnen sicher. Nicht einmal das Ehebett. Was bloß in Almas Kopf vorgeht? Sie wäre bestimmt nicht sonderlich erfreut, wenn sie. Sie würde vermutlich aus dem gemeinsamen Bett ausziehen, Moment, nein, das würde sie nicht, aber die Probe aufs Exempel will er trotzdem nicht machen. Er liebt sie, er würde ihre Füße küssen, beide Füße, alle Zehen. Wie sie. Komisch, daß er dem Kindermädchen die Füße küßt, während er bei Alma, obwohl ihre Schönheit nach wie vor seinen Herzschlag beschleunigt, meist nur das Nachthemd hochschiebt. Sie ist jünger als er, im Vormonat einunddreißig geworden. Und er mag es, wie sie die Beine öffnet, nicht nur ein bißchen. Ob es ihr auch von hinten gefallen würde? Durchaus im Bereich des Möglichen. Aber was denkt er da eigentlich? Egal, er wird sie ohnehin nicht fragen, denn sein Respekt vor ihr vereitelt jeden Anlauf. Er weiß nicht warum und ob das richtig ist, er weiß auch bei den Kindern oft nicht, was richtig ist, wie weit er gehen darf, damit sie beim Spielen nicht die Achtung vor ihm verlieren. Etwas Ähnliches gilt bestimmt auch für sein Verhältnis zu Alma im Bett. Und. So viele Gedanken gehen ihm durch den Kopf, er versucht, einzelne Gedanken anzuhalten, aber sie laufen geschwind weiter, ungehorsam wie Kinder, mit denen man zuviel gespielt hat. Daß sein Vater überhaupt je mit ihm geredet hätte, als er, Richard, klein war? Er kann sich nicht erinnern, daß das vorgekommen ist. Verständigung bedeutete, den Kindern etwas aufzutragen. Ansonsten hatten sie sich wie Topfblumen zu betragen, kein Vergleich zu den heutigen Freiheiten. Topfblumen, ja. Er denkt an Topfblumen.

Später fröstelt es ihn, trotz der schwülwarmen Temperaturen, woran er erkennt, daß er längere Zeit geschlafen hat.

Ohne die Augen zu öffnen, dreht Richard sich zur Seite, krümmt sich, zieht die Knie ein Stück an und legt die Ellbogen fest an den Körper, um in dieser Haltung noch eine Weile vor sich hin zu dämmern. Seine Wahrnehmung ist angenehm diffus, er riecht den eingefärbten Leinenbezug der Liege, etwas dumpf, und im Kissen, in dem sein Gesicht halb verborgen ist, den süßlichen Speichel seiner zweijährigen Tochter. Das Gras ringsum verströmt weiche Hitze und Sommer und Gott und die Welt. In seinem Rücken hört er trippelnde Schritte, die sich nähern und wieder entfernen, dazu Ingrids helles Stimmchen beim Auflachen. Ihm fällt ein, daß ihn ein solches Lachen gerade geweckt hat. Wasser plätschert, und Alma ruft:

– Gleich hab ich dich!

Und wieder dieses helle, fröhliche Lachen, unter das sich das Schlagen von Almas Sandalen mischt, sehr hart, als würde Alma lediglich vortäuschen zu laufen. Richards obenliegendes Ohr vernimmt das Klacken einer Wegplatte. Er hört in die verschiedenen Geräusche hinein, holt sie zu sich heran, ehe er sie wieder mit dem Hintergrund verschmelzen läßt: Das Reiben und Knarzen der Schaukelketten an den Gummischalen, die Richard aus einem kaputten Wagenreifen hat sägen lassen zum Schutz des Astes, an dem die Schaukel hängt, dann erneut

Ingrids trippelnde Schritte, ihr langes, dünnes und gellendes Stimmchen, von dem Richard sich, wie widersinnig es klingen mag, seltsam behütet fühlt. Schon lange ist er nicht mehr so gelegen, alles kommt ihm friedlich vor, so frei von Sorgen. Ein Gefühl der Zufriedenheit erfaßt ihn, und einen Augenblick lang hat er die sichere Empfindung, nicht nur Teil dieser Geräuschkulisse zu sein, sondern ihr Mittelpunkt, Brennpunkt eines familiären Kraftfeldes, der Unterbau, der dem Überbau zuhört. Dr. Richard Sterk: Jede familiäre Regung ein Attribut seiner großmächtigen Person. So hat er es sich vorgestellt, bevor er verheiratet war – und natürlich weiß er (was er offen nicht zugeben kann), daß hier der wahnhafte Teil seines Wünschens beginnt.

Seufzend dreht er sich auf den Rücken und hebt den Oberkörper, gleichzeitig öffnet er die Augen zu schmalen Schlitzen. Sein Blick gleitet langsam über den Rasen zwischen den Bäumen hindurch zur Veranda. Bei einem halbwüchsigen Apfelbaum, der noch von seinem Vater stammt, sieht er seine Tochter im Kreis um den Stamm laufen. Irgendwer hat ihr ein riesiges Rhabarberblatt um den Kopf gebunden. Die Schritte, die sie macht, sind ungleich, sie schwankt auf ihren kleinen nackten Füßen und mit dem dicken Windelpopo, als wäre sie eine Barkasse, die zu schwer geladen hat. Dahinter läuft Alma mit der Gießkanne. Immer wieder läßt Alma sacht einige Spritzer Wasser aus der Gießschnauze auf Ingrids Schultern und Rücken schwappen, auch noch, als Ingrid Richtung Vorplatz schwenkt. Beide leisten sich eine strahlende Miene. Richard schaut ihnen hinterher, bis sie über der Auffahrt verschwinden, wo der Garten von Richards Platz aus nicht einzusehen ist. Lediglich Ingrids fröhliches Kreischen wird von der warmen Luft noch herübergetragen.

– Stimmt es, erkundigt Otto sich von der Schaukel, daß man um den Ast herumschaukeln kann, wenn man schnell genug schaukelt?

– Wer behauptet das? fragt Richard.

– Frieda.

– Es ist Unsinn, du würdest dir den Schädel an den Ästen darüber anhauen.

– Und wenn man die Äste darüber wegschneiden würde?

– Dann würden wir im Herbst keinen Most bekommen.

– Und stimmt es, daß wir jetzt, wo wir Deutsche sind, niemanden mehr zu fürchten brauchen?

– Von wem stammt das? Doch bestimmt nicht von Frieda? Sie fürchtet sich ja vor jedem Soldaten.

– Fredl, der Sohn von Frau Puwein, sagt es.

– Na, in gewisser Weise hat er sogar recht, da wir bisher nur die Deutschen gefürchtet haben und das jetzt wegfällt, weil wir ja selber Deutsche geworden sind.

– Mir gefällt es, daß wir Deutsche sind. Am besten hat mir gefallen, als die Flugzeuge die Hakenkreuze aus Aluminiumfolie abgeworfen haben.

Am Morgen des 12. März bei niedrigstehender Sonne, wie ein riesiger Schwarm gleißender Fische sah es aus.

Otto lehnt sich mit ausgestreckten Beinen weit zurück, holt Schwung, dann springt er am höchsten Punkt seiner Schaukelbahn ab, breitet die Arme aus und imitiert ein Flugzeug. Die Schaukelkette klirrt, als das Brett zurücksaust. Nach einer Drehung um 180 Grad landet Otto mit einem Plumps auf allen vieren, eine der ganz gewöhnlichen Komponenten eines sonnigen Sommernachmittags im Garten, etwas, das Richard gar nicht auffallen würde, wenn er tagsüber öfter daheim wäre.

Er ruft Otto hinterher:

– Wo *ist* Frieda?

Otto hält im Laufen inne und dreht sich zurück:

– Sie sitzt in der Veranda und schreibt einen Brief.

– Bitte sie, mir ein Bier aus dem Keller zu bringen.

Sowie er es gesagt hat, gewahrt er, daß Frieda in der Veranda vom Tisch aufsteht und einen kurzen Blick zu ihm herauswirft.

Die Tür und mehrere Fenster klaffen weit auf, damit im Haus für Durchzug gesorgt ist.

– Otto, es hat sich erledigt! ruft er.

Aber der Junge hört es nicht mehr, da er bereits die vier Stufen zur Veranda hochtrampelt. Auch egal. Richard streckt sich der Länge nach aus. Die Hände unter dem Kopf verschränkt, starrt er in das Geäst über sich, in dem Teile des hart gespannten Himmels zu sehen sind und Krähen darin, die schräg durch den Nachmittag ziehen. Während sich der Garten einen Moment lang in fetter und üppiger Ruhe wiegt, brütet Richard darüber, was das Familienleben eigentlich ist, was so ein Familienleben ausmacht. Und vor allem, warum praktische Ehewissenschaften einen nicht besser darauf vorbereiten, vom technischen Standpunkt aus, da man doch ganze Tage mit Familienleben zubringt. Ganze Wochenenden. Es ist ihm unerfindlich. Mißmutig zieht er die Handflächen über die rauhen Armstützen des Liegestuhls. Als von hinter dem Haus Alma mit der weinenden Ingrid am Arm kommt, verstellt er die Lehne um mehrere Kerben nach vorn, so daß er jetzt beinahe sitzt.

– Du wirst sehen, bis zur Hochzeit ist es wieder gut, sagt Alma zu Ingrid. Und zu Richard:

– Sie ist über eine der Weinkisten gefallen, in denen Otto seine Heupferdchen hält.

Sie stellt die Gießkanne zurück zum Brunnen und fährt dem weinenden Kind mit der frei gewordenen Hand über die Wange. In dem Moment tritt Frieda aus der Verandatür, ein Bier in der Hand, über das ein Glas gestülpt ist. Nachdem sie Richard das Bier gereicht hat, hilft sie Alma mit Ingrid, die vor Anstrengung rot angelaufen ist, deren Weinen jetzt aber nachläßt.

– Bis zur Hochzeit ist es wieder gut, verspricht Alma nochmals.

Ingrid versteckt sich im Kittel von Frieda. Frieda ist mittlerweile in die Knie gegangen und murmelt etwas Unverständliches in ihrem Weinviertler Dialekt. Sie klemmt Ingrid zwischen ihre Schenkel, und Ingrid läßt sich mit zwei Handvoll Wasser, die Frieda aus der Gießkanne nimmt, folgsam den Rotz aus dem Gesicht waschen. Frieda trocknet das Gesicht des Mädchens mit dem Ende ihres Kleides ab, und da der Stoff nicht für alles gleichzeitig herhalten kann, bietet sich Richard der Anblick eines nackten Schenkels. Abermals gehen Richard Bilder durch den Kopf, die zarte Haut an den Innenseiten, diese sanft hügelige Landschaft aus Muskeln und Fett, und das rötliche Haar, das sich in einer schmalen Linie bis unmittelbar zu Friedas After zieht. Er hat alles genau vor Augen. Doch die Folge ist keineswegs ein wollüstiges Gefühl, und wenn doch, ist dieses wollüstige Gefühl, Teil des Traurigen an seiner Lage, das ihm in die Kehle steigt. Indem er noch zu Frieda hinüberschaut, läßt er mechanisch den Patentverschluß seines Biers aufschnappen, er bemerkt nicht, daß Ingrid, über Friedas Schenkel hinweg, zurückschaut.

– Bumm! sagt sie.

– Bumm! sagt auch Richard. Das kann einen wirklich in den Irrsinn treiben, stöhnt er bei sich. Er beäugt das Kind, dessen Wangen unter den Augen noch ein wenig glänzen, dort, wo sich die Tränen auf dem faltenlosen Gesicht flächig ausgebreitet haben. Die Tatsache, daß so eine kleine, zu nichts zu gebrauchende Kreatur seine Tochter sein soll, verwundert ihn jeden Tag mehr.

– Gut geschlafen? fragt Alma.

Im ersten Moment, als ihm seine Dienstreise in den Sinn kommt, ist er drauf und dran zu behaupten, daß er sich das Nickerchen redlich verdient habe. Doch rechtzeitig erinnert er sich, daß die Tage mit den Kollegen von der NEWAG für sein nachmittägliches Schlafbedürfnis nur teilweise verantwortlich sind.

– Danke der Nachfrage, murrt er.

Alma gesellt sich zu ihm und nimmt einen kräftigen Schluck vom Bier. Sie sagt:

– Der Schießplatz in Penzing wird neuerdings fast jeden Tag genutzt.

Richard horcht. Hinter dem monotonen Scharren eines nachbarlichen Handrasenmähers vernimmt er die dumpf verhallenden Schläge, die den Himmel zu perforieren scheinen wie nachfedernde Wellpappe.

– Kann sein, sie lernen auf neues Gerät um. Kann auch sein, sie sind einfach froh, daß sie mit der Munition nicht mehr so sparsam wirtschaften müssen wie unter den Unsrigen.

Alma stützt sich am oberen Steg von Richards Lehne ab:

– Die Unsrigen hätten ruhig auch in den Straßen mit der Munition mehr knausern dürfen.

Richard sucht Almas Blick. Seiner Ansicht nach ist sie der Typ, bei dem sich die Falten zuallererst zwischen den Augenbrauen ansiedeln.

Laut sagt er:

– Wenn man gewußt hätte, wie es weitergehen wird, hätte man sich das eine und andere Scharmützel sparen können und besser die Zeit mehr genossen.

– Frau Löwy behauptet, die warten nur den Frühling ab, dann gibt es Krieg.

Er nickt mit sinnender Miene, obwohl er diese Ansicht etwas zu dick aufgetragen findet. Doch erst am Vortag bei der Zusammenkunft in Ratzersdorf hat er sich sagen lassen, was er jetzt wiederholt:

– Es wäre ihnen zuzutrauen.

An Eigenem setzt er hinzu:

– Der Himmel möge es verhüten.

– Löwys gehen nach London zu ihrer älteren Tochter. Sie suchen einen Käufer für das Haus. Dem Vernehmen nach soll ein Verwandter von Paula Wessely Interesse bekunden.

Richard greift unter seinen Liegestuhl nach der Reichspost:

– Ich hoffe, das Milieu bleibt so ruhig, wie es ist. Bin gespannt, wer sich hier alles einnisten wird.

Die Drangsalierung der Sudetendeutschen, heißt es, geht weiter. In Ungarn dürfe die politische Windstille nicht als sorgenfreie Sommerluft gewertet werden. Feierliche Eröffnung der Deutschen Rundfunkausstellung in Berlin durch Goebbels, die größte bisher erlebte Leistungsschau auf dem Gebiet des Rundfunks. Wollen das stärkste Rundfunkland der Welt werden. St. Jean de Luz, angeblich hielt der katalanische Bolschewikenausschuß eine Ministersitzung ab, eingehende Erörterung der militärischen Lage in Katalonien, gelang es den nationalen Fliegern, die Stellungen der spanischen Bolschewiken mit Bomben erfolgreich zu belegen. Vittorio Mussolini, Sohn des Duce, auf Studienreise durch Deutschland. Abflauen der Hitzewelle in Österreich, vielfach wieder 30 Grad, von Westen her rückt langsam ein Störungsgebiet vor, Wien heiter bei 28, die Reihe der verbilligten Bedarfsgegenstände ist durch ein neues wichtiges Glied vermehrt, das Zündhölzchen, Salzburg, Erstaufführung des Figaro, Ezio Pinza bei seinem Trutzlied »Non più andrai« (farfallone amoroso, notte e giorno díntorno girando), da erloschen im Orchester und auf der Bühne …

Weiter dringt Richard in seiner Lektüre nicht vor, weil ein offener Steyr-Wagen in die Auffahrt biegt. Der Wagen rollt aus und kommt kiesknirschend vor Ottos Tretauto zum Stehen. Crobath, ein Studienkollege, den Richard seit Jahren nicht gesehen hat, steigt aus dem Wagen. Er trägt Uniform, dazu eine dieser adrett gescheitelten Frisuren. Und Richard? Mit Haaren, die von der Kapitänsmütze und dem Schlaf hinten kreuzquer verlegen sind, im Hemd und in ausgetretenen Segeltuchschuhen. Auf Crobath zustrebend, vom warmen Grasgeruch in den Kiesstaub, nimmt Richard sich vor, Alma zu bitten, ihm neue Schuhe von derselben Art zu besorgen, am besten gleich zwei Paar.

– Man hat mir gesagt, daß ich Sie zu Hause antreffe.

Crobath redet ein wenig durch die Nase, auf die gut wienerische Art, was Richard dran denken läßt, daß Crobath, als sie gemeinsam bei den akademischen Naturfreunden waren, sich als Eislauflehrer am Heumarkt verdingte, um seine magere Menage aufzubessern. Damals hinkte Crobath in allem nach, ein Mensch mit einem nichtssagenden Gesicht, den Richard immer ein wenig verachtete. Doch wenn Richard ihn sich jetzt ansieht, muß er zugeben, daß sein Gegenüber in seiner Kantigkeit vitaler und um Jahre jünger wirkt als er selbst.

Haben sie einander damals gedutzt?

– Ich hoffe, ich störe nicht, sagt Crobath.

– Ich bitte Sie. Was kann ich für Sie tun?

Er legt Crobath wie prüfend die Hand auf die gepolsterte Uniformschulter. Nach weiteren Höflichkeitsfloskeln für Alma, wendet Crobath sich wieder an Richard mit der Bitte um ein Gespräch unter vier Augen.

– Ist es etwas Wichtiges? fragt Alma, die Arme gekreuzt, eigenwillig noch darin.

– Es ist keine große Sache, sagt Crobath. Aber es klingt wie das Gegenteil.

– Bitte sorg dafür, daß wir nicht gestört werden. Frieda soll Kaffee bringen.

Gleichzeitig rätselt Richard, welchem Anlaß der Besuch zu verdanken ist, ob es mit dem vortägigen Treffen in Ratzersdorf zu tun hat. Er mustert Crobath, was der bloß wollen kann. Das beste wird sein, sich mit Reden zurückzuhalten, wo es geht. Einen ruhigen Eindruck will er erwecken. Bloß keine Unsicherheit zeigen. Doch tritt er voraus in die Pergola, wo verandaseitig der Sommertisch steht, sogar mit Blumen darauf, zu steif, er bewegt sich zu steif, mit zurückgeschmissenen Schultern, als müsse er Haltung demonstrieren. Die Männer setzen sich. Richard rechnet damit, daß Crobath zur Einstimmung an entlegener Stelle beginnen und ein paar Geschichten aus der Studienzeit hervorkramen wird, um sich dann dem eigentlichen Gegenstand zu nähern. Doch nach kurzen Bemerkungen über Otto, den sie aus der Pergola vertrieben haben (wie ähnlich der Bub Richard sehe, das halte die Familie zusammen), und über ein Thema von allgemeinem Interesse (wie grundlegend und vorteilhaft sich die Lage in den vergangenen Wochen verändert habe), steuert Crobath auf den Punkt zu: Die anhängige Klage gegen die Wach- und Schließgesellschaft sei eine lächerliche Sache, wenn man die äußeren Umstände bedenke. Denn, wie Crobath fortfährt:

– Es müssen alle mit ins Rad greifen.

Vor Antritt seiner Dienstreise hat Richard über einen ihm bekannten Rechtsanwalt bei der Wach- und Schließgesellschaft eine Schadensersatzzahlung anmahnen lassen. Für den Fall weiterer Säumigkeit wurde mit Klage gedroht, diese ist aber keineswegs, wie Crobaths Äußerung vermuten ließe, bereits eingereicht.

– Wieso lächerlich? fragt Richard: Die Wach- und Schließgesellschaft hat bisher nur mit Manövern von sich hören lassen, Ausflüchte versucht oder auf Anfragen erst gar nicht reagiert. Laut Vertrag ist ein Schaden, wenn sich keine Einigung erzielen läßt, binnen sechs Monaten gerichtlich einzufordern. Dieser Schritt ist angebahnt. Ich sehe darin einen normalen Vorgang in Anbetracht der Signale, daß die Wach- und Schließgesellschaft alle Möglichkeiten ausschöpfen will, sich vor der Zahlung zu drücken.

Crobath hält Richard einen fünfminütigen Vortrag über erhebliche Veränderungen, vor denen man stehe, anhaltende Hochstimmung in der Stadt und darüber, daß Richards Verhalten ein ungünstiges Licht auf seine politische Einstellung werfe.

Als Crobath in einem Resümee Anzeichen erkennen läßt, wieder von vorne beginnen zu wollen, indem er verkündet, daß von jedermann Opfer verlangt würden, wendet Richard vorsichtig ein:

– Ich hätte nicht angenommen, daß es sich hier um eine politische Angelegenheit handelt.

– Dann denken Sie die falschen Gedanken, entgegnet Crobath in einer Gelassenheit, die bewirkt, daß Richard sich auf eine Erwiderung nicht einlassen mag.

Richard horcht auf dünne Sandalenschritte, die sich hinter ihm über den Rasen nähern. Es ist Frieda, die Kaffee und eine Schale mit Brombeeren bringt. Beim Verrücken der Blumenvase beugt Frieda sich über Richards Schulter. Richard meint den nachgiebigen Druck einer ihrer Brüste zu spüren, er nimmt an, daß Absicht dahintersteckt, vielleicht um an die vergangene Nacht zu erinnern. Den Körper schräg zur Seite geneigt, verteilt Frieda Tassen und Schalen mit etwas sanft Schleppendem in ihren Bewegungen, das Richard ebenfalls auf sich bezieht. Er riecht den vertraut parfümierten Körper, der einen stärkeren Geruch ausströmt als die Brombeeren am Tisch. Auch Crobath heftet seine Augen auf das Mädchen, und Richard fällt ein, daß ein Teil der verschossenen Wäsche, die indirekt Gegenstand des Gesprächs ist, von Frieda getragen wird. Alma hat die passenden Stücke mit nach Hause gebracht aus der Überlegung heraus, daß man diese Stücke im Falle einer juristischen Auseinandersetzung weiterhin als Beweismittel vorlegen könnte.

Während Frieda Kaffee einschenkt, ruft Richard sich die einzelnen Vorgänge ins Gedächtnis zurück: Daß am 12. und 13. März deutsche Truppen in Österreich einmarschierten, Samstag und Sonntag, und daß am Wäschegeschäft von Almas Eltern, dem Alma als Geschäftsführerin vorsteht, die dichtbestückte Auslage von dem reichlichen Sonnenlicht an jenen Tagen verdorben wurde. Ein Mitarbeiter der Wach- und Schließgesellschaft hatte es vorgezogen, an der Westeinfahrt Fahnen zu schwingen und seine neue Staatsangehörigkeit zu feiern, anstatt seiner Arbeit in der gebotenen Weise nachzukommen.

Er sagt:

– Es läßt sich nicht wegreden, daß der Wachmann nicht auf seinem Posten war.

Und Crobath:

– Kann man es ihm vorwerfen, daß er die Bedeutung der historischen Stunde erkannt hat, wie man es im übrigen nicht anders von jedem erwartet?

Richard blickt einen Moment lang hinter der gemächlich sich entfernenden Frieda her, dann schräg zurück auf Crobath. Er ist der Meinung, dessen verdrechselter Logik nicht folgen zu müssen.

– Daraus läßt sich hoffentlich nicht das Recht ableiten, seine Pflichten zu vernachlässigen. Und wenn doch: Dann soll die Wach- und Schließgesellschaft dem Mann seinen Sinn fürs Historische vergelten und den Schaden ausgleichen, dem Anstand zuliebe.

Den Vertrag mit der Wach- und Schließgesellschaft hat Alma im vergangenen Jahr erst nach viel Zögern und langem Hin und Her verlängert. Wiederholt waren Nachlässigkeiten vorgekommen, und dann wurde der Schaden nicht gutgemacht. Den höheren Preis für die Dienste seiner Firma im Verhältnis zu anderen Offerten begründete der zuständige Inspektor damit, daß man im Schadensfall einer Firma gegenüberstehe, die voll hafte und auch praktisch haftbar gehalten werden könne. Besagter Inspektor, ein Herr Boldog, wußte über die Unstimmigkeiten der Vergangenheit Bescheid, er versprach feierlich, daß sich Ähnliches nicht wiederholen werde und daß man sich gegebenenfalls an ihn wenden solle. Man hat sich darauf verlassen.

Die Pflichtvergessenheit des Wächters wurde mitgeteilt, ebenso die Tatsache, daß an den betreffenden Tagen sommerlicher Sonnenschein herrschte, was aufgrund der Zeitungsberichte und Wochenschauen nicht einmal die Wach- und Schließgesellschaft zu bestreiten wagt. Allerdings wurde bereits in der ersten Reaktion behauptet, daß es dem Sonnenlicht

Mitte März an der nötigen Kraft fehle, um die angezeigten Schäden anzurichten. Als ob den Herren nicht bekannt ist, daß bei manchen Waren bereits eine Viertelstunde Sonnenlicht genügt, um die Farben zu verderben. Dabei spielt es auch keine Rolle, wie stark die Ware gebleicht ist, im Kassabuch bleibt der Verlust derselbe. All diese Argumente wurden mehrfach vorgebracht, die strittigen Fragen jedoch durch einen Sachverständigen der Wach- und Schließgesellschaft, also der interessierten Partei, zuungunsten Almas beurteilt. Unabhängiges Gutachten wurde keines eingeholt, weil zu teuer, wie man weismachen wollte, und so ist während bald eines halben Jahres nur Zeit vergangen.

Aber wenigstens weiß Richard, daß die Erklärungen, die er anzubieten hat, vor Crobaths politischen Argumenten nichts gelten, ob er auch hundertmal recht hat: Die reine Unvernunft, auf die es nicht ankommt.

Richards Adamsapfel bewegt sich leer. Er sagt:

– Wohin soll man mit dem entstandenen Schaden?

– Darf ich? fragt Crobath nickend. Er zieht mit langem Arm den Messingaschenbecher zu sich hinüber und zündet sich eine Zigarette an.

– Denken Sie an die eigenen Vorteile, an die wegfallende Konkurrenz bei sprunghaft steigender Nachfrage durch das deutliche Mehr an Männern in der Stadt und durch das Geld, das in Umlauf gebracht wird. Sie würden staunen, wenn Sie wüßten, wie vieles möglich geworden ist, von dem man sich noch vor wenigen Wochen nichts hätte träumen lassen. Wie schnell an der Zukunft gearbeitet wird.

– Von der Zukunft wird ja jetzt nur noch voller Begeisterung geredet.

– Zu Recht, wie ich Ihnen sagen kann.

Die beiden Männer fixieren einander. Nach zwei langen Sekunden drückt Richard das Kinn in den Kragen, beklommen horcht er Crobaths Worten hinterher, und dann, er weiß auch nicht warum, muß er daran denken, daß er mit der Gründung einer Familie die Zeit einleiten wollte, in der es kaum mehr Veränderungen geben würde. Eine schnelle Rückschau: Die Bestandsaufnahme fällt nüchtern aus. Unruhe und Umstürze schon sein ganzes unberechenbares Leben lang, alle fünf Jahre eine neue Staats- und Regierungsform, neues Geld, neue Straßennamen, neue Grußformeln. Fortwährendes Chaos. Ruhigere Perioden hat es nach seiner Kindheit eher nie als selten gegeben, und er könnte nicht bestimmen, bis wohin er die Zeit, wenn er dürfte, zurückdrehen würde, so verworren ist alles.

Er hört Crobath sagen:

– Vergessen Sie die Wäsche.

Vergessen Sie die Wäsche, ganz schmerzlos, wie manchmal Wasser vergißt zu gefrieren. Ob auch die Zeit vergessen kann zu vergehen?

Einen Moment lang sieht Richard das Gerüst der Welt wie bei einem mageren Menschen die Knochen. Er spürt, wie sinnlos, wie unmöglich alles ist und daß er irgendwann sterben wird. Ein Gedanke wie ein Spreißel im Kopf.

Am meisten deprimiert ihn, daß er nicht als Österreicher sterben wird.

– Wenn ich Sie richtig verstehe, soll ich angesichts der Zukunft, an der Sie und Ihre Parteikollegen arbeiten, meine eigenen Interessen in die zweite Reihe rücken.

– Sie könnten sich auch dazu entschließen, Ihre Ansichten zu korrigieren. Sie sind ein talentierter Mann. Mit Hinblick auf Ihre Begabung hätten Sie guten Grund dazu.

– Gute Gründe sind momentan leicht zu finden für nahezu alles, sagt Richard.

Crobath räuspert sich, rückt den Stuhl näher zum Tisch heran und bedient sich an den Brombeeren.

– Man wird so schnell kein Haus finden, das mit allen vier Seiten nach Süden liegt.

Das Gras wächst, die Fensterläden bleichen aus, die Dachziegel an der Wetterseite setzen Schorf an.

– Doch sollte Ihre Gattin das Bedürfnis verspüren, mit ihrem Geschäft zumindest in ein Ecklokal umzusiedeln, ließe sich das ohne großen Aufwand bewerkstelligen. Selbst der äußere Anschein bei Arisierungen kümmert niemanden mehr.

Richard sucht in der verlangten Schnelligkeit nach einer Entgegnung, die ihn zu nichts verpflichtet und dennoch ein bißchen interessiert klingt. Er sagt:

– Das würde bedeuten, ein Schaufenster mehr –.

Er kratzt etwas Hartes von der Tischplatte, führt es mechanisch zum Mund. Zu spät besinnt er sich darauf, daß es Fliegendreck sein könnte. Er beißt auf die Zähne, greift ruckhaft nach der Kaffeetasse und spült mit einem kräftigen Schluck. Er kann sich nicht helfen, seine Sorgen wachsen ihm allmählich über den Kopf.

Von drinnen die gemessenen Töne aus Almas Querflöte, die sich einzeln und in dichten Gruppen in dem gelbgrünen Licht ausbreiten. Dazu das Klicken der Schaukelketten und das Knarzen des Birnbaums unter der Last Ottos, der sich durch die Luft schwingt.

Während Crobath wieder von der Zukunft zu reden beginnt und mit hochgeworfenem Kinn davon schwärmt, daß Kraftakte geleistet werden, lehnt Richard sich zurück, als biete sich ihm so der bessere Überblick, um alles noch mal zu überdenken. Er überdenkt seine *guten Gründe*, er versucht sich darin, Crobaths Argumente mit seinem Dilemma abzugleichen und auf diesem Weg zu einer Lösung zu gelangen: Daß wenig Aussicht bestehe, die tückische Regelmäßigkeit der Umstürze werde auch in Zukunft anhalten und Crobaths Parteigenossen nur einige Wochen bleiben, und daß es insofern angebracht wäre, sich mit den neuen Herren gut zu stellen, das wäre nur natürlich. Er, Dr. Richard Sterk, ist keiner, der sein Zeitalter überragt, er hätte ein bißchen Ruhe verdient, findet er.

Crobath, als halte er mit Richards Gedanken Schritt (wie bei einem Aufmarsch, Schritt für Schritt), appelliert ebenfalls an Richards Einsicht, Richard werde sich andernfalls in etwas hineintheatern.

– Sie täten gut daran, es nicht auf die leichte Schulter zu nehmen.

– Das tue ich keinesfalls.

– Sie wären gut beraten.

Aber weil er ja nie das richtige Gespür hat, weiß Richard trotzdem nicht. Er würde was drum geben, sich mit Alma besprechen zu können. Wenn man es richtig anfassen würde. Wenn man wüßte, in welche Richtung das alles gehen, was geschehen wird. Es ist nicht ganz einfach, die Wirklichkeit einschätzen und sich festlegen zu müssen, obwohl die Umstände, die man sich wünscht, im Angebot nicht geführt werden.

Crobath warnt:

– Sonst kommt eines Tages die Reue, und nicht vielleicht, sondern bestimmt.

– Gut, ich will es mir zu Herzen nehmen, räumt Richard ein im normalsten Tonfall, zu dem er noch fähig ist. Doch im gleichen Atemzug weiß er, daß er den Teufel tun wird. Die Intimitäten mit dem Kindermädchen haben ihn, was Inkorrektheiten anbelangt, an die Grenze seiner Belastbarkeit geführt. Wenn er jetzt auch dieser Verlockung nachgibt. Wenn ihn der gesteigerte Zulauf, den die Bordelle und somit die Wäschegeschäfte verzeichnen, darüber hinwegtröstet. Da könnte er ebensogut im Garten eine Grube ausheben, Wasser einlassen und sich vor aller Welt im Dreck suhlen. Ihm reicht's. Er sagt sich, hätte der Einmarsch bloß zwei Wochen früher stattgefunden, wäre er auf das Kindermädchen niemals zugegangen, soviel steht fest. Er hat keine Begabung für die Unordnung, und diese Begabung wächst auch nicht heran, nicht bei ihm, das sieht er ein. Jetzt muß er, was nie hätte beginnen dürfen, so rasch als möglich beenden.

Er hat sogar eine grobgefaßte Idee, wie er vorgehen will: Ganz egal, wozu die Wach- und Schließgesellschaft sich im letzten Moment durchringt (aber durchringen wird sie sich müssen, und sei es, daß der sachverständige Erweis erbracht wird, daß an besagten Tagen die Sonne doch nicht geschienen hat): Er wird sein Geld aus dem Geschäft herausnehmen und so die Löschung der Protokollierung im Handelsregister erzwingen. Dr. Kranz vom Landesgericht für Handelssachen ist ihm einen Gefallen schuldig, so kann Richard mit einer raschen Erledigung rechnen. Seiner Einschätzung nach wird Alma die Neuigkeit nicht gerne hören, aber Almas Mutter ist ständig mit der Pflege ihres Mannes eingespannt, weshalb sich auch die Einteilung von Almas Zeit als andauernde Misere gestaltet. Hingegen, wenn Alma in Zukunft zu Hause bliebe, würde das Kindermädchen verzichtbar. Das wäre Richard sehr recht. Die Hosen sind schnell wieder hochgezogen. Und das Ganze würde ihm eine Lehre sein.

Er holt tief Atem. Die Vorstellung, daß es wenigstens daheim wieder ruhiger werden wird, erscheint ihm bereits wirklicher als nur gedacht und läßt ihn sich einen Moment lang stark fühlen. Crobath trinkt den letzten Schluck seines Kaffees. Richard will nachschenken, doch Crobath, Hand über der Tasse, schlägt das Angebot mit der Begründung aus, daß es Zeit geworden sei. Crobath blickt über den Garten, Richard folgt dem Blick. Der dunkle Kirschbaum, dahinter ein gut tragender Birnbaum, an dem die Schaukel jetzt reglos hängt inmitten gelber Sonnensprenkel. Dann die Mauer zu den Nachbarn, die nach London gehen.

Erst auf den zweiten Blick wird Richard gewahr, daß Crobaths Aufmerksamkeit Otto gilt. Der Bub stolziert über den Mauerkamm, weiß der Himmel, wie er wieder hinaufgekommen ist. Als Otto bemerkt, daß die Männer zu ihm herübersehen, ruft er:

– Sie haben den Rasen mit Teppichen ausgelegt!

Ottos weit auseinanderliegende Augen, die er von seiner Mutter hat, spähen nochmals zu den Nachbarn, dann wendet er sich zurück und ruft:

– Vorhänge und auch ein paar Teppiche hängen in den Bäumen!

Er lächelt zu ihnen herüber.

Richard ruft zurück:

– Paß auf, daß der Teppichklopfer nicht auch an dir Arbeit findet.

Otto läuft mit Trippelschritten weiter über den Mauerkamm, äugt nach beiden Seiten, ein Vorposten dessen, was Crobath Zukunft nennt. Für Otto und Ingrid werden Dinge Normalität sein, die Richard niemals wird annehmen wollen. Ingrid wird gar nichts anderes kennen, für sie wird sich das Verhalten ihres Vaters irgendwann ausnehmen wie das eines alten und enttäuschten Mannes, der die goldenen Zeiten im Jahre Schnee lokalisiert wie Richards beinamputierter Vater die galizischen Schlachtfelder in seinem nicht mehr vorhandenen Fuß.

– Ihr Junge wirkt glücklich, sagt Crobath.

Dann, nach einer Pause, unvermittelt:

– Passen Sie auf ihn auf.

Richard ist unsicher, was er damit anfangen und was er antworten soll. So sagt er halt nichts.

Crobath erhebt sich. Auf dem Weg zum Wagen bedankt er sich für die Zeit, die sich Richard genommen habe, schön, sich wieder einmal gesehen zu haben, die besten Grüße an die Frau Gemahlin, Heil Hitler.

Noch ehe Richard eine passende Verabschiedung einfällt, fährt Crobath davon. Langsam ausatmend wartet Richard, bis der Steyr-Wagen schlagseitig auf die Straße gebogen ist, dann steht er beklommen, unschlüssig da, mit in die Hüften gestemmten Armen, und starrt auf das leere Tor, wo noch für Sekunden Auspuffgrau die Luft trübt. Nach einer Weile wendet Richard sich vom Vorplatz ab, überblickt den ruhig daliegenden Garten, nirgendwo ein Mensch. Offenbar hat Otto die Mauer in weiser Voraussicht verlassen oder spaziert gerade über den Abschnitt hinter dem Haus.

Richard ruft nach dem Buben.

Keine Antwort.

Otto ist und bleibt eine Rotznase, das ist Richards Meinung. Der Frage, ob es den Kindern bekommt, daß Alma die halbe Zeit nicht zu Hause ist, widmet er schon länger ein gewisses Interesse, und je mehr er darüber nachdenkt, desto einleuchtender erscheint ihm die Idee, das Geschäft abzustoßen. Seine Stelle wird er schon nicht verlieren, nein, und wenn doch, nein, wobei zuzutrauen, ach was, klar, denen ist alles zuzutrauen. Zum Glück ist er ein reicher Mann, und sowie diese Geschichte ausgestanden ist, kann er sich unauffällig halten, es wird schon nicht. Ohne sich hervortun zu wollen, aber was er von der Elektrizitätswirtschaft nicht weiß, lohnt das Wissen nicht. Ein talentierter Mann, das sagt sogar Crobath. Sich unauffällig halten. Vor Alma wird er sich mit dem Druck rechtfertigen, unter den man ihn setzt, er glaubt, als Begründung reicht das vollauf. Und dann: Weg mit dem Laden, Schluß mit den Unsicherheiten des Geschäftslebens, keine Streitereien mehr mit den Lieferanten über die Stärke des verwendeten Papiers für die Tragtaschen, die nicht halten, oder mit dem Auslagenarrangeur, der nicht, wie ausgemacht, am frühen Vormittag kommt, sondern die beste Zeit des Tages stört und zusätzlich zu seinem Honorar die Losung drückt.

Die Herbstsaison würde gar nicht mehr eingeleitet (soweit noch möglich), und was nach einem raschen Ausverkauf liegenbliebe, könnte man unauffällig den Vertretern des niederösterreichischen Bauernbundes zukommen lassen, vielleicht statt des in Ratzersdorf versprochenen Geldes, dann hätte Richard gleich auch bei den Familien der verhafteten Kader etwas gut. Das Kindermädchen würde er entlassen (jawohl), Alma müßte er im Gegenzug das Haushaltsgeld und die halbjährlichen

Garderobenzuschüsse erhöhen, gleichzeitig würde er sich bei Dr. Löwy erkundigen, ob ein Herauslösen des Bienenhauses aus der Verkaufsmasse möglich ist. Auf diese Weise könnte Alma das Steckenpferd ihres Vaters aufleben lassen und hätte daheim die Insel der Seligen. So stellt es sich Richard jedenfalls vor.

Ingrid wackelt die vier Treppen zur Veranda herunter, von drinnen entlassen, nachdem Crobath weggefahren ist. Mit der Aufmerksamkeit eines Kindes blickt sie den Vater großäugig an, unterdessen kommt die Katze und reibt sich an Ingrids linkem Bein. Nach einiger Zeit bückt sich Ingrid, sie nennt mehrmals den Namen der Katze, dabei will sie die Katze an den Vorderbeinen hochheben, erreicht aber nur, daß die Katze sich streckt, bis sie fast so lang ist wie das Kind, ein magerer, gedehnter Leib, der mit zwei dünnen Hinterbeinen die Berührung zum Boden hält.

Vielleicht wird auch Richard bald wieder Boden unter den Füßen spüren. Vielleicht wird aus dem Wartesaal der Möglichkeiten bald eine Konstellation treten, die Richards Wünschen und Talenten mehr entspricht als *das hier*. Der Gedanke an die sich ständig ändernden politischen Verhältnisse scheint ihm mit dieser Hoffnung zu tun zu haben (womöglich begeht er gerade den Fehler seines Lebens), aber auch der Gedanke an das Wäschegeschäft und an Frieda. Ihm ist klar, die Welt wird sich weiter wandeln, mehr, weniger. Und obwohl es alles in allem nicht glaubhaft scheint, daß die Umstände, die er für sich wünscht, ausgerechnet in diesem Moment und auf diese Weise ihren Anfang nehmen, wird er selbst so bleiben, wie er ist, und auf eine zufällige Übereinstimmung mit einer jetzt noch ungewissen Zukunft warten.

Müßte, sollte, könnte.

Er horcht über seine Gartenmauer hinaus. Von fern sind die Klänge einer abendlichen Blasmusik zu hören, wie beinah jeden Tag, Hörner, Posaunen und Kontrabässe. Dazu in den Pausen vom Schießplatz die dumpf verhallenden Schläge. Einen Augenblick lang denkt Richard an Frieda und daß das Mädchen in nächster Zeit wieder häufiger allein in ihrem dunklen Zimmer liegen wird, wo sie die Ententeiche ihres Heimatdorfes aus den alten Tapeten riecht. Ein wenig vermißt Richard schon jetzt die nicht mehr ganz weißen, etwas rauhen Bettücher in Friedas Zimmer, in denen er bereits als Kind geschlafen hat. Doch einen Augenblick später sind auch diese Dinge neu eingeordnet: Erinnerungen für spätere Tage, Lebensabschnitte, die von erstaunlicher Unfähigkeit geprägt waren und glücklicherweise schon morgen nicht mehr zu ihm gehören werden.

Mit Indianergeheul kommt Otto um die Ecke gebogen, er strebt auf Ingrid und die Katze zu, tanzt bedrohlich um die beiden herum. Die Katze befreit sich aus Ingrids Händen und springt mit großen Sätzen davon. Ingrid schiebt drohend die Lippen nach vorn und zieht die Augenbrauen zusammen, wie Alma es oft macht. Otto setzt das Heulen und Tanzen fort.

– Otto, hör auf, es reicht, schnauzt Richard.

Er winkt den Buben zu sich her und gibt ihm eine Ohrfeige. Er ist überzeugt, daß es nicht schaden kann, wenn auch Otto sich ein wenig diszipliniert.

– Auf der Mauer hast du nichts verloren, und verräum dein Tretauto dort, wo es hingehört.

Ein paar Bienen fliegen saumselig.
Sonnentupfen wandern.
Schwere Blumen schaukeln.
Der Geruch von Teppichreinigungsmittel erfüllt die Luft.
Der Schutzengel verharrt ohne die geringste Bewegung.
Der Wind bläst langsam die Farbe aus den Dingen heraus.
Auf der Mauer, auf der Mauer sitzt a dicke.
Wie lange wird das irgendwann her sein?

Richard geht davon aus, daß er sich erinnern wird.

Sonntag, 29. April 2001

Bei Johannas nächstem Besuch ist immerhin das Badezimmer so weit entrümpelt, daß sie trotz der zahlreichen gebrochenen Fliesen und der darauf niederregnenden Dispersionsflocken zu Philipp in die Wanne steigt. Sie sagt, vom ständigen Sitzen auf der Vortreppe habe er schon Sommersprossen wie normalerweise erst im Hochsommer. Sie schaut ihn an, er mag es, wenn sie ihn so anschaut, und das, obwohl ihm nicht recht aufgeht, ob hinter ihrer Feststellung eine leise Kritik verborgen ist. Oder will Johanna das Gespräch vom letzten Mal wiederaufnehmen? In puncto familiärer Unambitioniertheit? Nein. Bestimmt nicht? Um so besser. Nichts Neues an der Familienfront. Johanna läßt heißes Wasser nachrinnen. Es fließt über die gelblichen Kalkschlieren unterhalb des Hahns, bis Philipp die Röte ins Gesicht steigt. Nach der Fensterscheibe beschlagen jetzt auch die hellblauen Fliesen an der Wand. Johanna streckt sich aus, so gut es geht. Dann fragt sie:

– Du, Philipp, kann ich für ein paar Tage bleiben?

Eingedenk des vortägigen Telefonats (und so vieler Telefonate) ist Philipp nicht sonderlich erstaunt. Johannas Ruf: Ich will dich nicht verlieren, ich trenne mich von meinem Mann! Darauf die kurze Hoffnung, daß sie es wirklich und wahrhaftig tun wird, und unmittelbar danach das Gelächter der Wiederholung (als trete der Narr im Reigen der Turmuhr in die offene Luke), weil der Vorsatz auch diesmal vorübergehen wird wie eine Grippe, wie eine Halluzination.

– Was verschafft mir diesmal die Ehre? fragt er.

Das Übliche halt.

Daß Johanna sich mit Franz gestritten hat und daß Julia (das Kind, mit dem Franz und Johanna ihre Beziehung verewigt haben) das verlängerte Wochenende bei den Eltern von Franz in Neckenmarkt verbringt. Da fühlt sich Johanna zu Hause entbehrlich.

Während sie beide im Wasser herumrutschen, halb liegend, halb sitzend, reden sie über das, was sich in letzter Zeit bei Johanna angehäuft hat, über Franz, der in einer künstlerischen Krise stecke, so Johanna. Sie führt Einzelheiten an: Daß Franz den ganzen Tag über nichts anderes als über sein Ringen mit Ideen rede, ohne je zu arbeiten. Er lasse sich stundenlang über das Körperliche und das Intuitive aus und darüber, daß er seinen absoluten Anspruch in die Welt hineinzwingen wolle. Er wisse, daß er mit diesem Anliegen scheitern werde, aber nur, weil er längst von Menschen ohne Format und Sinn heruntergewirtschaftet sei. Damit meine er selbstverständlich sie, Johanna, sagt Johanna. Sie lacht. Gestern abend sei Franz in der Wohnung auf- und abgelaufen und habe andauernd gerufen, die Welt ist voller Beep! Beep! Beep! Er habe an seinen Skulpturen gerüttelt, sich hinter ihnen versteckt und wieder gerufen: Beep! Beep! Beeper! In seiner brüsken Art. Nach etlichen weiteren Beep! Beep! Beep! habe er die Wohnung ohne Erklärung in Richtung des neuen Ateliers verlassen. Das neue Atelier, mit dem die Probleme gleich weitergehen. Franz will partout keinen Schlüssel für das Atelier hergeben, nicht einmal für Johanna, seine ihm amtlich angetraute Frau.

– Er argumentiert, sagt Johanna, meine Forderung sei ein Versuch, Macht über ihn zu erlangen, weil ich mir die Möglichkeit schaffen will, ihn kontrollieren zu können. Und falls ich behaupten wolle, daß ich den Schlüssel nicht fürs eigene Ego oder zur Besitznahme brauche, dann frage er sich, wofür ich den Schlüssel überhaupt benötige. Wenn ich ohnehin jedem Kommen eine Warnung voranschicken wolle, sei das alles nur ein bürgerlicher Popanz, den er nicht einsehe.

Philipp meint:

– Eine gute Argumentation, auf die sich nicht viel sagen läßt.

– Mag sein. Trotzdem ist es eine Frechheit. Immerhin bin ich mit ihm verheiratet.

– Wem sagst du das.

Obwohl Philipp das Gedankenspiel rund um Johannas Ehe zunehmend als unnötige Strapaze empfindet und als Falle, in die er irgendwann einmal getappt ist, denkt er, daß es vielleicht ganz normal ist: Wenn man ein Verhältnis mit einer verheirateten Frau und Mutter hat, muß man sich auch regelmäßig mit den psychologischen Hintergründen des Verhältnisses dieser Frau zu ihrem Mann und umgekehrt beschäftigen. Bei der Gelegenheit fällt ihm auch wieder ein, daß er sich schon seit längerem wundert, wie selbstverständlich er sich vor einigen Jahren damit abgefunden hat, Nummer zwei zu sein, wie anstandslos er sich seit Johannas Heirat mit der stundenweisen Liebe begnügt und wie restlos er es für erwiesen hält, daß Johanna ihn mehr liebt als Franz, solange sie mit Franz nicht fünfzehn Kinder in die Welt setzt, sondern es bei dem einen Ungewollten beläßt.

Johanna weiter:

– Der Atelierschlüssel ist zu einem Statussymbol geworden. Aber ich habe gestern zu Franz gesagt, daß ich auf die Aushändigung um des lieben Friedens willen scheiße. Jetzt kann er sich was drauf einbilden, daß er seine künstlerische Intimsphäre samt Schaffenskrise erfolgreich verteidigt hat.

Und nach einer Pause:

– Von mir aus kann er zum Teufel gehen, so schnell wie möglich und je eher, desto besser.

Aber diese Ankündigungen und Glücklichmacher haben für Philipp nach der langen Behandlungszeit keine nennenswerte Wirkung mehr.

– Ich bin gespannt, sagt er.

– Du wirst schon sehen, beteuert Johanna: Bei Franz und mir läßt sich nichts mehr beschönigen.

– Wie gesagt, ich bin gespannt.

– Wart's nur ab.

– Ich warte es ab, ganz bestimmt. Wer lange genug wartet, kann König werden.

– Wetten!

– Erbsenkönig.

(Wir könnten zusammenziehen, Johanna würde mich niemals betrügen oder nur sehr selten. Wir könnten rasch ein Kind machen oder zwei und –. Nein, das wird nicht passieren.)

– Na los, wetten, fordert Johanna.

– Ein Bier in Texas, ein Besuch beim Schlamm-Catchen und das Sex-ohne-Kondom-Privileg fortan für mich.

– Kannst du haben.

– Im Jahre Nimmerlein.

Sie zieht die Augenbrauen spöttisch hoch.

– Weil ich die Wette gewinne.

Sie schlägt mit den Händen auf die Wasseroberfläche und verspritzt das Badewasser hemmungslos in Philipps Gesicht und bis zur Tür. Dann läßt sie nochmals heißes Wasser nachrinnen. Der Badeschaum ist größtenteils in sich zusammengefallen, die wenigen Reste bilden Ringe um die aus dem Wasser ragenden Körperteile. Die Ringe steigen hoch, bis sie genau unter Johannas Brüsten stehen. Philipp fällt auf, daß Johannas Brustwarzen aufgerichtet sind, herausfordernd fröhlich, was nicht zu Johannas allgemeiner Stimmung passen will, nur zu der Wärme und Feuchtigkeit im Raum, zum ruhigen, schwadengesättigten Licht aus der nackt in einer Weißblechfassung hängenden Glühbirne.

Philipp sagt:

– Ich bin ja auch nicht gerade die Unkompliziertheit in Person, aber einen Schlüssel zum Haus kannst du gerne haben. Es gibt ein halbes Dutzend Kopien.

– Ich bitte darum.

Er sieht zwischen ihre Beine, eigentlich im Bedürfnis, in dem vom Badesalz schlierigen und bläulich eingefärbten Wasser ihr Geschlecht zu bewundern. Aber da hängen kleine Luftperlen in ihren drahtigen Schamhaaren, was ihn dermaßen erstaunt, daß er auf andere Gedanken kommt. Mit langsam wieder abflauendem Herzklopfen inspiziert er, wie das bei ihm selbst ist, ob sich in seinen nicht so drahtigen Schamhaaren ebenfalls kleine Luftperlen gehalten haben. Aber da hängen keine, und er würde gerne dahinterkommen warum, warum all diese Unterschiede.

Johanna hat mittlerweile den Faden wiederaufgenommen:

– Franz geht mir dermaßen auf die Nerven, du glaubst es nicht. Er und er und er und er. Er er er. Immer nur er. Ich halte das nicht mehr aus. Er und seine Skulpturen, er und sein Atelier, er und seine Stadt, er und sein Auto, er und sein Schwarzes Kamel. Seine Fotografien, seine Schuhe, seine Hosen, Hoden, sein Kopf und seine schlechte Laune. Er geht mir wahnsinnig auf die Nerven mit sich selbst.

– Ich weiß, ich weiß, sagt Philipp, um zu signalisieren, daß er auf der Höhe dessen ist, was Johanna zu berichten hat.

Und später sagt er zu demselben Zweck:

– Ich staune, ich staune.

Kurz darauf stehen sie auf und duschen sich ab. Noch während das Wasser glucksend abläuft, wechseln sie vom Badezimmer nach unten ins Nähzimmer, das neben dem Badezimmer der einzige Raum ist, den Philipp weitgehend ausgeräumt hat. Mit den wenigen Möbeln ist der irgendwie traurige Geruch nach Politur, gewachstem Schrankpapier und alten Menschen verschwunden. Vom oberen Stockwerk hat Philipp eine Federkernmatratze heruntergeschafft, sie frisch bezogen und unter das Fenster gelegt. Zu dieser Matratze zieht Philipp Johanna hin. Er ist nervös, aber nicht wegen der Großeltern, die als erkaltetes Abbild eines Brautpaares von der Wand aus zusehen, sondern im Wissen, daß er mit Johanna schlafen und es das einzige Mal an diesem Wochenende sein wird, bei dem Johanna sich in der Überzeugung bewegt, die Trennung von Franz sei beschlossene Sache. Das überhaupt nicht mehr Wollen kommt Philipp an, wenn er nur daran denkt. Er ist sich sicher, daß Johannas Trennungsphantasie eine Revolution der letzten Apriltage ist, ein anarchistisches Interregnum, das den Mai nicht erleben wird. Wie ein kurzer Blickkontakt mit all seinen Lügen kommt es ihm vor, wie Sterblichkeit. Trotzdem greift seine linke Hand von hinten zwischen Johannas sich bereitwillig öffnende Beine, mit dem Mittelfinger voran, einfach deshalb, weil er die kurze Verschnaufpause, die ihm Johannas Streit mit Franz gewährt, nicht verstreichen lassen will, ohne sexuelles Kapital daraus zu schlagen. Er spürt die Berührung ihrer Zunge an seinem rechten Oberarm, ein rastloser, trauriger Genuß.

– Hörst du? sagt sie.

Und dann, bevor ihre Zunge zu seinem Hals wandert:

– Windstärke vier erkennt man in der Skala nach Lamont daran, daß die Kamine sausen.

Wahrhaftig, die Kamine sausen.

Mitten in der Nacht wacht Philipp auf, weil Johannas Handy klingelt. Ihrer Begrüßung ist zu entnehmen, daß Franz am anderen Ende der Leitung ist. Sie sagt, sie sei bei einer Freundin und habe gerade gekotzt, und Durchfall habe sie auch und sie sei sicher, daß es in spätestens zwei Minuten weitergehen werde. Wenn er etwas mitzuteilen habe, solle er es tun, sich aber kurz fassen, weil sie nicht gleichzeitig telefonieren und am Klo sitzen wolle. Sekunden später drückt sie unter Murmeln auf den roten Knopf, dann schaltet sie das Handy aus und widmet sich wieder einem der Notizbücher von Philipp, in dessen Lektüre sie gestört wurde.

Philipp erscheint die Situation wie ein seltsam transparenter

Traum. Er schmiegt sich eng an Johannas nackte Hüfte. In dieser Stellung würde er gerne weiterschlafen und sehen, ob der Traum eine Fortsetzung findet. Gleichzeitig hört er Johanna sagen, in ihrer Stimme nach wie vor eine Spur Gereiztheit:

– Ich lese gerade, was du über deine Urgroßeltern und die Herkunft der Kanonenkugel schematisierst. Der Gedanke ist nicht gerade nett, ich weiß, aber du bist in etwa derselbe Stümper wie Franz. Du schreibst fleißig, und es scheint dir leicht von der Hand zu gehen, in Wahrheit aber steht dir jedes Wort im Weg, weil nicht wirklich etwas im Entstehen begriffen ist. Reines Zeitvertun. Weißt du, ich könnte es vielleicht akzeptieren, daß du durch unglückliche Umstände von den genealogischen Informationstransfers, wie sie zwischen Verwandten üblich oder wenigstens nicht unüblich sind, von früh auf abgeschnitten warst. Aber ich muß dir auch ins Gedächtnis rufen, daß zumindest dein Vater noch lebt.

– Nur hat der im Laufe des vergangenen Jahrhunderts das Reden verlernt.

– Und deshalb drehst du dir lieber deine eigenen Geschichten zusammen, ja? Aber selbst dafür könnte ich dich bewundern. Ich glaube, das könnte ich, wenn du nicht eitel wärst, also wirklich dran arbeiten würdest, ich meine, wenn du deine Familiengeschichte – wenn schon – wenigstens ohne Eitelkeit erfinden würdest. Nimm's mir nicht krumm, aber dazu bist du als Nachkomme der hier beschriebenen Helden ganz offensichtlich außerstande.

– Na ja, ich habe gedacht –, murmelt Philipp schläfrig, betreten.

Er ahnt schon, daß Johanna wieder am Boden der Wirklichkeit angelangt ist mitsamt der Erkenntnis, daß er, Philipp Erlach, nicht der Mann ist, der Johanna Haug aus ihrer kaputten Ehe reißt.

– Du hast was gedacht? fragt sie.

Aber er bringt den Satz nicht zu Ende, und wenig später, als

Johanna eine Anmerkung hinterherschickt, dringt das Gesagte schon nicht mehr recht zu ihm vor. Soll sie doch sagen, was sie will:

– Wenn es in dieser Tonart weitergeht, werde ich mich am Ende als Regenmacherin wiederfinden. Darauf läuft es doch hinaus. Das werde ich aber nicht hinnehmen, das kündige ich schon mal an.

Dienstag, 1. Mai 2001

Johanna will unbedingt am Aufmarsch teilnehmen und besteht darauf, daß sie beide die Räder nehmen, aus Protest gegen den Beschluß der Verkehrsbetriebe, neuerdings auch am 1. Mai normalen Betrieb zu fahren. Sie argumentiert, wenn schon kein Schwein mehr die Fasten einhalte, müsse man wenigstens bereit sein, sich an sozialistischen Feiertagen etwas Bewegung zu verschaffen. Diese Schlußfolgerung erscheint Philipp bei näherer Überlegung logisch, und er ist auch bereit, der Logik zu folgen, natürlich, mehr noch: Er flicht rotes Kreppapier spiralförmig in die Speichen der Räder, so tadellos, daß den Passanten vom Hinsehen schwindlig werden muß. Auf ihren Fahrrädern sind Johanna und Philipp ein schönes Paar, und während des Aufmarsches präsentiert Philipp seine Nelke im Knopfloch wie ein Operettenbolschewik seine Orden. Philipp steht an der Ringstraße zwischen Pensionisten, die Gewerkschaftsnadeln im Revers tragen, unter blühenden Kastanien, deren Blätter fettig glänzen. Die Parade und Johanna ziehen vorbei. Unterdessen frischt er jene Lieder auf, die ihm sein Vater, der Angeber, beigebracht hat, damit Philipp auf Schulausflügen etwas beizusteuern habe (so sein Vater): *Avanti Popolo! Vorwärts und nicht vergessen!*

Taterata! Tschingderassa! Schnädderädäng!

Am Abend auf dem Weg nach Hause, als Philipp und Johanna mit ihren hypnotisierenden Fahrrädern andere, gleichfalls heimkehrende Demonstranten überholen, die mit ihren nachschleifenden Fahnen aussehen wie Teile einer geschlagenen Armee, will Johanna wissen, ob Philipp bereit sei, eine gute Neuigkeit zu empfangen. Die Art der Einleitung und die Bezeichnung *gute Neuigkeit* machen ihn mißtrauisch, denn er weiß um die Relativität dessen, was in den Zeitungen als Glück bezeichnet wird. Trotzdem läßt er es zu, daß Johanna nach seiner Schulter greift, um sich während der Bekanntgabe der Neuigkeit von ihm ziehen zu lassen. Halb stolz, halb spöttisch teilt sie ihm mit, daß sie sich mit einem Bekannten aus dem Baugewerbe verständigt habe, und trotz der von ihr detailliert wiedergegebenen Schilderung der Zustände, die am Dachboden der Villa herrschen, würden sich morgen in aller Früh zwei Schwarzarbeiter auf dem Anwesen einfinden. Die beiden seien angewiesen, Philipp bei der Arbeit am Haus zur Seite zu stehen, ihm zur Hand zu gehen und gegebenenfalls unter die Arme zu greifen. Auf alle Fälle – so Johannas Meinung – werde die Ankunft der Männer ihn (ja, Philipp, dich) für ein paar Tage davor bewahren, sich Lebensläufe für Kanonenkugeln auszudenken.

Statt einer entschiedenen Zurechtweisung, die auf diese Provokation, wie Philipp meint, eine angemessene Reaktion wäre, begnügt er sich mit einem Stöhnen. Während er heftig in die Pedale tritt, verstärkt Johanna den Griff an seiner Schulter. Erst nach mehreren hundert Metern, zwischen Meidling und Schönbrunn, als ihm die Luft auszugehen droht, entschließt er sich zu protestieren:

– Was bin ich für ein König, daß ich gleich zwei Helden zum Ausmisten brauche! Einen nach dem andern laß ich köpfen! Genau! Ich Saukerl von einem König!

Weißer Sonntag, 8. April 1945

Wien ist Frontstadt. Auf klappernden Holzsohlen, eine Panzerfaust über der Schulter, rennt der fünfzehnjährige Peter Erlach über die Straße und verschwindet in einer bizarr aufragenden Eckhaus-Ruine, in der sein Fähnleinführer und vier weitere Hitlerjungen Position bezogen haben. Teils über einen gezackten Mauerkamm hinweg, teils durch eine klaffende Fensteröffnung des Parterres sehen die Buben ihre ersten Bolschewisten, einen Spähtrupp, der von Süden in die Gasse biegt. An der Spitze ein schnauzbärtiger Offizier mit vorgehaltener Maschinenpistole, dahinter ein Soldat, der einen großrädrigen Kinderwagen vor sich herschiebt. Weitere Fußsoldaten, die schußbereiten Gewehre unter den Ellbogen, folgen in losem Abstand. Die meisten dieser Gestalten sind stämmig, die Gesichter schal, abgekämpft und übernächtigt, die Uniformen verdreckt. Allen pludern die Hosen aus den kniehohen Stiefeln, manche haben den offenen Mantel im Wind, ganz so, wie es in einem der Jahrbücher der Hitlerjugend beschrieben ist, *in der Hoffnung auf einen Mantelschuß*. Kein einziger Stahlhelm ist auszumachen, nur lauter abgeschabte, zerrissene Pelzmützen, deren Ohrenklappen seitwärts abstehen wie die Flügel ausgestopfter Vögel. Zwei der Männer haben Tulpen an der Mütze, die sie vermutlich im schon eroberten Schloßpark geschnitten haben. Etlichen klebt eine zerkaute Machorka im Mundwinkel. Sieht ganz gut aus, denkt Peter, fehlt nur noch das Pferdchen mit mistverklebtem Fell.

– Es geht los, flüstert der Fähnleinführer.

Einer der Buben, ein Freiwilliger, der maximal vierzehn ist, aber darauf beharrt, ebenfalls fünfzehn zu sein, kriecht auf dem Bauch um einen Mauerstorzen herum bis zur ehemaligen Kante zwischen Haus und Gehsteig. Mit seinem französischen Beutekarabiner legt er auf die langsam näher kommenden Männer an. Ein scharfer Knall ertönt, gleichzeitig fällt der Rotarmist, der den Kinderwagen geschoben hat, mit einem Schrei zu Boden. Der Kinderwagen kippt um und verschüttet seinen Inhalt, Brotziegel und Munition, über den Getroffenen. Ohne das Feuer zu erwidern, flüchten die anderen Bolschewisten in offene Haustore, das hat auch mit dem lauten Tackern zu tun, das unmittelbar nach dem Schuß einsetzt. Einer der Hitlerjungen dreht die Kurbel einer aus der Augustinerkirche entwendeten Osterratsche, deren Zinken mit Eisen beschlagen sind, damit das so erzeugte Geräusch nach Maschinengewehr klingt. Tack-tack-tack-tack-tack. Für vier oder fünf Sekunden. Länger hält der Täuschungseffekt nicht an.

Während der auf der Straße liegende Bolschewist Schrei auf Schrei ausstößt, robbt der Schütze zurück zu den anderen Buben. Er schlägt mit dem kantigen Kolbenblech seines Karabiners eine Kerbe in den Verputz der Mauer, wo eine Nachricht für ehemalige Hausbewohner aufgeschrieben steht. Er reibt sich die Schulter, an der das Gewehr angelegt war, und sagt:

– Volltreffer.

Er schnaubt zufrieden durch die verkrusteten Nasenlöcher, ehe er seine Waffe wieder zu laden beginnt. Die Schmerzenslaute des Getroffenen gehen in kaum noch vernehmbares Stöhnen über.

– Hab ich gesagt, du sollst schießen? schnauzt der Fähnleinführer.

Aber es ist dem Fähnleinführer anzumerken, daß er nicht unzufrieden ist, endlich Gefechtsberührung zu bekommen. Er hat mehrfach anklingen lassen, daß er das EK I zu erwirtschaften gedenkt, seiner Meinung nach ein lösbares Unterfangen, denn da der Volkssturm kein regulärer Kampfverband im eigentlichen Sinn ist, macht er sich Hoffnungen, daß auch kleinere Erfolge entsprechend gewürdigt werden.

Um an der Klinge zu bleiben, wie er es ausdrückt, springen der Fähnleinführer und zwei weitere Buben, darunter Peter, durch ein Loch in den Keller des zerbombten Hauses. Die zurückbleibenden Buben reichen drei Panzerfäuste und zwei Haftladungen hinterher. Über die miteinander verbundenen Keller der Nachbarhäuser dringt der kleine Trupp bis auf die Höhe vor, wo die Bolschewisten in Deckung gegangen sind. Die Menschen in den Kellern scheinen sich an den waffenschleppenden Hitlerjungen nicht zu stören. Auch gegen das jetzt von draußen ertönende Tack, Tack, Tack der Maschinenpistole (oder der Ratsche) sind die auf Bänken und Koffern sitzenden Hausbewohner mehrheitlich gleichgültig. Kein Wort fällt, kein Gruß. Krumm sitzen sie, teilnahmslos, dick von mehreren Schichten Kleider. Peter kommt in den Sinn, daß bereits vor zwei Tagen, als sie unter Waffen gestellt wurden, zu seiner ehrlichen Enttäuschung die blumenstreuenden Frauen und Mädchen fehlten.

Beim Hochsteigen aus dem dritten Keller ist von Maschinengewehrfeuer nichts mehr zu hören. Hinter dem Fähnleinführer drückt sich Peter durch den Hausgang Richtung Straße, er tritt möglichst vorsichtig auf, um mit den schiefen Holzsohlen seiner Goiserer nicht allzuviel Lärm zu machen. Doch die Bolschewisten haben sich zurückgezogen. Rotarmist und Kinderwagen liegen nicht mehr an der durch eine Blutlache markierten Stelle, und auch die Brotziegel haben die Bolschewisten mitgenommen, was Peter vor allem anderen bedauert, denn die Verpflegungsration, die er am Vortag gefaßt hat, war dürftig, und er hat den Fehler begangen, alles schon am ersten Tag aufzuessen. Dabei hatte man ihn darauf hingewiesen, daß er mit dem Erhaltenen für mindestens zwei Tage sein Auslangen finden müsse.

(Er hätte sich die 10-Punkte-Listen vergegenwärtigen sollen, die ihm seine vorbildlichen Schwestern ins HJ-Lager mitgaben: Daß er nicht in der ersten Stunde allen Reiseproviant aufessen und immer zeitig aufstehen solle, sonst müsse er ewig auf ein freies Klo warten; daß er sich warm anziehen und sich die Nase putzen und bloß nichts anstellen solle, weil Mama krank sei und man auch an Papa schon sehen könne, was Nerven sind.)

Peter drückt sich an das nach innen geklappte Haustor, äugt um die Ecke und sieht, wie der sowjetische Offizier rückwärts gehend seinen Infanteristen Deckung gibt. Die Soldaten manövrieren den Kinderwagen mit dem quer darüberliegenden Körper des Getroffenen in eine Seitengasse, dort verschwindet wenig später auch der Offizier. Von der Ruine aus wird dem Offizier, als er schon nicht mehr zu sehen ist, hinterhergeschossen. Der Nachhall des Schusses läßt die Straße noch leerer wirken.

Die Buben richten den Hausgang als zweite Beobachtungsstelle ein. Unablässig die Umgebung sondierend, auf Geräusche lauschend, die zu ihnen dringen, warten sie zehn Minuten, ohne daß etwas Nennenswertes vorfällt. Sie haben Angst, aber gleichzeitig sind sie in angeregter Stimmung, die teils mit dem Bewußtsein der Lebensgefahr zu tun hat, teils mit der Überzeugung, daß ihnen ihre Angst nicht anzumerken ist oder, wenn doch, sie wenigstens nicht feige sein werden. Wenn die Buben schon über manches streiten gehört haben, dann bestimmt nicht über Feigheit, die das allerversöhnlichste Thema ist, das sie nennen können, Einigkeit in allen Lagern, das Letzte vom Letzten. Trotzig, mit einem großmäuligen Gestus der Überheblichkeit, unterhalten sie sich darüber, was an ihren Uniformen noch zu verbessern wäre, wo der Schnitt nicht ganz paßt und mit welchen Tricks man die blauen Hosenbeine aufbügeln kann, daß sie einen Schlag bekommen wie die Beinkleider der Matrosen. Sie reden über den Buben, der geschossen hat und der am Vortag in so makellos adjustierter Kleidung auftauchte, als wäre er abkommandiert, dem Führer zum Geburtstag zu gratulieren. Sie beneiden ihn um seine Koppel, die aus frisch gefettetem Leder und nicht, wie ihre, aus Pappmaché gefertigt ist. Und wie schon am Vortag, als sie im Bellaria-Kino übernachteten, kommt die Sprache auf das unklare Alter des Kleinen. Der Fähnleinführer lobt sich *den Opfermut und Siegeswillen*, er nennt den Buben *ein Vorbild, dulce et decorum est pro patria mori*. Er muß seinen kleinen Vortrag aber abbrechen, kaum daß dieser begonnen hat, denn stadtseitig, die Ruine passierend, kommt ein Zivilist die Straße herunter.

Der Mann, ein älterer Herr, ist in Unterhosen, seine schwarzen, verwaschenen Drillichhosen hat er dabei, nur sind sie unten verknotet und offenbar mit Mehl gefüllt. Diesen aufgeblasenen, aufgeblähten, wasserleichenähnlichen Torso zerrt der Mann schnaufend und fluchend, aber mit dem Eifer des Glücklichen über den Gehsteig in Richtung der Buben.

– Geht bloß nach Hause, knurrt der Mann kopfschüttelnd, als er die bewaffneten Hitlerjungen in dem offenen Haustor stehen sieht. In gebeugter Haltung verharrt er einen Moment, als bemühe er sich zu begreifen, was das alles zu bedeuten hat und wie es kommen konnte, daß er in löchrigen Unterhosen und mit verrutschten Kniestrümpfen auf der Straße steht.

– Ein Wahnsinn, sagt er.

Er reckt in Gewichthebermanier seine weiß bestäubten Hände aus den Ärmeln der Jacke, um die verbeulte Karikatur seiner selbst besser fassen zu können. Mit einem weiteren leisen Fluch schleppt er die Last davon.

– Da unten sind Russen, ruft Peter dem Mann hinterher.

– Die sollen ihn erschießen, schnauzt der Fähnleinführer: Du siehst doch, was das für einer ist.

Der Fähnleinführer spuckt hinaus auf die Straße, wo sich der Mann auf seinen käsigen, blaugeäderten Heuschreckenbeinen entfernt, kläglich neben der mehlgefüllten Hose, deren

Umfang auf Früheres und Künftiges verweist, auf bessere Zeiten, die es gab und hoffentlich auch wieder geben wird.

– Man könnte ihm in die Hosen hineinschießen, schlägt Peter vor zur Wiedergutmachung dafür, daß er den Plünderer vor den Russen warnen wollte.

– Kommt, wir schießen ihm die Hosen entzwei, wiederholt er. Bei dem Gedanken, daß das Mehl dann ausrinnt wie das Korn in *Max und Moritz*, muß er lachen.

Der andere Bub gluckst mit ihm.

– Dieses Arschloch, sagt der andere Bub, doch ohne sich zu rühren.

Der Fähnleinführer indes findet Peters Vorschlag weniger witzig und haut Peter die Kappe vom Kopf.

– Spar deine Munition, du Pfeife, du wirst jeden Schuß brauchen.

Ohne sich beirren zu lassen (oder mit apathischer Fügsamkeit), klaubt Peter seine Kappe vom Boden auf. Er mag seinen Fähnleinführer nicht, der hat von Anfang an darauf verzichtet, es unter seinen Buben zu besonderer Beliebtheit zu bringen. Anfang Februar hat er auf dem Wehrertüchtigungslager in Judenburg Peters Degradierung durchgesetzt, nachdem Peter in der Nacht beim Pinkeln ins Waschbecken erwischt worden war. Die übliche Geschichte. Aber er: Degradiert. Im Hof vor versammelter Truppe zuerst zusammengestaucht, anschließend die Scharführer-Kordel heruntergerissen. Das war furchtbar. So eine Blamage.

Peter gähnt nervös. Sein Magen knurrt. Gleichzeitig memoriert er einen Essensspruch, den man ihnen auf einem Sommerlager beigebracht hat. Der ging so: Alle Leute sollen leben, die uns was zu essen geben. Alle Leute werden verhauen, die uns was vom Essen klauen. Alle Leute sollen sterben, die das Essen uns verderben.

Drei Wochen lang vor jedem Essen immer derselbe Spruch.

– Verhauen sollte man den Plünderer, sagt er.

Aber die anderen hören ihm bereits nicht mehr zu.

Von Südwesten trommelt der Feind schon den ganzen Tag mit allen Batterien über die Buben hinweg in die Radialstraßen zum ersten Bezirk hinein. Lage auf Lage in verblüffend rascher Folge. Nach der Richtung der Detonationen zu schließen, erhält den meisten Beschuß die Gegend um die Stiftgasse. Peter findet es erstaunlich, wie schnell diese Geräusche vertraut geworden sind; ganz ähnlich war es bei den Zügen, die daheim hinter dem Haus vorbeifuhren. Peter ruft sich ins Gedächtnis, daß seine Mutter die vorbeifahrenden Züge zu mögen anfing, je weiter ihre Krankheit fortschritt, und daß sie sagte, in der Nacht, wenn sie wach liege, denke sie beim Geräusch der Züge an Ausflüge und Besuche von früher. Später, wenn Peter Zeit dazu haben wird (sehr viel später), will er sich diese Dinge nochmals durch den Kopf gehen lassen. Aber im Moment ist für derlei Überlegungen kein Platz. Als ihm einfällt, wie erleichtert er war, dank der Einberufung von der Trübseligkeit daheim wegzudürfen, spürt er kurz ein schlechtes Gewissen. Doch auch diese Empfindung wird von den Anforderungen des Augenblicks fast unverzüglich überlagert. Das Rattern und Quietschen schlechtgeölter Panzerketten mischt sich unter den hartnäckigen Artillerielärm und schwillt rasch an. Ein T-34-Panzer mit vorne aufgemaltem rotem Stern biegt von unten in die Straße. Die Turmkanone schwenkt einige Grad nach rechts, senkt sich und feuert von der linken Straßenseite eine schrill zwitschernde Granate auf die Ruine am rechten Ende des Blocks. Das Geschoß detoniert mit hohlem Klang. Ein verdammter Krach. Eine Staubwolke schießt auf, es steindelt in den aufragenden Mauerresten, und an den umliegenden Häusern zittert, was an Fensterscheiben noch vorhanden ist. Unsichtbar, aber ganz in der Nähe, in einer der Seitengassen, fordert aus einem Lautsprecherwagen eine blecherne Stimme mit wienerischem Akzent zum Niederlegen der Waffen auf.

– Wir kommen als Befreier, ruft die Stimme.

Der Fähnleinführer bekommt einen dicken Hals und sagt:

– Da lachen die Hühner.

Während die Stimme aus dem Lautsprecherwagen der Behauptung mit Hinweis auf die Moskauer Deklaration Glaubwürdigkeit verleihen will, legt der Fähnleinführer eine Panzerfaust auf Peters Schulter, und indem er Peter näher zum Tor schiebt, fügt er den weiter aus der Seitengasse tönenden Parolen hinzu:

– Und dann werden alle deutschen Männer sterilisiert.

Diese Ansicht leuchtet Peter sogar bei oberflächlicher Betrachtung ein, immerhin sind umgekehrt die Russen in der neuen Weltordnung als Latrinenputzer vorgesehen. Da darf man kein Entgegenkommen erwarten.

Aus der Panzerkanone bricht ein zweiter Schuß, wieder auf die Ruine. Peter fällt es schwer zu beurteilen, ob er den Kanonendonner mehr mit den Ohren als mit den Füßen wahrnimmt, so durchzuckt es ihn. Er geht hinter dem Eckstein in die Knie und verbreitert, indem er den Hals nach links beugt, die rechte Schulter, auf der das Blechrohr liegt. Der Fähnleinführer löst den Sicherungsdraht und klappt das Visier hoch, wie es Tage zuvor in der Zeitung schematisiert war zwecks Vertiefung der Blitzausbildung des Volkssturms.

– Die werden ihr blaues Wunder erleben, sagt der Fähnleinführer: Spätestens im Bereich der Ringstraße werden sie in die Falle tappen und alle Selbstmord begehen.

Er peilt den bis auf vierzig Meter herangekommenen Panzer an und zündet die Treibladung. Die Granate, von einem drei Meter langen Feuerstrahl aus dem Rohr geschleudert, schießt auf ihr Ziel zu. Als Peter nach der Detonation die Augen öffnet, sieht er, daß die rechte Raupe des Panzers zerrissen ist. Die Notklappe des Panzers wird von innen geöffnet und ein selbst in dieser Situation pelzbemützter Bolschewist springt mit feuernder Maschinenpistole hervor. Ehe der Mann auf das Haustor zuhalten kann, wird er von einem aus Richtung der

Ruine abgegebenen Schuß in den Kopf getroffen. Er fällt ohne einen Laut zu Boden (oder man hört den Laut nicht).

Jetzt dreht sich der T 34 quer zur Straße und wühlt sich mühsam, eine ächzend verendende Stahlkröte, über das holprige Kopfsteinpflaster zu einem Haustor auf der gegenüberliegenden Straßenseite. Das Haustor ist mit *LSR*, Luftschutzraum, beschriftet. (*Lernt schnell Russisch*, haben sie zum Ärger des Fähnleinführers beim Übernachten im Bellaria-Kino gescherzt.) Die stählerne Schnauze drückt das Haustor ein, die noch intakte Raupe schremmt auch den Türstock weg und frißt sich, da der Hausgang für den Panzer geringfügig zu schmal ist, über den Eckstein in einer leichten Diagonale knapp zwei Meter tief ins Innere des Hauses. Dann stirbt der Motor ab. Drei- oder viermal kracht der Anlasser, schwarzer Dieselqualm spuckt bis in die Mitte der Straße und verzieht sich nur langsam. Treibstoff fließt unter dem Heck hervor. Der Fähnleinführer wirft eine Handgranate, es kracht und staubt, dann brennt das Heck des Panzers. Schwarzer Rauch, der von den Spitzen der Flammen quillt, verschließt das Haustor wie mit einem dicken Vorhang. Man hört dahinter hektische Stimmen, als sich die restliche Panzerbesatzung in Sicherheit bringt. Zwei oder drei Minuten vergehen, dann entzündet sich die Munition im Inneren des Panzers, das Ungetüm wackelt von den Detonationen, ehe es von einer letzten gewaltigen Explosion zum Bersten gebracht wird. Peter spürt den Luftdruck und das Zittern des Untergrunds. Mauerrisse züngeln in Sekundenschnelle, wie mit rasendem Bleistift gezeichnet, über die Fassade, von unten nach oben und von oben nach unten. Fensterscheiben platzen, Glas splittert auf die Straße. Ein großer Pappendekkel, mit dem eine Fensteröffnung vernagelt war, schaukelt in die Tiefe, ändert dabei drei-, viermal die Richtung. Sehr beeindruckend sieht das aus. Peter ist im höchsten Grad verblüfft, daß das Haus der Erschütterung standgehalten hat.

– Das hat sich gelohnt, sagt er.

– Halt bloß das Maul, faucht der Fähnleinführer.

Peter und der andere Bub müssen trotzdem lachen. Jetzt grinst auch der Fähnleinführer für einen kurzen Moment. Plötzlich schüttelt es ihn vor Nervosität, und er reißt sich zusammen.

Während der T 34 ausbrennt, wünscht sich Peter, daß ihn sein Vater sehen könnte, dem würde er so gerne gefallen. In letzter Zeit gab der Vater nie ein Lob und teilte nur aus, obwohl diese Mißbilligung das ist, was Peter am meisten verletzt. Seit es mit der Mutter bergab geht (oder seit die Siegesmeldungen ausbleiben, das ist schwer zu beurteilen), hat sich das Verhältnis zwischen ihm und seinem Vater rapide verschlechtert. Manchmal kommt es Peter vor, als seien er und sein Vater in der gemeinsamen Unfähigkeit, mit dem Krebs der Mutter umzugehen, zu Gegnern geworden, wo sie sich doch besser zusammengetan hätten, unter Männern, wie seine Schwestern sich mit der Mutter zusammengetan haben, unter Frauen. An allem hat der Vater etwas auszusetzen, und immer ist es Peter, der hart angepackt und verhauen wird, während seine Schwestern mit einem bösen Wort davonkommen. Dazu ein Vollalarm nach dem anderen, kein Gas, kein Licht, die jüngste Schwester oft am Weinen und wieder am Bettnässen, die Sorge um das Heizmaterial, um Kalorien, um Schmerzmedikamente, weil alles Morphium an der Front ist. Wenn jetzt noch der Krieg verlorengeht, wird der Vater nicht mehr auszuhalten sein. Peter fragt sich, wie das bloß enden soll.

Ein zweiter Panzer, amerikanischer Bauart, der den Block umfahren hat, rückt von der Querstraße auf die Ruine zu. Wieder bricht Schuß um Schuß aus der Kanone, flankiert von einem MG-Schützen, der in der linken offenen Frontluke steht und seine Schußgarben in den Halbkreis streut. Dreckfontänen, kleine Staub- und Dampfwölkchen spritzen und kräuseln aus der Ruine und den feuchten Fassaden der Nachbarhäuser. Der Panzer hat die Ruine beinahe erreicht, da läuft der Vierzehnjährige, der Freiwillige (woher eigentlich?) von hinten an den Panzer heran, springt inmitten einer Wolke aus Dieselqualm und der aufgewirbelten Kriegsschlacke der letzten Wochen auf das Heck des Panzers und drückt sich am Turm entlang nach vorne. Der MG-Schütze, von einem Geräusch gewarnt oder mit einem siebten Sinn begabt, duckt sich geistesgegenwärtig, und ehe der Bub es fertigbringt, seine Handgranate abzuziehen, ist die Luke geschlossen und von innen verriegelt.

Die Besatzung des Panzers hat nun auch die anderen Hitlerjungen wahrgenommen, die dicht an den Hausmauern, hinter dem Fähnleinführer, die Straße hochgerannt kommen, weil man, so der Fähnleinführer, einen Kameraden nicht im Stich läßt. Der Panzer dreht sich, um die Gruppe ins Visier nehmen zu können. Unterdessen gleitet der Vierzehnjährige vom Panzer herab, läuft links neben den im Schrittempo vorwärts mahlenden Antriebsrädern bis unter die Mündung des Turmgeschützes, reckt die Rechte neben dem Stirn-MG zur Mündung der Kanone hoch und wirft die jetzt abgezogene Handgranate in das Rohr des Geschützes, das kurz darauf mit einem satten Knall platzt. Zwar beginnt zwei Sekunden später das Stirn-MG zu feuern, doch sind die heraneilenden Buben außerhalb von dessen Radius. Mit Ausnahme Peters. Der erhält einen Schlag, ihm ist, als würde er ebenerdig stolpern. Seine Panzerfaust rutscht ihm aus der Hand und rumpelt zu Boden. Er strauchelt, fängt sich, er stürzt vorwärts. Dann hat auch er den Panzer links umlaufen und hechtet, ohne darüber nachzudenken, was geschehen ist, durch ein klaffendes Parterrefenster in die Ruine, in der noch zwei der zurückgebliebenen Kameraden versteckt sein müssen.

– Deckung! ruft der Fähnleinführer, der – wie zuvor der Vierzehnjährige – den Panzer erklettert und eine Haftmine auf die Einstiegsklappe des Turms gelegt hat. Der Fähnleinführer zündet die Mine. Wie als Antwort auf ein Klopfen wird die Einstiegsklappe geöffnet, eine Handgranate kullert auf die Straße, ohne jeglichen Schwung, wie herausgetropft, wie herausgespuckt. Gleichzeitig rutscht die Mine, deren Magnet offenbar nichts taugt, von der Einstiegsklappe auf den Kotflügel des Panzers und von dort auf die Straße. Der Panzer macht einen Satz nach vorn. Einen Augenblick später detonieren die Mine und die Handgranate in einem einzigen betäubenden Knall, der zwischen den Häusern widerhallt. Der Motor des Panzers heult auf, das Gefährt wendet sich nach rechts und rattert die Straße hinunter in den schwarzen Qualm des abgeschossenen T 34 hinein.

Von dem durch die Explosionen aufgeworfenen Staub rinnen Peter die Augen. Nicht einmal Luftholen kann er ordentlich. Er hustet mehrmals, seine Ohren summen, er lauscht, aber er hört keine Schreie, kein Jammern, nur das ratschende Wirkungsfeuer der feindlichen Artillerie, das für Peter einen Moment lang eins ist mit dem Knistern der Ziegel in den Mörtelfugen. Hoch oben das Rumoren eines Flugzeuges in dem von dünnem Gewölk überzogenen Himmel, auch dieses Geräusch bis zur Irrealität gedämpft (während von dem Panzer nicht einmal mehr das Stöhnen des Motors zu vernehmen ist). Peter rappelt sich hoch, er preßt seinen blutenden rechten Arm mit der Linken an den Oberkörper, Dreck knirscht zwischen seinen Zähnen. Nochmals hustend und ausspuckend, tritt er aus der Ruine in den langsam niedersinkenden, teils noch immer nach oben wölkenden oder gesogenen Staub. Peter sieht den Fähnleinführer bäuchlings auf der Straße liegen, zu Boden gedrückt, ihm fehlt der halbe Kopf, das Gehirn ist größtenteils ausgetreten und von einem rötlichen Firnis aus Ziegelsand und einigen Mauerbrocken seltsam zugedeckt. Von dem zweiten Buben, der mit Peter im Hausgang war, ist weit und breit nichts zu sehen. Der Vierzehnjährige indes lehnt starr an dem zerschossenen Mauerstück, unmittelbar neben der Fensteröffnung, durch die sich Peter in Sicherheit gebracht hat.

Peter ist überrascht, wie der Bub dasteht: Das Bauchfell scheint aufgerissen, zwischen den Fetzen der blutigen Uniform kann man die ebenfalls blutigen Eingeweide sehen, die der Bub mit den Händen am weiteren Austreten hindert. Das rechte Auge, wenn von einem Auge noch die Rede sein kann, ist ohne Glanz, das untere Lid lappt weg, und der Knochen darunter liegt frei. Die rechte Gesichtshälfte ist blutüberströmt, vom Kinn tropfen große Batzen in schneller Folge auf den Ärmel des rechten Arms. Davon nimmt der Bub keine Notiz. Mit dem linken Auge blickt er Peter an, ein Ausdruck in dem weiterhin kindlichen Gesicht, der Peter von seiner Mutter vertraut ist. Nicht so sehr, als ob der Bub Schmerzen hätte, vielmehr in ungläubiger, schreckerfüllter Verstörung, weil er nicht weiß, ob jetzt das Ende kommt. Nach einiger Zeit unternimmt der Bub den Versuch, auf Peter zuzugehen. Er stößt sich mit den Schultern ab, aber der Oberkörper kann sich ohne die Mauer im Rücken nicht halten und schwankt in die vorherige Position zurück. Peter steht wie angewurzelt da. Aber beim Hinschauen berührt es ihn, wie konzentriert der Bub mit einem Mal zu sein scheint. Es erschreckt Peter nicht, es berührt ihn nur. Eigenartig. Schwach die Lippen bewegend, wie fluchend, macht der Bub einen weiteren Versuch zu gehen, als wolle er das bißchen Leben, das er noch vor sich hat, dafür verwenden, einen oder zwei Schritte zu machen. Aber die Kraft reicht nicht. Weiterhin das linke Auge auf Peter gerichtet, sinkt der Bub plötzlich weg in einer unglaublich weichen Bewegung, wie ein fallendes Stoffband. Die Knie berühren den Boden, rutschen nach hinten, das Gesicht schlägt widerstandslos auf das Straßenpflaster, die Schulterblätter brechen seltsam ein. Der Bub zuckt noch einmal, als wolle er sich, wie zum Salut, stocksteif machen, dann liegt er ganz ruhig, und es sieht so aus, als habe der Krieg für ihn aufgehört (aber der Frieden nicht unbedingt begonnen, gar nichts hat begonnen).

Krieg, ein paar Zahlen, Statistiken, Markennamen, Vorkommnisse (Effekte) und da und dort ein Ereignis, das nicht jeden betrifft.

Obwohl sein verletzter Arm in einer Schlinge liegt, stützt Peter ihn mit der rechten Hand. Seine gelegentlichen Blicke zurück auf die Stadt, von der man nicht viel wiederfinden wird, wenn der Krieg noch eine Weile mit der momentanen Wut voranschreitet, sind ebenso gehetzt wie die Blicke auf die nässende, im Licht schimmernde Stelle an seinem Verband, durch die das Blut sickert. Er fiebert ein wenig, entweder von der Verletzung oder von einer der Injektionen, die man ihm am Verbandsplatz in den gesunden Arm und in die Brust gesetzt hat. Das hat saumäßig weh getan. Aber Schmerzen interessieren niemanden, nicht jetzt. Solange er gehfähig sei, solle er gehen, hat der Sanitäter gesagt, und deshalb geht Peter, schweißgebadet, keuchend, mit schlurfenden, langgezogenen Schritten durch die Kahlenberger Weingärten, nachdem ein Laster der Feldsanitätsabteilung ihn und den Hitlerjungen, der im Keller der Ruine versteckt war, bis nach Nußdorf mitgenommen hat. Peters Beine fühlen sich schwer an. Im Vorwärtsstolpern ist ihm, als klebe der Kriegsdreck der halben Stadt an seinen Schuhen. Doch dem Bedürfnis, sich hinzusetzen und auszuruhen, gibt er nicht nach, angetrieben von dem, was der Sanitäter sonst noch gesagt hat: Daß jeder, der Anspruch auf ein Lazarettbett erhebe, sich genausogut freiwillig in die Gefangenschaft melden könne. Länger als zwei Tage würden die Verteidigungsstellungen dem Druck der Bolschewisten nicht standhalten. Dann sei Feierabend und gute Nacht (schöne Heimat). Mitunter, wenn er nicht mehr weiterwill, schließt Peter im Gehen die Augen, er konzentriert sich ausschließlich aufs Weiterkommen. Dann erscheinen ihm seine mechanischen Schritte wie Klammern, die seine Gedanken zusammenhalten: Daß man mit dem Krieg hätte aufhören sollen, als die Dinge noch besser standen. Daß die Stadt keineswegs deshalb rücksichtsvoll und gebäudeschonend erobert werde, weil Österreich das erste Opfer der Hitlerschen Aggression war, sondern damit man die Bevölkerung von Stalingrad in Wien ansiedeln kann (das hat er ebenfalls am Verbandsplatz aufgeschnappt). Und die Sterilisation aller Männer, von der der Fähnleinführer geredet hat, nachdem sie von der Lautsprecherstimme zum Niederlegen der Waffen aufgefordert worden waren. Und –. Und –. Etwas Unwirkliches hat das alles. Auch die Landschaft, durch die Peter stolpert, scheint einen Angsttraum abbilden zu wollen, die krüppeligen, wie in Agonie verkrampften Weinstöcke, der säuerlich brandige Rauch überall, der von der steten Brise über der Donau den Hügel heraufgedrückt wird. Selbst hier in den Weingärten, wo kaum Schäden zu beklagen sind, ist alles von einem grauen Firnis überzogen und voller Dreck und Material. Herumfliegendes Papier, zertrümmerte Materialkisten und weggeworfene Ausrüstungsteile. Eine Panzerabwehrkanone mit zerfetztem Lauf ist zwischen die Reben gefahren, unmittelbar davor liegen drei Hilfsfreiwillige mit asiatischem Aussehen, die sich bewußtlos getrunken haben. Peter und sein Begleiter, der die Ratsche bei sich trägt, gehen rasch vorbei. Eine Minute später sehen sie vor sich, oberhalb zur Linken, einen mit halboffenen Knospen vor dem Blühen stehenden Kirschbaum, dick und wuchtig, an dem ein Soldat hängt. Ein Schild vor der Brust des Soldaten weist ihn als Feigling und Deserteur aus, die Rebschnur hat sich bereits tief in den gedehnten Hals eingeschnitten. Sie erreichen den Baum überraschend schnell, Baum und Erhängter wachsen plötzlich heran. Wie aufgebläht. Obwohl der Anblick die Buben nicht so erschüttert, wie dies noch vor einigen Jahren der Fall gewesen wäre (als ihre größte Sorge war, wenn sie Mathe nicht verstanden), überfällt die beiden ein Grausen beim bloßen dran Vorbeischauen. So eine flaue Übelkeit. Oder sind es die Spritzen, die man ihm verabreicht hat? Au, hat das weh getan. Der Bub an Peters Seite beschleunigt nochmals den Schritt. Peter läßt es geschehen, obwohl er Mühe hat mitzuhalten. Ihm kommt vor, als würde der Baum mit dem Erhängten viel größer aussehen, als er normalerweise aussehen dürfte. Er wundert sich, daß man sich solche Gedanken machen kann.

Die Buben passieren die Stelle, die Blicke gezwungen geradeaus. Schon vorbei.

– Wär ich bloß nicht mitgegangen, sagt weinerlich der Bub: Wenn wir an einen Posten der Feldgendarmerie kommen, und sie fragen mich nach meinen Papieren, werde ich auch aufgehängt.

Peter hält mit gepreßter Stimme dagegen:

– Ich wüßte nicht warum.

– Als Deserteur. Ich habe keinen Marschbefehl.

– Du marschierst auch nicht.

– Aber ich habe die Fahnen Adolf Hitlers verlassen.

Bei der Vereidigung hat Peter keine Fahnen gesehen, der äußere Rahmen war mehr als nur dürftig, keine Triumphbögen, keine Böllerschüsse, ebenso fehlten tiefsinnige Ansprachen, die Musik und der anschließende Schweinsbraten, den der Nachbarssohn vor zwei Jahren noch bekommen hat. Dann, auf dem Weg zum Barrikadenbau, ist ihm vor vier Tagen wegen seiner HJ-Armbinde in der Straßenbahn ein Wehrmachtsfahrschein verweigert worden. Er kennt noch nicht einmal seine genaue Zugehörigkeit.

Er sagt:

– Vergiß es, wenn du mich fragst, war unsere Vereidigung nicht regulär.

– Versuch das jemandem beizubringen, dann wirst auch du gehängt.

Peter läßt es sich durch den Kopf gehen:

– Am besten, wir berufen uns auf Befehle. Daß der Fähnleinführer uns aufgetragen hat, wir sollen uns zur Donau zurückziehen, wenn er fällt.

– Wieder ein Grund zum Hängen. Wenn sie draufkommen, daß du lügst, enden wir beide am Galgen.

Der Bub wendet jäh den Kopf und wirft ängstliche Blicke

um sich. Obwohl über das normal Verdächtige hinaus nichts wahrzunehmen ist, sieht das Gesicht des Buben bleich und düster aus.

– Als hättest du ein Gespenst gesehen, sagt Peter.

– Du etwa nicht? fragt der Bub.

Sie sehen einander betroffen an.

– Weiß nicht.

– Eine passende Gesichtsfarbe, wenn sie dich aufhängen, mußt du dir nicht mehr einfallen lassen.

Peter hat Bilder seiner Mutter vor Augen, ihr vom Krebs entstelltes Gesicht, dem das Abschiednehmen, als alle bis auf Peter sich zu Verwandten nach Vorarlberg auf den Weg machten, eine zusätzliche Härte gab: leichenfahl, die Züge wie für das Kasperltheater geschnitzt, knochig, die Lippen dünn, gelblich blasse Haut und große gelbliche, ganz verhuschte Augen, die – je nach Licht – irgendwie bedrohlich aussahen. Peter fragt sich, ob seine Mutter in diesem Moment noch lebt. Seit der Trennung ist er ohne Nachricht, und zum Sterben, fährt es ihm durch den Kopf, sind acht Tage genug. Vor drei Tagen hat er den Versuch unternommen, seinen Vater telefonisch zu erreichen, und nachdem er zwei Stunden am Postamt auf eine Verbindung gewartet hatte, meldete das Fräulein vom Amt mit Ingenieur Erlach, Feldkirch, ja hier, und er gleichfalls mit Erlach, Wien, Vater? Darauf wurde die Verbindung unterbrochen. Eine Wiederherstellung gelang nicht, das kostete nur, und als er es am Nachmittag nochmals versuchte, wurden keine Gespräche mehr angenommen.

– Wir haben keine Befehle. Wenn uns niemand Befehle gibt, haben wir keine Befehle, sagt Peter.

Die Buben biegen in die Eisernenhandgasse Richtung Kahlenbergerdorf, wo Peter einen Onkel hat, einen Bruder seines Vaters. Zwischen den Weinrieden gehen sie abwärts bei offener Sicht auf den Kuchelauer Hafen, die grünbraun sich streckende Donau und die nördlichen Stadtbezirke auf der anderen

Seite des Flusses. Noch in beträchtlicher Entfernung hören sie Gelächtersalven, kurz darauf wird gesungen, *Wo Tirol an Salzburg grenzt*, zweistimmig, wobei sich diejenigen, die die zweite Stimme beisteuern, in Sachen Lautstärke wie üblich besonders hervortun. Die Buben erreichen den Ort. Sie überqueren den Sankt-Georg-Platz, passieren eine alte Weinpresse, wie Heurigenorte sie sich schuldig sind, die Eisenteile zur Hälfte zerfressen. Von dort aus sieht Peter das weiter unten liegende, zweistöckige Haus, dessen Kellerwohnung Onkel Johann mit seiner Familie bewohnt. Heller Rauch steigt auf, von einigen durch die Wolken brechenden Sonnenstrahlen in der Höhe des Dachfirstes beschienen.

Im Vorgarten des Hauses wird ein Haufen Papier verbrannt. Onkel Johann fährt mit dem Laubrechen zwischen die glimmenden Bücher, Bilder und Dokumente, er steht mit dem Rükken zur Straße. Ein Stück weiter hinten, auf der Vortreppe, spielt Peters sechsjährige Cousine Trude Bügeln mit einem Stein und einem dem Feuer bislang entgangenen Blatt Papier. Auch das Mädchen ist ganz von seiner Beschäftigung in Anspruch genommen, so daß es von den erschöpften Buben, die schmutzig wie Rauchfangkehrer und in den Schlaglöchern stolpernd die geschlungene Gasse herunterkommen, erst Notiz nimmt, als die beiden am Gartenzaun stehenbleiben und grüßen.

– Heil Hitler, Onkel Johann! Servus, Trude!

Im rasenden Kriegstempo fährt hinter ihnen ein in Tarnfarben gehaltener Spähwagen der Wehrmacht hinunter zur Donau. Trude schaut auf, starrt mit einem verstockten Blick auf Peter, dann auf ihren Vater. Erst als ihr Vater sich vom Feuer zur Straße wendet, steht auch Trude von der Vortreppe auf, kommt zunächst aber nicht zum Zaun, sondern bückt sich nach einem Stück Papier, das durch die aufsteigende Hitze von der Feuerstelle weggetragen worden ist. Sie zerknüllt es und wirft es zurück auf den glimmenden Stapel. Das Knäuel verfärbt sich, plustert sich auf, doch Flammen schlagen nicht heraus.

– Dann hast du dein Plansoll erfüllt? fragt Onkel Johann mit Blick auf Peters bandagierten Oberarm.

Peter folgt dem Blick des Onkels, der Verband ist rötlichbraun von Salbe, Zinkleim und Blut, das nicht aufhören will aus der Wunde zu sickern, obwohl die Sanitäter er weiß nicht was in den Schußkanal gestopft haben, vermutlich Watte. Es läuft Peter kalt über den Rücken. Mit der gesunden Hand streicht er über den Ellbogen, als könne er den Schmerz durch die besänftigende Berührung gefügiger machen.

– Durchschuß, meldet er.

– Und der Knochen?

– Soweit man vom Schußkanal darauf schließen kann, gestreift.

– Tut es sehr weh? fragt Trude, die mittlerweile ebenfalls zum Zaun gekommen ist.

– Ja, schon, sagt Peter.

– Bekommst du eine Auszeichnung? fragt Trude.

Doch diesmal läßt Onkel Johann seinen Neffen nicht zum Antworten kommen. Er gibt Trude einen Stoß mit der Hand:

– Geh nach drinnen zur Mutti und sag ihr, sie soll für die beiden eine Wegzehrung einpacken. Aber hurtig, marsch!

Trude zögert einen Moment. Der Hitlerjunge in Peters Begleitung stemmt die Ratsche gegen das rechte Knie und dreht einmal die Kurbel, da ist Trude schon weg.

Onkel Johann fixiert den Buben, verärgert über den Lärm.

Peter sagt:

– Ich hab gehofft, wir können bleiben.

Der Onkel geht zurück zu den Unterlagen, die nicht recht brennen wollen. Er hebt einen Teil des halbverkohlten Papiers an, lockert den Packen und legt ihn sacht auf die Seite, damit Luft hineinfahren kann. Einige hauchdünn ausgeglühte Bruchstücke steigen wie Drachen hoch, gleiten schwebend, unwägbar, am Rand eines Luftwirbels zur Seite und sinken als saurer Dünger, den der nächste Regen ins Erdreich spülen wird, zu Boden.

Onkel Johann wendet sich wieder zum Zaun:

– Als Neffe wärst du willkommen, aber nicht als Soldat. Wo doch die Russen. Du mußt verstehen. Die Familie. Da ist es besser, wir sind ab jetzt neutral.

Peter fühlt sich, als wäre er gerade aufgewacht und sofort windelweich geprügelt worden. Er möchte seine Mutter erwähnen, den Fähnleinführer, er möchte nach seinem Karabiner greifen und abermals bitten. Aber Idiot, der er ist, hat er den Karabiner am Verbandsplatz liegenlassen inmitten all des dortigen Schmerzgeschreis und Kommandogebrülls.

– Onkel Johann, wenn du willst, können wir die Uniformen und das ganze Zeug wegwerfen.

Der Onkel fährt neuerlich mit dem Laubrechen in den Haufen, mit einem gewissen Ingrimm, der dem Feuer bekommt.

– Mit deiner Verletzung würde ich dich notfalls auf die andere Straßenseite tragen. Peter, so leid es mir tut. Es ist wegen der Russen. Damit kein Eindruck entsteht. Wie gesagt, wir sind ab jetzt neutral.

Neutral, denkt Peter, was soll das bloß heißen?

Und im selben Moment begreift er (und das trägt zu seinem Gefühl der Erschöpfung wesentlich mit bei), daß alles kopfsteht, daß alles Gewohnte und Gehabte und was man ihm beigebracht hat von diesem Augenblick an nicht mehr zählt. Er fühlt den langsam erkaltenden Schweiß an seinem Körper, und während er den Aschegeruch des verglimmenden Papiers in der Nase hat, ist ihm, als würden ihn mit einmal alle seine Kräfte verlassen. Noch nie in seinem Leben hat Peter sich so hundsmiserabel gefühlt, er spürt jeden Knochen im Leib, sein Blut pumpt in groben Stößen, läutet ihm in den Ohren. Sein Oberarm schmerzt jetzt, daß es kaum auszuhalten ist. Er möchte sich hinsetzen, er möchte nicht weitergehen, so zum Umfallen müde ist er, so sehr drückt ihn das Gewicht so vieler Dinge: der nutzlosen Toten, der Trauer, daß ihn das Leben, das ihm sein Vater vorgemacht hat, zum Idioten stempelt, sein leerer Magen, der sich, seit Onkel Johann Trude um Essen geschickt hat, immer wieder zusammenkrampft, in rasch kürzer werdenden Abständen. Peter hat Angst, sich übergeben zu müssen.

– Wer singt da unten? fragt er, ganz als rede er ins Leere hinein, mit starrem, abwesendem Blick. Wenn nicht der weiter sich verstärkende Beschuß alles und jedes übertönt, hört man ein weiteres Volkslied, das ins Rumoren des Krieges hineingegrölt wird: *Hoch am Dachstein droben*.

– Da werden einem die Augen naß, sagt der andere Bub.

– Die haben in den Kellern den Wein aus den Fässern abgelassen, gibt Onkel Johann Auskunft: Ein Sonderkommando der SS. Die trinken jetzt, was bereits in Flaschen abgefüllt war, damit auch die Flaschen nicht in die falschen Hände fallen. Ich denke, sie wollen die Auswirkungen demonstrieren, die der Wein auf die russische Seele haben könnte, sollte jemand das eine oder andere Faß verstecken.

Er kommt nochmals vor zum Zaun:

– Ich habe sagen hören, daß nackte Weiber auf den Tischen tanzen und daß sie stehend in die Gläser der Offiziere pischen. Aber ich will nichts behaupten, was ich nicht mit eigenen Augen gesehen habe.

Er schüttelt den Kopf. Im selben Moment tritt Tante Susanne aus der Tür, einen kleinen Beutel in der rechten Hand. Sie ist in Schwarz gekleidet. Peter fällt ein, daß der Bruder von Tante Susanne Anfang März gefallen ist. Peter hatte es schon wieder vergessen.

Indem die Tante den Beutel über den Zaun reicht, verschwindet der anfänglich besorgte Ausdruck aus ihrem Gesicht. Sie sagt:

– Es fehlt auch bei uns an allem. Ihr solltet besser schauen, daß ihr wegkommt.

Sie legt ihre Hand in Peters Nacken, fährt über seinen Haaransatz und drückt kurz die Finger in seinen rechtsgeneigten Hals, wo eine pulsende Ader in den Kopf mündet. Peter spürt etwas Kaltes ins Gehirn rieseln, das sich dort eine Weile hält. Er hört sich von neuem sagen, ruhig, fast zu ruhig, mit eintöniger, gleichgültiger Stimme:

– Wir können die Uniformen in die Weingärten –.

Tante Susanne zieht ihre Hand zurück. Sie zuckt mit den Schultern, ihr Blick besagt dasselbe.

– Unten liegt ein Schiff, Wlassow-Soldaten, die aus Angst vor Tieffliegern die Nacht abwarten zum Weiterfahren. Geht dorthin. Es heißt, sie wollen sich nach Westen absetzen, dort soll es auch vitaminmäßig besser sein.

– Aber wenn wir die Uniformen und das ganze Zeug in die Weingärten –.

Sie zögert nochmals und sieht Peter einen Augenblick lang an, nicht unschlüssig, mehr als wolle sie sich seiner Hartnäkkigkeit vergewissern. Dann sagt sie:

– Heil Hitler!

– Heil Hitler! sagt auch der Onkel.

Einen Moment lang stehen die Buben zögernd am Zaun. Schließlich entfernen sie sich mit geradeaus vor sich hinstarrenden Blicken, um einander nicht ansehen zu müssen. Die bezechten SS-Männer krakeelen *Auf der Lüneburger Heide*. Am Himmel schreitet die Eintrübung fort. Das tiefe Licht markiert die Kanten und Krümmungen der Landschaft mit dunklen Rändern. Unterstützt von dem mit Kohlenstaub gesättigten Rauch, in dessen Schutz sich Teile der Finsternis schon eingeschlichen haben, wird die Nacht leichtes Spiel haben.

Krieg, ein paar Zahlen, Statistiken, Markennamen, Vorkommnisse (Effekte) und da und dort ein Ereignis, das nicht jeden betrifft.

Dann liegt die Dunkelheit dichtgepackt auf der träge dahinrollenden Donau, auf den kaum noch zu erkennenden Ufern und Weinbergen, die sich über den verschrammten Frachter beugen. An manchen Stellen sind Himmel und Landschaft eine fest verklumpte Masse, es wirkt, als hätte der Krieg auch den Hügeln und dem Fluß eine Essenz entzogen, etwas Phosphoreszierendes, das ihnen in friedlichen Nächten Glanz verlieh. Wenn kurz das Mündungsfeuer eines Sturmgeschützes stiebt oder ein Leuchtspurgeschoß eine farbige Kerbe in den schweren Himmel reißt, geschieht dies offenbar in erster Linie zu dem Zweck, den Unterschied zwischen Hell und Dunkel zu definieren und das Dunkel hinterher desto kompakter zurückzulassen. Peter, der rücklings auf einem dünnen Strohsack an Deck der *Alba Julia* liegt, kommt es vor, als seien die über den Himmel schwenkenden Lichtsäulen einer fernen Scheinwerferbatterie nichts als überdimensionierte Scheibenwischer, die alles entfernen, was Licht speichern oder reflektieren könnte, jedes noch so kleine Partikel.

Die *Alba Julia* ist ein rumänischer Frachter, der unter der Reichskriegsflagge stromaufwärts stampft. Die Besatzung besteht aus ukrainischen Soldaten, die auf seiten der Wehrmacht zuletzt in Budapest gekämpft haben. Die meisten Soldaten liegen wie Peter an Deck. Sie schnarchen, stöhnen und husten in so dichten Intervallen, daß die Laute zu einem regelrechten Chor zusammenfinden. Auch der andere Hitlerjunge schläft schnarchend, unmittelbar neben Peter. Wie lange schon? Peter könnte es nicht sagen. Inmitten dieser Schwärze läßt nur die Erfahrung darauf schließen, daß es irgendwann wieder Tag werden wird.

Mit weitoffenen Augen starrt Peter in die kalte Finsternis. Bilder ziehen in regelmäßiger Wiederholung an ihm vorüber, drehen sich in seinem Kopf wie ein Brummkreisel, wie auf einer Walze. Er denkt: Wie in einem Wunderzylinder, diesen Dingern, von denen er vor Jahren eins im Foyer des Apollo-Kinos gesehen hat. Das Gerät bestand aus einem etwa einen Meter weiten, hohlen, sehr leicht drehbaren Blechzylinder, der in gleichen Abständen schmale Schlitze aufwies. An der Innenseite des Mantels waren gezeichnete Figuren so eingelegt, daß man sie bei mäßig rascher Rotation durch die Spalten der Zylinderwand hindurch in einer zusammenhängenden Bewegung erblickte. Peter erinnert sich an eine dieser Bilderfolgen, einen Mohren, der, seines Kopfes überdrüssig, diesen abnahm und ihn nach einigem Zögern seinem Nachbarn lieh.

Ähnlich (mißmutiges Betasten des Kopfes, das Anzeigen von Interesse an dem Kopf durch den Nachbarn, das Abnehmen des Kopfes und die Übergabe desselben) folgen einander die Bilder in Peters Erinnerung.

Flüchtig, dunstig-verschwommen wie am Waschtag: die ebenerdige Wohnküche in der Blechturmgasse. Das war Mitte der dreißiger Jahre, noch vor Peters Einschulung, als sie jeweils zu zweit und für kurze Zeit auch zu dritt in einem Bett schliefen.

Die erste Verhaftung des Vaters, 1936, wegen der Sprengung eines Telefonhütterls, die man dem Vater aber nicht nachweisen konnte.

Bald darauf die zweite Verhaftung, 1937, wegen eines Hakenkreuzwimpels.

(Peter entsinnt sich genau, oder er entsinnt sich, was der Vater später hundertmal erzählte: daß der Ständestaat den Vater in einem Verwaltungsstrafverfahren mit drei Wochen Arrest belegte, obwohl nach den damaligen Vorschriften der Besitz eines Hakenkreuzwimpels oder eines ähnlichen Abzeichens nicht verboten war, nur das *öffentliche Zeigen*. Diese Öffentlichkeit wurde durch die Aussage eines Nachbarn hergestellt, eines Sozialisten, der behauptete (schwor), daß man bei besonders heller Beleuchtung, wenn der gewöhnlich vorhandene Vorhang nicht, und zwar ganz ausnahmsweise nicht zugezogen war, den an der Wand über dem Radio hängenden Wimpel sehen könne; und auch dies nur, wenn man in einem bestimmten Winkel die Straße herunterkam).

Dann: Wie Peter sich als Achtjähriger durch eine dichte Menge jubelnder Menschen hindurchtunnelte und plötzlich den Führer sah, der aus seiner Limousine heraus die Wiener Bevölkerung grüßte.

Die glückliche Zeit nach dem Anschluß, als der Vater plötzlich wieder in Arbeit und Brot stand und die Anspannung von ihm abfiel und es plötzlich eine größere Wohnung gab im gleichen Haus weiter oben, mit dem Klo nicht mehr am Gang, und manchmal sogar Blumen für den Küchentisch und für die Kinder die *besten Aussichten*.

Wie er vor sieben Jahren, fast auf den Tag genau, so gelegen ist, im Augarten neben seinem Vater, sonntags, an dessen rechter Seite. Und wie der Vater ihn ins Vertrauen zog, daß selbstverständlich er und seine Kollegen es gewesen seien, die das Telefonhütterl gesprengt und die Hakenkreuze hinterlassen hatten, und wie glücklich er über die Ankunft der Genossen aus dem Altreich sei und daß der Tisch in Zukunft reicher gedeckt sein werde.

Die lautstarke Verhaftung des Nachbarn, der im Jahr davor die Verurteilung des Vaters ermöglicht hatte, und die weinende Frau des Nachbarn, die an die Wohnungstür kam und den Vater um Fürsprache bat (dem Nachbar wurde vorgeworfen, er habe einem Nazi im Nebenhaus die Kaninchenställe gesprengt, was aber sicher nicht stimmte).

Das Einbinden der Schulbücher mit der Mutter.

Eine Polsterschlacht mit Ilse, der jüngeren Schwester, die bis vor zwei Jahren das Zimmer mit ihm geteilt hat.

Die Betten, die aus den Fenstern der jüdischen Wohnungen vis-à-vis geworfen wurden.

Das Besprechen des Frontverlaufs mit dem Vater und der Stolz darüber, daß der Lebensraum im Osten für die nächsten tausend Jahre gesichert sei.

Wie Ilse sich die Finger verbrannte, als sie einen sengenden Bombensplitter aus dem Küchenkasten ziehen wollte.

Ein paar ungerechte Watschen.

Der Heimabend, den sie im Vorjahr mit anderen Wiener

Gruppen verbrachten. Da hieß es heilig: Präsentiert die Flaggen! Worauf der Fähnleinführer in seinem Übereifer die Spitze der Flaggenstange so fest in einen Holzbalken der Decke rammte, daß er die Flagge nur mit Not wieder freibekam.

(Das sah so lustig aus, daß Peter lachen mußte. Er war nicht der einzige, der lachte, aber er lachte offenbar am lautesten, und der Fähnleinführer erkannte ihn an der Stimme. Am nächsten Tag wurde Peter drei Stunden lang geschliffen. Exerzieren, stillgestanden, kehrt, marsch, marsch, linksum, rechtsum, Gewehrpacken, stillgestanden, habt acht, Präsentiergriff, Augen geradeaus, zackzack, marsch, links, zwo, drei, vier, links, zwo, drei, vier, dann den Hang hinauf und wieder hinunter, da blieb Peter bereits die Luft weg, und gleich noch mal, zackzack, weil der Fähnleinführer schwören wollte, einen bolschewistischen Spion ausgemacht zu haben, ich will tot umfallen, Haaaltuuungg!!! wenn da oben nicht –. Peter keuchend: Melde gehorsamst, keinen bolschewistischen Spion angetroffen! Fähnleinführer süffisant: Ich will Meier heißen, wenn da nicht, marsch, marsch –. Und zwischendurch immer wieder lautes Singen … *Die roten Fahnen brennen im Wind … unsre Fahne ist mehr als der Tod*, bis Peter sich übergeben mußte.)

Der Schokoladenpudding mit Kanarienmilch zu seinem vierzehnten Geburtstag im Frühling des Vorjahres.

Und die ungeheizten Schlafzimmer im zurückliegenden Winter, als das Wasser die Wände hinabrann. Der Weihnachtsbaum im Wohnzimmer. Auch dort war nicht geheizt, und die wenigen Kekse am Baum lösten sich am zweiten Feiertag in der Feuchtigkeit auf. Sie tropften buchstäblich vom Baum.

Und die Weigerung der kranken Mutter, sich bei jedem Alarm in den Keller tragen zu lassen.

(Sie hatte am ganzen Körper Hautblutungen, blaue, fast schwarze Flecken, obwohl man die Mutter nur mit größter Vorsicht anfaßte. Sie argumentierte, indem man sie in den Keller trage, könne man sie nicht retten, aber umbringen. Und zwischen Rettungslosigkeit und Quälerei wählte sie die Angst. Während es pfiff und krachte, blieb sie in der Wohnung liegen und schrie aus Leibeskräften. Endlich der Mühe enthoben, Rücksicht auf die Kinder nehmen zu müssen, schrie sie gegen ihre nicht enden wollende Angst, gegen die drohende Vernichtung an: Eine Sirene, die den minderjährigen Meldeläufern, die in der Straße unterwegs waren, einen Schrecken fürs Leben einjagte und die hinterher erholt wirkte; wenn man von Erschöpfung erholt wirken kann. Nach den Angriffen schlief die Mutter meistens rasch ein.)

Noch ein Bild: Wie ihm die Mutter zum Abschied mit ihrem Kamm die Haare sauber scheitelte (das mochte er nicht) und wie er dabei in ihrem Lächeln die Gesichtszüge von einst wiedererkannte (das mochte er sehr; wer wünscht sich nicht, daß seine Mutter so bleibt, wie sie ist?).

Und noch eins, das sich ganz ans Ende flickt: Wie dieser Hitlerjunge, der sich ihnen am ersten Tag der Schlacht angeschlossen hatte, versuchte, auf ihn zuzugehen, während er seine Eingeweide mit den Händen am Austreten hinderte. Mit diesem einäugigen Blick, der sagen wollte: Das könntest auch du sein.

Und dann die Reihe wieder von vorn: Achtzehn oder vierundzwanzig oder sechsunddreißig Bilder, die im Kreis herum eine Geschichte erzählen, manchmal in falscher Anordnung (so daß nicht ganz klar ist, ob der Mohr seinen Kopf tatsächlich hergeben will), aber immer dieselben Bilder, die sich zu Peters fünfzehnjährigem Leben zusammenfügen, als wäre es eine runde Sache.

Das Bild, das er am liebsten mag, zeigt etwas Harmloses: Er und seine um zwei Jahre ältere Schwester Hedi am Ziegelteich, wo sie im Sommer Lehmrutschen bauten. Wie er mit viel Anlauf und in hohem Bogen, von den vorangegangenen Rutschpartien bereits mit Striemen am Rücken, in die Lehmrinne springt, in die Hedi gerade einen Eimer Wasser geschüttet hat.

Und das Bild, das er am wenigsten mag, etwas ebenfalls Harmloses, nichts jedenfalls, von dem man sagen könnte, wie hinterhältig, gemein oder brutal: Wie er neben der kranken Mutter von einer Ecke in die andere und schließlich an den Rand der Familie geschoben wird, weil er nur Arbeit macht und niemandem eine Hilfe ist, selbst wenn er sich nützlich machen will.

(Als die einzige Männersache, nämlich die Mutter in den Keller zu tragen, gestrichen war, stand Peter überall im Weg, vor allem seit die Schule geschlossen hatte. Oft beneidete er seine Schwestern, die durch hauswirtschaftliche Ertüchtigung im Rahmen des BDM im Vorteil waren, die geschickter und entschlossener vorgingen und zweckmäßiger dachten: Wenn sie der Mutter Niveacreme auf die trockenen Lippen streichen durften und ihr nebenher, als wäre es nichts, wie zufällig das strähnige Haar aus der Stirn schoben, um die Stirn zu befühlen. Oder wenn die Mutter eines der Mädchen bat, ihr ein Kissen in den Rücken zu schieben, damit ihr das Atmen leichter falle, oder wenn sie jemanden brauchte, der ihr die kalten Füße rieb: Da blühten die Mädchen auf, waren wie ausgewechselt, weil sie nicht länger dastehen und ihre Verlegenheit verbergen mußten. Ihn aber, der gleichfalls einbezogen werden wollte, bat man um nichts. Er wurde allenfalls als kompetent für Gänge außerhalb angesehen. Und dann erwartete die Mutter, daß er, von diesen Gängen zurück, ihre Hand hielt und erzählte. Aber er hatte nichts zu erzählen angesichts dessen, daß die Mutter starb.

– Erzähl, wie ist es draußen, Peter.

– Da ist nichts Besonderes, alles wie immer.

Kaum schaute die Mutter weg, machte er sich unsichtbar oder schlich wieder aus der Wohnung. Als er seine Einberufung zum Volkssturm erhielt, war das der Befehl, auf den er seit Wochen gewartet hatte.)

Mit einem Mal vergißt er das alles und freut sich, daß er

noch am Leben ist. Er sucht eine bequemere Stellung. So gut es mit dem verletzten Arm geht, wickelt er sich gleichzeitig enger in die Wehrmachtsdecke, die er vor Ablegen des Schiffes von einem der ukrainischen Soldaten erhalten hat. Er schaut in den Himmel, wohin die Toten gehen und an dem nach wie vor kein Lichtschimmer ist. Nur noch Geräusche nimmt er wahr, die scheinen ebenfalls ein Teil dieses schier unerschöpflichen Dunkels zu sein: das Tuckern der gegen die Strömung ankämpfenden Maschine, dem der Oberarm einen Resonanzraum bietet, und in den Nieten und Nähten der Spanten ein geheimnisvolles Knacken, das sich ebenso unregelmäßig wiederholt wie der gurgelnde Wellenschlag des vom Bug zerteilten Wassers. Manchmal das tönende Hallen von Schritten der in schmutzsteife Mäntel gehüllten Soldaten, die Wache halten und mit rastlosen Augen ins Nichts spähen. Dann und wann Kolbenschläge, wenn dieselben Soldaten ihre Gewehre absetzen, nicht minder hallend, ganz nah an Peters Ohr, als wäre die Welt hohl wie eine Teedose.

Auf der Donau, die gerade eine weite Biegung macht, beginnen die Spuren (des Krieges) sich bereits wieder zu verwischen.

Das Kielwasser glättet sich.

Die Orientierungstafeln, die aus den Straßen Niederösterreichs entfernt werden, damit sich die Rotarmisten in diesem heillosen Land verirren, sinken auf den kiesigen Grund.

Die zaundürren, mit gestreiften Pyjamas bekleideten Häftlinge, die in tagelangen Märschen das Donauufer entlang nach Westen getrieben und, wenn sie erschöpft niedersinken, von Mitgliedern der Ortsgruppen erschossen werden, läßt man ebenfalls verschwinden.

Die Donau rauscht vorüber, das Meer wird nicht voller.

Letzten Endes.

Mittwoch, 2. Mai 2001

Die Arbeiter, die Johanna ihm vermittelt hat, kommen in einem neuen, knallroten Mercedes, tragen aber Kleider, die von Farb-, Mörtel- und Ölflecken imprägniert sind, so daß sich die Frage, ob die beiden sich in der Einfahrt geirrt haben, erübrigt. Philipp stellt sich ein paar Fragen der naheliegenden, nicht vorurteilsfreien Art, bleibt nach außen hin aber gelassen und auf der Vortreppe sitzen, bis die Männer zu ihm getreten sind.

Die beiden sehen aus wie eine verspätete Illustration zum Tag der Arbeit: Der Ältere mittelgroß, pickelnarbig und kräftig, mit einem zu kleinen, braunen Hut. Der andere ebenfalls mittelgroß, aber schmal gebaut, ein bißchen blaß, mit hängenden Schultern.

– Steinwald, sagt der mit dem Hut.

– Atamanov, sagt der Blasse.

Nach einem kieferverrenkenden Gähnen nebst unverhohlenem Blick auf die verdellten, betonverkrusteten Halbschuhe, die die Männer tragen, nennt auch Philipp seinen Namen. Dann erkundigt er sich, ob es wegen des Dachbodens sei.

– Ja, erwidert der mit dem Hut.

– Habt ihr Gummistiefel? fragt Philipp.

Wie nicht anders zu erwarten.

– Mundschutz? will Philipp wissen und erhält abermals ein Kopfschütteln.

– Wollt ihr behaupten, daß ihr die Folge, in der James Onedin eine Ladung Guano aufnimmt, versäumt habt? In Südamerika, auf den Galapagosinseln, im Freien, am Meer! Was glaubt ihr, wie das erst auf meinem Dachboden –?

Aber der Schwarzarbeiter mit dem Hut, Steinwald, drückt sich an Philipp vorbei ins Haus.

– Werden das Kind schon schaukeln, gestatten.

Der andere, Atamanov, folgt wie aufgezogen.

Philipp ist überzeugt, das war die erste Anweisung von Johanna.

Die Gesichter der Arbeiter, nachdem sie die Tür zum Dachboden wieder geschlossen haben, kommentiert Philipp nicht, aber die Treppe hinunter geht wieder er voran, und dabei ist eins klar: Die Männer haben nichts dagegen, die Initiative wieder abzutreten, die sie kurzfristig ergriffen haben im fälschlichen Glauben, mit allem und jedem fertig zu werden. Philipp dirigiert die beiden zum Küchentisch, und während in der gluckernden Kaffeemaschine Wasser zu Dampf wird und sich wieder verflüssigt, sticht Steinwald, der Ältere, den rechten Zeigefinger gegen die Tischplatte und zählt auf, was zusätzlich zu den Gummistiefeln und Atemmasken unerläßlich sei:

– Handschuhe, Schutzbrillen und – und – ein Hochdruckreinigungsgerät.

Philipp schneidet Brot, öffnet den Kühlschrank, inspiziert seine Bestände. Er trägt auf, was da ist, Brot, Butter, Honig (Jg. '96), frische Milch. Er setzt sich ebenfalls zu Tisch. Dort, kauend, kaffeeschlürfend, einigt er sich mit den Arbeitern, daß sie einkaufen fahren, während er, Philipp, zu Hause bleibt, Anrufe entgegennimmt und auf die Postbotin wartet, so seine Behauptung.

Auf die Frage, ob er ebenfalls Gummistiefel brauche, antwortet er:

– Gelbe, Größe 42.

– Also 41, verbessert ihn Steinwald, dies, wie alles, in einem sehr nüchternen, aber entschiedenen Ton, so daß Philipp beschließt, nicht zu widersprechen. Er besteht lediglich darauf, daß die Stiefel gelb sein müssen, wie er als Kind welche besessen hat. Gelb mit innen Rot.

Er händigt Steinwald, der anscheinend der Boß ist, alles Geld aus, das er bei sich hat, und noch mal etwa einen gleich hohen Betrag aus der Teekanne, in der die Großmutter trotz Vorhandenseins eines Safes ihren Notgroschen deponiert hatte. Steinwald und Atamanov verlassen das Haus. Philipp schaut ihnen noch eine ganze Weile vom Fenster aus zu, wie sie vom Vorplatz zum Dachboden hochstarren. Er weiß, das Geräusch, das die Krallen erzeugen, wenn die Tauben über das Fensterbrett tappen, ist von allen vorstellbaren Geräuschen das unangenehmste. Und das Geräusch des Flügelschlags, wenn die Tauben zur Landung ansetzen, das allerhäßlichste Geräusch, das Flügel erzeugen können. Auch Philipp hat noch nie häßlicheres Flügelschlagen gehört.

Es ist fast Mittag, als der rote Mercedes wieder in die Einfahrt biegt. Vor der Garage stellt sich der Wagen in eine Staubwolke. Die Arbeiter steigen aus, und Steinwald beklagt sich in offen vorwurfsvollem Ton, daß sie im ersten Baumarkt keine gelben Gummistiefel erhalten und so über eine Stunde verloren hätten, was die Stiefel für ihn (Philipp) unnötig teuer mache. Ohne sich zu dem Thema zu äußern, ist Philipp doch zufrieden mit diesem ersten Beweis von Zuverlässigkeit, und er hätte gern ein Foto von sich und seinen Gehilfen, weil sich das bestimmt gut macht: Von Steinwald und Atamanov in ihren dunkelgrauen Stiefeln flankiert, würde er anhand der gelben Stiefel leicht als hochstehende Persönlichkeit erkennbar sein. Er stünde einen Schritt tiefer im Bild als die Arbeiter, sehr breitbeinig, hätte die Fäuste in die Seiten gestemmt und das Becken vorgestreckt, er würde lächeln, aber fast unmerklich, und alles in allem sähe er aus wie Hans im Glück. Diese Vorstellung gefällt ihm um so besser, je länger er sich Steinwald und Atamanov ansieht. Der eine mit seinem niedrigen, zu kleinen Hut, der andere mit dem wächsernen Gesicht und einer Frisur wie Fernandel, in der das brünette Haar, obwohl der

Mann noch keine dreißig ist, bereits ergraut. Während die Arbeiter wieder in der Küche sitzen und Philipp ein Mittagessen kocht, nimmt er sich vor, am Nachmittag Johanna anzurufen und seinen Fotoapparat zurückzufordern.

– Liebe Johanna, wird er sagen, den Apparat hast du vor anderthalb Jahren ausgeliehen, als der Apparat von Franz zur Reparatur war. Ich möchte wissen, wer sein Leben nicht in Ordnung hat. Du oder ich?

Es gibt Spaghetti. Philipp hat seinen Teller noch nicht geleert, da haben Steinwald und Atamanov schon die doppelte Menge verschlungen, im stillen erbost, daß Philipp sie zu der Mahlzeit überredet hat mit dem Argument, daß sie hinterher keinen Appetit mehr haben werden. Die Signale der Ungeduld, endlich mit der Arbeit beginnen zu können, nehmen zu. Trotzdem versucht Philipp, die beiden in ein Gespräch zu verwikkeln. Steinwald, mit einer Falte zwischen den zottigen Brauen, antwortet auf alles kurz angebunden, und Atamanov, wie schon die ganze Zeit, sagt gar nichts. Atamanov ist still, ruhig, zurückgezogen, Philipp kennt kaum seine Stimme. Also redet er ihn zweimal direkt an, und als Atamanov begreift, daß er gemeint ist, drückt er ein verlegenes »Nix viel Deutsch« heraus. Philipp schaut Steinwald an. Der, genervt, berichtet, daß auch er Atamanov erst seit sechs Wochen kenne. Atamanov sei nur kurzfristig in Wien, weil er das Geld verdienen wolle, das er brauche, um Ende Juni zu heiraten. Steinwald knurrt, gleichzeitig kratzt er mit Daumen und Zeigefinger Speisereste zusammen. Die Falte steht ihm nach wie vor zwischen den Brauen. Philipp hingegen, ehrlich erfreut über die Auskunft, gratuliert Atamanov zu dessen Heiratsabsichten. Im nächsten Moment steht Steinwald auf und verschwindet in die Diele, wohin ihm Atamanov folgt. Man hört Nylon reißen, Knistern und Stampfen. Als Philipp ebenfalls in die Diele tritt, tragen Steinwald und Atamanov ihre dunkelgrauen Gummistiefel, und die Masken haben sie umgehängt.

– Keine Staubmasken, sondern Gasmasken, wie Steinwald grimmig erklärt.

Die Schutzbrillen tragen die Arbeiter auf der Stirn.

Bei flüchtiger Betrachtung sehen die beiden sehr beherzt aus, aber auf den zweiten Blick erwecken sie nicht den Eindruck, als ob sie die Entschlossenheit von zehn Teufeln besäßen. Philipp bietet Zigaretten an. Doch ohne diesem Offert Beachtung zu schenken, oder vielmehr, ohne sich neuerlich anstiften zu lassen, den Gang in den Dachboden aufzuschieben, schultern die Arbeiter ihre Schaufeln und poltern die Treppe hinauf.

Philipp bleibt in der Diele. Er begutachtet die restlichen Einkäufe. Vor allem seine Gummistiefel gefallen ihm, mit einem roten oberen Rand, innen grün gefüttert, die Sohlen ebenfalls grün, passend zu seinem Lieblingshemd. Er zwängt seine Füße in die Stiefel, sie sitzen so lala. Eine Nummer größer hätte es auch getan. Gasmaske und Schutzbrille bringt er an den dafür vorgesehenen Stellen an, auch in die schweren Arbeitshandschuhe schlüpft er noch im Erdgeschoß. Derart ausstaffiert und *La Paloma* trällernd, nimmt er die Treppe in Angriff. Doch bereits im ersten Stock biegt er ab, weil sich der größte Spiegel des Hauses im früheren Schlafzimmer der Großmutter befindet. Um mehr Licht hereinzulassen, öffnet Philipp die Fensterläden. Er betrachtet sich eine Weile im Spiegel. Dann geht er dazu über, sich vor die Reihen der Fotos zu stellen, die in dem Zimmer an den Wänden hängen: teilweise über dem Bett, teilweise über dem Toilettentisch, alle vor demselben Hintergrund des grünen, auf die Wände gewalzten Kartoffeldruckmusters. In ovalen, runden, viereckigen und hufeisenförmigen Rahmen, von Porzellanefeu und Metallrosen umschlossen, all die vertrauten und weniger vertrauten Gesichter, die ganze zerstreute, versprengte und verstorbene Familie. Philipp erkennt sie alle, in allen Altern.

Er fragt sich, ob seine Angehörigen auch ihn erkennen würden, Philipp Erlach, sechsunddreißig Jahre alt, ledig.

Mit Maske und Schutzbrille sieht er nicht wie ein Enkel, Sohn oder Bruder aus. Eher wie eine Erscheinung, wie einer, der sich keimgeschützt und unbetroffen nach Jahrzehnten in eine längst verlassene Landschaft wagt und Materialproben nimmt. Zur Dokumentation einer untergegangenen Kultur.

Ist ja alles schon ewig her, redet er sich zu, und für einen Augenblick glaubt er, in seiner Verkleidung niemandem Rechenschaft schuldig zu sein. Er findet sogar den Mut, die Nachtkommode der Großmutter zu öffnen, die vollgestopft ist mit Papierkram. Er zieht die Schubfächer mit einer gewissen Gleichgültigkeit heraus, in einem fast neutralen Raum, eher flüchtig und doch im Bewußtsein, daß er hier einer Möglichkeit gegenübersteht, vom Fleck zu kommen (wie Johanna es ausdrücken würde). Er hingegen würde es nicht so ausdrücken. Aber den Weg in den Dachboden setzt er trotzdem mit einem Gefühl der Unruhe fort.

Sowie er die Tür des Dachbodens geöffnet hat, verdoppelt sich sein Puls. Steinwald schreit ihm durch das Knattern der Flügel und das akustisch zu einem einzigen, anhaltenden Ton verfestigte Fiepen entgegen, er solle verschwinden. In Steinwalds von der Maske verzerrter Stimme klingt das schiere Entsetzen. Philipp sieht, daß Atamanov beim Fenster steht, Steinwald in der Mitte des Raums, beide umflattert von Tauben, die weißen Staub aus ihren Flügeln schlagen. Beide in den spiralenen Strudeln dieses Staubs versinkend und wieder daraus hervortauchend. Dreckig, als ob sie sich beide schon mindestens einmal der Länge nach auf die frischen Kotschichten geworfen hätten. Der ganze Raum ist von einem kreidigen Weiß überzogen. Nicht vom Weiß verwunschener Schneelandschaften, sondern dem gruseligen Puder von Zombies. Die ständig vor Steinwald und Atamanov kreuzenden Vögel erzeugen die Wirkung harter Filmschnitte. Die beiden sehen aus wie hilflose Automaten, glubschäugig und stumm. Lichtreflexe zucken auf dem Blatt von Atamanovs Schaufel. Philipp denkt noch, daß die zwei Männer trotz des Grauens, in dem sie sich bewegen, weniger verblüfft scheinen, hier zu sein, als er, der ihnen zusieht. Dann hat Steinwald, schaufelschwingend, die Tür erreicht, versetzt ihr einen Tritt, daß Philipp Mühe hat, den Kopf rechtzeitig zurückzuziehen. Die Tür kracht vor seiner Nase ins Schloß.

Er bläst erleichtert Luft aus, atmet tief ein, und während er für mehrere Sekunden auf die Geräusche lauscht, die dumpf und traurig durch die Tür dringen, hält er sich dazu an, sich bei nächster Gelegenheit beeindruckt zu zeigen.

– Na also, du Sauvieh, warum nicht gleich! hört er Steinwald aus voller Kehle schreien.

Philipp verzieht das Gesicht zu einer Grimasse. Dann geht er Stufe für Stufe die Stiege runter und schlägt mit den Händen nach dem Staub, der ihm, so befürchtet er, in Hemd und Hose gekrochen ist. Philipp geht raus, über den Kies des Vorplatzes, in den Garten, an die frische Luft. Nachdem eine herumstreunende Katze bei seinem Anblick in Jahrmarktsgeschrei ausgebrochen und ins Unterholz bei der Mauer geflüchtet ist, setzt er sich auf das ehemalige Postament des Schutzengels und zwar so, daß sich ihm ein ungehinderter Blick auf das Dachbodenfenster bietet.

Mittlerweile hat Atamanov mit seiner Schaufel auch das Glas des zweiten Fensterflügels zertrümmert. In loser Reihenfolge stürzen sich Vögel, denen Atamanov mit der Schaufel die Richtung weist, ins Freie. Atamanov verwehrt nach derselben Methode rückkehrwilligen Tauben die Landung auf dem Fensterbrett. So geht es dahin, gut eine halbe Stunde lang, bis etwa vierzig Tauben den Dachboden verlassen haben. Dann folgen die, die noch nicht flügge waren. Sie fallen tot von Atamanovs Schaufel und landen zwischen einem an der Hauswand lehnenden Stapel aus furchigem Brennholz und dem von Rost überwucherten Zaun des Gemüsegartens. Dead and gone. Die Katze stürzt aus dem Gestrüpp heraus und schafft sich mit einem zerfledderten Kadaver im Maul wieder davon. Philipp, der den

Standpunkt vertritt, diesem Teil der Arbeit nicht beiwohnen zu müssen, seufzt leise und bahnt sich ebenfalls einen Weg durch den Garten, aber Richtung Mauer.

Es kann doch sein, sinniert er, daß ihm die Zeit mit Johanna irgendwann als unerheblicher Teil seines Lebens erscheint oder daß er sich endgültig damit abfindet, daß die Wolken vorüberziehen, ohne etwas zu versprechen oder zu halten, eine Schicht um die andere, den Himmel immer wieder entblößend, um begreiflich zu machen, wie es wirklich ist, Johannas Stimme wirklich ist, ihre Bewegungen wirklich sind, und daß er keine Wahlmöglichkeit hat, wenn er sich einbildet, Johanna zu lieben. Johanna hingegen nutzt die Tatsache, sich im gleichen Moment und seit knapp zehn Jahren abwechselnd nicht viel oder nicht genug aus ihm zu machen, um sich alle Optionen offenzuhalten. Die Wetterseite ihrer gemeinsamen Beziehung, ihres Beziehungsdramas, sozusagen. Und (denkt Philipp): Ich habe meinen Stolz, der mir etwas bewahrt, das mit Unschuld zu tun hat.

Das ist ein Gedanke, den er eigentlich noch weiterdenken will und sollte. Doch hat er mittlerweile den ersten Stuhl erstiegen und sich dank der schweren Handschuhe, die er trägt, an den Ziegeln des Mauerfirsts so weit hochgezogen, daß er in einen Teil des Gartens sieht, der bisher immer im toten Winkel gelegen ist und in dem ein Mann auf Knien und mit einer Drahtbürste Moos entfernt, das sich in den Fugen einer Reihe von Waschbetonplatten eingewuchert hat.

– Hallo! ruft Philipp.

Sogleich bringt ihm der Klang seiner Stimme in Erinnerung, daß er Gasmaske und Schutzbrille im Gesicht trägt. Der Mann schaut hoch unter erhobenen, buschig weißen Augenbrauen, stutzt auch, aber nur sehr kurz, verblüffend kurz. Philipp ist der Ansicht, er hätte etwas mehr Verwunderung verdient. Dann brüllt der Mann, indem er seine Faust in Philipps Richtung schwingt, er solle sich zum Teufel scheren, und zwar hurtig. Philipp schaut auf den Tobsüchtigen, gleichzeitig spürt er, daß sein Hemd hochgerutscht und unter dem Hemd der Bauchnabel hervorgekommen ist und daß von der Mauer Kälte abstrahlt. Er ist hin- und hergerissen zwischen den drohenden Gebärden des Mannes und dem angenehmen Gefühl an seinem entblößten Bauch. Eigentlich würde er gerne noch einen Moment so bleiben, die Beine in der Luft, die Armmuskeln gespannt. Doch der Mann ist bereits aufgesprungen und macht Anstalten, die Drahtbürste nach Philipp zu werfen, so daß Philipp lieber in Deckung geht. Verdutzt trottet er zum nächsten Stuhl. Nachdem er dort ein im Schlafzimmer der Großmutter eingestecktes Foto aus der Hosentasche geholt hat, setzt er sich nieder, denn von hinter der Mauer hört er Stimmen.

Das Foto zeigt einen Buben in einer gestrickten roten und zu großen Badehose. Das ist Philipp, vierjährig und blond. Er steht im kniehohen Gras. Der ganze Hintergrund ist Gras und geht in einen weißen, unregelmäßig gezahnten Rand über. Der Bub auf dem Foto umklammert mit beiden Händen eine große Gartenschere mit gelben Griffen. Sein Blick ist aufwärts zum Objektiv gerichtet, mit einem mißtrauischen Gesichtsausdruck, als hätte man ihn soeben aufgefordert, etwas zu tun, was er nicht tun will, zum Beispiel, die Gartenschere herausrücken, damit er kein Blutbad anrichtet. Aus dem Gesichtsausdruck des Buben ist unschwer zu erkennen, daß gleich etwas geschehen wird. Gleich wird er anfangen zu weinen.

Die Stimmen, die Philipp hinter der Mauer hört, sind Kinderstimmen, und er stellt sich vor, daß sie alten und vernachlässigten Freunden gehören, die immer noch Kinder sind und auf ihn warten, seit achtundzwanzigeinhalb Jahren, beharrlich, geduldig und zuversichtlich. Vielleicht hat man ihnen als Volksschüler aufgetragen, in das Schönschreibheft zu schreiben, daß das Glück zu denen kommt, die warten können. Zehn, zwanzig, einundzwanzig, zweiundzwanzig Mal immer dasselbe schreiben bis zur völligen Abstumpfung, in eine Unverbindlichkeit hinein, in der alles nichts mehr bedeutet. Während die Stimmen in Philipps Rücken immer konturloser werden, weil er sich Mühe gibt, möglichst wenig von dem, was gesprochen wird, zu verstehen, denkt er, daß alles immer ist, als versuche man denselben Satz diesmal noch schöner in sein Heft zu schreiben. Vielleicht ist es das, was uns zu armen Teufeln macht.

Als Philipp zum Haus zurückkehrt, sind die Flügel des Dachbodenfensters aus den Angeln gehoben, die Öffnung ist mit Schachtelkarton ausgeschlagen. Immer wieder fliegen Tauben gegen diesen Karton, immer wieder mit den Krallen voran, das Papier aufreißend, immer wieder ganz jämmerlich fiepend. Andere Tauben kratzen an den Ziegeln des Firsts, an der Regenrinne, überall wo sie sich niedergelassen haben. Steinwald und Atamanov sitzen auf der Vortreppe, auf Philipps angestammtem Platz. Sie trinken lustlos Bier, das sie, wie Philipp annimmt, aus dem Kühlschrank genommen haben. Sie sehen auf sehr beeindruckende Weise elend aus oder wenigstens, als wäre nicht mehr die Kraft in ihnen, auf die geleistete Arbeit auch noch stolz zu sein. Ganz offensichtlich ist ihnen nicht nach Reden zumute; sie erwidern nicht einmal Philipps Gruß. Maske und Brille haben sie abgelegt, sie tragen aber deren präzise gezogene Konturen in den Gesichtern. Über die ungeschützte Haut hat sich derselbe weiße Staub wie auf die Haare gelegt, die von staubgestocktem Fett in die Höhe stehen. Philipp hingegen, obwohl er schwitzt und obwohl seine Sichtscheibe an den Rändern beschlagen ist, hat Maske und Brille nach wie vor auf, als wäre die Schlacht gegen die Mächte der Finsternis noch nicht geschlagen und er gewillt, weiterhin mit geschlossenem Visier zu kämpfen. Durch das beschlagene Plexiglas hindurch sieht er die traurigen, auf seine gelben Gummistiefel gerichteten Blicke. Seine Gummistiefel tragen ein wenig Erde an den Sohlen, während die Stiefel von Steinwald und Atamanov mit Taubendreck vollgesaut und mit Daunen verklebt sind.

– Wie ihr euch ins Zeug legt, alle Achtung. Ihr seid wahre Helden der Arbeit, sagt Philipp verlegen.

Kein Kommentar. Man kann es den beiden nicht zum Vorwurf machen.

– Verwendet doch bitte das Badezimmer im oberen Stockwerk. Dort gibt es sogar einen Erste-Hilfe-Kasten, wenn auch fraglichen Inhalts.

Blut sickert aus mehreren Kratzern an Atamanovs Hals. Steinwald nickt, spuckt gekonnt einen Batzen krachend hochgeräusperten Schleims in den Container, doch ohne Anstalten, sich zu erheben. Bei aller Geduld, mit der er die Plackerei auf dem Dachboden verrichtet: diesen Gefallen erweist er dem frischgebackenen Hausbesitzer nicht.

– Jedenfalls danke, sagt Philipp.

Ihm ist die Situation peinlich. Er preßt die Lippen aufeinander. In einem Anflug gelinder Verzweiflung greift er nach den Fensterflügeln, die neben der Haustür lehnen. Er entfernt sorgfältig die von blasigen Einschlüssen gespickten Glasreste und schleppt die Rahmen zu seinem Fahrrad, in der Absicht, wie er verkündet, sie zum Glaser zu bringen.

Auf dem Weg dorthin denkt er sich weitere Fotografien aus, alle sehr grobkörnig und die Farben ein wenig verblaßt. Er ermahnt sich, auf keinen Fall zu vergessen, Johanna wegen des Fotoapparats anzurufen, aus diesem und nur aus diesem Grund. Das muß er unbedingt anbringen, damit sie nicht glaubt, er wolle ihr auf die Nerven fallen.

Dienstag, 12. Mai 1955

Am Flur sind Schritte zu hören. Sie läßt das Nachthemd fallen, dessen vorderen Saum sie zwischen den Zähnen hatte, und sperrt die Tür auf, damit ihr Vater sich nicht beklagen kann, sie würde sich in letzter Zeit ständig verbarrikadieren. Er soll ihr was. Kaum ist die Verriegelung gelöst, tritt er ein, im rotsamtenen Schlafrock, mit gedunsenem Gesicht und schweren Augenlidern, die ergrauenden Haare stehen ihm an der Schlafseite waagrecht vom Kopf, das verleiht seinem Aussehen etwas Unbeholfenes und Harmloses; aber da läßt Ingrid sich nicht täuschen. Höflich, wie es sich für eine brave Tochter gehört, wünscht sie einen guten Morgen.

– Guten Morgen, sagt auch Richard. Doch allein die Art, wie er den Gruß zurückgibt, genügt als weitere Kostprobe der schlechten Laune, die er seit Tagen mit sich herumträgt. Von den stockenden Verhandlungen um den Staatsvertrag, die sich ausgerechnet an Artikel 35 und den Schürfrechten auf den Erdölfeldern entlang der March spießen, ist er hochgradig nervös. Zusätzlich macht ihm ein eitriger Zahn zu schaffen.

Er dreht den Wasserhahn auf und wäscht sich die Hände. Nach einer Weile sucht er mit strenger Brauenfalte Ingrids Blick. Er sagt:

– Willst du dich für gestern entschuldigen? Es wäre ein gutes Zeichen und spräche für dich, wenn du Fehler einsehen und dich entschuldigen könntest.

Noch vor wenigen Wochen hätte sich Ingrid zur Gegenfrage hinreißen lassen, wofür (bitte?) sie sich entschuldigen soll. Oder sie hätte den Gegenvorschlag gemacht, er selbst solle sich entschuldigen, nämlich dafür, daß das Glück seiner Tochter auf sein stures Gemüt keinen Eindruck macht. In der Nacht hat sie sich dutzendweise Sätze zurechtgelegt, die mit Liebe zu tun hatten und von denen sie glaubte, daß sie ihren Vater zur Einsicht bringen müßten. Nun verharrt sie in fast schon zur Routine gewordenem Schweigen, steckt sich die Zahnbürste tief in den Mund und beginnt mit dem Bürsten, damit ihr Vater nicht länger auf eine Antwort wartet und sich erst recht keine Hoffnungen über die Aussichten macht, die einem zweiten Anlauf beschieden wären. Sie ist freundlich. Sie hat nett guten Morgen gesagt. Damit vergibt sie sich nichts. Alles andere wäre in ihren Augen übertrieben und würde nur den Anschein erwecken, auch diesmal ginge wieder alles so, wie ihr Vater es bestimmen will. Er nimmt für sich in Anspruch, in allem recht zu haben. Papa omnipotens. Was aus seinem Mund kommt, ist Diktat. Aber auf solche Gespräche legt Ingrid keinen Wert mehr. Aus dem Alter ist sie heraus. Die ewig gleiche Sackgasse. Da hat sie Besseres zu tun.

– Nicht Muh und nicht Mäh, sagt Richard.

Er wäscht sich prustend und stöhnend das Gesicht, dieses Gesicht, in dem Ingrid nichts von sich entdecken kann. Er spült den Mund mit Odol, weil ihm der eitrige Zahn das Zähneputzen verleidet hat. Er gurgelt ausgiebig. Anschließend hält er seinen Kamm unters Wasser und bringt die Haare in Ordnung. Zwischendurch ein Mustern und Abschätzen, das Ingrid gilt, via Spiegel. Ingrid mustert sich ebenfalls im Spiegel. Sie stellt fest, daß die letzten Wochen und Monate ihre Spuren hinterlassen haben, das viele Lernen und das viele Lügen sind ziemlich anstrengend. Sie hat schon besser ausgesehen. Geduckt, unter dem hochgehobenen Arm ihres Vaters, spült sie die Zahnpasta mit zwei Mundvoll Wasser aus. Als sie unmittelbar darauf Anstalten macht, das Badezimmer zu verlassen, sagt ihr Vater:

– Ich muß mich sehr über dich wundern. Einer Fünfzehnjährigen würde dein Verhalten besser anstehen als einer Neunzehnjährigen. Daß du dich nicht schämst.

Ingrid nimmt auch dies kommentarlos zur Kenntnis. Sie verkündet Unwohlsein, das fühlt sich wie vorgeschützt an, obwohl ihr wirklich und wahrhaftig (sind das die Nerven?) im Magen flau ist.

– Mir ist nicht gut, sagt sie.

Daraufhin zieht sie sich zurück in ihr Zimmer. Während sie sich dort ankleidet, setzt sie sich mit der Tatsache auseinander, daß sie von niemandem außer Peter für voll genommen wird. Allein beim Gedanken an den vergangenen Fasching steigt eine solche Bitterkeit in ihr auf, daß sie sich am liebsten wieder ins Bett legen würde. Nicht, daß sie ihrem Vater einen Vorwurf macht, weil er von Peter wenig begeistert ist oder weil die Woche am Arlberg an seinem Njet gescheitert ist. Das ist Geschmackssache. Aber daß er sie in ihrer Liebe, die bestimmt nicht nur Oberfläche ist, in keiner Weise ernst nimmt und ihre Gefühle als Getue bezeichnet, dagegen lehnt sie sich auf. Ihr Vater behandelt sie wie ein Kind, dem man sein Spielzeug wegnehmen will, und jetzt, wo die Nachricht von der Verlobung durchgesickert ist, legt er eine Schaufel drauf, weil ihm *diese Dummheit* als ausreichender Beweis erscheint, zu welchen Unüberlegtheiten seine Tochter fähig ist. Präziser: daß sie in ihrer *Vernarrtheit* so weit *überschnappt*, daß sie mit Peter ins Bett geht. Etwas, was natürlich längst geschehen ist, für ihren Vater bislang aber nicht im Bereich des Vorstellbaren lag. Für ihn ist das sechste Gebot das erste Gebot. Es gibt nichts anderes, was eine ähnlich starke Bedrohung seiner Wertvorstellungen darstellt und eine ähnliche Beleidigung seines sozialen Ordnungssinns. Baum, Schlange, Apfel, Höllenhund, ewiges Feuer der Verdammnis und Garen bei lebendigem Leib. Lauter Synonyme für Liebe. Wenn ihr Vater wüßte, daß sie längst eine Frau ist, würde er sie vermutlich einsperren. Die Hühner sollen gefälligst im Stall bleiben.

– Ich will nur hoffen, daß die Vernunft bald wieder die Oberhand gewinnt.

Sie sitzen zu dritt beim Frühstück, Richard in einem seiner offiziellen Anzüge, er trinkt den Kaffee, indem er jeden Schluck mit einer ruckartigen Kopfbewegung nach hinten wirft. Als ihm Alma eine Semmel anbietet, lehnt er mit Rücksicht auf seinen Zahn ab. Reden hingegen scheint seine Schmerzen zu lindern; kann auch sein, es ist das Gesagte, was die Linderung herbeiführt, während die Schmerztabletten, die er im Bad eingeworfen hat, noch eine Viertelstunde brauchen, bis sie wirken.

– Denn eins will ich nicht unerwähnt lassen: Ich verhandle nicht jahrelang mit den Sowjets, damit meine Tochter in der Zwischenzeit den Verstand verliert. Siebzehn Jahre lang haben jetzt andere über uns bestimmt. Siebzehn Jahre nichts als Wortbruch, Lügen und Enttäuschungen. Ein halbes Leben lang habe ich eine katastrophale Störung um die andere über mich ergehen lassen. Und jetzt, wo sich die Verhältnisse ein wenig klären und man endlich wieder Herr im eigenen Haus wird, lasse ich mir den Unfrieden nicht von der eigenen Tochter hereintragen.

Er führt die Kaffeetasse zum Mund und nimmt mit bitterer Grimasse einen weiteren Schluck.

– Haben wir uns verstanden?

Nein.

Wenn Ingrid es sich überlegt, hält sie es für wahrscheinlich, daß auch Außenminister Figl Zahnweh hat und deshalb mehr trinkt, als ihm guttut. Überhaupt geht ihr die Großmannssucht ihres Vaters und der ganzen Komitaschibande, die mit den Verhandlungen betraut ist, auf den Wecker. Die mit ihrer Trinkfestigkeit. Als ob das etwas mit dem Staatsvertrag zu tun hätte. Als ob man die Russen mit Trinken beeindrucken könnte. Das weiß sie nun ganz bestimmt, den Russen fällt es gar nicht auf, wenn einer etwas verträgt, das sind sie gewohnt. Und schon gar nicht gewähren sie als Anerkennung für versiertes

Trinken einen Staatsvertrag. Wenn das so einfach wäre, würden die Ungarn weniger Fußball spielen und statt dessen das Saufen üben. Wahrscheinlicher ist, daß vor fünf Jahren im Zentralkomitee des Obersten Sowjets, noch unter Stalin, beschlossen wurde, Österreich im Mai 1955 einen Staatsvertrag zu geben, und so wird's gemacht, streng nach Plan, unabhängig vom Wodkawetter. Trotzdem lassen sich die Herrschaften in der Bundesregierung für ihre Ausdauer und ihr Verhandlungsgeschick feiern, fehlt nur, daß es in der Zeitung heißt, der Staatsvertrag wäre schon früher zustande gekommen, wenn man während der ersten Jahre besser genährt gewesen wäre. Die Erbsenlieferungen der Sowjets werden regelrecht zu einem nationalen Woyzeck-Schicksal umgedeutet. Echt kurios. Hat er schon seine Erbsen gegessen? Er ist ein interessanter Kasus, Subjekt Österreicher. Und die salbungsvollen Reden, die demnächst wieder am Mittagstisch einstudiert werden, ziehen ihr schon im voraus den Nerv. Wenn aber ihr Vater wissen will, was wahrhaft harte Positionen sind, dann soll er, sowie er mit den Moskauer Unterhändlern zu einer Einigung gelangt ist, vom Gebäude des Aliierten Rates schnurstracks nach Hause kommen und versuchen, in die Tat umzusetzen, womit er gerade droht: Daß er den Kontakt zwischen ihr und Peter unterbinden wird. Nur zu, das wollen wir mal sehen, dann wird sich zeigen, wofür die Erfahrungen, die er beim homo sovieticus gesammelt hat, zu gebrauchen sind, da wird er nämlich gegen eine Wand laufen, weil er nicht mit dieser wunderbaren Liebe rechnet. Dann schaltet Ingrid ebenfalls auf stur, ihr geht nichts ab, es kann ruhig bleiben, wie es ist, nach dem Motto, magst du mich nicht, mag ich dich nicht. Sie holt es sich woanders. Sollte ihr Vater aber an der Beziehung zu seiner Tochter interessiert sein und ihr zuliebe auf seine Machtausübung verzichten, so wäre das eine echte Liebesbezeugung, die Ingrid von ihrem harten Kurs abbringen könnte. Klar, wie es sich aus ihrer Sicht darstellt, ist das höchst unwahrscheinlich, ein paar

Kompromisse wird ihr Vater vielleicht eingehen, aber nur die allermindesten, das ist die Art, wie er denkt, und es ist auch die Art, wie sie selbst denkt. Das Leben wird aus Kompromissen bestehen, mit den Eltern, mit den Sowjets, mit Peter, mit den Kindern, die sie irgendwann mit Peter haben wird.

Sie greift sich an den Bauch, eine fast schon reflexartige Bewegung. Das sind jetzt mehr als fünf Wochen. Dann streicht sie Honig auf ihre Semmel, und während ihr Vater weiterredet, über *Flegel* und *Rotzlöffel* (gemeint ist Peter) und über *Strafe muß sein* (das gilt ihr), stellt sie sich die Gewissensfrage, ob sie ihren Vater liebt. Und wenn ja, wie sehr? Gute Frage. Aber wie soll sie jemanden lieben, der sich ihrem Glück in den Weg stellt? Jemanden, der kein Argument gelten läßt, das mit Empfindungen zu tun hat? Weil Empfindungen unzuverlässig sind. Weil die Liebe eine Landplage ist. Einen Analphabeten des Gefühls? (Das hat sie in einem Roman gelesen.) Nichts als Vernunftgründe. Grauenhaft. Grauenhaft. Also Antwort: Nein. Respektieren: Ja. Aber lieben: Nein. Und weiter: Ob dann wenigstens ihre Mutter ihn liebt? Nicht weniger gute Frage. Antwort: Vielleicht. (Es ist also nicht unbedingt auszuschließen.)

Ingrid mustert ihre Eltern (verstohlen?): Einerseits die Verkörperung des vorbildlichen Patrioten, dem böse Mächte das Leben schwermachen und der fürchten muß, daß durch Risse und aufgeplatzte Nähte unreiner Geist in die österreichische Seele eindringt. Andererseits die im Mahlwerk der Ehe schon etwas rundgeschliffene Hausfrau, Flötenspielerin und Bienenzüchterin, die sich aus allen Konflikten heraushält, Moment, nein, die nur so tut, als würde sie sich heraushalten, die gleichzeitig im Hintergrund zu glätten versucht, was zu glätten geht, und von der man fairerweise sagen muß, daß sie beiläufig bei ihrem Mann mehr ausrichtet als Ingrid mit offenem Revoltieren. Manchmal hat Ingrid den Eindruck, daß (wenn es auch gewiß nicht die ideale Liebe ist) hinter dem, was ihre Eltern verbindet, nach wie vor mehr steckt als nur Gewohnheit.

Ingrid würde ihre Mutter gerne darauf ansprechen, was sie für ihren Mann empfindet. Aber so naheliegend die Frage ist, so abwegig ist sie auch, weil Ingrid diese Frage als jemand stellen müßte, der außerhalb steht. Doch als Kind (und diese Vertracktheit erfaßt Ingrid intuitiv) ist sie die greifbare Folge der Liebe ihrer Eltern, selbst wenn diese de facto keinen Bestand mehr hat. Ingrid verkörpert – so oder so – die Zukunft dessen, was sich ihre Eltern einmal bedeutet haben. In diesem Punkt ist sie sogar bereit, das Erbe anzutreten. Aber ihre Eltern hätten auch Otto durch den Krieg bringen sollen, findet sie. Es wird ihr langsam zuviel, alle Erwartungen von Jugend und Aufschwung und besseren Zeiten in ihrer Person konzentriert zu sehen. Sie ist nicht die Zukunft ihrer Eltern. Sie ist ihre eigene Zukunft. Am liebsten würde sie sagen: Papa, gib die Hoffnung auf, daß sich die Ordnung deiner Eltern nochmals wiederholt. Die Welt verändert sich, sie verändert sich an Stellen, von denen man es nicht erwartet: In der Gestalt von Töchtern zum Beispiel.

Richard läßt sich gerade über die *Ungeklärtheit von Peters wirtschaftlichen Verhältnissen* aus, und daß es viele junge Männer gebe, die durch die Kriegs- und Nachkriegsverhältnisse in ihrer Berufsentwicklung zurückgeworfen wurden. Für um so unverantwortlicher halte er es, einem Mädchen, das sechs Jahre jünger ist, mit Heiratsgedanken das Herz schwer zu machen, wenn man sein Studium seit Jahren nicht weiterbringe und auch sonst nichts vorzuweisen habe außer Schulden.

Ingrid würde gerne dahinterkommen, woher ihrem Vater diese Informationen zufliegen, und weil ihr Vater nicht aufhört, auf Peters geschäftlicher Malaise herumzuhacken, stellt sie sich schützend vor ihren Liebsten (der und kein anderer, sie wird ihn immer):

– Papa, ich weiß wie niemand, daß Peter rackert und sich plagt, um vorwärtszukommen. Es ist ehrliche Arbeit.

– Aber daß ehrliche Arbeit erst dort anfängt, wo sie auch etwas einbringt und nicht nur das Geld anderer kostet, hat sich nicht bis zu euch durchgesprochen, was? Da geht auch dir deine rasche Auffassungsgabe plötzlich ab. Solange diese Spiele nichts einbringen, sind sie windige Unternehmungen, nichts weiter.

– Ja, weil für dich einer geerbt haben muß, damit er etwas anfangen darf. Alle anderen sind Gauner und Nullen.

Alma sagt erinnernd:

– Ingrid –.

– Mama, es ist so ungerecht, daß er sich zwischen zwei Menschen stellt, die sich lieben. Es ist ja nicht Peters Schuld, daß sein Vater mit Berufsverbot belegt war und ihn auch jetzt bei seinem Studium nicht unterstützen kann. In Papas Augen soll Peter die Sünden seines Vaters abbüßen. Das ist ungerecht. Papas Abneigung ist total mutwillig. Und dann erwartet er auch noch meinen Beifall.

– Ich bin mit Sicherheit nicht mutwilliger als du, nur daß bei dir hinzukommt, daß du in keiner Sekunde dein Gehirn einschaltest.

Man hört von draußen den Dienstwagen ihres Vaters in die Einfahrt biegen, und weil Ingrid jetzt sicher ist, daß das Gespräch nicht mehr lange dauern kann, sagt sie, was ihr als erstes in den Sinn kommt:

– So kannst du Mama in die Tasche stecken. Bei mir funktioniert der Trick nicht.

Richards Hals hinauf schwillt eine Ader und pumpt Blut in seinen schmerzenden Zahn. Er blickt vom Tisch auf, während Ingrids Augen den umgekehrten Weg nehmen, hinunter zu der bestrichenen Honigsemmel; als würde sie sich unter den donnernden Worten ihres Vaters ducken.

– Das ist der Gipfel! So lasse ich nicht mit mir reden! Ich erwarte von dir, daß du dich ins familiäre Regelwerk einfügst, sonst setzt es Konsequenzen! Ist das klar?

Dann erst einmal Schweigen. Es sieht so aus, als legten sich alle ihre Meinung zurecht. Auch Alma sucht nun sichtlich nach etwas, was sie sagen könnte. Offenbar ohne Erfolg. Nach einigen Sekunden, als habe er das Ausmaß der Unverschämtheit von Ingrids letzter Bemerkung erst mit Verzögerung begriffen, als seien ihre Worte mit einem besonders trägen Gewicht in seinen Verstand hineingefallen, haut Richard mit der Hand auf den Tisch, daß die Tassen springen.

– Und jetzt ist Schluß! Ich stelle mich nicht länger zur Verfügung, damit du deine Launen befriedigen kannst. Solange du die Beine unter meinem Tisch hast, tust du gefälligst, was ich sage. Haben wir uns verstanden?

Ingrid starrt ihn an, die Zähne fest aufeinandergebissen. Viel fehlt nicht, und sie würde die Blumenvase an die Wand werfen oder vom Tisch aufstehen und einfach weggehen. Fliehkräfte, vergleichbar mit denen am Kettenkarussell im Prater, wirken auf sie ein. Aber noch für mindestens zwei Jahre wird Ingrid von ihrem Vater abhängig sein, den Trumpf kann ihm keiner nehmen, sie weiß, sie sollte es nicht auf die Spitze treiben.

Doch ob ihr Vater besser dran ist als sie? Ob er jemals so geliebt hat wie sie? Sie kann es sich nicht vorstellen, obwohl ihr das leid tut für ihre Mutter.

– Ob wir uns verstanden haben?

– Ja, sagt sie kleinlaut, nicht, weil sie eingeschüchtert ist, sondern in der Erkenntnis, daß ihr Vater alles andere nicht hören würde und daß sie es erst recht nicht zuwege bringt, ihn zu einer anderen Meinung zu bekehren. Somit sieht sie auch keine Möglichkeit, ehrlich und glücklich zugleich zu sein.

– Dann kann ich mich darauf verlassen, daß du mir keine weiteren Dummheiten machst?

Sie findet, daß es Ansichtssache ist, was man unter Dummheiten versteht, und so nickt sie, betrachtet dabei das Fensterglas und die dahinter aufragenden Obstbäume, in denen sie in ihrer Kindheit geklettert ist. Auch Otto ist dort geklettert. Sie möchte wissen, was für Erinnerungen in ihren Eltern herumgeistern, wenn sie aus dem Fenster sehen.

Dummheiten, Dummheiten.

– Nun, das ist ja beruhigend.

Richard, gedunsen, rot (seine Backe ist seit gestern noch dicker geworden), zugleich auch erleichtert, daß Ingrid schweigend aus dem Fenster sieht, als wäre da draußen etwas, von dem sie sich ablenken läßt.

– Es ist nur zu deinem Besten.

Versöhnlich, vielleicht in der Hoffnung, er könnte verstanden werden.

– Ich halte es genauso.

Und obwohl sich nicht mit Bestimmtheit sagen läßt, was Ingrid damit meint, ist es Antwort genug.

Richard steht auf, murmelt etwas von *Verhandlungen bis zur Verblödung* und *Kompromisse erzielen.* Alma drückt ihren Mund auf die gesunde Wange, die ihr Richard hinhält. Ingrid folgt dem Beispiel ihrer Mutter. Die gute Tat für heute. Richard holt sich seinen Hut, vergewissert sich vor dem Spiegel, daß der Hut gerade sitzt. Er schreitet zügig, ein wenig ächzend, erschöpft bereits in der Früh, aus dem Haus. Die Wagentür schlägt zu. Als der Wagen abfährt, sagt Alma ohne Zorn und Vorwurf:

– Ingrid. Ingrid.

Ingrid beginnt das schmutzige Geschirr wegzuräumen.

– Ich glaube, ich bekomme meine Tage.

Und Alma, abermals ruhig, so, als bringe sie für Ingrids Menses ein gewisses Interesse auf:

– Ich sollte einmal anfangen, deinen Zyklus mitzuschreiben, wäre neugierig, was dabei herauskommt.

– Hack du nur auch auf mir herum.

– Ich hack nicht auf dir herum. Mich beschäftigt, wie es dir geht. Aber du mußt auch ein Minimum an Verständnis für deine Eltern aufbringen.

Ingrid stellt das Geschirr in die Abwasch, dabei verspricht sie dem lieben Gott, daß sie sich bessern wird, wenn sie nur bald ihre Tage bekommt, dann will sie auch wieder einmal beichten gehen, ich habe die Gebete oft nicht, ich habe geflucht und gelästert, ich habe mein Gott gemachtes Gelübde, ich war gegen meine Eltern lieblos, ungehorsam, eigensinnig, frech, ich habe ihnen den Tod, ich war unkeusch in Gedanken, Blicken und, allein und mit, ich hab gelogen, geheuchelt, fremde Fehler verbreitet und fremde Fehler vergrößert, ich war stolz, schadenfroh, unmäßig im Reden, zornig und nachlässig. Am meisten habe ich mit der Sünde der Unkeuschheit.

Zu ihrer Mutter sagt sie:

– Ich habe für euch genausoviel Verständnis wie ihr für mich. Also sind wir quitt.

Eine halbe Stunde später verabschiedet sie sich Richtung Universität. Doch statt mit dem Fahrrad zur Hietzinger Brücke und von dort mit der Stadtbahn zu fahren, schlägt sie den Weg via Lainz und die Fasangartengasse nach Meidling ein. Als das schlechte Mädchen, das sie ist, braucht sie auf niemanden Rücksicht zu nehmen, und je weiter sie sich von ihrem Elternhaus entfernt und je mehr sie sich Peters Magazin nähert, desto spürbarer fallen Demütigung und Traurigkeit von ihr ab, desto freundlicher wird dieser wolkenverhangene Tag, werden die Straßen, die Postautos, die von Blütenstaub gelben Rinnsteine, die gekämmten und rotgewaschenen Leute. Die Schaufenster, die Häuser. Alles kommt ihr so unbeschwert vor, selbst die Pfiffe, die ihr das rasante Fahren einbringt. Ich fahr so schnell, wie's mir paßt. Die Häuserzeilen fliegen an ihr vorbei. Da und dort, wo ein Haus nicht wieder aufgebaut wurde, riecht es noch nach den Schrecken der Zeit. Ansonsten ist es, als existiere hier die freie Welt bereits, als sei die Stadt hier aus der Vergangenheit bereits entlassen. Besser: als sei die Vergangenheit hierorts schon ausgespuckt.

Sie hört noch ihr ehemaliges Handarbeitsfräulein sagen:

– Unsere Vergangenheit ist zu groß, um von einem so kleinen Land bewältigt zu werden. Es ist, wie wenn man einen zu großen Bissen nimmt, dann kann man nicht mehr schlukken.

Sie biegt in den Schotterweg ein, der zu Peters Magazin führt, dem Sitz seiner kleinen Firma *Fröhliches Wohnzimmer* (warum auch nicht?). Peter hat sich in einer ehemaligen Zweirad-Werkstatt eingemietet, zwischen anderen wenig benutzten Garagen, die auf einen jenseits der Straße fließenden Bach und auf die Wiesen dahinter ausgerichtet sind. An der Torkette und dem Vorhängeschloß erkennt Ingrid schon von weitem, daß Peter noch nicht hier ist. Sie fährt am Magazin vorbei, in einer Mischung aus Enttäuschung und der gleichzeitigen Erleichterung darüber, zumindest selbst eingetroffen zu sein. Sie rollt hundert Meter weiter zu einem Wirtshaus, einer Apachenspelunke, wie ihr Vater es nennen würde, die Fenster seit Monaten nicht geputzt, Parolen an den Wänden noch aus den letzten Kriegstagen, *Ein Hoch auf das siegreiche Land der Wunder! Nadeschda umerajet poslednoj*. Das Fahrrad scheppert in den verrosteten Ständer. Durch den Windfang, Tür. Im Schankraum brütet ein Mann mit nur einem Arm allein am Stammtisch. An einem zweiten Tisch schaukelt ein Schlurf auf dem Stuhl, mit aufgekrempelten Ärmeln. Er addiert Zahlen auf einem Rechnungsblock. Auch der Schlurf bedenkt Ingrid mit einem Pfiff.

– Pfeifen bringt Regen.

– Wohl heute mit dem linken Bein zuerst aufgestanden.

Ingrid kehrt dem Kerl den Rücken, ohne ein weiteres Wort, die Arme verschränkt. Sie stellt sich an den noch vom Vortag dreckigen Tresen mit Blick auf die Nußschnitten in der Auslage, als hätte sie schon lange keine mehr bekommen. Durch die offenstehende Küchentür ist das blubbernde Kochen des Mittagessens zu hören, vom Hinterhof das Stapeln von Getränkekästen, dazu angestrengtes Stöhnen der Wirtin. Ingrid kennt die Frau, seit sie Peter kennt. Peter ißt hier, wenn er im Magazin zu tun hat, er erledigt für die Wirtin kleinere Arbeiten, lackiert die rostigen Eisenstühle im Garten und harkt den geschotterten Vorplatz. Im Gegenzug wird ihm die Benutzung von Toilette und Fernsprechstelle zugestanden und manchmal im Winter (aber so genau will Ingrid das gar nicht wissen) eine Nacht auf der Ofenbank.

– Hat Peter angerufen? fragt Ingrid, als die Wirtin zurück in den Schankraum tritt.

– Der braucht gar nicht anrufen, solange ich nicht mindestens hundert Schilling von ihm bekommen habe.

Die Wirtin zapft für den Schlurf, der das leere Glas hochgehoben hat, ein Bier.

– Er hat also nicht angerufen? Ich meine, weil er immer noch nicht da ist.

– Wie schon gesagt.

– Und gestern? fragt sie.

– Der wird sich hüten.

Ingrid weiß, Peter steht auf den meisten Schiefertafeln, wo angeschrieben wird, ganz oben. Doch daß er für sein Minus keinen anderen Ort mehr findet als die Nachbarn, ist ihr neu und unangenehm. Das wird sie ihm sagen. Auch das barsche Verhalten der Wirtin ärgert sie, so was Blödes, was bildet die sich überhaupt ein, der Trampel? Doch da Ingrid am Vortag bei Oma Sterk war, die den Überblick verloren hat, was das Geld wert ist, zieht sie ihre Börse aus der Schultasche, schirmt die Börse mit dem Körper ab, solange sie darin kramt. Dann hält sie der Wirtin am ausgestreckten Arm eine 100-Schilling-Note hin.

– Ist das ein Zustand, daß das Mädel dem Burschen Geld gibt, damit er durchkommt?

– Das geht Sie einen Dreck an, sagt Ingrid.

Sie wird rot vor Scham und Zorn. Sie wirft den Schein auf die Theke, ohne darauf zu achten, ob der Schein dort liegenbleibt. Dann dampft sie grußlos zur Tür, raus ins Freie, sie packt ihr Fahrrad an den Lenkergriffen und schiebt es zum Magazin, weiterhin zornig, jetzt aber vor allem über sich selbst. Das habe ich notwendig gehabt. Ist das eine Art, ständig so überdreht herumzulaufen? Sie muß zugeben, die Wirtin hat nicht unbedingt unrecht, und auch ihr Vater kritisiert sie nicht immer ganz ohne Grund. Aber als Reaktion möchte sie die Blumenvase an die Wand werfen oder der Wirtin in die Haare gehen. Sie kann überhaupt in letzter Zeit zornig sein, daß sie dabei fast erbrechen muß. In der Inneren Stadt, am Hohen Markt, hat vor ein paar Tagen ein älterer Herr sie beschuldigt, sein Fahrrad umgeworfen zu haben. Ingrid holte im Nu aus ihrer Einkaufstasche als Wurfgeschoß eine Kohlrübe, die der Mann an den Kopf bekommen hätte, wären nicht rundherum Leute gestanden. So schnauzte Ingrid den Mann nur an, er solle besser auf sein Zeug aufpassen. Und obgleich sie wirklich nichts dafür konnte, daß das Fahrrad umgefallen war, erschien ihr das eigene Verhalten selber nicht normal, und beim nach Hause Fahren hat sie sich für ihren Wutanfall geschämt.

Die Geschichte der Ingrid Sterk, überlegt sie. Was wäre das für eine Geschichte? Vermutlich wäre es ein Melodram. Melodramen erkennt man allein schon daran, daß sie Frauennamen im Titel tragen.

Sie lehnt das Fahrrad an das hellblaue Tor, hellblau gefleckt, wo die Farbe großflächig abgeplatzt ist. Dann setzt sie sich auf eine kniehohe Mauer, die den unkrautbewachsenen Vorplatz zur Nachbargarage abgrenzt. Gerade wird die Gegend durch ein Loch in den Wolken von der Sonne beschienen. Ingrid tastet ihren Bauch ab, dem sie zutraut, daß er die Lage bald weiter dramatisiert – der ist seit zwei Wochen so komisch dick, das geht und geht nicht weg, obwohl sie ganz wenig ißt. Auf diesen Zustand kann sie sich gar keinen Reim machen, denn das würde nicht mit rechten Dingen zugehen. Trotzdem wird sie den Eindruck nicht los, daß sie wieder schwanger ist. Beim ersten Mal hätte sie auch nicht gedacht, daß Peter unvorsichtig war, und dann war er's doch, und die Folgen wären längst sichtbar, wenn nicht, ja, wenn nicht, da hatte sie Glück oder Pech (das kommt auf die Ansprüche an), denn die Schwangerschaft endete mit einer Fehlgeburt. Das war schrecklich. Sie hat den Vorfall noch immer nicht ganz verdaut, obwohl seither ein halbes Jahr vergangen ist. Dieses embryonale Würmchen in der Klomuschel liegen zu sehen und es hinunterspülen zu müssen, weil ihr Vater gegen die Tür klopfte, wie lange sie noch gedenke, das Bad zu blockieren. Ihr erstes Kind. Im Badezimmer hat sie es verloren. Wenn sie nur daran denkt, läuft es ihr kalt über den Rücken. Sie drückt mit den Fingern beider Hände oberhalb der Leiste die Eingeweide nach innen; sehr seltsam. Sie sagt sich, wenn der Bauch so bleibt wie jetzt, werde ich in den nächsten Tagen einen Arzt aufsuchen, damit er der Sache auf den Grund geht. Ist was los, um so besser, je eher ich es weiß. Ist es nichts, dann mache ich mir nicht länger einen Kopf. Und bis dahin, das schwört sie sich, sagt sie zu niemandem ein Wort, auch nicht zu Peter, der würde sich über eine Schwangerschaft am Ende noch freuen, das hat er nicht nur einmal gesagt und es in seinem letzten Brief auch geschrieben mit der eindringlichen Aufforderung, sie solle sich Röteln impfen lassen. Dieser Depp, er ist halt ein Riesendepp. Er muß doch einsehen, daß auch sie sich besser auf eigene Beine stellt, damit sie in der Ehe geistig nicht unterernährt zurückbleibt wie ihre Mutter. Und nochmals ein argwöhnisches Drücken mit den Fingern oberhalb der Leiste und dabei ein unangenehmes Gefühl, das ihr nichts mitteilt, nichts jedenfalls, auf das sie etwas geben würde.

Manchmal als Kind hatte sie einen runden Bauch, prall wie eine Trommel. Otto machte sich einen Spaß daraus, nach dem Essen die Bespannung zu prüfen. Sie legten sich auf das Sofa im Wohnzimmer oder in den Garten, der Himmel über ihnen und die Glücksempfindung, weil dort keine Feindbomber rumorten. Otto trommelte auf ihrem Bauchfell. Sie erinnert sich, daß Otto (einmal) sagte (da war er noch beim Jungvolk und brachte von den Heimabenden diesen abenteuerlichen Dialekt mit nach Hause, zum Mißfallen der Eltern: plötzlich hat Ingrid Ottos stimmbrüchige Stimme im Ohr), da verkündete er, trommelnd, und der Satz ist ihr geblieben:

– Ich werde mich als Freiwilliger zum Reichskolonialbund melden, Kisuaheli lernen und zehn Negerfrauen heiraten.

Das war lustig, sie haben viel gelacht.

Trotzdem kann Ingrid sich nicht daran erinnern, daß sie Otto besonders nachgeweint hätte. Sie waren alle niedergeschlagen, auch die Nachbarn, keiner wußte, wieviel Anteil an der Niedergeschlagenheit von welchem Anlaß herrührte. Anlässe gab es immer mehr als nur einen. Und dann scharenweise Rotarmisten im Garten, sie kletterten auf die Bäume, um in den Vogelhäusern nach *deutschem Eigentum* zu suchen. Die Vogelhäuser, die nicht erreichbar waren, schossen die Soldaten herunter. Ingrid weiß noch, es muß wenige Tage nach Ottos Tod gewesen sein, Mitte April, da blickte von einem der Apfelbäume, die kurz vor dem Blühen standen, einer der gefürchteten Mongolen in ihre Kammer, eines der stärksten Bilder aus jenen Tagen. Ingrid stand am Fenster, ihr Blick traf für einen kurzen Moment die fremd über breiten Backenknochen liegenden Augen des jungen Soldaten. Dann wandte sich der Mann ab. Er stemmte sich ein Stück höher, rüttelte an dem Vogelhäuschen, und eine Amsel flog heraus.

Ihr Mitleid mit der Amsel ist Ingrid stärker in Erinnerung als ihre Trauer um Otto. Vielleicht, weil Otto auch davor oft weg war, auf Lagern und mit den Kanuten. Vielleicht, weil in besagtem Frühjahr die Ereignisse einander überstürzten und überlagerten und weil die Trauer um Otto ständig präsent war und der Schmerz in der Rückschau von anderen Begebenheiten nicht zu trennen ist. Rotarmisten zogen in geschlossener Formation durch die Straße, schwermütige Lieder singend, dahinter Panjewagen, über und über mit Teppichen und Polstern ausgelegt, darauf östliche Frauen in Armeeblusen. Eine größere Gruppe Soldaten campierte für mehrere Wochen in den unteren Räumen. Dann wurden britische Offiziere einquartiert, da gab es erst recht keinen Platz zum Weinen. Die Ernährungsengpässe, das Baden in den Löschwasserteichen, die Schuttaktion, das Eingesprühtwerden mit DDT. Hin und wieder rannte Ingrid zur Ankunft von Kriegsgefangenentransporten, um zu sehen, ob ein Familienmitglied dabei war. Lebt der noch? Lebt der noch? Die Weihnachtsrede von Figl, daß er keine Kerzen geben könne und kein Glas zum Einschneiden, nur den Glauben an dieses Land. Zwei Grippewellen. Ein karger Fasching. Und ehe man sich versah, war Otto ein Jahr tot. Ingrid wechselte aufs Gymnasium. Die Leute vom Film gingen bei den Nachbarn aus und ein. Ihr Vater wurde ins Ministerium berufen, später wurde er Minister. Die Besatzungssoldaten zogen sich in die Kasernen zurück. Der erste Urlaub im Ausland. Das erste Ballkleid und neue Freundinnen. Der Besuch im Tiergarten, wo sie sich von einem Studenten fotografieren ließ. Der hieß Peter. Der verdiente sich mit einer Kamera, die er vom Schwarzmarkt hatte, ein Zubrot vorm Bärenkäfig. Erinnerungsbilder für Soldaten der Roten Armee und für sowjetische Beamte, ein grüngestrichenes Gitter, dahinter ein wie hospitalisiert im Kreis gehender Kragenbär als Symbol für den Sieg im Großen Vaterländischen Krieg.

Und Peter. Und Peter. Und Peter.

Herzwaswillstdumehr.

Jetzt, das Mäuerchen bequem zwischen den Beinen, etwas, das in Hietzing undenkbar wäre – so hat Ingrid eine Auflagefläche für ihr Anatomie-Buch, in dem sie nicht vorankommt –, wartet sie auf ihren Liebsten. Sie sitzt im trüben Mittagslicht, ihr dunkelblaues Strickjäckchen hat sie ausgezogen, es ist ein Stück hinter ihr plaziert, wo ihr Kopf zu liegen käme, wenn sie sich zurückfallen ließe wie schon zuvor. Lesen und Luft machen sie schläfrig, gähnend kämpft sie dagegen an, gegen die Schläfrigkeit und gegen das zunehmende Gefühl von Verlassenheit, das an ihrer Stimmung nagt. Der Vormittag verstreicht, der Nachmittag bricht an und bekommt eine langwierige Drehung. Als Ingrid obendrein Folgetonhorn hört, kommen ihr Ausritte in den Straßengraben in den Sinn, Kollisionen und Scherbenklirren und die Bilder aus ihrem Anatomie-Atlas. Da ist es endgültig aus mit ihrer Geduld, da ist auch der Schwung ihres Ärgers, daß Peter nicht daherkommt, gebrochen, und sie würde ihm alles verzeihen, wenn er nur gesund und ganz heimkäme.

Um zwei vernimmt sie endlich das charakteristische Tukkern. Sie wendet den Kopf. Der Wagen, ein alter Morris aus Beständen der britischen Armee, schiebt sich in ihr Blickfeld, ein kleiner Kombi mit Farmerkarosserie und am Heck Flügeltüren, die man anheben muß, damit sie schließen. Bemüht, den vielen Schlaglöchern auszuweichen, schaukelt der Wagen die Straße herunter. Als er scharrend und knirschend zum Tor setzt, deckt ein Glücksgefühl Ingrids Sorgen zu.

Sie sagt zum offenen Seitenfenster hinein:

– Wo warst du denn so lange? Wenn du wüßtest, wie froh ich bin, daß du wieder da bist.

Peter steigt aus, sie umarmen sich. Ingrid ist nur wenig kleiner als er. Die Becken der beiden drängen aneinander, Peter drückt ihren Hintern mit beiden Händen zu sich heran. Er löst sich nach einiger Zeit, streichelt ihre Wangen, legt seinen Zeigefinger unter ihr Kinn und hebt es an, damit er ihr Gesicht betrachten kann. Sie riecht das Öl an seinen Händen. Das kommt daher, daß er immer an der Tankstelle mit dem Öllumpen seine Schuhe putzt.

– Uhh, du stinkst, ich muß mir die Nase zuhalten.

Noch mal ein Kuß (da bleibt ihr eh beinah die Luft weg). Dann drückt Peter mit der rechten Hand Ingrids linke Brust unter dem glatten Stoff ihres Kleides, mit diesem (da überläuft einen das Zittern) verschmitzten Lächeln um den Mund. Er sagt:

– Kann es sein, daß dein Busen in meiner Abwesenheit ein wenig gewachsen ist.

– Vor lauter Langeweile wahrscheinlich.

Und im Gegensatz zur Vergrößerung ihres Bauchumfangs wäre dieser Zuwachs positiv zu werten.

Sie lachen. Peter reibt sich die Knie nach der langen Fahrt. Er geht zum Tor. Auf dem Weg dorthin zieht er seinen Schlüsselbund aus der Hosentasche, der Schlüssel quietscht in dem rostigen Vorhängeschloß zweimal herum. Ingrid erkundigt sich, wie die Fahrt war. Während Peter die Kette rasselnd aus den Torgriffen zieht und die Flügel des Tors zur Seite klappt, berichtet er erschöpft, glücklich, daß er sich verspätet habe, weil er am Vorabend im Gebiet von Vöcklamarkt einen Reifenplatzer hatte.

– Soll noch einer so ein Pech haben. Für Arsch und Friedrich. Ein Knall und Pfft! Ich glaube, ich habe den Luftzug bis herein ins Auto gespürt.

Er zieht die Schultern hoch.

Er hat anmutige und trotzdem sehr männliche Züge, ein eigensinniges, stilles Gesicht, doch blickt er wach unter seinem dichten, dunklen Haar hervor. Ingrid gefällt, daß er, was Enttäuschungen anbelangt, eine robuste Verdauung besitzt, darauf beruht ein Gutteil seiner Anziehungskraft. Und: Weil sie sich mehr nach Vitalität sehnt als nach jener Sicherheit, die jahrelang und keineswegs nur unter dem Eindruck ihres Vaters auf dem Wunschzettel ganz oben stand, als Belohnung für eine verdorbene Kindheit.

Er sagt:

– Ersatzreifen hatte ich. Aber die Felge ist in einen Frostaufbruch geknallt, drum mußte ich die Fahrt im Schneckentempo fortsetzen. Immer noch besser, als die Aufhängung in Oberösterreich auswuchten zu lassen. Das soll Erich machen, der ist mir einen Gefallen schuldig.

Er hakt die Flügel des Tors an den Seitenwänden des Magazins ein, anschließend leert er den überquellenden Postkasten. Ingrid, die nicht wenig erstaunt ist, daß nach einer Firma, die nichts als Verluste einfährt, eine solche Nachfrage besteht, schiebt ihr Fahrrad in den lichtdurchfluteten Raum. Zwei Werkbänke gibt es hier, eine Drehbank und eine Korrekturabziehpresse, an der Peter nicht mehr arbeitet, seit er in Ottakring drucken läßt. Munitionskisten dienen als Sitzgelegenheiten und zugleich als Stauraum für kaputtes Werkzeug. Ein ausgestopfter Dachs, der aus einem zerbombten Gymnasium gestohlen ist, schnüffelt im rückwärtigen Regal oberhalb der Korrekturabziehpresse an einigen Schachteln der allerersten Version von *Wer kennt Österreich?* Das Spiel? Ja. *Wer kennt Österreich?* Ein Reise- und Geographiespiel, das die kleine, besetzte (und bald die Unabhängigkeit wiedererlangende?) Republik in seiner Schönheit und Harmlosigkeit in den Mittelpunkt stellt.

Mehrere Schachteln dieses Spiels räumt Peter aus dem Laderaum des Morris, zwei Dutzend Reklamationsexemplare, die er auf seiner Vertreterfahrt durch die südlichen Bundesländer und durch Teile von Salzburg zurückbekommen hat. Er seufzt:

– Es fehlt wieder einmal an allem, nur nicht an Arbeit.

– Jetzt vergiß einmal die Arbeit.

Ingrid folgt Peter nach drinnen. Es riecht nach Papier, feuchtem Sägemehl, Rost und Maschinenöl. Es ist ein wenig kühl. Sie setzen sich nebeneinander auf eine der Munitionskisten, pressen ihre Handflächen gegeneinander, verschränken die Finger und drücken zu, bis die Gelenke weiß werden.

– Bestimmt bist du von der langen Fahrt hungrig.

– Und wie.

Peter bläst Luft aus. Nach einer Pause fügt er hinzu:

– Aber in den letzten Tagen war ich so oft im Wirtshaus, daß ich nicht schon wieder ins Wirtshaus will.

– Du willst nur nicht, weil Frau Stöhr Geld von dir bekommt.

Ihm steht das Lächeln schief, ein Blick wie (wie soll man das sagen?): niedergeschlagen im doppelten Sinn, schuldbewußt und –: Ob der sich schämt? Genieren auf jeden Fall.

– Mein Freund, darüber reden wir noch.

Aber vorerst läßt Ingrid ihn in Ruhe. Sie nimmt ihr Rad und fährt zum Greißler. Wieder zurück, ist für die Gemütlichkeit nichts hergerichtet, und Peter, mit weiterhin verrutschter Miene, steckt in Alltagskleidern, in durchhängenden Jeans (wie er an die bloß rangekommen ist?) und in dem unansehnlichen grauen Arbeitskittel, den er von seiner ältesten Schwester zum letzten Weihnachten geschenkt bekommen hat. Er bastelt an den aus dem Leim gegangenen Spielen. Auch Ingrid wechselt die Garnitur, wie meistens, wenn sie im Magazin ist und fürchten muß, sich schmutzig zu machen. Sie hat alte Lieblingskleider hierhergeschafft, Kleider, die sie daheim nicht einmal mehr im Garten tragen dürfte, Kleider als Unabhängigkeitserklärung, so kommt es ihr vor, passend zur Junggesellenatmosphäre im Magazin, passend zu all dem Unfertigen hier, zum Fehlen von Annehmlichkeiten, passend zu dem verschrammten, verbogenen, aber gute Dienste leistenden Elektrokocher, auf dem sie für Peter eine Mahlzeit zubereitet. Krautfleckerl, dazu Salat, Brot, Bier.

– Hände waschen, Mittagessen ist fertig!

Peter hängt den grauen Arbeitskittel an einen Handtuchhaken neben dem Waschbecken. Er schrubbt sich die Hände gründlich bis zu den Ellbogen hinauf. Dann setzt er sich an den kleinen, von Messern zerkerbten Tisch, den Ingrid leer geräumt und mit zwei Munitionskisten in die Mitte des Raumes gerückt hat. Mit unverkennbarem Heißhunger zieht er den Teller, den Ingrid ihm aufgeladen hat, zu sich heran. Er nimmt die Gabel, beugt sich dem Essen entgegen. Ingrid beobachtet ihn beim Zulangen, bei seinen Schluckbewegungen. Manchmal drückt sie seinen Arm oder seinen Oberschenkel, als müsse sie sich vergewissern, daß er hier ist. Seine Augen, sein Mund, jeder Zoll an ihm. Und seine Finger. Es ist schön, ihm zuzusehen, wenn er etwas angreift. Das Brot. Wie er sich das Brot in den Mund schiebt. Er schaut Ingrid über seine Hand hinweg an. Er blinzelt ihr zu. Das freut sie. Er greift sich zufrieden an den Bauch. Ingrid greift sich ebenfalls an den Bauch (die Hoffnung, wie schon seit Tagen, daß das flaue Gefühl auf eine Verstopfung zurückzuführen ist, bittebitte, lieber Gott). Peter streckt das Glas zu einer weiteren Füllung aus, schiebt den letzten Rest des Krauts mit dem letzten Stück Brot zusammen. Er spült mit großen Schlucken, ein behagliches Seufzen, er sinkt nach hinten, in die auf die Munitionskiste gestützten Arme. Einen Moment lang hat es den Anschein, als werde er gleich lächeln. Er sagt:

– Ich liebe dich.

Und Ingrid, die sich ans Abwaschen macht:

– Das will ich dir auch geraten haben. Aber was mir im Moment wichtiger ist als Liebeserklärungen, die dir keine Mühe machen, das sind Antworten auf ein paar Fragen.

Ingrid will von Peter wissen, bei wem er Schulden hat und wieviel. Was an Außenständen vorhanden und noch zu aktivieren ist, also nicht nur illusorischen Wert besitzt. Wo man ihn übers Haxl gehauen hat. Wieviel das Warenlager wert ist, abzüglich der Spielpläne, die er wird wegwerfen müssen, weil – ein weiterer Fehlschlag im Leben des Peter Erlach, ein weiterer Hieb unter die wirtschaftliche Gürtellinie – der Staatsvertrag kommt und die Zonengrenzen fallen. Dann: Mit wieviel er monatlich an Einnahmen rechnet, überschlagsmäßig, inklusive dem, was das Geben von Nachhilfe einbringt. Was an laufenden Kosten anfällt, die Reparaturen am Morris eingerechnet, bei dem mit betrüblicher Regelmäßigkeit der Seilzug der Bremse reißt oder – siehe Vortag – ein Reifen platzt.

Und:

– Wieviel fehlt dir eigentlich von deinem Studium? Es wär zu schön, wenn du das Studium in den Griff bekämst, dann wäre ich restlos glücklich.

Sie trocknet sich die Hände mit einem schmutzigen Handtuch ab, dann holt sie Zettel und Bleistift in der Absicht, Peters Leben in eine mathematische Ordnung zu bringen, daraus ein Zahlenwerk zu machen, ohne einen anderen Wertmesser für Peters Anstrengungen gelten zu lassen als den errechenbaren Erfolg; dazu zählen weder Bekanntschaften, die man auf Reisen macht, noch die Möglichkeit, sich *die kleinere Welt* anzuschauen, womit doch alles seinen Nutzen habe, so Peter. Er solle endlich, fleht Ingrid, anfangen, wirtschaftlich zu denken, ihr Vater habe ganz recht, wenn er sage, daß man das Glück nicht zwischen Daumen und Zeigefinger nehmen kann.

– Das wäre ja noch schöner.

– Umsonst ist der Tod.

Ingrid rückt energisch näher zum Tisch, schlägt ein Bein unter den Hintern, um höher zu sitzen. Mit ausgefahrenen Ellbogen zieht sie mit einem klobigen Tischlerbleistift Spalten auf Abfallpapier.

– Also los, raus mit der Sprache, nun sag schon, ich will das alles wissen.

Addition und Subtraktion und zwischendurch, damit die Summe rund bleibt, gelegentliche Auf- und Abschläge zu Peters Ungunsten, was unwidersprochen bleibt, ein ums andere Mal, Ingrid könnte wetten, die Zahlen sind nach wie vor geschönt. Acht und sieben und eins und eins und neun und zwei, achtundzwanzig, acht an, zwei weiter, zwei und acht und drei und zwei und neun und sieben und eins, zweiunddreißig, zwei an, drei weiter, drei und vier und neun und drei und fünf und sieben und sechs, siebenunddreißig. Gerundet:

– 40 000 Schilling Schulden, 20 000 Schilling Außenstände. Peter, dir steht das Wasser bis zum Hals.

Peter verdrückt sich verlegen zu seiner Arbeit, und Ingrid sieht ihm zu, wie er eingegangene und eingeholte Bestellungen mit einer ihr finster anmutenden Ausdauer für den Versand vorbereitet; von dieser Tätigkeit wie anästhesiert. Nach einiger

Zeit kritzelt Ingrid ZUR DRINGENDEN KENNTNISNAHME! auf Kopf und Fuß des Rechnungsblattes, sie steht auf, heftet das Blatt an das Anschlagbrett vorne links beim Eingang. Dann, zurück auf der Munitionskiste, redet sie sich ihren Frust von der Seele, das will ich dir mal klipp und klar sagen, und sie muß zugeben, es fühlt sich gut an, mit jemand Erwachsenem auf gleicher Augenhöhe zu reden, sich nicht wie ein Kind vorzukommen, diese verfluchten sechs Jahre Altersunterschied, die sieht man ihnen ja gar nicht an.

Also, Atemholen:

– Weil deine ewige Pleite liegt mir bleischwer im Magen, das geht nun schon so, seit ich dich kenne, und ich frage mich manchmal, ob überhaupt Hoffnung besteht, daß es einmal besser wird. Jedesmal, wenn man glaubt, jetzt geht es aufwärts, kommen wieder neue Schwierigkeiten, es ist wirklich wie ein Verhängnis über deiner Arbeit. Wenn Papa erfährt, daß du sogar fürs Essen anschreiben läßt, dann bist du der Blamierte, dann heißt es von anderer Seite mit Recht, na ja, wir können die Eltern von der Ingrid verstehen, denn der Peter kommt nicht auf die eigenen Beine, der macht sich nur zum Clown mit den lausigen Kröten, denen er hinterherrennt. Liebling, ich weiß, daß du dich redlich rackerst und tust, was du kannst, und daß es so vieles gibt, was dir in die Quere kommt, wofür du nichts kannst. Deswegen mache ich dir auch keine Vorwürfe. Aber einen Erfolg hättest du trotzdem bitter nötig. Ich bin schon ganz verzweifelt, daß es mit deiner Existenzgrundlage so eine Niete ist. Alle oder sagen wir viele junge Menschen, die ans Heiraten denken, jedenfalls die, die mit den Füßen am Boden bleiben, haben einen angemessenen Verdienst, aber bei uns, das kann ich dir flüstern, sehe ich die Felle in unerreichbarer Ferne, irgendwo auf dem weiten Meer bei der roten Schultasche von Hansguckindieluft. Schau nicht so, wenn's doch wahr ist. Mir ist, als würdest du noch Jahre vertun wollen, bevor du zu was kommst, dann bleiben wir ein ewiges Brautpaar. Dieses

Scheißauto, entschuldige bitte, bringt dich noch um deine letzten Knöpfe, gib's doch zu, es geht auch bei dieser Fahrt wieder mehr drauf, als hereinkommt, und selbst wenn es sich die Waage hält, sollten deine Fahrten doch mehr einbringen, als daß du mit dem Wagen die Gegend verpestest. Von dem Reifen wäre schon wieder was bezahlt. And according to this: Sobald es irgendwie geht, weg mit der Kraxn, der mußt du nicht nachweinen, und dann schaff dir so einen kleinen Steyr-Lieferwagen an, auch wenn du fluchst, daß er klein ist, und was von einem Opel, Ford oder DKW faselst, das wäre ja Größenwahn, weil es kann wohl nicht sein, daß du den Wagen danach kaufst, ob man im Fond miteinander schlafen kann. Allerdings echt Peter. Hat man so was schon gehört. Du, ich denke mir manchmal alles so schön, aber gleich darauf verliere ich wieder den Mut zu glauben, daß es mit der Zeit besser wird, wenigstens daß die Schulden gezahlt sind, ein wenig Betriebskapital da ist und eine Wohnung, in der man sich rühren kann, ohne das Kind auf dem Kasten und daß man die Nachbarn hört, wenn sie sich im Bett umdrehen. Bis wann glaubst du das erreichen zu können, irgendwann so bis in fünf oder zehn Jahren, und auch dann noch fraglich, du, ich werd das schön langsam müde, das geht jetzt so, seit ich dich kenne, und bleibt ewig gleich, weil das Geschäft das Studium an die Wand drückt. Für nichts und wieder nichts. Schatz, ich denke da an einen Spruch von Papa, daß man immer bestrebt sein soll, sich über dem Durchschnitt zu halten, und das nicht nur in moralischer Hinsicht, er hat es, glaube ich, auch während des Krieges so gehalten, und wie weit man damit kommt, kann man an seiner jetzigen Position sehen. Überleg doch mal, was sind deine Bekannten, Leute, sehr nette zumeist, die irgendwie mit dem Wandervogel verbunden sind, die haben sicher ihre moralischen Qualitäten, aber das ist dann auch alles. Das sind die, die dich für einen reichen Mann halten und nicht begreifen, daß es dabei keine Existenz ist, weil sie selbst in einem solchen Schlamassel stecken und sich und ihren Kindern nichts leisten können. Da kann ich dir auch Namen nennen. Aber das soll nicht unsere Welt sein, wir müssen es besser haben, du vor allem, du kennst es ja gar nicht wie ich, und du sollst das keineswegs allein ermöglichen müssen, ich will gerne mitverdienen, wenigstens zeitweise. Du willst doch sicher nicht, daß die Frau am End mehr verdient als der Mann, das würde im jetzigen Zustand aber unweigerlich eintreten, willst du das vielleicht, na also, und es geht auch nicht nur um den Verdienst, auch der Titel spielt eine Rolle. Die Klatschsucht der Leute ist enorm. Wenn du mich kennst, weißt du, daß ich das nicht sage, um dich zu kränken. Aber ich kann nicht jedem deine Leidensgeschichte als Entschuldigung mitliefern, ich will meine Ehe unter guten Voraussetzungen beginnen und stolz sagen können, er ist Architekt, ein Diplomingenieur, wir haben das Recht dazu, uns steht ein leichtes, wunderbares Leben bevor, auch wenn wir nicht auf Rosen gebettet sind, aber zum Glücklichsein reicht's. Kapierst du, worauf es mir ankommt? Halt mich bloß nicht für die hochnäsige Ministertochter, die in Geld gewickelt ist, und daß du nicht gut genug bist für mich, bitte nicht, mir ist nichts zu Kopf gestiegen als die pure Vernunft und die Einsicht, daß es Dinge gibt, um die man nicht herumkommt. Du mußt doch einsehen, wenn wir heiraten, will die Verwandtschaft wissen, wie und was mit dir ist, und da würden sie ja reihenweise auf den Rücken fallen, wenn sie erfahren, daß du ein Nachhilfelehrer bist, der mit dem Vertrieb von Brettspielen Schulden macht. Glaub mir, ich sage das wirklich nicht, um dich zu kränken oder zum Zeitvertreib, ich mache mir halt solche Sorgen. Papa darf auf keinen Fall recht behalten, das würde ich ihm niemals gönnen. Es ist arg, herrjemine, wenn wir uns nicht so gern hätten, wäre alles halb so schlimm, aber ein Leben ohne dich, das kann ich mir nicht denken, wir bleiben zusammen, egal, was kommt, so eine Enttäuschung wie mit der Hertha wirst du kein zweites Mal erleben. Aber bitte, bitte, geh im Wintersemester zurück über deine Bücher, wirst sehen, das kommt dich auch billiger, als wenn du dich wie im Vorjahr mit dem Wagen aufs Eis begibst und auf verwehte Straßen. Diese heillosen Fahrten. Du kannst dich aufs Wetter genausowenig verlassen wie auf so vieles, und mir würden diverse schlaflose Nächte erspart bleiben. Überleg dir das doch. Vielleicht kannst du am Ende mit einer Prüfung abschließen, das wär das allerhöchste, weil du bist jetzt fünfundzwanzig, Peter, und es darf einfach nicht sein, daß du noch so eine Verlegenheitsarbeit hast, bloß um Geld zu verjuxen. Dir muß doch selbst klar sein, daß du nicht mehr lange durchhalten kannst. Letzte Woche habe ich Frau Hastreiter Geld gegeben, damit sie was zum Bettwäsche Ausbessern hat, derweil müßte sie es zum Logisgeld nehmen, sie hat für dich schon soviel vorgestreckt. Und Frau Stöhr habe ich heute vormittag Geld gegeben, es ist kein Vorwurf, aber ist das ein Zustand, daß das Mädel dem Burschen Geld gibt, damit er durchkommt. Ich kann doch nicht ewig die beiden Omas aussackeln für meine Schandtaten. Dir Geld geben ist wie Wasser in ein Schaff ohne Boden schütten, du weißt, Papa hat einmal daran gedacht, dir finanziell unter die Arme zu greifen, aber als er gesehen hat, daß von Studieren keine Rede ist, war es nur konsequent, daß er davon wieder abgekommen ist. Sag mal, hörst du mir eigentlich zu oder denkst du dir, ach, laß sie reden, ich tu doch, was ich für richtig halte, den Verdacht hab ich nämlich, weil du überhaupt auf nichts reagierst. Nur weil du sechs Jahre älter bist, brauchst du noch lange nicht denken, die Ingrid. Gut, na um so besser, also noch mal: Steig herunter von deinem Irgendwie und Irgendwann und denk dran, was du deiner zukünftigen Familie schuldig bist, der ganze Aufwand mit Platz und Kleidung und Essen, wenn ich zu Hause bin, wer soll das finanzieren, wo alles immer teurer wird? Soviel Nachhilfe kannst du gar nicht geben. Die Studiererei bringt dich ja nicht um, wirst sehen, und du bekommst am Ende als Belohnung mich. Ich mache dir dein Leben so großartig, daß du zehnmal für alles entschädigt wirst. Was sind schon zwei Jahre für unser Leben, das uns bevorsteht, das vergeht wie im Flug, und wenn wir erst unabhängig sind und uns niemand mehr dreinredet, wir unsere eigenen vier Wände haben, Babies bekommen, dann wissen wir, daß sich die Plage gelohnt hat, bis dahin nehme ich alle Annehmlichkeiten wahr, die mir zu Hause geboten werden, ich sammle meine Aussteuer zusammen, laß mich von dir nicht abbringen und tu auf der Uni mein möglichstes, um in der Zeit zu bleiben. Wenn auch du wieder auf der Uni gesehen wirst, ist bestimmt auch Papa zugänglicher, es wäre ein Fortschritt für alle. Unter uns, zum Heiraten ist es ja eh viel zu früh, am Ende würden wir nur selbst dabei draufzahlen, neunzehn ist halt ein bisserl jung, und auch für dich ist Warten besser, damit die Voraussetzungen stimmen, wenn es soweit ist. Was den nötigen Grips betrifft, den hast du ohnehin für drei, halt vor Gebrauch einschalten, und die anderen Fehler, Liebling, da muß jetzt wirklich was passieren, das zieht einem die Schuhe aus, deine Schlamperei und Unverläßlichkeit, meine Meinung kennst du ja, halt was wir auf der Hohen Wand besprochen haben und was du immer entschuldigst mit keine Zeit haben. Aber keine Zeit gibt es nicht. Ich glaube viel eher, du hast es von zu Hause nicht besser gelernt, und dann warst du zu lange allein oder in Untermiete. So verschwitzte Wäsche und Kleider, das ist wirklich etwas Häßliches und kann sehr abstoßend und geschäftsschädigend sein, selber merkt man es nicht, aber die andern denken sich, ein schöner Schlamperdatsch, von dem ist keine ordentliche Arbeit zu erwarten, und dieses fesche Mädel, wo die sich den bloß aufgegabelt hat, so Sachen, wo du dir selbst Steine in den Weg legst, das mußt du um Himmels willen abstellen, sonst bist immer du derjenige, der draufzahlt. Deine Fußsohlen sehen ja manchmal aus, als ob du durch den Schornstein gekommen wärst. Also denk drüber nach und erfinde keine Ausreden, dafür gibt's nämlich keine, sieh das bitte ein, wegen daß du jetzt durchbeißen mußt, vor allem bei dir selbst, und später, wenn auch ich über mich selbst bestimmen darf, was ja absehbar ist, dann denken wir nicht mehr an die Probleme vom Anfang. Hab du nur auch ein bißchen Geduld und mach es mir dadurch leichter, Peter, schau mich an, versteh mich doch bitte richtig, es sieht nur auf den ersten Blick aus, als würde das unser gemeinsames Ziel erschweren, aber du mußt jetzt mit eiserner Energie arbeiten und wirklich versuchen, Papa einen Beweis deiner Tüchtigkeit zu liefern. Ich erwarte bestimmt keine Großtaten, aber wenn ich mich für dich stark mache, und das mache ich, da kannst du sicher sein, brauche ich die Gewißheit, daß ich nicht mit Luftargumenten hausiere, du hast schon richtig gehört, es ist leider ein Zug, den ich an dir vermisse und von dem Papa einiges zuviel hat, die Nüchternheit.

Und jetzt wieder tief Luft holen, ausatmen, gut, zufrieden, sie ist zufrieden, wie geübt sie sich anhört mit ihrem Realitätssinn, schließlich, irgendwer muß kühlen Kopf bewahren, und warum ein Blatt vor den Mund nehmen, das fängt sie gar nicht erst an. Und Peter? Sieht aus, als hätte die Predigt gewirkt. Er hat gar nicht versucht, sie zu unterbrechen, hat nur dann und wann mit Duldermiene aufgeblickt, versonnen oder verunsichert(?), aber offenbar geduldig (wie ein Pferd im Gewitter), bereit, auch dies noch einzustecken: Er hantiert weiterhin stumm, steif im Gesicht, den Blick stier auf die Arbeit gerichtet. Ingrid sieht, wie er vor Verwirrung einer Spielfigur den Kopf abbricht.

– Du tust mir wirklich schon leid, ich bin aber noch immer nicht fertig. Stell dir vor, Papa weiß von unserer Verlobung.

Und schwanger bin ich auch, wenn's blöd kommt. Sie ist drauf und dran, es zu sagen, sagt es aber nicht, denn Peter läßt auch so von seiner Arbeit ab. Erschrocken blickt er in Ingrids Gesicht, und seltsam, für einen kurzen Moment hat sie ein Glücksgefühl, das nur mit der ungebrochenen Kraft ihrer Liebe zu tun haben kann.

Und der Mai drängt mit einem lichten Moment durch die offene Front und sickert durch die Glasziegel am Dach. Eigentlich ist es warm und friedlich wie in der Wüste.

Ingrid sagt:

– Es ist mir ein Rätsel wie, aber die Post funktioniert schnell.

Peters Schläfen glitzern vom Schweiß, er rollt sich das halbvolle Bierglas über die Stirn, zweimal hin und her.

– Wie hat er es aufgenommen?

Weniger als Frage denn in der Gewißheit, daß nicht viel Gutes dabei herausgekommen sein wird.

– Na ja, er hat nicht direkt einen Krach gemacht, jedenfalls am Anfang. Nur, daß er sich nicht vor vollendete Tatsachen stellen läßt und die Verlobung einfach nicht anerkennt. Da hätte ich gleich spuren sollen, seine Verhandlungen sind ja viel wichtiger. Aber ich habe ihm gesagt, daß ich meine Wahl getroffen habe.

– Damit wird er sich abfinden müssen.

– Daran glaubst du? Am Ende hat er wie immer darauf gepocht, daß er der Herr im Haus ist, seine Prinzipien blabla, und daß ich noch nicht volljährig bin. Er sagt, wir hätten ihn hintergangen, womit er nicht ganz unrecht hat. Es falle ihm nicht ein, sich ständig für dumm verkaufen zu lassen. Aber der Gipfel ist, daß er schon wieder versucht hat, meine Gefühle herunterzuspielen. Diesmal hat er behauptet, *Romeo und Julia* sei kein Stück über die Kraft der Liebe, sondern über den Unsegen der Pubertät. Das reicht ihm als Rechtfertigung, mir mit allem möglichen zu drohen, vor allem aber damit, daß ich dich nicht mehr sehen soll.

– Damit aus dem verhinderten Ehepaar ein verhindertes Liebespaar wird.

– Liebling, daß ich das Verbot nicht schlucke, siehst du daran, daß ich hier bin. Ob er mir die Alpenvereinstouren verbieten kann, wage ich auch zu bezweifeln. Trotzdem müssen wir zusehen, daß es mit ihm nicht noch schwieriger wird. Glaub mir, ich kenn ihn, wir müssen ihn ein wenig bei Laune halten. Solange er der Machthaber ist, läßt er mich nicht los.

Pause.

– Vorerst hast du Hausverbot.

Peter, blaß um die Mundwinkel, mit schlaff herabhängenden Armen, das zu große Hemd lose am Körper. Er betrachtet Ingrid starr (ohnmächtig?), nichts an ihm bewegt sich, stockstill, er kommt ihr so zerbrechlich vor in diesem Moment. Bestimmt hat er die letzten vier Tage nichts gegessen, um das Geld zu sparen, ja klar, ist auch ganz rippig auf den Rippen, nichts dran, daß ihr das nicht früher eingefallen ist.

Er sagt mit bitterem Lachen:

– Soso. Hausverbot. Nur weil ich –. Zum Teufel, ich reg mich nicht auf. So leicht paßt ihm ja doch keiner.

– Läßt er es eben.

Dann zum zehnten Mal, was Richard gegen Peter hat, der ganze Parcours: Daß er ein Windbeutel ist, in Richards Augen, damit fängt es an, und daß Peter diesen Ruf mit der heimlichen Verlobung vollends gefestigt hat (man kann es Papa nicht gänzlich verdenken, denn es ist das genaue Gegenteil von dem, worum er uns gebeten hat). Daß Peter sechs Jahre älter ist als Ingrid, daß er nichts ist und nichts hat und daß man ihm nicht beigebracht hat, wie man etwas darstellt. Weiters: Daß sich Peters Vater zweimal vor einem Volksgerichtshof zu verantworten hatte und daß er nach mehreren Monaten Ziegelschupfen zur Zwangsarbeit war für anderthalb Jahre in St. Martin am Grimming zur Verbesserung der Gesinnung, was nicht viel gebracht hat. Wie Richard behauptet. Was der alles weiß. *In so was heiratet man besser nicht rein.*

– Und mich, seine Tochter, hält er für naiv wie aus dem Krähwinkel, simple Dummheit will er als Antriebsmotor aber auch nicht ausschließen.

– Alles was recht ist. Da. Da könnte einem –.

Ingrid sitzt nach wie vor auf der Munitionskiste, mit dem

Tisch im Rücken. Peter geht in der Werkstatt auf und ab, dort, wo Platz ist. Er schüttelt beharrlich den Kopf und verpackt die Flüche, die er gerne loswerden würde, die aber nicht erwünscht sind, in die leise Kritik, daß man von einem Minister sollte mehr erwarten dürfen.

– Die ganze Regierung ist ein Trauerfall, sagt er: Aber gut, wohin Politik führt, habe ich schon vor zehn Jahren begriffen.

– Peter, wenn der Koreakrieg nicht gewesen wäre, hätte ich nicht mit dir geschlafen. Nicht gleich.

– Schön für uns, schlecht für Korea. Dein Vater sieht es vermutlich genau umgekehrt.

Peter schneidet eine Grimasse:

– Was sagt eigentlich deine Mutter?

– Mama? Die übt sich in Neutralität. Ich muß ihr halt immer versprechen, brav zu sein.

– Hoffentlich ein wunder Punkt auch an diesem Treffen.

– Schatz, es wird nichts zugegeben. Heute beim Weggehen hat sie gesagt: Daß mir keine Klagen kommen. Und ich habe ihr versprochen, daß von mir keine Klagen kommen werden, da könne sie sicher sein.

Ingrid steht auf, umarmt Peter und küßt ihn mit der Zunge. Sie fährt mit den Händen in die Gesäßtaschen von Peters Jeans. In dem Moment wird die Umarmung unterbrochen von einem unbeholfenen Hüsteln. Auch egal. Nach Küssen war Ingrid sowieso nicht wirklich, ihr war nur, als müßte es grad sein.

Es ist einer von Peters ehrenamtlichen Gehilfen, der sich da bemerkbar macht, ein etwa sechsjähriges Bürschlein, blondschopfig, schieläugig, mit einem zugeklebten Auge: vier überkreuz gezogene hautfarbene Pflaster, rechts. Der Bub trägt seine kurzen Hosen über einer wollenen Strumpfhose. Obwohl beide Tore offenstehen, traut er sich mit seinem Tretroller nicht herein.

– Na, wie läuft's? fragt Peter.

– Geht so.

– Paß auf, ich hab was für dich.

Peter sucht nach seiner Jacke, die er bei den Sachen findet, die Ingrid vom Tisch geräumt hat. Seine Hände tauchen in die Taschen, außen, innen, Schlüssel klirren, Papier raschelt. Er geht zum Tor. Dort überreicht er dem Buben ein Abziehbild der Großglockner-Hochalpenstraße. Für das hintere Schutzblech des Tretrollers, wie Peter sagt. Der Knirps kann sich vor Begeisterung kaum halten, er bedankt sich mehrfach mit kleinen Verbeugungen, es ist, als hätte er für seinen Roller eine Nummerntafel erhalten.

– Da wird Papa schauen.

Der Bub will das Abziehbild gleich aufkleben. Doch als auch Ingrid zum Tor tritt, weil es sie nach draußen zieht, fährt er davon. Er ruft, bereits auf der Straße (dem Schotterweg), das Schubbein geknickt in der Luft, als friere das Rufen den Ablauf der Bewegung ein: daß seine Mutter auf ihn warte. Die Stimme verklingt, das Bein schiebt wieder an, rutschend im Schotter mit dem flachen Schuh.

Obwohl es leicht tröpfelt, bleibt Ingrid draußen. Sie schaut dem Buben hinterher, bis dieser beim Gasthaus verschwunden ist. Ihr Blick schweift im Bogen zurück über die mit Blumen überkrustete Wiese jenseits des Baches, zu einem Pappelstand, vor dem eine Kleinhäuslersiedlung gebaut wird, in gestaffelten Baustadien. Eine Mischmaschine schnarrt seit einiger Zeit in die friedliche Stille herüber. Zwei Schwalben fliegen. Stimmt, ist in der Zeitung gestanden, daß sie eingetroffen sind. Ingrid beobachtet eine Weile die jähen Richtungswechsel der Vögel, das Gleiten und wieder Beschleunigen mit schnellen Flügelschnitten, ein Anblick, der Ingrid bewußtmacht, daß jetzt, wo die Tage wärmer werden, für das Magazin die schönste Zeit beginnt. Sommers staut sich darin eine Hitze zum Ersticken, im Winter friert man, weil es unmöglich ist, den Raum vernünftig zu beheizen, da ist es meist auch um Peters Gesundheit schlecht bestellt.

Im vergangenen Jahr, Ende November, zog sich Peters Verkaufsfahrt in die Länge. Er arbeitete sich bis in die hintersten Wintersportorte vor, um Bestellungen einzubringen. Er hängte mehrfach den einen und anderen Tag an, bis es allerhöchste Zeit war, nach Wien zurückzukehren. Aber in Wien fror es Stein und Bein. Obwohl Peter sich den Atemwärmer, den Ingrid aus Wollresten gestrickt hatte, vor Mund und Nase spannte, holte er sich beim Arbeiten im Magazin eine schwere Verkühlung, die sich erbarmungslos ins Geschäft fraß. Peter lag eine Woche mit Fieber im Bett, eine weitere Woche war er nahezu taub. Ingrid kann es noch vor sich sehen, wie er versuchte, ihr die Worte vom Mund abzulesen. Kein Arzt konnte ihm helfen, alle sagten, da müsse man warten, bis der Schnupfen vorbei ist. Und sie (Ingrid), die mit Problemen an der Universität und zu Hause ausgelastet war, ließ sich in das Desaster hineinziehen, pendelte zwischen Hysterie und Verzweiflung, weil sie einerseits Mühe hatte, Peter vom Magazin fernzuhalten, ihm andererseits nicht einmal die Hälfte der liegengebliebenen Arbeit abnehmen konnte. Zwei Wochen hetzte sie herum, war mit den Nerven runter, und alles ohne nennenswerten Erfolg. Als Peter am zweiten Adventsonntag in der Früh das Ticken der Weckuhr hörte, war das Weihnachtsgeschäft für ihn gelaufen. Wieder eine Chance zum Geldverdienen dahin. Anfang des Jahres füllte er das Lager trotzig bis unter die Decke, um künftig für solche Eventualitäten gewappnet zu sein. Aber auch diese Vorsorge wird, wie es aussieht, torpediert vom *drohenden Zustandekommen des Staatsvertrags* (Peters Ausdruck). Sowie die Unterschriften geleistet sind, wird Peter die Spielpläne, auf denen die Zonengrenzen eingezeichnet sind, austauschen müssen. Wenn ihr Vater davon Kenntnis bekäme (nimmt Ingrid an), würde das seinen ohnehin fast heiligen Verhandlungseifer nochmals verdoppeln.

Sie wirft ein paar Steine in den Bach, ein wenig traurig über die neuerlich bevorstehende Vergeudung von Peters Kräften.

Das Geräusch der Mischmaschine wird von einem Moped übertönt, das sich über den geschotterten Weg müht. Zu Ingrids Erleichterung biegt das Moped noch vor den Garagen schnatternd zwischen einige Wohnhäuser und verliert sich dort mit seinem Lärm.

Inzwischen hat Peter den Tisch und die Munitionskisten an ihre alten Plätze gerückt und den Morris ächzend in die Werkstatt geschoben. Er klappt das linke Garagentor mit einem Quietschen der Scharniere auf und hebelt die vertikal verlaufende Stange in den Metallring am Boden. Er hält einen Moment inne, um die Baustelle über dem Feld zu betrachten. Ein Mann, eine Frau und zwei Kinder stehen vor einem Rohbau. Der Mann und die Kinder mit den Händen am Rücken, herausgeputzt in Sonntagssachen, geschniegelt, mit Zöpfen, mit Scheiteln wie zu Fronleichnam.

Ingrid schaut Peters Blick hinterher. Die Kinder lassen sie an ihren Bauch denken. Einen Augenblick später hat sie den lustigen Einfall, daß sie all das tut, damit ihre Kinder einmal eine schöne Vergangenheit haben werden. Die Idee gefällt ihr, sie überlegt, ob sie Peter davon erzählen soll. Aber der würde sich am Ende noch was drauf einbilden. Sie nimmt ihre Strickjacke und das von einigen Regentropfen angepatzte Anatomie-Buch vom Mäuerchen und geht nach drinnen. Peter schließt hinter ihr das zweite Tor. Jetzt dringt Licht nur mehr durch die Glassteine am Dach, in Kegeln, die eine ruhige, gedämpfte Helligkeit verbreiten. Gemeinsam entfernen Ingrid und Peter alles Geschäftliche aus dem Fond des Morris. Peter fegt die Holzrippen der Ladefläche mit einem Besen aus, und Ingrid pumpt mit einem Fußbalg beide Luftmatratzen auf. Sie denkt, ein schönes Ehebett wäre ein Lichtblick, das Herumschustern auf Luftmatratzen verliert mit der Zeit gehörig von seinem Reiz. Wenn Peter sie an sich zieht wie in der Pension an der Straße zwischen Wiener Neustadt und dem Semmering, diese Nacht ist ihr unvergeßlich. Wie Peter über ihr war und sie sich ganz in ihm vergraben konnte, das hat sie dermaßen glücklich gemacht, daß sie gerne bereit war, die Konsequenzen zu tragen. Allein die frisch gewaschene und gestärkte Tuchent, während sie hier nur zwei Wehrmachtsdecken haben, einen verpinkelten Schlafsack und einen Bärenpelz vom Dachboden (sie kann von Glück sagen, daß der Pelz bisher niemandem abgegangen ist, sie befürchtet nämlich, man könnte aus seinem Fehlen Schlüsse ziehen, und zwar die richtigen). Sie schiebt die Luftmatratzen in den Wagen, breitet eine der Wehrmachtsdecken darüber. Dann beginnt sie sich auszukleiden, langsam, unbefangen. Peter, der wieder etwas Mut gefaßt hat, tut es ihr gleich. Er setzt sich in den offenen Laderaum, öffnet die Schnürsenkel seiner Schuhe, dabei betrachtet er Ingrid, die ihren BH aufhakt und ihn über eine der offenen Türen des Morris hängt. Ingrid mag es, sich von Peter beim Ausziehen zuschauen zu lassen, sie genießt es, es ist eins, sich in kleinen Räumen auszuziehen, in Badezimmern, Umkleidekabinen, Schlafzimmern, beim Arzt, und ein anderes, sich in großen Räumen auszuziehen, hier im Magazin, das ihr vorkommt, als dehne es sich und dehne sich weiter, als sie nackt zu der quer durch den Raum gezogenen Stange geht, die vor dem Krieg zum Aufhängen der Zweiräder diente. Sie legt ihre Kleider darüber. Anschließend geht sie zurück zu Peter, der weiterhin an der Kante der Ladefläche sitzt, jetzt ebenfalls nackt. Er legt seine vom Arbeiten mit Papier trockenen Hände auf ihre Hüften, er berührt ihre Hinterbacken, drückt, betastet, streichelt ihren Rücken, wo die Nieren sind. Seine Hände legen sich um ihre Brüste, kreisen dort. Nach einiger Zeit läßt er sich zurückfallen, öffnet die Arme, und Ingrid kriecht über ihn, in den schalen Gummigeruch der Luftmatratzen, ins Gestaube der Wehrmachtsdecken hinein. Sie küßt Peters Brustwarzen, leckt das Salz aus den Vertiefungen seiner Narbe am Oberarm, auf der Rückseite, wo die Narbe größer und zerfurchter ist als vorne an der Einschußstelle. Sie fährt mit der Linken durch Peters ungekämmtes

Haar und küßt ihn spielerisch, kleine Knallküsse auf die Stirn und auf die Wange. Wenn es nach ihr ginge, würde sie zuerst noch eine Weile schmusen und sich umarmen lassen. Aber Peter löst sich von ihr und gibt ihr zu verstehen, daß sie sich auf den Rücken legen soll. Mal wieder nicht grad die Zärtlichkeit in Person. Doch weil Peter an diesem Tag schon genug Kritik hat einstecken müssen, fügt Ingrid sich in seine Anweisungen und läßt ihn in sich eindringen. Nicht so ungestüm, würde sie gerne sagen, du und deine überschießende Sexualität, klar, daß sie zumindest in Betracht zieht, ihn einzubremsen, mal halblang, wir haben doch alle Zeit der Welt. Aber sie waren mehrere Tage getrennt, da hat es ihn meistens, da kann er nicht mehr warten. Diese dumme Fahrt über den Karst des südlichen Alpenvorlandes, wofür eigentlich, fünf verlorene Tage, wenn sie sich vorstellt, daß Peter bald die Last mit dem Geschäft nicht mehr hat, diesen Wirbel aus kleinen und großen Plagen, zwischen denen es ihm immer schwerer fällt, sich zu bewegen. Das Geschäft hat schon genug Kummer gebracht, sie wäre so glücklich, wenn Peter die Lizenzen verkaufen oder wenigstens jemand anderen für sich fahren ließe, sonst gibt es auch in Zukunft dauernd Sorgen und Aufregungen und Arbeit bis in die Nacht. Und was für ein Segen, wenn Peter wieder studieren ginge, sie könnten gemeinsam lernen, gemeinsam auf die Bibliothek, gemeinsam in die Mensa, müßte doch möglich sein, auch ohne den Bettel, den er mit dem Spiel verdient. Denkt sie. Und der Morris schaukelt, Ingrid kann die Federung hören, das Ding knarrt und scheppert wie ein alter Kinderwagen, wie beim Dosenschießen. Wenn bloß nicht wieder ein Stoppel aus der Luftmatraze fliegt. Ingrid drückt Peter fest an sich, er vergräbt keuchend sein Gesicht in ihrer Halsbeuge. Er fährt mit den Händen unter ihren Hintern und zieht, während er heftiger in sie hineinstößt, wie gefällt dir das? na ja, ihre Hinterbacken auseinander, streichelt mit einem Finger ihren After. Sie spreizt die Beine so weit sie kann, streckt die Füße in die Höhe und ermahnt sich dabei aufzupassen, daß sie sich an den von Eisentraversen zusammengehaltenen Holzrippen der Seitenverkleidung nicht wieder einen Span einzieht. Ja, das ist Liebe, Gottes höchst eigener Wille. Ihr entschlüpfen mehrere gepreßte Stöhnlaute, und als ihr einfällt, daß sie nicht im elterlichen Garten liegt, sondern im Magazin, werden die Stöhnlaute zu kleinen Schreien, die aber rasch ausklingen, als Peter kommt.

Die horizontale Himmelfahrt? Für Ingrid? Diesmal am Fleck. Sie preßt die Schenkel aneinander, vielleicht, daß sie so, na ja, oder wenn sie sich an Peters Schenkel reibt. Doch das funktioniert nicht. Also kuschelt sie sich an Peters Schulter und schließt die Augen, hört, wie sein Herz pocht, ganz heftig, wie von einem, der schnell gerannt ist, ein Bub, der mit nachlassendem Puls über die Wiesen nach Hause geht.

Sie sagt:

– Eines schönen Tages werden wir heiraten.

Ihr ist für einen Moment, als könnte sie sich in ihre eigenen Worte wickeln, aber dann zieht sie doch lieber den Bärenpelz über ihren nackten Körper. Sie ist ziemlich feucht zwischen den Beinen, es zieht dort und wird ein wenig kühl. Lediglich ihre rechte Hand bleibt drüben bei Peter und umfaßt sein abschwellendes, klebriges Glied.

– Das nennt man atrophiert, sagt sie nach einer Weile, und es ist noch ein Nachhall von Stöhnen in ihrer Stimme: Habe ich Anfang der Woche gelernt. Wenn etwas schwindet, sagt man in der Medizin *atrophiert*.

Peter gähnt so ausgiebig, daß es im Kiefergelenk knackt.

Sie sagt:

– Bei dir schwinden jetzt auch die Geister, was?

Peter gähnt nochmals, ohne nur im mindesten dagegen anzukämpfen oder wenigstens die Hand vorzuhalten. Er entschuldigt sich, er habe vergangene Nacht wegen der Reifenpanne fast nichts geschlafen. Kurz darauf ist er weg, von einem eindeutig mehr geschäftsbedingten als postkoitalen Schlafbedürfnis überwältigt, wie ein Murmeltier, mein Gott, den würde auch ein Trompetenstoß nicht mehr wecken. Und sie? Ingrid? Sie starrt zur Wagendecke, einen Arm unter Peters Nacken, die andere Hand zwischen ihren aufgestellten Beinen, Zeige- und Mittelfinger an den Schaft ihrer Klitoris gedrückt, in Erkundung, was sich da noch machen läßt. Während sie den linken Arm unter Peters Nacken hervorzieht, erzeugt sie mit der rechten Hand sachte Vibrationen, sie legt die linke Hand auf den Unterbauch mit leichtem Zug nach oben, das stimuliert zusätzlich, hat sie unlängst herausgefunden, dann die Linke auf die rechte Brust, auch schön, dann runter zwischen die Beine, nicht von oben, weil dort die rechte Hand den Zugang versperrt, also von unten beziehungsweise von hinten, unter dem linken Oberschenkel durch, besser, sie legt sich mit dem Hintern drauf, aber blöderweise schläft ihr die Hand dann rasch ein, das weiß sie aus Erfahrung. Mit dem linken Zeige- und auch dem Mittelfinger stimuliert sie sich drinnen, was ziemlich gut ist, und dabei denkt sie an Geschlechtsverkehr, das kommt wie automatisch, wo sie doch vorher noch an Peters Schulden gedacht hat. Sie sieht rasch aufeinanderfolgende, zusammenhanglose Bilder mit Körperteilen darin und raschen Bewegungen. Die Augen hat sie geschlossen, sie ist ganz auf sich konzentriert und insgesamt sehr ruhig, keine angespannte Muskulatur, weil das kann einem glatt den O. verhauen oder wie man das nennen will. Sie atmet langsam und tief in den Bauch (unruhig Atmen kann einem ebenfalls glatt den O. verhauen). Sie spürt dann genau, wann es ihr kommt, und sowie es losgeht, atmet sie tief aus und streichelt sich währenddessen weiter und hört dann auf, sehr schön, sehr intensiv am Beginn, Kontrakturen, die an Frequenz rasch abnehmen und nach vielleicht einer Minute verebben. Für eine weitere Minute ist ihr flau und schwindlig im Kopf, sie nimmt an, das hat mit der Abnahme der cerebralen Durchblutung zu tun. Aber auch das vergeht. Sie wischt sich die Finger an der Wehrmachtsdecke ab und rollt sich neben Peter ein, den Kopf an seiner Schulter. Sie fühlt sich wohl und doch irgendwie gedemütigt von der ganzen Heimlichkeit. Und nervös. Jawohl, nervös. Weil sie schön langsam dran denken sollte, nach Hause zu fahren. Aber zu Hause erwartet sie erst recht nichts, deshalb bleibt sie noch eine Weile liegen und hängt ihren Gedanken nach – wie sie ihr Leben besser ordnen könnte. Erstens, zweitens, drittens. Aber das verbeulte Weltbild ihrer Eltern ist, wie sie findet, für sie nicht anwendbar, und da Peter in einer Übergangsphase steckt, die ebenfalls keine zuverlässigen Anhaltspunkte bietet, ist ihre Welt schwierig auszurechnen. Die Gedanken gleiten an allem Wesentlichen ab und vorbei, sie salutieren vor den Fakten, traumhaft, mechanisch. Und ähnlich ihren verschwommenen Wertmaßstäben dehnen sich nach und nach auch ihre Pupillen. Zehn Minuten nach Peter ist auch Ingrid eingeschlafen. Als sie wieder aufwacht, weil sie Regelschmerzen hat, weiß sie, noch bevor sie die Augen öffnet, daß es dunkel ist und regnet. Die Luft ist erfüllt von einem singenden, echohaften Geräusch, das von den Tropfen erzeugt wird, die der Wind in Stößen gegen das Tor weht.

Vorsichtig, um sich den Kopf nicht anzuhauen, kriecht Ingrid aus dem Wagen. Der böselige Estrich unter ihren Füßen fühlt sich kalt an. Mit weit ausgestreckten Armen tappt sie zur Front, an dessen Mittelpfeiler der am leichtesten zu findende Schalter angebracht ist. Sie knipst das Licht an. Noch während ihre Augen sich daran gewöhnen, sucht sie im Schimmer zweier 40-Watt-Birnen ihre Schultasche mit der Binde darin, dann ihre Kleider, wovon Peters Schlaf nicht sonderlich gestört wird. Er zieht den Kopf unter die Decke und knirscht weiter mit den Zähnen. Ingrid schlüpft hastig in ihre Kleider, dann kriecht sie nochmals zu Peter in den Wagen, in die aus den Decken aufsteigende Wärme. Sie küßt Peter hinter das oben liegende Ohr und auf die Schläfe, umarmt ihn, so gut es geht, fährt mit der einen Hand in seinen Nacken und berührt das Haar, dicht und stachelig vom Haarschnitt (wann zuletzt?) und feucht, das fühlt sich gut an und vertraut. Er murmelt schlafend oder im Halbschlaf (sie weiß es nicht), zweimal:

– Es reicht.

– Es reicht.

Sehr charmant.

Ingrid überprüft, ob die Knopfleisten von Kleid und Strickjacke geradesitzen, dann ist das Licht schon wieder gelöscht und sie draußen im Regen und auf dem Fahrrad. Sie fährt den gleichen Weg zurück, den sie gekommen ist, diesmal ohne sich zu beeilen. Wegen der menstrualen Krämpfe ist ihr nicht besonders nach Bewegung zumute, sie wird auch nicht weniger naß, wenn sie sich müde strampelt. Auch der Krach, den es daheim setzt, wird nicht milder ausfallen, ob sie jetzt um fünf vor oder fünf nach Irgendwann eintrudelt. Ihr Sündenkonto ist überzogen, so oder so, und sie kann nur hoffen, daß ihr Ausbleiben niemandem auffällt. Alles schon dagewesen.

Kurz vor der Stranzenberggasse fragt sie einen alten Mann nach der Uhrzeit.

– Zwanzig vor zehn, sagt der Mann.

Ingrid bedankt sich, sie wünscht eine gute Nacht. Der Mann hat bereits seinen regenglänzenden Hut gelupft, da sagt er noch:

– Ich gehe und zünde ein paar Kerzen auf den Gräbern an, damit meine Toten auch eine Freude haben, wenn sie schon tot sein müssen.

Der Himmel ist niedrig zugezogen, die leichten Tropfen fallen durch graues Gaslicht in einen Wasserfilm, der das Licht stark genug reflektiert, daß sich die Vorüberfahrende darin als Vorüberfahrende spiegelt. Die Reifen sind von Wasser umwickelt, sie zischen leise am unruhigen Grund. Radios schallen in Wellen mit emphatischen Stimmen durch offene Fensterquadrate. Die Stimmen bleiben für sich, jenseits der mit Gemüse bepflanzten Vorgärten. Beim Treten im Regen fühlt sich der Rock auf den Schenkeln hart an. Zwei Autos stürzen in dichter Folge vorbei, hupend wie zu einer Hochzeit.

Wenn ich Glück habe, sind heute andere Dinge wichtiger als ich.

Unterwegs in den Straßen, die nach Hause führen und von dort weg und an zu Hause vorbei.

Donnerstag, 3. Mai 2001

Am nächsten Morgen sind die Tauben immer noch da. Philipp fragt sich, ob die Vögel wissen, was am Vortag geschehen ist. Vielleicht hat das Gehirn von Tauben nicht die Kapazität, sich Steinwald und Atamanov zu merken. Vielleicht haben die Tauben die Arbeiter und das Massaker schon wieder vergessen. Philipp hält das für möglich eingedenk einer Behauptung Johannas, daß das Erinnerungsvermögen eines Goldfisches nur für die zurückliegenden zwei Sekunden reicht, nicht einmal für eine Runde im Glas.

Trotz des gestrigen Blutbades klingt das Gurren der Tauben völlig routiniert.

Zu Mittag nieselt es.

– Daß wir so ein Wetter haben, sagt Steinwald.

Er und Atamanov haben in der Früh einen hellblauen, gut halbmeterdicken Schlauch aus Hartplastik installiert, der vom Dachbodenfenster direkt zum Abfallcontainer führt. In diesen Schlauch schaufeln sie den Taubendreck, Ladung um Ladung, so geschwind, daß auch Philipp Lust bekommt, die Ärmel hochzukrempeln und etwas zum Kämpfen zu haben. Er hebt in einem verkrauteten Winkel des Gartens mit dem Spaten ein Loch für die Kadaver der erschlagenen Jungvögel aus. Es sind unglaublich viele. Philipp zählt sie, bis das Zählen seinen Reiz verloren hat, das ist bei fünfundzwanzig. Den Rest kippt er in zwei Eimern hinterher. Dann schaufelt er das Loch wieder zu, stampft die Erde fest und uriniert auf die Profilabdrücke seiner Gummistiefel in der Hoffnung, daß dies die Hunde der Nachbarschaft davon abhalten wird, sich durch seinen ohnehin in schlechtem Zustand befindlichen Garten zu scharren.

Als er zum Container zurückkommt, ist dieser schon beinahe halb voll mit einem teils verkrusteten, teils schmierigen, feuchtklumpigen Brei aus Kot, Federn und Knochen, zwischen denen es von Maden und anderem Ungeziefer nur so wimmelt. Auch ein Nest junger Mäuse macht Philipp aus, was ihn zusätzlich ermuntert, mit der Firma zu telefonieren, die den Container geliefert hat. Er bittet, man möge den Container so rasch wie möglich abholen und einen neuen bringen. Unterdessen saust weiterhin Zeug, von dem er nicht weiß, ob es noch lebt oder nicht, den Schlauch herunter, mit einem raspelnden, scharrenden Geräusch, das ihn beklemmt. Philipp beschließt, Steinwald und Atamanov etwas zum Trinken zu bringen, zur Hebung der Moral. Er steigt mit drei Flaschen Bier zum Dachboden hoch. Er klopft vorsichtshalber, ehe er eintritt. Als die beiden Männer sich ihm zuwenden, ist ihre Zerschlagenheit ohne Pose. Steinwald ist fahl im Gesicht, als ob er aus einem Fernseher mit Grünstich gefallen wäre, er spuckt aus und gesteht Philipp, daß sich diesmal auch er habe übergeben müssen.

– Allerdings nur einmal.

Philipp schaut Atamanov an. Der ist blaß wie immer, starrt auf seine Stiefel und wischt sich mit einem schon durchweichten, schmutzigen Taschentuch den Schweiß vom Nacken. Obwohl Philipp die beiden bestimmt nicht darum gebeten hat, sich eine solche Mühe mit seinem Dachboden zu machen, bekommt er ein schlechtes Gewissen, eine Art beschämtes Klassenbewußtsein bei dem Gedanken, daß die Reichen die Arbeit, wenn sie etwas Schönes wäre, nicht den Armen überlassen würden. Er macht sich ebenfalls ein Bier auf und stößt mit seinen Arbeitern an.

– Auf daß wir weniger Feinde haben, als Tropfen in der Flasche bleiben.

Er trinkt mit großen Schlucken. Einmal ertappt er sich dabei, wie er aus Verlegenheit gemeinsam mit Atamanov hustet. Auch das ist ihm peinlich, und er fängt ziemlich unmotiviert von dem verschwundenen Schutzengel zu reden an.

– Auf dem Sandsteinpodest links von der Auffahrt ist in meiner Kindheit eine Schutzengelfigur gestanden. Möchte wissen, wo die hingekommen ist.

Steinwald geht nicht darauf ein, und Atamanov verschanzt sich mit zuckenden Achseln hinter der Sprachbarriere, die sichere Deckung bietet. Schweigend tritt Atamanov die Kippe seiner Zigarette in den feuchten Schmutz, unter dem die angefaulten Dielen wieder sichtbar geworden sind. Ohne erkennbaren Widerwillen kehren er und Steinwald zu ihrer magenfeindlichen Arbeit zurück.

– Solltet ihr etwas brauchen, laßt es mich wissen.

Philipp verzieht sich. Er steigt einen Stock tiefer ins ehemalige Schlafzimmer seiner Großmutter, dessen zwei Fenster zur südlich gelegenen Seite und hinten hinaus (nach Westen) gehen. Er streckt sich auf der schwächer durchgelegenen Hälfte des Bettes aus und ist ausgesprochen dankbar, daß die Tauben, die am Leben geblieben sind, sich wenigstens vor dem Regen Richtung Stadt geflüchtet haben.

Im Schlafzimmer ist es ruhig. Philipp hört zwar das schneidende Scheuern der Schaufeln auf den Dielen des Dachbodens und manchmal kräftige Schritte, die er mit dunkelgrauen Gummistiefeln in Verbindung bringt. Aber Schritte und Scheuern dringen nur erstickt bis an seine Ohren, fast zur Unkenntlichkeit deformierte Segmente der Wirklichkeit, die in ihrer dumpfen Fieberhaftigkeit auf sein Gemüt drücken, die er aber trotzdem bald vergißt, als er einige Gedanken in sein aktuelles Notizbuch kritzelt.

Als Kind in einer Ehe, die kaputt ist, sollte man zumindest eines lernen (wenn schon nicht Zärtlichkeit und die Fähigkeit zum Gespräch): Den Umgang mit Unsicherheit. In einer schlechten Ehe gibt es keine Kontinuität. Das schärft den Blick für das Unberechenbare. Das sollte einem helfen (Hilfe! Hilfe! S.O.S.), sich im Leben einzurichten.

Sollte. Sollte.

Haha.

Und dennoch: Da fühlt sich einer (ich) zu einer Frau hingezogen (Johanna), die stichhaltige Prognosen abgibt darüber, wie die Dinge einmal sein werden, zu einer Frau, die bestrebt ist, das Maß an täglicher Unsicherheit zu schmälern.

Insgeheim möchte doch jeder wissen, wie die Zukunft sein wird, und sei es nur, damit es in der Gegenwart leichter fällt, sich einzubilden, daß man weiß, was man tut.

Johanna, die Wettersammlerin, der Wetterfrosch (die Wetterhenne?) sagt: Je geistreicher du zu sein versuchst, Philipp, desto mehr rennst du vor dir selbst davon. Deine Klugheit ist dein bevorzugtes Mittel, dich vor dem zu drücken, wofür du deine Klugheit eigentlich verwenden solltest. Du läßt dich mit Vorliebe auf Dinge ein, die harmlos sind und ungefährlich – auf all das, was sich nicht lohnt. Auf all das, was außerhalb deiner Selbst liegt. Du bist ein Feigling. Feiger als ein Stallhase.

Und weiter: Alles, was du machst, ist ein Versuch, Kontrolle zu bewahren. Deine Passivität ist eine strategische Passivität, die dich vor der Gefahr bewahren soll, dich Dingen auszusetzen, die nicht angenehm sind. Dein Vater hat sich die Aufgabe zum Beruf gemacht, die Wahrscheinlichkeit von Verkehrsunfällen zu minimieren, und du versuchst dasselbe in deinem Privatleben. Du glaubst, du kannst den Katastrophen ausweichen oder wenigstens deine Probleme vereinfachen, indem du dich sowenig wie möglich bewegst. Deine Strategie ist es, drei Meter neben der Straße zu stehen, um den Preis, daß das Leben an dir vorbeigeht. Es ist alles nur, damit die Katastrophe ausbleibt.

– Ja, ja, ich hab es eh schon gewußt. Ich hab's mir eh schon gedacht. Damit die Katastrophe ausbleibt. Stallhase. Würde nicht sagen, daß das etwas Neues ist. Trotzdem danke für die Belehrung.

Der Regen hat nachgelassen. Mit vor Konzentration gespitzten Lippen trägt Philipp einen Bananenkarton mit allerlei Papieren, die er im Zimmer der Großmutter aus den Kommoden gefischt hat, zum Altpapiercontainer vorne an der Straße. Er denkt sich, daß er für das Zeug sehr wohl Interesse hätte, wenn es statt von ihm von den Nachbarn weggeworfen würde. Aber so: Pech gehabt.

Der Container ist bereits randvoll mit Zeug, das ebenfalls er hineingeworfen hat. Er muß den Container nach vorne kippen und einen Fuß mehrmals in die Papiere stoßen, um den nötigen Platz zu schaffen.

Montag, 7. Mai 2001

Der Abfallcontainer, der schon Freitag nachmittag ausgetauscht worden ist, wird abermals ersetzt, und als der neue Container, der auch optisch ein neuer Container ist, neben der Treppe steht, hat Philipp endlich das Gefühl, mit der eigentlichen Arbeit beginnen zu können. Er wirft in großem Stil weg, was ihm seine Großmutter hinterlassen hat. Angesichts des neu gebrachten und sauberen Containers erscheint ihm diese Vorgehensweise weniger unanständig als zuvor, wenn auch weiterhin unanständig genug, daß er sich selbst beschwichtigen muß: Denk bloß nicht drüber nach, ob du für dies oder das Verwendung hast oder irgendwann Verwendung haben könntest, überhör Johannas Aufrufe zu schlechtem Gewissen, ignorier die Einflüsterungen, die dir weismachen wollen, daß man's übertreiben kann und daß einer, der sich so verhält, wie du dich verhältst, ein Leben lang ausgestoßen und einsam bleiben muß. Halt dir vor Augen, daß Selbstschutz ein gesunder Reflex ist und daß es dir freisteht, für dich zu entscheiden, was dir bekommt und was nicht. Erinner dich daran, daß Familiengedenken eine Konvention ist, die von denen erfunden wurde, die es nicht ertragen können, zu sterben und in Vergessenheit zu geraten. Denk an die Indianerstämme, in denen der das größte Ansehen gewinnt, der seinen Besitz am gründlichsten vernichtet, und fahre fort mit der Arbeit, denn sie ist notwendig und gut.

Unter dem Weggeworfenen ist zugegeben viel Tadelloses, Intaktes und Passables, jedenfalls, wenn man es vom Standpunkt reiner Zweckmäßigkeit betrachtet. So wundert es Philipp nicht, daß er von Steinwald bei der gemeinsamen Nachmittagsjause darauf angesprochen wird, ob die Dinge, die im Container landen, auch nach neuerlicher Prüfung nicht mehr gebraucht werden.

– Volltreffer, antwortet Philipp.

Er fügt hinzu, daß es ihm egal sei, was mit dem Zeug geschehe, mit dem Wurf in den Container gebe er jeglichen Besitzanspruch auf.

Also räumen Steinwald und Atamanov den Kofferraum des Mercedes voll. Sie schnappen sich sogar Flaschen mit Totenkopfetiketten, die Philipp für den Sondermüll zur Seite gestellt hat.

Als Philipp Bedenken äußert, das sei dann doch übertrieben, daß sie seinen Sondermüll verkaufen wollen, sagt Steinwald:

– Warum nicht? Die Zeit macht alles wertvoll.

Für derlei Anschauungen besitzt Philipp entschieden nicht das rechte Verständnis. Er erhebt Widerspruch, Ausfallschritt, Parade:

– Man kann das Beispiel genausogut auf den Kopf stellen. Die Zeit macht alles hinfällig, kaputt, überflüssig, nutzlos.

Steinwald zuckt die Achseln, er wirft die Kofferraumtür zu. Dann schleppt er den Cassettenrecorder, dessen Philipp sich vor einer Stunde mit werferischem Geschick entledigt hat, auf den Dachboden, damit sie dort von nun an Musik haben. Cassetten sind in Steinwalds Mercedes reichlich vorhanden. Philipp muß darauf hinweisen, daß er diesbezüglich eine schlechte Verdauung hat. Elton John nennt er zu Steinwalds Empörung einen heillosen Idioten, was aber nicht das schlimmste Schimpfwort ist, das Philipp gebraucht, da Steinwald auch eine Scorpions-Cassette besitzt. Philipp mag ausschließlich die Cassette, die Atamanov gehört. Sie ist mit ukrainischer Tanzmusik bespielt und, wenn Philipp es richtig verstanden hat, der Hauptgrund oder wenigstens einer der Gründe, weshalb Atamanov in Hinblick auf seine bevorstehende Vermählung in Geldnöten steckt. Atamanov scheint entschlossen, die teuerste Kapelle zu engagieren, die bei ihm daheim aufzutreiben ist, acht Mann, ein halbes Orchester.

Zur Musik dieser Kapelle tanzt Philipp in der Nacht zwei Stunden lang in Gummistiefeln über den Estrich des picobello gesäuberten, aber weiterhin stinkenden Dachbodens. Das Fenster ist wieder instand gesetzt, die Scheiben wie nicht vorhanden, der Mond voll. Und auch das Maß ist voll. Mit einer Flasche krisenmildernden Kirschrums in der Hand, den seine Großmutter vermutlich zum Kuchen- und Keksebacken verwendet hat, dreht sich Philipp mit ausgestreckten Armen im Kreis und versucht zu vergessen, daß Johanna ihm seinen Fotoapparat noch immer nicht gebracht hat. Seit dem 1. Mai hat sie sich nicht mehr sehen lassen. Er tanzt wie ein Verrückter, er zertritt mehrere Würfel mit Rattentod, und in den Pausen zwischen den Musikstücken riecht er den Moder und den Schimmel, der aus dem Mauerwerk strömt, und hinter der Dachverkleidung hört er die Mäuse rennen.

Samstag, 29. September 1962

Der Regen hat inzwischen aufgehört. Noch laufen Rinnsale durch die Furchen, die sich das Wasser im Schotter der Auffahrt gebahnt hat. Aber im Westen, woher die Wolken gekommen sind, klart es bereits wieder auf. Zaghaft sickert Licht durch vereinzelte Wolkenlöcher. Gleich werden dort oben die Nähte platzen.

– Arschlöcher. Die können mich mal alle.

Er steigt die Vortreppe hoch. Ein modriger Geruch nach k. u. k.-Mörtel entströmt der feuchten Fassade. Er lehnt den vom Kellner geliehenen Schirm neben die Haustür und sperrt die Tür auf. In der unsinnigen Hoffnung, daß jemand bei seinem Eintreten aufspringen und ihm den Mantel abnehmen wird, geht er die Zimmer des Untergeschosses ab. Ein Topfenkuchen, der noch in die Backform gespannt ist, steht zum Auskühlen auf der Anrichte in der Küche. Weitere Zeichen von Almas Anwesenheit findet er nicht.

– Alma! – – – Alma!

Er hört seine Frau aus dem oberen Stockwerk antworten, unverständlich: Ich bin hier! sollte das wohl heißen. Was er hingegen sehr gut verstanden hat, ist, daß Alma es nicht der Mühe wert findet, seinetwegen ihre Zimmertür zu öffnen.

Er wirft seine Aktentasche auf den Schreibtisch im Herrenzimmer. Auf dem Weg zurück in die Diele streift er die Schuhe ab. Als er mit der linken Socke in die selbstgezogene Wasserspur tritt, kommt ihm der Einfall, ein heißes Bad zu nehmen, ehe er in eine trockene Garnitur schlüpft. Vielleicht ist ein Bad ein guter Anfang, vielleicht gelingt es ihm in der Badewanne, zur Ruhe zu kommen oder sich wenigstens an einen antriebslosen Zustand heranzuführen, der es ihm erleichtern wird, die neue Situation zu akzeptieren. Vielleicht kommt ihm das Bad auch für den Nachmittag zugute, für den sich Ingrid und Peter angekündigt haben. Sie wollen Möbel für das Haus holen, das sie vor vier Wochen erstanden haben, eine vorhersehbar strapaziöse Angelegenheit, vor der sich Richard am liebsten drükken würde – die beiden haben ihren eigenen Stil, dem muß man gewachsen sein.

Entspann dich, fordert Alma mit unerschütterlicher Regelmäßigkeit. Und er gibt regelmäßig zur Antwort: Ich bin weniger entspannt als andere, weil ich Verantwortungsgefühl besitze.

Er geht nach oben ins Bad und öffnet die Wasserhähne. Er wartet, bis heißes Wasser in den Rohren ist, dann verschließt er den Abfluß, nimmt die Flasche mit dem Schaum aus dem Schrank und gießt mit der Verschlußkappe etwas von der tiefgrünen Flüssigkeit in die Wanne. Bis die Wanne vollgelaufen ist, hat er zehn Minuten Zeit. Er geht hinaus, rechts über den Flur, dort klopft er sacht an Almas Schlafzimmertür.

In dem von zwei Fenstern erhellten Raum liest Alma ein Buch, halb liegend, halb sitzend, mit dem Kopf zum Fußende des Bettes, weil sie dort das bessere Licht hat.

– Schon zurück? Ich staune.

– Ausnahmsweise.

– So kenn ich dich gar nicht.

Es stimmt, eigentlich ist es undenkbar, daß er sieben Wochen vor einer Nationalratswahl, und sei's an einem Samstag, nur kurz aus dem Haus geht.

– Ich wollte noch ins Ministerium und in Ruhe ein Memorandum über den Assuan-Hochdamm durcharbeiten. Aber der Regen hat mich nach Hause getrieben.

– Wohl ein Wetter, das sich im Tag geirrt hat.

Alma heftet ihre Augen auf Richard. Er fühlt sich nicht wohl unter ihrem Blick, mag sein, weil ihm bewußt ist, daß dies der

Moment wäre, ihr zu sagen, daß die Partei ihn nicht mehr benötigt. Er sollte ihr sagen, daß er bald öfters zu Hause sein wird. Er sollte ihr sagen, daß ihn die Situation an seinen Cousin Leo erinnert, der bis 1953 in Kriegsgefangenschaft war und sich seine Rechte als Hausherr nach der langen Abwesenheit mühsam zurückerobern mußte. Er sollte sagen, daß er sich ein Bad einläßt, um die vage Idee, die er vom Privatleben hat, aufzufrischen. Er sollte so vieles sagen, und – durch ein plötzliches Entsetzen ahnt er die Wahrheit – vor allem sollte er wieder anfangen, sich Alma mitzuteilen.

– Von einer Kellnerin im Café Dommayer habe ich erfahren, daß das schlechte Wetter von den Satelliten kommt, die ins All geschossen werden und die Sonne nicht durchlassen. Vielleicht wird die Donau wieder einmal zufrieren.

Alma nickt. Offenbar hat Richard verlernt, etwas so zu sagen, daß andere lachen. Er tritt zum Fenster, das gegen den hinteren Garten geht. Die Gardinen sind zur Seite geschoben. Durch die Wasserschlieren blickt er auf die Obstbäume, die seit einigen Tagen Laub verlieren. Dunst steht in Hüfthöhe über dem Rasen. Richards Blick verschwimmt für einen Augenblick, gleichzeitig befällt ihn das Grauen, weil leerer Raum ihn umgibt, mehr leerer Raum, als seine Vorliebe für Respekt und Distanz erfordert. So klein dieses Land ist, für das er seine Kräfte aufwendet (oder aufgewendet hat), und so überschaubar das Haus und der Garten, die ihm gehören, ihm ganz allein: Alles ist immer noch groß genug, sich darin zu verlieren.

– Was liest du? fragt er.

– Nachsommer.

– Von wem ist es?

– Stifter.

– Adalbert Stifter, aha.

– Es ist eins der Bücher, die wir von Löwys bekommen haben. Es steht ein Datum drin, Weihnachten 1920, und auch der Preis, 24 Kronen.

– Ist das Buch spannend?

– Wenn man etwas für Seelen- und Landschaftsbilder übrig hat.

– Es heißt, die bedeutendste Landschaft ist das menschliche Gesicht.

– Gleich nach Österreich, das bekanntlich der Himmel auf Erden ist.

Klar, er weiß, sie nimmt ihn auf den Arm. Aber gut. Auch wenn es bis dorthin ein weiter Weg ist, mit den Jahren gewöhnt man sich an so manches.

– Ein friedliches, ein freundliches und schönes Land.

Alma streckt sich, sie dreht sich auf die Seite, Richard zugewandt. Sie trägt ein hellblaues, busenbetontes Kleid mit Karreeausschnitt. Ihrer Stimme ist anzuhören, daß sie das Kinn in die Hand gestützt hat.

– Vergeßlich fehlt in deiner Aufzählung. Ein Land, in dem man bei der Einreise die Vergangenheit abgeben muß oder darf, je nach Lage der Dinge.

(In dem man mit Vergessen bestraft oder belohnt wird, je nachdem, von welcher Seite man kommt, von links oder von rechts, wie in dem Weltspiel, mit dem Peter endgültig bankrott gemacht hat.)

Almas Worte sinken in Richard hinein, träge wie Ascheflokken. Er setzt sich auf die Bettkante, öffnet den seitlichen Reißverschluß an Almas Kleid und schiebt seine Hand hinein, über der Taille. Almas Gesicht verändert sich nicht. Ihre Atmung verändert sich nicht. Sie sieht aus wie jemand, der eine kurze Rast einlegt, wie jemand, der ohne Erwartung mit der Eisenbahn fährt. Sie bewegt sich in ihrer eigenen Wirklichkeit, die sich Richard nicht erschließt, in ihrer eigenen Geschwindigkeit. Sie entzieht sich Richard, indem sie sich seine Berührungen gefallen läßt.

Wie noch selten kommt Richard zu Bewußtsein, daß der Großteil des Glücks, das in diesem Leben für ihn bestimmt war, in Alma verkörpert ist und daß es dort in einer für ihn nicht konvertierbaren Währung lagert und verrottet. Doch statt seine Hilflosigkeit zu bekennen oder schlicht zu sagen, daß er seine Frau nach wie vor liebt, nach all den Jahren, und daß es ihm nicht schwerfällt, sich das einzugestehen, fragt er:

– Wie kommt es eigentlich, daß du dich mir seit Monaten nicht mehr genähert hast?

Er starrt in Richtung des nach Süden gelegenen Fensters. Er kratzt sich am Kopf. Er weiß, er ist am Ende mit seinem Latein.

– Aber letzten Sonntag war doch, stellt Alma fest, mit einem Kopfschütteln, mehr amüsiert als unruhig angesichts eines Problems, das ihr unwirklich vorkommen muß.

Richard versucht sich zu erinnern, und tatsächlich, es fällt ihm wieder ein, *Sonntag war doch*, unten im Wohnzimmer, auf der Ottomane. Er wendet Alma das Gesicht zu, reuig, er weiß, daß er es falsch angepackt hat und jetzt nichts mehr erreichen wird.

– Es kommt mir halt so vor.

– Was darauf schließen läßt, daß du, sowie du deine Hosen anziehst, mit dem Kopf schon wieder bei der Arbeit bist.

Sie blicken einander an. Richard fällt ein, was Ludwig Klages vor mehr als zwanzig Jahren behauptete: Wenn in einer Ehe die beiden Partner sexuell übereinstimmen, ist alles andere weniger wichtig. Er und Alma hörten Klages gemeinsam bei einem Vortrag im Bösendorfersaal, und Richard betrachtete es von da an als Garantie, daß Alma und er immer eine gute Ehe haben würden. Was ihm an Alma von Anfang an gefallen hat, war unter anderem, daß sie seine tiefsitzenden Befürchtungen in bezug auf das weibliche Geschlecht innerhalb weniger Wochen widerlegte. In seiner Jugend hätte er nie zu hoffen gewagt, je einer Frau mit Bildung zu begegnen, die er nicht jedesmal unter Anwendung von Rhetorik würde dazu bringen müssen, mit ihm ins Bett zu gehen. Sämtliche Beobachtungen im Familien- und Bekanntenkreis hatten in diese Richtung gedeutet.

Er sagt:

– Mir war in letzter Zeit, als bedeute es dir nichts mehr.

– Es hat mir in der Tat schon mehr bedeutet.

Sie schaut in ihr Buch, als wolle sie sich vergewissern, daß sie die zuletzt gelesene Stelle auf Anhieb wiederfindet.

– Ich verstehe, sagt Richard.

Er stemmt sich gekränkt vom Bett hoch. Mit vor der Brust verschränkten Armen stellt er sich zurück ans Fenster. Er weiß, wenn er jetzt nach den Ursachen fragt, wird sie ihm ausweichend antworten, mit Verweis auf ein Buchzitat, oder Dinge sagen, die ihm bekannt sind, von denen er es trotzdem nicht mag, daß man sie ihm ins Gedächtnis ruft. Wie wenig anregend die Vorstellung ist, einen Mann mit dritten Zähnen zu küssen. Gut, das hat sie ihm vor einigen Jahren gesagt, das weiß er jetzt, das merkt er sich, sie hat es ihm gesagt, er möchte es nicht noch mal hören.

– Vielleicht wird alles irgendwann langweilig, gibt er zu bedenken.

Alma zieht den Reißverschluß an ihrem Kleid zu.

– Alles? will sie wissen.

– Ja, wenn man es nur lange genug macht. Auch die Arbeit.

Er ist nervös. Ärger. Scham. Angst? Verbitterung? Nicht das erste Mal muß er sich sagen, daß Alma eine harte, selbstbewußte Frau geworden ist. Sie kann viel einstecken, denkt er. Nicht gut Kirschen essen mit ihr. Ihr schüchternes Lächeln, als sie Anfang zwanzig war, hat er schon lange nicht mehr gesehen. Ob es diese Dinge noch gibt?

– Nur ein Idiot wirft tagein, tagaus seinen Oberkörper vor und zurück, ohne daß es ihm eines Tages zu dumm wird.

Alma lacht stirnrunzelnd:

– Ein seltsames Bild.

Und unmittelbar darauf, in einem anderen Tonfall, ohne den

geringsten Verdacht, das geringste Interesse an dem, worauf er hinauswill:

– Du solltest nach deinem Bad sehen.

Mit schlaff am Körper liegenden Armen und geöffneten Beinen liegt Richard im heißen Wasser und sagt sich, daß Alma ihn sowenig braucht wie die Partei ihn noch braucht. Seine sogenannten Parteifreunde. Schöne Freunde. Schieben ihn aufs Abstellgleis ohne ein einziges sachliches Argument. Oder weil ihm das Fernsehen nicht paßt, wo es einem auf dem Bildschirm den Kopf verzerrt wie in einem Fischauge. Oder weil die Jungen sich einbilden, sie seien John F. Kennedy. Diese Armleuchter. Es wäre zum Kranklachen, wenn einem nicht gleichzeitig das kalte Kotzen käme. Alles, was recht ist. Von *politischem Charme* und der *Höhe der Zeit* faseln, aber nicht wahrhaben wollen, daß die wichtigsten Grundlagen im Leben Verantwortungsgefühl, Sorgfalt und Respekt sind. Dr. Klaus? Das soll der kommende Mann sein? Sieht der so aus? Bei aller Liebe, aber da darf man seine Zweifel haben. Gut, die werden noch früh genug dahinterkommen, was für miserable Entscheidungen in letzter Zeit getroffen werden. Es sind schon bittere Pillen zu sehen, wie man den Sozialisten die Wähler in die Hände treibt. Diese unfaßliche Dummheit. Hohlköpfe samt und sonders. Flucht er. Und mit demselben Ingrimm klatscht er sich beidhändig Wasser ins Gesicht und über den Kopf, obwohl er weiß, daß er jetzt aussieht wie ein Vollidiot. Ein düpierter, gedemütigter, ausgetrickster Vollidiot. Ein weiterer Beitrag zur Verdüsterung seiner Laune, mitverantwortlich wie der total unzutreffende Wetterbericht, wie Almas Distanziertheit. Mitverantwortlich, wenn auch nicht ausschlaggebend: Wie der Undank der Welt.

Es ist die Lehre, die er seiner Meinung nach im Leben erteilt bekommen hat: daß man nicht anfangen soll, den Mitmenschen Gutes zu tun, wenn man es gedankt haben will. Die innere Nötigung, sich einzusetzen, muß der zentrale Antrieb sein, alles andere behindert nur und läuft oft genug auf Enttäuschungen hinaus. Wenn sich Dank einstellt, um so besser, aber erwarten darf man ihn nicht. Richard hat festgestellt, daß Dank und Anerkennung oft von Leuten gezollt werden, die man nicht auf der Rechnung hatte. Das sind dann diejenigen, für die man eingetreten ist, gleichgültig, ob das eigene Wähler sind oder die einer gegnerischen Partei. Hauptsache, man hat eine Sache für richtig befunden und mit eiserner Konsequenz durchgezogen. Aber in diesem Punkt versteht er sich mit den maßgeblichen Parteifreunden überhaupt nicht mehr. Erst vorhin beim Vieraugengespräch im Café Dommayer hat Dr. Gorbach wieder gesagt, daß das Interesse der Partei nicht zu kurz kommen dürfe. Aber was ist das Interesse der Partei? Das Richtige ist immer im Interesse der Partei, das muß doppelt unterstrichen werden. An ihren Früchten werdet ihr sie erkennen. Als politischer Mandatar hat er die Verpflichtung, nicht nur für diejenigen dazusein, die ihn gewählt haben, er muß das Ganze im Auge behalten, die Nöte aller. Er ist ja nicht Minister der Partei, sondern Minister der Republik. Das ist die Basis seiner politischen Überzeugung. Aber ein Parteifreund, gleichgültig welchen Charakters, gilt heute leider mehr als ein noch so integerer Mann, der keiner Partei angehört. Einem von der Gegenpartei traut man erst gar nicht zu, daß er ein Ehrenmann sein könnte und in manchem recht hat. Diese Einstellung findet sich jetzt quer über alle Fraktionen. Auch er selbst, muß er sich eingestehen, hat bis weit nach dem Zweiten Weltkrieg die Christlichsozialen für bessere Menschen angesehen, ganz wie auch die Sozialdemokraten dachten, sie seien bessere Menschen. Und erst die Nationalsozialisten, die sich einbildeten, sie stünden über allem. Dank Führer, Volk und Vaterland. Zu welcher Ernüchterung (gelinde gesagt) diese Einschätzung bei den Nationalsozialisten führte, ist bekannt. Doch alle andern fühlten sich in ihrer Selbsteinschätzung bestätigt, auch Richard, der beschloß, in die Politik zu gehen. Er legte sich ins Zeug. Er glaubte, alle Christlichsozialen würden es ihm gleichtun, würden sich bemühen, die Eigenschaften, die sie an politischen Gegnern verurteilen, bei sich selbst noch mehr zu bekämpfen als bei anderen. Leider muß er diese Überzeugung zum Ende seiner Karriere gründlich revidieren. Er muß erkennen, daß christlichsozial nicht automatisch bedeutet, demokratisch zu sein, nicht automatisch bedeutet, daß es einem um mehr als nur die eigenen Annehmlichkeiten geht, nicht bedeutet, daß man der Meinung des Gegners vorurteilsfrei entgegentritt, nicht bedeutet, daß man weiß, wieviel Alkohol man verträgt, nicht bedeutet, daß man sich verpflichtet fühlt, auf das zu verzichten, was man seinerzeit den Kommunisten vorgeworfen hat, nämlich sie würden Vielweiberei betreiben. Es machen die Parteifreunde genau das gleiche. Auch hier Kennedy, das große Halali. Und bei den Sozialdemokraten sieht es hinter den Kulissen mindestens ebenso traurig aus, wenn nicht noch trauriger. Dasselbe Halali. Und trotzdem, auch wenn diese Entwicklung Richard hart zusetzt, auch wenn ihm die Parteispitze keinen Dank weiß und ihn ins Abseits schieben will, bereut er nicht, soviel Kraft und Zeit in die Parteiarbeit gesteckt zu haben. Vielleicht ist irgendwohin ein Samen gefallen, vielleicht kommt seine Auffassung von der fundamentalen Verpflichtung eines öffentlichen Mandatars in einigen Jahren wieder in Mode. Für ihn selbst wird es bis dahin zu spät sein, allerdings. Die Zukunft, das sind seine Luftwurzeln, seine Hansguckindieluftwurzeln, seine Heimatluftwurzeln. Zum nochmaligen Überwintern wie im Krieg, als er sich für ein paar Jahre geduckt hat, ist er zu alt. Entweder er bleibt am Ball oder er kommt nicht wieder. Ende der Fahnenstange, servus.

Er findet, er hätte sich einen anderen Abschied verdient, und im nachhinein besehen war es ein Fehler, daß er nach der letzten Wahl nicht ins Direktorium der E-Werke zurückgekehrt ist. Aber das ist mittlerweile ein ermüdender, fast schon peinlicher Gedanke, weil in die Vergangenheit gerichtete Spekulationen billig zu haben sind. Entscheidend ist a), daß ihm diese Tür nicht mehr offensteht, weil man ihm b) auch von seiten der E-Werke altersbedingt die Pensionierung nahelegen würde, und c), daß folglich kultureller Tamtam auf ihn wartet, Gartenarbeit, Zithermusik, Tennisturniere und die Mitgliedschaft im Beschaffungsausschuß diverser Bälle samt Ehrenschutz und Eröffnungswalzer mit einer Frau, die kurz nach Mitternacht zum Aufbruch drängt. Nein danke. Wenn er sich die Details ausmalt, wird ihm schlecht, richtig schlecht, da rumort etwas in seiner Magengrube. Er will diese Kröte nicht schlucken. Er hat für die Arbeit gelebt, Wochen ohne Sonn- und Feiertage, in denen er politisch für das Privatleben der Leute eintrat, während sich bei ihm zu Hause die Niederlagen summierten mit dem Effekt, daß er sich weiter in Richtung Ministerium zurückzog. Dort hat er seit 1948 alles im Rahmen seiner Möglichkeiten gemeistert. Noch in diesem Jahr wird die letzte Gaslaterne in Wien erlöschen, nahezu wöchentlich weiht irgendwo ein Pfarrer ein Transformatorenhäuschen ein. Er, Dr. Richard Sterk, *Der Römer*, hat Turbinenhallen bauen lassen groß wie Opernhäuser. Er hat mitgeholfen, den Platz zu schaffen, den der Wohlstand benötigt, um sich auszubreiten. Und jetzt? Jetzt wollen sie ihn kopfüber nach Hause werfen.

Dr. Gorbach sagte im Café Dommayer:

– Dann hast du Zeit für all das, was du dir immer vorgenommen hast.

Richard faßt es nicht.

– Den Spruch werde ich mir rahmen lassen, gab er zur Antwort.

Ja? Ja? Wie bitte? Soll er jetzt den einsamen Mann spielen? Soll er wie Alma ein Buch ums andere lesen, um klüger zu werden, aber ohne die Möglichkeit, die neue Klugheit noch anwenden zu können? Es mutet ihn an wie Hohn. Denn es stimmt, daß er Zeit braucht. Aber Zeit in einem völlig anderen Sinn, Zeit als Frist, Zeit zur Vorbereitung auf die sich ändernde Situation, die in erster Linie von einem bedrohlichen Überfluß geprägt sein wird. Richard hat sich nichts *immer vorgenommen*. Er hat geglaubt, daß seine eigene Zukunft eng genug mit der Zukunft der Republik verknüpft sein wird und daß sich daraus ganz von selbst Effekte auch für ihn ergeben werden. Ein fundamentaler Irrtum, wie ihm jetzt aufgeht. Vaterland gerettet, doch das gilt nicht für ihn. Er, der den Staatsvertrag mit ausverhandelt hat, aber auf den wichtigen Fotos fehlt. Pech gehabt. War lange genug ein hohes Tier. Soll zusehen, wie er zurechtkommt. Du bist erwachsen, Dr. Sterk, na los. Stimmt, ich bin erwachsen. Hab ich das nötig, mich so behandeln zu lassen. Die können mir mal alle den Buckel. Und Hut drauf.

Richard legt ächzend den Kopf an den hinteren Rand der Wanne, das kühlt seinen Nacken und gibt ihm das Gefühl, alles sei halb so schlimm. Er starrt hinauf zur Decke und spürt, wie sein ganzer Körper schlaff wird. Geistig hingegen fühlt er sich nach all den Aufregungen sehr konzentriert, sehr hell, was in letzter Zeit selten genug vorkommt. Wahrscheinlich, weil er ständig überarbeitet ist.

Vielleicht sollte er einfach versuchen, das Beste daraus zu machen, und die naturwissenschaftlichen Interessen, die er als junger Mensch hatte, wieder mehr pflegen. Die perfide Mischung aus Ehrenämtern und nichts als Privatleben ließe sich mit etwas trockener Materie vielleicht entschärfen. Zum Beispiel könnte er endlich der Frage nachgehen, ob bereits jemand herausgefunden hat, warum Wasser zuweilen vergißt zu gefrieren. Er hat in der Schule davon gehört, das Phänomen ist ihm nie ganz aus dem Sinn gegangen. Damals hieß es, der vergessene Vorgang werde bei der geringsten Erschütterung nachgeholt, und zwar innerhalb von Sekundenbruchteilen. Das imponierte ihm. Wäre interessant zu wissen, woran das liegt. Das heißt, eigentlich ist es ihm egal, mal abgesehen davon, daß darin ein Keim jener Hoffnung steckt, ein Nachholen von Dingen, die man irgendwann versäumt hat, könnte möglich sein.

Ob auch Zeit vergessen kann zu vergehen, liegengebliebene Zeit, die man berühren muß, um sie zum Verstreichen zu bringen? Hundert Jahre, die in einem kurzen Moment vergehen, ganz schmerzlos?

Für einen Augenblick, während er diesen Gedanken hat, kann er sich sogar vorstellen, daß er die geänderte Situation genießen wird. Es muß ihm nur gelingen, gelassener zu werden, all das wegzudrängen, was ihm am Herzen hängt. Und weil er ein methodischer Mensch ist, nimmt er dieses Projekt sogleich in Angriff, und zwar anhand dessen, worum es in seinem Leben, wie er meint, momentan vor allem geht: der Zeit.

Mit auf- und zuklappenden Beinen erzeugt er Wellen, schaut diesen Wellen bei ihren Bewegungen zu und fragt sich dabei, ob die Zeit tatsächlich arbeitet. Na ja, denkt Richard, arbeiten wird sie auf jeden Fall, aber vermutlich nicht für ihn oder für andere, sondern nur für sich selbst. Ob man einen Wettlauf mit der Zeit gewinnen kann. Vielleicht wie im Märchen vom Hasen und dem Igel, indem man sich reproduziert, siehe Ingrid, die ihn zum Großvater gemacht hat. Ob man Zeit an der Hand haben kann – vergleichbar mit einem Sohn, der den Vater an der Hand nimmt und zu einem toten Tier führt.

Ob die Zeit je an Bedeutung verliert?

Er weiß, seine Person verliert an Bedeutung, und nicht nur an Bedeutung, auch an Elan und Willenskraft, an Attraktivität, an geistiger Aufnahmefähigkeit. Die Liste ließe sich noch eine Weile fortsetzen. Doch das gute Gefühl, sich noch eine Weile behaupten zu können, ist so oder so dahin, da will er auf weiteres Nachdenken gerne verzichten.

Die Wellen laufen immer wieder in der Mitte der Wanne aufeinander zu, Bauch und Wannenrand, hin und zurück, Havarie. Richard gleitet mit dem Oberkörper tiefer ins Wasser, die Knie seiner abgewinkelten Beine stoßen jetzt als Inseln hervor, sein Kopf taucht unter, mit geschlossenen Augen, die Nasenflügel zwischen zwei Fingern. In etwa so wird die Zukunft aussehen. Das wohlig warme Wasser, das ihn umgibt, das schmierige Wasser vom September 1962, das ist der Alltag ist der Ruhestand ist die Einsamkeit ist die Trauer ist der Raum die Distanz ist der Untergang. Prustend kommt er wieder hoch. Er seift sich den Kopf ein, läßt heißes Wasser darüberlaufen. Er wäscht sich die Achselhöhlen, kratzt sich, liegt wieder reglos. Sein Bauch wölbt sich armselig, wabbelige Lappen mit mehreren tiefen Falten dazwischen und ohne einen Hauch von Bräune, obwohl der Sommer gerade erst vorbei ist. Keine Muskeln, alles Fett, aufgequollen, das Fett der sieben fetten Jahre. Dunkle und graue Haare darauf, rings um einen käsigen Nabel, als gehe von dort ein magischer Sog aus. Die Haare wehen schlaff in der leichten Strömung, die seine Atmung und sein Puls verursachen, kann sein, es sind seine Hände, die ein wenig zittern. Vielleicht. Ansonsten rührt er sich einige Minuten lang nicht. Schließt die Augen. Ja. Ja. Und in der Erinnerung taucht eine Zeit auf, da fingen Alma und er an gemeinsam zu baden. Fingen es an und hörten es wieder auf.

Wann das war? Er weiß es nicht mehr genau. Nicht am Anfang, eher in den vierziger Jahren, als Alma nicht mehr mit den Kindern badete und die Kinder viel außer Haus waren. Otto mit der Hitlerjugend und den Kanuten, Ingrid im Rahmen der Kinderlandverschickung. Otto ist schon länger tot, als er gelebt hat. Und Ingrid? Die macht es ihm wahrlich nicht leicht, so eine Unverträglichkeit, das hat er noch nicht erlebt. Grundsätzlich sind die andern schuld. Da fällt ihm ein –. Das war nicht immer so. Wann wird es gewesen sein? Frühsommer 1943. Oder 1944? Mondsee. *Schwarzindien*, das weiß er noch. *Schwarzindien* hieß das Wirtshaus, in dem Ingrids Klasse untergebracht war. Vage hat er noch den Ton von Ingrids kindlichem Stolz im Ohr. Mädel vom Dienst im sommerlichen Schwarzindien, Fahnendienst im stürmischen Schwarzindien. Küchendienst, Tagraumdienst, Stubendienst, Waschraumdienst, Schuhdienst, Verdunkelungsdienst. Er hat die Einteilungsliste gesehen, als er Ingrid besuchte, im Zuge von Ingrids Degradierung zum langfristigen Klosettdienst. Dieses dürre Mädchen mit den Pinocchio-Beinen, dem man gar nicht genug Eisen verabreichen konnte, damit es ein bißchen Farbe bekam. Bei der Essensausgabe hatte sie beanstandet, daß die Lehrerin ein Stück mehr auf dem Teller hat als sie. Der Aufruhr, den diese Bemerkung nach sich zog, war trotz Kriegslärm bis nach Wien zu hören. Bei Richards Ankunft, das wird er so schnell nicht vergessen, warf sich ihm ein todunglückliches Mädchen in die Arme, blieb den ganzen Tag an seinen Hals geklammert, pendelte zwischen Weinen und Benommenheit und dem hochheiligen Versprechen, in Zukunft bestimmt das Hirn einzuschalten, bevor sie etwas sagt. Verschreckt, eingeschüchtert und wie blöde davon. So kannte er Ingrid gar nicht. Das heulende Elend. Er ließ sie reden auf der Aussichtsbank mit Blick auf den Mondsee, die Berge und Wolken spiegelten sich darin. Zwischendurch Heulen: Papa, das wird mir eine Lehre sein, das schwör ich. Jaja, das sollte es, Kindchen, wirst sehen, dann renkt es sich wieder ein. Oder sonstwas an Allerweltsweisheit. Da redet man stundenlang vor dem Nationalrat, und wenn die Tochter Kummer hat, fällt einem nichts ein.

Er muß sagen, der Krieg war auch für Kinder eine miserable Zeit, sogar im Sommer am Mondsee, speziell wenn ein Kind das Pech hatte, daß die Eltern in Opposition zur herrschenden Meinung standen. Da halfen keine Wassertemperaturen und kein Paddeln und Blumenrupfen. Wenn Richard es in diesem Licht besieht, haben die Konflikte mit Ingrid schon damals begonnen. Daß das Mädchen die ganze Härte der seinerzeitigen Erziehungsmethoden zu spüren bekam, hatte bestimmt damit zu tun, daß sie die Tochter eines politisch unzuverlässigen Vaters war. Sie selbst wird es vermutlich so empfunden haben, nachdem Richard bei seinem Besuch keinerlei Abmilderung der Strafmaßnahmen hatte erwirken können. *Damit das Mädel weiß, was sich gehört.* Auch Ottos Kriegsbegeisterung ließe sich vor diesem Hintergrund besser erklären, eine Kompensation der Irrtümer seines Vaters. Daß Richard das nicht früher in den Sinn gekommen ist. Wo es so naheliegend ist. Jawohl, das hat er davon, daß ihm die Nazis nicht paßten. Spannungen seit eh und je, unverändert bis zum heutigen Tag, obwohl ein Antifaschist zum Familiensilber gehört, ein mittlerweile beliebig oft teilbares Erbe für Kinder und Enkel, das man nicht hoch genug einschätzen kann.

Und was, bitte, lehrt uns diese Erfahrung? Wo bleibt der Dank? Ja? Wo? Wo bleibt der? Bitte? Wo bleibt der.

Richard steht in der Wanne auf und duscht sich ab, mit einer gewissen Genugtuung, daß er gerade eine weitere Ungerechtigkeit in seinem Leben ausgemacht hat.

Im Jemen, heißt es, bilden die Rebellen eine Regierung. Die Beduinen drohen mit Bürgerkrieg. Der Tod des Imam in den Flammen des Königspalastes wird bestätigt. Die harten Männer in Chinas KP rükken vor. Boykott gegen Negerstudenten löst Staatskonflikt in den USA aus. Und Piccioni? Behauptet vor den UN: Südtirol sei ein juridisches Problem, und wie schon Kreisky kündigt er die Fortsetzung der bilateralen Verhandlungen für den Herbst an. Über 800 Tote bei Hochwasserkatastrophe in Spanien. General Franco sieht Spaniens Zukunft in einer sozialen Monarchie. SPÖ für Änderung der Verfassung. Vizekanzler Pittermann läßt in einer Rede bei der Eröffnung des SPÖ-Wahlkampfes aufhorchen, indem er für eine Legalisierung des Proporzes eintritt zur Sicherung der Zusammenarbeit zwischen den großen Parteien. ÖVP beginnt den Wahlkampf am 1. Oktober mit der Veröffentlichung eines Wahlaufrufes. Eine Woche später wird die Volkspartei ihr Wahlprogramm bekannt geben und eine Eröffnungskundgebung im Wiener Konzerthaus abhalten. Außer den üblichen Wahlversammlungen wird die Volkspartei im Laufe der Wahlkampagne in ganz Österreich rund 500 »Jugendparlamente« und ebenso viele »Teenager-Parties« abhalten. Zu den Werbemitteln der Volkspartei gehört eine Schallplatte mit Dixieland-Musik, gespielt von der Band eines Ottakringer Jugendclubs, die lediglich durch den Werbetext »Frohe Stunden mit Musik – Frohe Zukunft mit der Volkspartei« unterbrochen wird. Das Wetter in weiterer Folge: Mild, aber etwas unbeständig. Gelegentliche Regenfälle ohne größere Ergiebigkeit. In den Mittags- und Nachmittagsstunden werden sonnige Abschnitte überwiegen.

Als der ockerfarbene Kleinbus, den Peter sich ausgeborgt hat, hupend in die Einfahrt biegt, ist es kurz nach vier und das Wetter wieder schön. Wenn die Sonne sich in kargen Wolkenfetzen verpackt, ist sie verwaschen milchig, einmal für einen Augenblick gelb wie ein Butterbrot. Dazu Wind, der in den höheren Regionen stärker weht als dort, wo Alma und Richard stehen. Der Wind schleift Wolkenschatten durch den Garten und über die Mauer zu den Nachbarn.

– Ich bitte dich, Richard, egal, wie Ingrid sich anstellt, vergiß nicht, daß du nur diese eine Tochter hast.

– Ich werd' mir Mühe geben.

Alma und Richard treten vom Rosenbeet unterhalb der Pergola auf den weitgehend abgetrockneten Vorplatz. Kleine Pfützen blinken als schmutzige Ovale, wo sie vom herbstlichen Sonnenlicht erreicht werden. Peter wendet den Bus und setzt ihn zurück zur Eingangstür, damit die Möbel nicht unnötig geschleppt werden müssen. Ingrid steigt aus, in kniehohen Lederstiefeln, einem kurzen, hellroten Kleid mit Plisseefalten und einer glatten schwarzen Lederjacke. Ihr blondes, sandfarbenes Haar baumelt als Pferdeschwanz. Mit einer Zigarette im Mund hebt sie das Kind von der vorderen Sitzbank, ein Mädchen, das Sissi heißt und das seit dem letzten Mal, als Richard es gesehen hat, ebenfalls blond geworden ist. Es kann seit vier Wochen laufen; das hat Alma bereits angekündigt. Ingrid stellt Sissi ab. Das Kind trippelt im Kreis. Alma umarmt es. Und obwohl das Abgreifen des Kindes und das Begrüßungsgeplapper dem Moment einen fröhlichen Anstrich verleihen, fühlt Richard sich wie in einer Gesellschaft, deren Regeln ihm nicht geläufig sind. Er meint, unter Ingrids Herzlichkeit eine leise Gereiztheit zu spüren, ein Eindruck, den er bestätigt findet, als er sich mit rauher Befangenheit in die Begrüßungszeremonie einschaltet.

Er geht vor seiner Enkelin in die Knie und sagt:

– Bist du aber ein dünnes Kind. Geben dir deine Eltern nichts zu essen?

Indem er es ausspricht, begreift er, daß selbst harmlose Floskeln wie diese verfänglich sind, und so fügt er auflachend hinzu:

– Deine Mutter war auch so. Man erbt nicht nur Möbel.

Ingrid tritt kopfschüttelnd ihre Zigarette aus. Dazu sagt sie:

– Prost!

Nicht mehr, nicht weniger, aber es reicht, daß der gewohnte Abstand zwischen Vater und Tochter auch diesmal hergestellt ist.

Richard streicht dem Kind flüchtig übers flaumige Haar. Er richtet sich wieder auf und sucht Ingrids Blick. Sie schaut ihn unter zusammengezogenen Brauen an. Ihm ist, als wolle sie ihn zu einem weiteren unvorsichtigen Kommentar herausfordern. Bloß weiß er nicht, was es noch groß zu sagen gäbe außer vielleicht, daß es ein *Scherz* war, der ihm da rausgerutscht ist. Aber selbst das will er zu seiner Entlastung nicht aufbieten. Er hat es satt, sich vor Ingrid ständig rechtfertigen zu müssen.

Er bleibt einige Augenblicke unschlüssig. Alma kommt ihm zu Hilfe und leitet auf das eigentliche Thema des Besuchs über: daß etwas mehr Luft vor allem in den unteren Räumen längst fällig sei. Die meisten Zimmer, sagt sie, ersticken an ihren Möbeln. Im Wohnzimmer sehe es aus wie im Magazin eines Altwarenhändlers.

– Und das ist nicht nur meine Schuld, sagt Richard: Nur damit niemand auf die Idee kommt, es mir vorzuhalten.

In den letzten Kriegswochen, als die Ostfront viel schneller als erwartet näher kam, war eine der drängendsten Fragen, wie man sich vor Plünderungen schützen kann. Mit einem Transport der E-Werke (Richard war wegen seiner kriegswichtigen Position bis zuletzt zurückgestellt) ließ er kleinere Einrichtungsgegenstände, die von bedeutendem Wert waren, in ein Kraftwerk nach Salzburg bringen. Aber der Großteil der Einrichtung blieb zurück. Gemeinsam mit Alma besprach er die Situation. Sie saßen in der Küche, und die Dauer der Unterredung hielt sich nicht nur in Grenzen, weil inmitten der einander überstürzenden Ereignisse noch anderes zu bedenken war, sondern auch aufgrund der Einvernehmlichkeit der letztlich getroffenen Entscheidung. Richard ließ einen Tischler ins Haus kommen, der wegen einiger fehlender Finger von der Wehrmacht als nicht verwendungsfähig eingestuft worden war. Der Mann versah nach Richards Vorschlägen alle größeren Möbel mit Spezialkrampen. Er verleimte, stiftete und schraubte, schliff Schraubenköpfe ab, bis nach zwei Tagen gewährleistet war, daß die Schränke und Betten nur mit größtem Aufwand wieder zerlegbar sein würden. Richard spekulierte auf die Sperrigkeit der Möbel, auf ihr erhebliches Gewicht und auf die Bequemlichkeit der Russen, nicht zuletzt wegen der reichhaltigen Alternativen zum Plündern in der Nachbarschaft.

– Es war deine Idee, sagt Alma.

– Und ich bin heute noch stolz darauf, daß ich dich von ihrer Richtigkeit überzeugt habe.

– Ich weiß nicht.

– Denk an die Nachbarn.

– Ein zweites Mal würde ich es mir trotzdem überlegen.

– Damals hat es dich gefreut, daß nur Kleinigkeiten weggekommen sind.

– Weil ich nicht vorhergesehen habe, daß ich ein Leben lang mehrmals jährlich die Möbelpacker kommen lassen muß.

Richard strafft den Rücken. Er weiß, die Aktion hat längst einen Pferdefuß bekommen, weil man die Möbel nach dem Krieg nicht zurückbaute, zunächst aus mangelnder Notwendigkeit, später in der Befürchtung, mehr kaputtzumachen als ganz. Das rächt sich zwischendurch immer wieder, wenn ein Schrank verrückt werden muß, ob beim Ausmalen der Wände oder zum Abschleifen der Böden. Manche Möbel gehen aus ihren Zimmern gar nicht mehr raus, weil die Türstöcke zu schmal sind, und spätestens auf der Treppe zum Dachboden bleibt man auch mit kleineren Stücken, die man durch die Türen gezirkelt hat, hängen oder verreißt sich das Kreuz. Etliche Zimmer sind aus diesem Grund seit einem Vierteljahrhundert nahezu unverändert. Das ist eine Art zu wohnen, die Richard keine Schwierigkeiten bereitet, denn er weiß es zu schätzen, wenn er die Dinge beim Nachhausekommen so wiederfindet, wie sie in der Früh beim Weggehen waren. Mein halsstarriges Wohnen nennt es hingegen Alma. Sie verbringt den weitaus größeren Teil ihrer Zeit daheim. Bis dato. Und bis zu einem gewissen Grad kann Richard ihre Unzufriedenheit sogar verstehen. Trotzdem würde er es lieber sehen, wenn Änderungen nicht ausgerechnet jetzt ins Haus stünden. Im Moment wird ihm alles zuviel.

– Alt und gediegen: Für mich sind das Werte, sagt er.

Und Ingrid lapidar:

– Für mich nicht.

Er sieht das Etikett, das er gerade verpaßt bekommen hat, als wäre es ihm mit Spucke auf die Stirn geklebt: Spießig – unflexibel – gestrig. Nicht alt, sondern veraltet. Kurz erwägt er, sich eine Erwiderung zu verkneifen, damit sich Ingrid keine Gelegenheit bietet, eins draufzusetzen. Denn daß ihr sein Leben insgesamt gegen den Strich geht, hat sie ihn oft genug spüren lassen. Er zögert. Letztlich will er den Vorwurf aber nicht auf sich sitzen lassen.

– Das beweist nicht, daß du das Leben besser verstanden hast. Es bestätigt nur, daß sich unsere Erfahrungen nicht dekken und daß wir deshalb verschiedener Meinung sind.

– Letzteres immerhin ist unbestritten.

– Und bedauerlich.

Bedauerlich? Ingrid kann es aushalten, ganz offenkundig. Sie weint dem Helden ihrer Kindheit keine Träne nach. Sie zuckt die Achseln.

Und Richard ist verblüfft, wie selbstverständlich er Ingrids Geste hinnimmt. Vermutlich entwickelt man im Laufe der Zeit eine gewisse Resistenz gegen verdrehte Augen, ausbleibende Antworten und ironische Aha-Bemerkungen.

Sie treten ins Haus und gehen die unteren Räume ab, ohne sich lange aufzuhalten. Die krummbeinigen Kommoden mit den bauchigen Lampen darauf, die Bücherschränke mit den teilweise verglasten Türen, hinter denen sich drapierte Vorhänge fälteln, die Biedermeierschränke und die von geschnitzten Holzfassungen umlaufenen Sofas, all das ist für Ingrid ohne aktuellen Gebrauchswert, düsterer Plunder, den man früher gemocht hat, wie Klassenkameraden, die sitzengeblieben sind und mit denen man seither nicht mehr redet.

– Laß mich nicht im Stich, Ingrid, fleht Alma: Seit der Fernseher da ist und wir das Sofa umgestellt haben, fehlt die Ecke für meinen Sorgenstuhl.

Mit langgezogenen, aufeinandergepreßten Lippen überblickt Alma die unbefriedigende Situation. Let's learn English, Nachrichten, Löwinger-Bühne (*Die drei Dorfheiligen*). Sie schaut Peter an:

– Der Sorgenstuhl ist der Ort, wo ich nachdenke. Früher oder später beschäftige ich mich dort mit jedem.

Der Schwiegersohn mit seinem eingeschüchtert dumpfen Gesicht nickt und legt verlegen seinen Arm um Ingrids Taille. Mit einem leichten Schwanken in der Stimme bietet er an, am nächsten Wochenende einige der Möbel, die im Weg sind, auseinanderzubauen. Er behauptet, im Umgang mit Werkzeug geschickt zu sein, noch von früher aus der Zeit, bevor er die Lizenzen seiner Spiele verkaufen mußte. Ingrid bestätigt die handwerkliche Begabung ihres Ehegatten. Richard indes, der sich im Hintergrund hält, hofft, daß ihm niemand seine Skepsis vom Gesicht ablesen kann. Er schaut beiläufig auf die Pendeluhr und nimmt sich vor, sie am Abend aufzuziehen, sie schlägt schon sehr langsam.

– Mir wäre lieber, wenn die Möbel in Gebrauch blieben, sagt Alma.

– Du mußt dich damit abfinden, daß unsere Tochter Stahlrohrmöbel bevorzugt.

– Ist etwas dagegen einzuwenden? fragt Ingrid.

– Nein, sagt Richard.

– Dann ist ja recht.

Mit schrägem Oberköper, damit ihre Tochter an der Hüfte Halt findet, macht Ingrid am Absatz kehrt und biegt ins Nähzimmer ein, vom Nähzimmer ins Herrenzimmer, vom Herrenzimmer ins Speisezimmer und von dort in die Veranda. Bei der spanischen Eichentruhe, in der früher Kinderspielzeug deponiert war, hält Ingrid inne und bittet ihre Mutter, die Truhe mitnehmen zu dürfen. Als ob die Truhe Alma gehören würde.

Alma räumt Tischtücher, Servietten, Kerzenständer und Kerzen heraus. Unterdessen stellt Ingrid sich in die Verandatür und fragt, wie gut die einzelnen Bäume in diesem Jahr getragen haben.

– Die Kirschen haben gut angesetzt, die frühe Ernte war köstlich. Aber nach der Regenperiode Ende Juni waren die meisten wurmig. Ein Fressen für die Vögel.

Richard erwähnt die Marillen (Frost während der Blüte), die Erzherzog-Johann-Äpfel (zuverlässig, der Baum in den besten Jahren), die großen Pflaumen (der Baum wird alt). Aber seine Auskünfte scheinen Ingrid nicht zu erreichen. Richard kommt es vor, als sehe seine Tochter da draußen sich selbst laufen.

Er unterbricht sich:

– Vom Zurückschauen bekommt man Heimweh.

Ingrids Antwort trocken, fast gemurmelt im halben Umdrehen, und doch bitter:

– Seit ich hier die Kündigung erhalten habe, hält sich mein Heimweh in Grenzen.

Richard fragt sich, warum er überhaupt noch den Mund aufmacht. Ein normales Gespräch scheint seit Jahren nicht mehr möglich. Jedes Wort ist falsch. Also schade drum. Und was nutzt es, wenn er sich ins Gedächtnis ruft, daß Ingrid ihm, als sie klein war, blind glaubte? Nicht weniger unbegreiflich, daß sie als frischgebackene Gymnasiastin dieses kaum zu stoppende Mitteilungsbedürfnis besaß. Nachdem sie im Garten der Wesselys, wo sie Federball gespielt hatte, zu den Dreharbeiten von *Der Hofrat Geiger* eingeladen worden war, erzählte sie bis ins letzte Detail, wie man an sie *herangetreten* sei, und dann gleich noch einmal für den Fall, daß eine Kleinigkeit nicht ausreichend gewürdigt wurde. Auch dies: Vorbei, vorbei, vorbei.

Er sagt:

– Wie wichtig es ist, daß man rechtzeitig aus dem Haus kommt, kann man jetzt überall lesen.

– Dann hast du also auch an meinem Rauswurf eine gute Seite entdeckt.

Vorbei.

– Wenn du es so sehen willst.

– Ich will es so sehen. Ich kann dir auch sagen, warum. Weil du immer im Recht sein mußt, egal wie.

Richard gibt es auf. So vollgestopft und ausgebeult sein Hirn an diesem Tag ist mit Fragen und Attacken der Vergangenheit, er gelangt zu der Erkenntnis, daß es sinnlos ist. Sie reden im Kreis. Es ist schon wahr: Als Ingrid wieder einmal um Mitternacht nach Hause kam und auch noch freche Antworten gab, ist ihm der Kragen geplatzt, und er hat sie eine halbe Stunde lang angeschrien und dann rausgeworfen. Aber nur, weil ihm nichts mehr einfiel auf ihr Schweigen, das mal widerspenstig, mal verächtlich war. Das hat ihn dermaßen auf die Palme gebracht. Außerdem war seine Laune bereits vorher verdorben, eins kommt halt immer zum andern, weil seine Sekretärin schon wieder schwanger war. Aber am nächsten Morgen hat er die Maßnahme zurückgenommen, er ist keiner, der seine Fehler nicht einsieht. *Ich bestehe nicht auf dem, was ich gesagt habe.* Trotzdem ist Ingrid noch am selben Tag auf und davon, als hätte der Koffer gepackt im Schrank gewartet und nur der geeignete Anlaß gefehlt, ihn hervorzuzerren. Das konnte einen schon stutzig machen. In Richards Augen erweckte das sehr den Verdacht, daß Ingrid das Haus in dem Augenblick verlassen hat, wo sie alle Schuld abschieben konnte und keine eigene Verantwortung übernehmen mußte. Er selbst hatte dann nur mehr die Wahl, entweder seinen Namen in den Dreck gezogen zu sehen und sich nicht drum zu kümmern oder der sofortigen Hochzeit zuzustimmen. Was er dann wohl oder übel gemacht hat. Wenn Ingrid neuerdings eine vereinfachte Auffassung dieser Vorkommnisse vertritt, so bleibt es ihre eigene Wahrheit, die ihr im nachhinein so passen würde, damit sie zu Hause weiterhin zuverlässig ihren Grant abladen kann. Aber was soll's, warum sich aufregen, warum einen Schlaganfall riskieren. Auch den Kommoden kann man die Beine nicht geradeziehen.

Ingrid wartet mehrere Sekunden. Als sie sicher ist, daß von seiten ihres Vaters nichts mehr kommt, sagt sie:

– Bloß ein Glück, daß ich hin und wieder hier bin, dann sehe ich, daß es nur ein Haus ist, nicht mehr. Nur ein Haus mit Garten.

Also doch Heimweh, möchte Richard mit einer gewissen Genugtuung attestieren. Aber auch das verkneift er sich. Er hat sich gut in der Gewalt, er weiß, daß Ingrid immer das letzte Wort haben wird, schon allein, weil sie jünger ist. Das ist ihr Trumpf.

Alma gibt die Truhe frei. Auch diesmal lenkt sie umgehend auf ein anderes Thema, diesmal zum Gesundheitszustand diverser Nachbarn, wo dieser zu wünschen übrigläßt. Ohne Widerstreben beteiligt sich Ingrid an der Konversation. Eine Gallenkolik, der Krebs häuft sich, hat mit den Nerven zu tun.

Richard geht unterdessen seinem sich sichtlich unwohl fühlenden Schwiegersohn beim Hinaustragen der Truhe zur Hand. Peter bedankt sich zweimal, er berichtet, daß der VW-Bus von einem Arbeitskollegen geliehen sei und wie gut er (Peter) sich beim Kuratorium für Verkehrssicherheit eingelebt habe. Er kommt darauf zu sprechen, daß er ein fotografisches Gesamtverzeichnis aller relevanten Kreuzungen der Republik erstellen werde, plus Statistik aller Unfälle, die sich auf diesen Kreuzungen ereignet haben. Mal sehen, was dabei herauskommt. Nachdem Richard zuvor zweimal »So, so« gesagt hat, steuert er jetzt ein »Interessant, interessant« bei.

Sie kehren ins Haus zurück, dort steigen die Frauen gerade die Treppe hoch. Richard und Peter schließen sich an. Jetzt trägt Alma das Enkelkind, es blickt mit dem Kinn auf Almas rechter Schulter auf Richard herab, der sich am Ende des Handlaufs mit der linken Hand an der Kanonenkugel aufstützt. Richard fühlt sich angezogen von Sissis Blick. Mit plötzlichem Herzklopfen gewahrt er, daß auch er Spuren in diesem Mädchen hinterlassen hat. Diese Vorstellung weckt in ihm einen trotzigen Stolz. Einige Stufen lang ist ihm, als behalte er in seiner Enkelin recht, auch dann noch, wenn es ihn nicht mehr gibt. Aber einen Augenblick später bleibt der Stolz auf halber Treppe zurück, und ein Stich des Bedauerns erinnert ihn daran, daß er im Alltag dieses Kindes nicht oft vorkommen wird. Zu Neujahr und zur Marillenernte, so das Wetter den Marillen gnädig war. Als nicht weniger demütigend empfindet er, daß Ingrids Familie ausbaufähig ist, während ihm seine eigene Familie Stück für Stück abhanden kommt.

Er hat sich bemüht, richtig zu leben, zu handeln, zu denken, zu fühlen, dem Gewissen gemäß, nach den Regeln, die ihm seine Eltern beigebracht haben. Er hat getan, was getan werden mußte, was bei weitem nicht jeder von sich sagen kann. Sein Handeln war stets vom Gedanken an das Wohl der anderen getragen. Trotzdem ziehen sich alle von ihm zurück.

Sie setzen den Rundgang fort. Anfänglich ist Ingrid auch im oberen Stockwerk wählerisch. Das ändert sich, als die Kinderzimmer an der Reihe sind. Mit einmal ist Ingrid bester Stimmung, sie freut sich, die Möbel in Ottos Zimmer wiederzusehen, und bittet um die komplette Einrichtung, den kleinen, in blassem Türkis gestrichenen Schrank, der staksig auf seinen ganz gerade geschnittenen Kirschholzbeinen steht, das Bubenbett mit dem Flechteinsatz im Kopfteil, den Tisch, die beiden Stühle und die gleichfalls türkis gestrichene Kommode, deren mittleres Schubfach Sissi unter Einsatz ihres kleinen Körpers herausziehen will.

Richard könnte wetten, daß es Alma um Ottos Zimmer besonders leid tut. Vom Sorgenstuhl ins Heulzimmer und retour, das hat sich erledigt. Er beobachtet Alma. Sie ist kontrolliert. Wie so oft drängt sie ihre Gefühle zurück, ohne sich etwas anmerken zu lassen (Richards Eindruck). Sie wagt lediglich die Frage, ob Ingrid und Peter weiteren Nachwuchs planen. Nicht auszudenken, was wäre, wenn *er* diese Frage stellen würde, Richard.

– Solange ich mit dem Studium nicht fertig bin, keine Idee, sagt Ingrid: Das Studium hat jetzt eindeutig Vorrang.

Ingrid öffnet die Schranktüren. Ein Geruch nach Mottenpulver breitet sich aus. $C_{10}H_{irgendwas}$. Richard würde die chemische Formel gerne anbringen, aber sie fällt ihm nicht ein. Und auch die lexikalische Bezeichnung ist ihm im Augenblick gerade entfallen.

– Welche Prüfung kommt als nächstes? fragt er.

– Das wird sich zeigen.

– Du wirst doch hoffentlich wissen, welche Prüfung als nächstes kommt?

– Och.

Ingrid dehnt es unbestimmt.

Da wölbt Richard, als wäre er überrascht von dem, was er hört, die linke Augenbraue, seine Lippen werden schmal, und

Ingrid erinnert sich gerade noch rechtzeitig, daß sie vor allem erst einmal die Prüfung ablegen muß, wie sich's auf eigenen Beinen steht – weil (wenigstens) die väterliche Hand mit dem darin befindlichen Geld sich nie von ihr zurückgezogen hat. Auf der Basis von Verliebtheit ist halt doch keine Existenz zu gründen. Bei dem wenigen, das Peter beim Kuratorium für Verkehrssicherheit verdient, wäre weder das Nest, das Ingrid sich gerade polstert noch die Fortsetzung des Studiums denkbar. Richard zieht die ganze Familie mit durch. Die einzige Ausübung von Autorität, die ihm kritiklos zugestanden wird, besteht darin, diesen drei Pfleglingen unter die Arme zu greifen.

Seufzend bekennt Ingrid:

– Ich habe die Lernliste wegen der Aufregung rund um den Hauskauf wieder umschreiben müssen. Ich hoffe stark, daß es auch mit Sissi leichter wird, sowie wir fix eingezogen sind.

Alma, als würde es sie nicht im geringsten berühren, ob Ingrid ihrem Vater das Schauspiel einer ewigen Studentin liefert oder ihr Studium – im Gegensatz zu ihrem Gatten – doch noch fertigbringt, läßt wissen:

– Es freut mich, wenn Ottos Möbel in guten Händen sind.

Genau das bezweifelt Richard.

Ingrid und Peter nehmen nur, was nicht beständig ist, Verlegenheitsmöbel, Reserveschränke, alles, was nicht sonderlich anstrengt, was zurückbleibt oder schon immer zurückgeblieben war, alles das, was keiner besonderen Aufmerksamkeit bedarf, keiner Verbundenheit (durch Leim und Krampen). Keines Respekts. Möbel als Sinnbilder für Gleichgültigkeit, zum leichtsinnigen Abwohnen, denkt Richard. Und er lehnt diese Haltung – denn es ist eine Haltung – innerlich ab, weil er nicht glaubt, daß man unter solchen Voraussetzungen je Wurzeln schlagen kann.

Nachdem auch das Bett und der Schrank aus ihrem eigenen früheren Zimmer zum Abtransport bestimmt worden sind, sagt Ingrid:

– Was wir nicht in den Bus bringen, holen wir nächsten Samstag, wenn Peter für Mama das Wohnzimmermobiliar zerlegt.

Sie läßt ihren Blick einen Moment auf ihrem Mann ruhen. Richard fallen die trägen Bewegungen ihrer Lider auf.

– O. K. sagt Peter.

– O. K. sagt auch Ingrid.

Dann stockt das Gespräch erneut. Vier Leute, vier ungebetene Gäste im eigenen Haus. Dazu ein Kind, das nichts weiß und wissen wird und das für Gesprächsstoff sorgt, als sich inmitten des Schweigens herausstellt, daß es sich eingemacht hat.

– Stinkst du etwa?

– Ja, ich glaub, sie stinkt.

– Habt ihr Windeln dabei?

– Im Wagen. Sie kackt ja wie nach der Uhr.

– Wir Frauen gehen nach unten.

– Papa, könntest du inzwischen im Dachboden nach meiner Puppenküche forschen. Du weißt, meine Spinnenphobie. Peter soll dir helfen.

Bereits auf dem Weg nach unten, ruft Ingrid:

– Vermutlich ist sie in meinem alten Reisekoffer, dem schwarzweiß karierten.

Richard ist nicht sehr erbaut über diesen Auftrag, zumal sein Schwiegersohn in etwa der letzte Mensch auf der Welt ist, mit dem er allein in den Dachboden steigen will. Er fragt sich, was seine Frau Tochter mit ihrem Grips sich dabei denkt, sie beide zusammenzuspannen. Nach allem Vorgefallenen kann eine Freundschaft zwischen ihnen wirklich von niemandem mehr erwartet werden. Aber was bleibt ihm übrig? Widerstrebend ersteigt er den sich in den Schatten hinaufwindenden Stich von zweimal zwölf Treppen. Vor der Dachbodentür bleibt er stehen, er dreht sich um und vergewissert sich, daß ihm sein Schwiegersohn folgt. Als auch Peter das Podest erreicht hat, stößt

Richard die Tür auf. Aus den Angeln springt ein düsteres Ächzen, das die Stickluft in dem selten frequentierten Raum zusätzlich einzudicken scheint. Es ist, als enthielte die Luft den schon fast schwerelosen, seiner Farben beraubten Abrieb der dahingegangenen Ereignisse, die graue Asche Erinnerung, die mit den Jahren ausgekühlt ist.

Da ihm nichts Besseres einfällt, sagt Richard:

– Morgen werde ich aus Anlaß von Leopold Figls sechzigstem Geburtstag eine kleine Rede halten.

Er versucht sich in seinen Schwiegersohn hineinzuversetzen, und es lindert seinen Widerwillen, daß Peter auf diese Situation wahrscheinlich noch weniger Wert legt als er selbst.

– Der ist also auch schon sechzig, stellt Peter tiefsinnig fest.

– Was heißt *schon*? Für jemand Gesunden hat sechzig nicht viel zu sagen.

– Kann sein.

Peters Gesichtsausdruck ist ruhig, fast nichtssagend. Er schiebt sich zwischen den Kaminen und dem ausrangierten Krempel hindurch, als könnten ihn die Dinge, die hier durch leere Tage wachsen, mit Tentakeln anfassen, so kommt es Richard vor. Die Dielen knarren. Auf einer Schulbank beim südlichen Giebelfenster wackelt bedrohlich eine geklebte Blumenvase. Sogar ein Tintenfaß steht dort, als werde jeden Moment jemand kommen, sich niedersetzen und aus der Luft die dadaistischen Gedichte abschreiben, zu denen sich der Staub zur Erheiterung der Hausgeister gruppiert.

Draußen der feuchte Garten, die Mauer, schräg abseits die Nachbarhäuser hinter einem Saum grüngelber, herbstlich raschelnder Baumwipfel. Zwischen den Giebeln schlaffe Telefondrähte, die von den verlorenen Substanzen der stets hohl eintreffenden Stimmen längst verstopft sein müßten wie sklerotische Arterien.

– Aber Figl ist nicht gesund, bedauerlicherweise. Sein Zustand weckt mehr Befürchtungen als Hoffnungen.

Peter zieht leicht die Brauen hoch, die Geste kann einem Gegenstand gelten, den er sieht, sie kann Zufall sein und keinerlei Verständigung mit was auch immer suchen. Dem Befinden des ehemaligen Kanzlers fragt Peter nicht nach.

– Ich glaube, sagt Richard, für seine Gesundheit hat der rasante Schlußteil der Rutschbahn bereits begonnen. Auch der Beginn war rasant. Sechs Jahre Dachau, das mag man spüren.

Eine Reaktion bleibt neuerlich aus, auch nicht blickweise das Signal, daß Peter von den Ausführungen Notiz nimmt. Offenbar soll das Gespräch versanden, noch ehe es begonnen hat. Richard indes, mit der festen Absicht, in Gegenwart seines Schwiegersohnes auf das zu vertrauen, was er im Umgang mit politischen Gegnern gelernt hat, holt zu einem längeren Monolog aus.

Er referiert die Biographie des ersten gewählten Nachkriegskanzlers und jetzigen niederösterreichischen Landeshauptmannes. Er erwähnt verschiedene *Schmankerln* der bevorstehenden Rede, zum Beispiel, daß Figl und seine Weggefährten, zu denen Richard sich seit der Wäscheaktion von 1938 zählen dürfe, für dieses Land die Sterne vom Himmel geholt hätten, speziell die fünfzackigen roten. Männer wie Leopold würden immer seltener, eine aussterbende Spezies und klug, keine Bildung als Firnis, sondern klug aus Erfahrung. *Nur nicht die Pferde scheu machen*, habe Figl während der Verhandlungen mit den sowjetischen Emissären wiederholt gemahnt. Ohne Figls Verhandlungsgeschick, so Richard, wäre heute nicht nur dessen eigener Hof Teil eines niederösterreichischen Kombinats.

Er zwinkert, obwohl er sich außerhalb von Peters Blick befindet. Der hält gerade die Signallampe eines Eisenbahners hoch.

– Von den Russen zurückgelassen, die hier für einige Zeit einquartiert waren, sagt Richard.

Dann fährt er unverdrossen fort, schwenkt ganz auf seine Rede ein, die, wie er eigens ankündigt, darin gipfeln werde, daß dem Jubilar noch viele Jahre zu wünschen seien, in denen er sich in höchsteigener Person für die von ihm geleistete Arbeit verantworten dürfe. Allen Nachfolgern Figls lege er indes ans Herz, nicht zu vergessen, daß sich mancher nicht verantworten dürfe, sondern verantworten müsse.

Während Richard so redet und während er mehr an sich selbst als an die hervorragende Persönlichkeit seines Parteikollegen denkt, räumt Peter im trüben Licht der schmutzigen Scheiben einen Bauernschrank aus. Stäubchen kreisen um seinen Kopf. Von Zeit zu Zeit knipst er von einem der beschrifteten Kartons, die er heraushebt, einen Mäusekötel weg, der in den Staub des Fußbodens kullert. Peter legt einen Koffer frei. Aber der enthält lediglich ein altes Federbett; sinnloserweise. Nur mit äußerster Mühe ist der Deckel wieder zuzuzwängen. Die Schlösser schnappen träge über den schorfigen Bügeln ein.

Von unten sind die sachlichen Stimmen der Frauen zu hören. Worüber die bloß reden?

– Um bei Leopold Figls Beispiel zu bleiben. Er hat versucht Österreich so zu gestalten, wie er es sich in den Baracken von Dachau ausgemalt hat. Ich finde, das Ergebnis kann sich sehen lassen.

Von Peter weiterhin nur ein Keuchen der Anstrengung, wo er sich einen Weg durch den ausgemusterten Hausrat bahnt. Er begutachtet die alte Weihnachtskrippe und Ottos Tretauto, an dem ein Hinterrad gebrochen ist. Er hebt ein Buch von den Bodenbrettern auf, er tritt zum Fenster und liest in das Buch hinein. Vielleicht wäre jetzt das Gurgeln und Schlürfen zu hören, das die Spinne erzeugt, wenn sie das Flüssige aus einem Fliegenkadaver saugt. Vielleicht liefern sich die Sonnenstäubchen in der Luft tausend kleine Schlagabtausche und erzeugen statt Erinnerungsromantik eine Atmosphäre nervöser Feindseligkeit: Jawohl, es trifft zu, daß die Kinder hier oben Rollschuh gelaufen sind, aber es war nur aufgrund der Brandschutzmaßnahmen zur Zeit der alliierten Bombenangriffe, als auf Dachböden lediglich Kübelspritzen und Sandeimer stehen durften. Richard könnte den Krieg ins Gespräch bringen, in dem Peter verwundet wurde. Doch just in diesem Moment geht ihm auf, daß er in Peters Augen ein Narr ist, daß Peter nicht im Traum daran denkt, den Mund aufzumachen, um seinem Schwiegervater einen Schritt entgegenzukommen. Die peinliche Lage zweier Menschen, die an einer Unterhaltung nicht interessiert sind, sich aber dazu gezwungen sehen, dieselbe aufrechtzuerhalten, damit die Lage nicht noch peinlicher wird, ist von absichtlich einseitiger Natur. Seinem Schwiegersohn ist nichts peinlich, diesem Windbeutel, der keinen Familienstolz kennt, diesem Weiberhelden und verwaschenen Sozialisten, der auf fremden Dachböden wildert und dort nur totes Inventar findet, weil seine eigene Vergangenheit, nazibedingt entrümpelt, nein, abgeschafft ist.

Richard denkt, das beste wäre gewesen, Peter vor fünf Jahren ein dickes Kuvert zuzustecken mit der Aufforderung, sich nicht mehr blicken zu lassen und woanders sein Glück zu versuchen. Das wäre billiger gekommen als der Hauskauf.

Wie schon am Vormittag im Café Dommayer, als er mit Dr. Gorbach das enttäuschende Vieraugengespräch hatte, spürt er Trostlosigkeit und Ohnmacht angesichts all dessen, wofür er kein Verständnis aufbringen kann. Eine unbestimmte, dumpfe Trauer befällt ihn, ihm ist, als würde er seinem Leben nachtrauern, noch während er es lebt.

Und weil mittlerweile auch ihm das Reden vergangen ist, läßt Richard sich dazu herbei, an der Suche nach der Puppenküche teilzunehmen. Er schaut dort nach, wo Peter sich bislang nicht hingetraut hat, um gebührenden Abstand zu seinem Schwiegervater zu wahren. Erst jetzt fällt Richard auf, daß das Bett, neben dem er steht, aus der ehemaligen Kammer des Kindermädchens stammt. Das Bett ist ohne Matratze, ein bloßes Gerippe. Richard hebt eine auf dem Rost liegende, großformatige Mappe mit alten Stichen und Radierungen hoch. Einige Federn des Rostes sind gebrochen, allen anderen Federn ist nicht mehr zu trauen. Sonderbar, daß sie früher gehalten haben. Sonderbar, daß Richard mit Frieda in manchen Nächten glücklich gewesen sein will. Sonderbar, daß er einen Augenblick lang auf dem Bett ein rothaariges Mädchen von zwanzig Jahren knien sieht, in völliger Nacktheit, wohingegen die unqualifizierte Figur seines Schwiegersohnes, der schon bisher durch alles hindurchzublicken schien, auch durch diesen Bettrost hindurchblickt auf einen Koffer aus Pappkarton.

– Das wird er hoffentlich sein, sagt Peter.

Richard, abwesend, wie mit sich uneins, ob er sich ebenfalls freuen soll (er weiß noch, daß Frieda geweint hat, als sie ihre Kündigung erhielt, sie schrieb hundertmal *Ich hasse dich* auf die Tapete in ihrem Zimmer, was erst auffiel, als das Mädchen bereits auf der Bahn war), er sagt:

– Ja, anzunehmen, das wird er sein.

Sie räumen den Laderaum des Kleinbusses voll. Richard hat den Verdacht, Ingrid und Peter wollen den Besuch möglichst kurz halten, da ist Sissis Quengeln und Werfen von Gegenständen ein willkommener Vorwand. Daß Kinder um sieben ins Bett gehören, ist eine Erfindung des Biedermeier, und auf das Biedermeier, wie Richard festgestellt hat, legt Ingrid keinen Wert. Ein Stück von Almas Kuchen, geschlungen, ein Glas Bier, geschüttet. Ein Korb mit Danziger Kantäpfeln zum Mitnehmen. Benzingeld aus der generösen Hand des Vaters. Immer zu Diensten. Und dabei das deutliche Gefühl auf seiten Richards, daß ihm, gleichgültig, was er macht, die Gabe, von sich zu überzeugen, abhanden gekommen ist, daß er nicht mehr zu den Menschen gehört, bei denen sich das Blatt schlagartig zum Guten wendet. Der Bus schaukelt an, das Licht der Scheinwerfer streift über die gewaschenen Kiesel, die gleich darauf von den Wagenreifen herumgeworfen werden, die schmutzige Seite nach oben. Kurz eine erhobene Hand im Fensterspalt der Beifahrerseite, wieder zurückgezogen. Und auch der Bus ist gleich darauf weg, mit hängender, wippender Stoßstange, stotternd im schon dichter werdenden Dunkel, hinaus durch das Tor und weg, weg, wie das geht, darüber im hellblaugrauen Himmel der gelb leuchtende Halbmond, in stabiler Seitenlage, über dem Wienerwald, kann sein, daß der Mond dort oben die Ursache dafür ist, weshalb das Grün der Bäume noch schimmert.

– Das war's für heute, sagt Richard.

Etwas vom verwirrenden Eindruck des Besuchs muß auch bei Alma haftengeblieben sein, denn sie beschließt, in der Dämmerung noch Nüsse einzusammeln.

Eine ganze Weile sieht Richard ihr von der Vortreppe aus zu. Leichter Laubgeruch zieht ihm in die Nase. Er blickt auf die Uhr. Zwanzig vor acht. Er schneuzt sich, schließt dabei die Augen und macht sie erst wieder auf, als sich über den Schotter Almas Schritte nähern. Gemächlich kommt sie heran, mit einem kleinen Eimer in der Hand. Richard nickt ihr zu. Wieso? Er weiß selbst nicht wieso. Rasch wendet er sich ab. Mit einem Gefühl tiefer Niedergeschlagenheit geht er auf sein Zimmer und sperrt sich ein.

Dienstag, 22. Mai 2001

– Du bist eine einzige Katastrophe, sagt Philipp, als Johanna sich wieder blicken läßt: Du bist so unglaublich katastrophal, es ist ein solcher Skandal, daß du es wagst, dich drei Wochen lang nicht anschauen zu lassen. Ich fasse es nicht. Wenn ich je wieder ein Interview geben muß und gefragt werde, was ich für den größten Skandal halte, werde ich nicht mehr nachdenken müssen und wie die Kugel aus dem Rohr eine Antwort wissen: Der größte Skandal bist du, Johanna Haug, ein so unglaublicher Skandal, daß du eigentlich unverzüglich Schluckauf bekommen müßtest. Aber du legst dich auf meine Matratze und ärgerst dich über die Bezüge, schläfst zwei Mal mit mir, stellst den Wecker, und wenn du wieder zu Hause bist, hast du bereits vergessen, daß du bei mir warst. Solche Skandale tropfen dir reihenweise von den Fingerspitzen. Gib zu, daß das sogar dir leid tut!

Johanna strampelt mit den Beinen, reibt den nackten Hintern am Leintuch, wirft die Decke mit den Beinen beiseite und sagt, ehe über Eingeständnisse ihrerseits verhandelt werden könne, müsse Philipp erst einmal zugeben, daß die Bettbezüge häßlich sind.

– Ausgerechnet violett, sagt sie: Das macht alles, was dem Bett auf zwei Meter nahe kommt, ebenso häßlich. Und ausgerechnet ich liege mittendrin.

Sie lacht und küßt ihn, und er lacht mit, obwohl ihm gar nicht nach Lachen ist, Johanna steckt ihn nur an. Er will nicht angesteckt werden, das weiß er, noch während er lacht, weder vom Flor der Bettbezüge noch von Johanna.

– Du häßliches Entlein von einer Meteorologin, sagt er,

nachdem sie beide zu Ende gelacht haben: Für Filme geben sich Regisseure viel Mühe mit dem Wetter, das fällt jedem auf oder sollte wenigstens jedem auffallen. Neuerdings lassen sie sogar Frösche regnen, etwa vierzig Millionen, was bestimmt in die Filmgeschichte eingehen wird. Trotzdem kann ich nur lachen, wenn ich daran denke, denn das ist alles ein Witz gegen das, was ich erlebe.

– Ach.

(Vielleicht sollte ich einfach ein bißchen rausgehen oder radfahren oder laut singen oder ins Kissen boxen. Wie schön zu wissen, daß auch das wieder vorbeigehen wird.)

Philipp zieht sich notdürftig an. Ehe er mit Johanna aneinandergerät, was unmittelbar bevorsteht, verdrückt er sich lieber eine Zeitlang in den Garten. Dort dreht und wendet der Wind die Blätter, denen die Nacht ein körniges Grau zugewiesen hat. Eben war's doch noch hell. Philipp stellt sich breitbeinig zu einem Pflaumenbaum, der rippig dürr und abgeblüht ist, holt seinen klebrigfeuchten Penis heraus und pinkelt gegen den Stamm, mit einem angenehmen Brennen in der Harnröhre, weil er gerade gevögelt hat. Die Sterne stehen ruhig. Das Haus hat in dem spärlichen Licht an Vertrauenswürdigkeit gewonnen, keine Spur mehr von der Schäbigkeit und dem Moder. Selbst die unangenehmen Erinnerungen, die hartnäckig hinter den Fenstern lauern, sind für den Augenblick verblaßt. Philipp schlenkert die letzten Tropfen ab, trabt tiefer in den baumdunklen Garten hinein, seltsam entschlossen, manchmal zaghaft, einen Moment später wieder trotzig, in alle Fallen stolpernd, die diese Nacht ihm gestellt hat.

Die Stimmen der Eltern hören und die der Großeltern, seltsam nah, aber ausgehöhlt und unsicher: Sperrstunde, mein Junge, Sperrstunde! Geh zurück! Noch drei Züge aus der Zigarette. Dann geh zurück! Der Bindfaden der Nacht ist zerkaut und franst am Ende aus. Leg dich zu ihr auf die Matratze, leg dich zu ihr und sag nichts.

In der Früh trödeln vorne an der Straße jede Menge Schüler vorbei. Der Strom reißt ab, gegen halb acht. Eine Pause. Dann kommen zwei, die rennen, weil sie zu spät dran sind. In Philipps Rücken kleidet sich Johanna zum Gehen an. Philipp konzentriert sich ganz auf das, was draußen passiert, und hört, da das Fenster offensteht, das Rufen der Kinder. Die klaren Stimmen sind der Höhepunkt des Tages. Philipp denkt daran, daß ihm sein Vater den Rat gegeben hat, sich bei eventuellen Raufereien an die Schultaschen der Kontrahenten zu hängen und ihnen, wenn sie am Boden liegen, sofort eine reinzuhauen. Als er sich wieder Johanna zuwendet, ist ihm fast, als kehre er von einer solchen Rauferei zurück. Johanna rückt ihren BH zurecht, zieht die Bluse glatt und kündigt an, daß sie jetzt gehen werde (woran er keinen Zweifel hat). Er verabschiedet sich von ihr, ohne Späße zu machen. Die gemeinsamen Späße sind das allerschlimmste, seit einiger Zeit besitzen sie etwas Verlogenes oder führen wenigstens zur Verlogenheit, wenn er abschließend etwas sagt:

– Ciao, Bella.

Er sagt nichts weiter, obwohl er bestimmt nicht alles für gesagt hält, was es zwischen ihnen zu sagen gibt. Er konzentriert sich ganz darauf, die sekundenlangen Blicke, die sie wechseln, in Tage umzurechnen, die sie einander nicht sehen werden.

One, two, three, four, five, six, seven, all the children go to heaven –.

Er denkt, daß alles immer ist, als versuche man denselben Satz, aber diesmal noch schöner, in sein Heft zu schreiben. Vielleicht ist es das, was uns zu armen Teufeln macht.

Und weg ist sie.

Am Nachmittag klebt die Müdigkeit an Philipp wie Dreck, und es ist ihm egal, daß er die Zeit verludert, denn Pläne hat er keine und deshalb auch nichts zu verschieben. Steinwald und Atamanov kreuzen erst gegen zwei, halb drei auf. Das Geschäft mit dem Inventar der Großeltern hat sich als einträglicher und weniger schweißtreibend erwiesen als das Herunterreissen von Tapeten. In Anzügen, die aussehen, als wären sie bei der Caritas am Mittersteig gekauft, steigen sie aus dem roten Mercedes, den sie vor der Garage geparkt haben, schlagen die Türen zu und kommen zu Philipp herüber. Philipp sitzt wie üblich zwischen Papier und Büchern auf der Vortreppe, allerdings ohne zu arbeiten, da er von der Wärme und infolge der vergangenen Nacht ständig halb am Einnicken ist. Steinwald und Atamanov bleiben vor Philipp stehen, sie wollen ihm von dem Erlös, den sie aus dem großmütterlichen Nachlaß lukrieren, einen Anteil ausbezahlen oder gegen ihre Stundenlöhne verrechnen. Philipp wird nicht ganz schlau aus dem, was sie sagen, denn weil er von dem Geld nichts will, hört er nur mit halbem Ohr hin. Er betrachtet weiterhin die Anzüge, die sehr überzeugend sind, speziell in der Art, in der sie von Steinwald und Atamanov getragen werden. In neuen Kleidern könnte er sich die beiden ohnehin nicht vorstellen. Er denkt: Wenn ich trüge, was Steinwald und Atamanov tragen, sähe ich aus wie ein Clown. Sie aber sehen aus wie Männer, die zu tun haben und sich von Kleinigkeiten nicht irritieren und schon gar nicht aufhalten lassen. Er beneidet seine Gehilfen und sagt nochmals, mit der freundlichen Unbeteiligtheit, die ihn momentan charakterisiert, daß er von dem Geld, das sie mit dem Weggeworfenen verdienen, nichts will, unter keinen Umständen. Sie heben die Schultern, nicht hilflos, nein, eher um ihr fehlendes Verständnis für Philipps Holzbockigkeit zu signalisieren. Atamanov kratzt sich hinter seinen großen Ohren. Dann wenden sich beide ab, beinahe gleichzeitig, wie an Fäden gezogen. Sie treten zum Abfallcontainer und stöbern darin, gespannt, was Philipp mittlerweile weggeworfen hat.

In dem Moment, in dem sich Philipp links liegengelassen auf der Vortreppe (sitzend) wiederfindet, ist ihm das auch nicht recht. Er schielt zum Container und bereut, daß er es ausgeschlagen hat, mit Steinwald und Atamanov gemeinsame Sache zu machen. Nicht um des Geldes, sondern um der Sache willen. Er steht von der Vortreppe auf, reibt sich den Hintern und drückt sich unbeholfen um den Mercedes herum, dessen Kofferraum offensteht. Erst jetzt fällt ihm auf, daß in dem Wagen die Vordersitze nicht zu den Hintersitzen passen und daß jede Menge Dufttannenbäume im Wageninneren hängen, sogar an der Decke. Als Steinwald in Philipps Nähe kommt, um den Plattenspieler und die letzten Sonntagsschuhe des Großvaters im Kofferraum zu verstauen, erkundigt sich Philipp, weshalb die Dufttannenbäume im Wagen hängen. Er findet, die Frage drängt sich auf. Trotzdem kommt er schlecht damit an. Steinwald kratzt verlegen am eingewachsenen Dreck in den Schwielen seiner linken Hand und antwortet, bei aller Verbundenheit, darüber wolle er nicht sprechen, Philipp halte sich auch sonst aus allem raus oder, was das Ganze nicht besser mache, interessiere sich für nichts. Philipp überlegt, wie Steinwald dazu kommt, sich zu dieser Behauptung zu versteigen, immerhin ist es Steinwald, der bei Tisch gewöhnlich nicht zum Reden zu bringen ist oder den Mund außer zum Essen und Gähnen zu nichts anderem aufmacht als zur Kommentierung schon besorgter oder noch anstehender Arbeiten. Philipp hakt dennoch nicht nach, denn er weiß, daß Steinwald und Johanna die Köpfe zusammenstecken. Ehe er auch von Steinwald gesagt bekommt, was er ständig von Johanna gesagt bekommt, daß *alles* so unbestreitbar sei wie die Tatsache, daß Tote stinken, bleibt er lieber still.

Vor ein paar Tagen, das fällt ihm jetzt wieder ein, weigerte sich Steinwald, ihn (Philipp) bis zur Kennedybrücke mitzunehmen. Philipp hatte dort ein Eis essen wollen, Banane, Malaga, und war aus Fassungslosigkeit darüber, daß ihm Steinwald die Mitfahrt ohne Angabe von Gründen abgeschlagen hatte, zu Hause geblieben.

Steinwald dreht ihm den Rücken zu und läßt sich demonstrativ auf den Fahrersitz plumpsen, so daß der ganze Wagen wackelt. Er dreht den Zündschlüssel um. Im Autoradio quakt eine von Interferenzen bedrängte Stimme über Rinderwahnsinn und gesunkene Fleischpreise. Steinwald startet und putzt den Motor durch. Er verstellt den Rückspiegel. Dann winkt er Atamanov, er solle vorwärtsmachen. Der Schotter knirscht. Schon hat der Mercedes das Tor erreicht, schert raus auf die Straße und ist verschwunden. In gedrückter Stimmung, wie schon zuvor, setzt Philipp sich dorthin zurück, wo er derzeit als einziges hingehört und ihm das Leben am ehesten einen erträglichen Geschmack hinterläßt: auf die Vortreppe. Während er sich dort beiläufig beschäftigt, mechanisch an der großen Zehe des rechten Fußes zieht und so ein hör- und spürbares Knacken erzeugt (als ob sonst nichts zur Disposition stehe), wartet er auf den Moment, den er für geeignet ansieht, etwas anzupacken – die Briefe zum Beispiel, die er am Vormittag im Schuhkasten gefunden hat.

Doch die Stunden schwinden dahin, eine nach der andern, ohne daß Philipp sich zu etwas Entscheidendem aufraffen kann. Er ist nach wie vor nicht wirklich bereit, sich in die Gefahr zu begeben, daß er mehr erfährt, als er wissen will, oder aufwärmt, was ihm halb ausgestanden im Bauch herumgeht. So hat er wenig erreicht, sich nur in eine schlechte Stimmung hineinmanövriert, als gegen halb sieben Steinwald und Atamanov zurückkommen, im Kofferraum ein neuer Gartengrill (rot), den sie Philipp zum Dank für seine Freigebigkeit schenken, dazu Koteletts, Würste und Bier für ein Grillfest mit mindestens zehn Personen.

Philipp freut sich aufrichtig, ist auch froh um die Ablenkung und fordert die beiden auf, ihre Freunde und Verwandten einzuladen. Das läßt Steinwald mürrisch und Atamanov deprimiert werden. Die Arbeiter ziehen es vor, Ordnung zu schaffen. Sie tragen ein paar morsche Dielen hinter die Garage, o-beinig, mit rausgestreckten Hintern, damit ihre Anzüge nichts abbekommen. Philipp indes rennt geschwind zur Mauer, um eventuelle Nachbarn ausfindig zu machen, die gewillt sind, an dem Grillfest teilzunehmen. Von jedem Stuhl aus macht er Klimmzüge und ruft Hallos in die nachbarlichen Gärten. Aber die Hallos verhallen wie abgeschmettert, und er selbst sinkt wie abgeschmettert zurück auf die Stühle. Ein Rasensprenger zischt. Es liegen Dinge auf den Terrassen, die Philipp bisher nie gesehen hat. Ein gelber Liegestuhl ist neu hinzugekommen. Aber die entsprechende Frau oder rülpsende Tochter reicher Eltern, ein grundgelehrtes Buch als Sonnenschutz über dem Gesicht, fehlt. Und mit ihr alle. Alle.

Auf dem Weg zum letzten Stuhl stellt er sich vor, er würde die Tochter des Wessely-Verwandten über die Mauer hinweg anrufen und fragen, wie es ihr geht und ob sie einen Freund hat. Wenn nicht, wolle er sie zu sich in den Garten einladen und mit sich bekannt machen. Vielleicht wolle ja auch sie sich mit ihm bekannt machen und mit ihm spazierengehen, einfach die Gartenmauer entlang, vielleicht sieben oder acht Mal. Das hätte er der Tochter des Wessely-Verwandten vorgeschlagen, wenn sie in dem gelben Liegestuhl gelegen oder in einer Hollywoodschaukel ihre Zehennägel gefeilt hätte. Aber dies- und jenseits der Mauer bleibt alles still, und wenn er den Atem anhält, kann er in seinem Kopf die Müdigkeit summen hören.

Immerhin läßt sich Frau Puwein zu einem Besuch überreden, eine Freundin seiner Großmutter, die Ende April eine Porzellanfigur abholte, die ihr Alma Sterk versprochen hatte. Frau Puwein bringt einen Herrn Prikopa mit, einen achtzigjährigen Mann mit einem einzelnen weißen Haarbusch auf der Stirn und großen, wäßrigen Augen. Herr Prikopa ist es, der alterstrübe Fotos von Philipp, Steinwald und Atamanov macht (a little out of focus). Es gelingt Philipp, Steinwald und Atamanov dazu zu bewegen, ebenfalls in ihre Gummistiefel zu schlüpfen. So posieren sie, die Gesichter gespannt dem Fotoapparat zugekehrt und in die Abendsonne blinzelnd, als stünden sie in einem nicht aufhörenden Blitzlicht nur mühsam stramm, vor dem Haus, vor dem Abfallcontainer und neben dem Podest des verschwundenen Schutzengels (wo die an den Sandstein gedrängten Königskerzen bereits eine beachtliche Höhe erreicht haben). Zuletzt lassen Philipp und seine Gehilfen sich im offenen Dachbodenfenster fotografieren, die Köpfe zusammengedrängt, Arme über den Schultern, mit wesentlich überzeugenderem Lächeln als noch im Garten. Die Gesichter der Männer haben beim Treppensteigen ein paar Schalen abgelegt, mindestens Philipps Lächeln kommt von Herzen. Vorübergehend versöhnt er sich sogar mit den Tauben, die sich weiterhin in der Nähe aufhalten, auf der Dachrinne und am Giebel.

Eine der Tauben fliegt auf.

– Abdrücken! ruft Philipp Herrn Prikopa zu.

Herr Prikopa dreht sich verwirrt im Kreis. Dann läßt er die Kamera sinken und sieht so ratlos aus seinen großen, wäßrigen Augen zum Dachbodenfenster hinauf, daß Philipp lachen muß. Auch den Moment von Philipps Lachen versäumt Herr Prikopa. Philipp trommelt wie wild mit der Faust auf das zerfurchte Fensterbrett und ruft Herrn Prikopa Anweisungen zu, bis sich der Ärmste gar nicht mehr auskennt. Herr Prikopa zieht seine Anzugjacke aus, reicht sie Frau Puwein in deren schon ausgestreckte Linke, holt ein großes weißes Taschentuch aus seiner Hose hervor und wischt sich ächzend den Schweiß von der Stirn.

Später ziehen ein paar Sterne auf, damit sich die Schiffe auf der Suche nach den Inseln im Süden der Dinge orientieren können. Philipp legt Koteletts auf den Grill und stößt mit seinen Gästen an. Das abtropfende Fett verzischt in der Glut. Philipp ist unbeschwert und ruhig. Er versucht seine Gäste mit Späßen zum Zulangen zu animieren, und wenn ihm Frau Puwein oder Herr Prikopa Fragen stellen, nickt er freundlich oder sagt, er wisse von nichts, oder macht einfach nur vielsagende Gesten, die den Anschein erwecken, er hole innerlich Anlauf, um dann, bei der Antwort angelangt, mit um so größerer Entschlossenheit zu sprechen. Doch meistens sagt er nichts.

Steinwald hingegen, der ein Bier nach dem andern trinkt, mit roten Backen wie eine Jahrmarktsfigur, wie ein Knödelfresser und Armdrücker, gibt Frau Puwein des langen und breiten Auskunft über alles, was sie zu wissen begehrt. Selbst über Philipps neue Kurzhaarfrisur äußert er sich Frau Puwein gegenüber wohlwollend. Dabei hat er bis dahin so getan, als hätte er diese Veränderung gar nicht bemerkt.

Nachdem Frau Puwein und Herr Prikopa gegangen sind, stehen Philipp und seine Gehilfen noch eine Weile im trüben Schein des Hoflichts, angestrahlt von der scharfen Wärme des Grills. Sie trinken weiterhin Bier, aber jetzt mit kleineren Schlucken. Sie stoßen zum sie wissen nicht wievielten Mal auf den Fortgang der Arbeit und die guten Geschäfte an. Im Glauben, einen günstigen Augenblick ausfindig gemacht zu haben, sagt Steinwald, daß er es für das klügste hielte, wenn er und Atamanov sich für die Dauer der Arbeiten, die noch zu leisten seien, in den leerstehenden Zimmern des Obergeschosses einrichten würden:

– Platz ist ja genug vorhanden.

– Wie bitte? fragt Philipp, ganz so, als habe er Probleme mit dem Gehör.

Aber Steinwald, weiterhin überzeugt, daß das, was er vorzubringen hat, eine gute Idee ist, fügt gelassen hinzu:

– Dann müssen Sie uns für die Arbeiten, die wir am Abend erledigen, keinen Lohn bezahlen, und wir sparen Wohnungskosten, was vor allem gut ist für Atamanov und seine Hochzeit.

Philipp nimmt einen kräftigen Schluck. Er überlegt, was die beiden von ihm wollen. Wenn er sich recht entsinnt, sind sie Abgesandte Johannas, und aus Johanna wird er nicht klug, oder anders (komplizierter): Er begehrt sie mehr, als er sie versteht.

Er beäugt Steinwald von der Seite und sagt:

– Der Boiler reicht nicht für drei.

Dazu macht er das passende Gesicht.

– Wir duschen kalt, entgegnet Steinwald.

Atamanov nickt bedeutungsvoll, als verstehe er jedes Wort, was Philipp, er weiß selbst nicht warum, derart beschämt, daß er ebenfalls nickt.

Sie schweigen eine Weile.

Philipp liegt dann lange wach. Geräusche rasseln rings um ihn herum. Die Fußböden knarren, wie er es eigentlich nicht für möglich gehalten hätte. Einmal hört er, wie sich die Dachsparren in einem langanhaltenden Stöhnen Platz verschaffen, das mutet an, als schaukle ein hölzerner Wagen, mit dem Philipp verreist, auf unruhiger Straße kurz vor dem Auseinanderbrechen. Ständig wacht er auf, dreht die Bettdecke auf die trockene Seite und fürchtet sich.

In dem geräumigen, ein wenig heruntergekommenen Haus mit seinen halbleeren und leeren Zimmern.

Donnerstag, 31. Dezember 1970

Sie weiß auch nicht, warum die Leute in der Nacht sterben. Sie selbst ist in der Nacht immer wie erschlagen, da kann sie sich nicht konzentrieren und richtig mitarbeiten. Außerdem erfaßt sie den Schrecken, wenn so ein Leben zu Ende geht, in der Nacht besonders gut, während tagsüber eine gewisse Gelassenheit bleibt. Sie mag die Nacht nicht sonderlich. Bei Tag ist alles schöner.

Ingrid ruft bei Frau Grauböck zu Hause an, es nimmt niemand ab. Doch zehn Minuten später kommt ein Anruf von Herrn Grauböck, ob etwas sei. Nachdem Ingrid ihn über den schlechten Zustand seiner Frau informiert hat, fragt er, ob er mit den Kindern kommen dürfe.

Rasch schieben die Schwestern die anderen Patientinnen auf den Gang und wiegeln deren neugierige Fragen ab. Im Stationszimmer findet Ingrid zwei Sträuße übriggebliebener Blumen, die sie in das Zimmer zu Frau Grauböck stellt. Die Atmung von Frau Grauböck ist jetzt feucht und rasselnd, als drücke eine ungeheure Last auf den Brustkorb. Ingrid saugt der Sterbenden den Rachen ab, gibt ihr eine letzte subkutane Dosis Morphium. Sie kippt vorsorglich das Fenster, damit es nicht allzusehr riecht.

Der Tod, eine knappe Stunde später, wird dadurch nicht verdaulicher. Die düsteren Zeremonien (rund ums Bett knien, Kerzen anzünden, das Psalmodieren von Sätzen im Konjunktiv der Vergangenheitsform) setzen Ingrid auch diesmal hart zu. Und dann eine zyanotische, fast schwarze Leiche, wie auch Ingrid noch nie eine gesehen hat, und das Zusammenbrechen der Angehörigen, als hätte der Herzschlag der jungen Frau mehr als nur ihren eigenen Körper in Gang gehalten. Schwester Gitti kümmert sich um den Mann, einen kleinen Beamten mit krausen Haaren. Ingrid nimmt sich der Kinder an, die neun, zehn und vierzehn sind. Es ist erschütternd. Alle heulen. Und obwohl das erfahrungsgemäß besser ist als das Betäubtsein, das dann wochen- und monatelang anhält, geht es Ingrid so nahe, daß auch sie weinen muß. Sie liegt sich mit der älteren Tochter von Frau Grauböck in den Armen, bis sie beide wieder ruhiger sind. Ingrid holt mehrmals tief Atem, es ist, als sei sie heftig gerannt. Dann schickt sie die Angehörigen hinaus, damit sie die Formalitäten erledigen kann. Sie leuchtet der Toten in die Pupillen, die trüb und entrundet sind, prüft mit dem Stethoskop die Herzaktion, dabei hat sie die Augen geschlossen, um sich besser zu konzentrieren. Wie meistens hört sie auch diesmal nicht nichts, sondern dumpf die Geräusche draußen vom Gang, die im stillen Körper der Toten widerzuhallen scheinen; was ein wenig gespenstisch ist, beunruhigend und tröstend zugleich, aber auch gespenstisch. Ingrid veranlaßt den Transport der Leiche in den Keller. Sie redet nochmals mit Herrn Grauböck, der sich vielmals für Ingrids Engagement bedankt. Um halb fünf, nach anderthalb Stunden auf vorgeschobenem Posten, als die Angehörigen nach Hause gefahren sind, kann auch Ingrid sich ins Schwesternzimmer verziehen und um einen Kaffee bitten. Sie zündet sich eine Zigarette an, rutscht am Stuhl so weit es geht nach vorne und streckt die Beine aus. So sitzt sie, trinkt, raucht, starrt geradeaus auf die Wand und horcht auf das kratzende Geräusch der Füllfeder von Schwester Bärbel, die ihr Tagebuch schreibt. Auf dem Gang die schlurfenden Schritte eines Patienten, der seine senile Bettflucht auslebt, und geraume Zeit später die quietschenden Räder am Karren der Putzfrau, die kommt, um den

Boden feucht aufzuwischen. Ingrid fällt auf, das Gebläse im Schwesternzimmer ist total laut.

Von fünf bis sieben schläft Ingrid. Zuletzt träumt sie, daß sie eine Leiche beiseite schaffen muß, eine grausliche Angelegenheit. Entsprechend ist die Stimmung, als sie vom Krachen des Schneepflugs unten im Hof erwacht. Obwohl es noch dunkel ist, strahlt der Schnee ein wenig Helligkeit in den kleinen Raum, so daß Ingrid ohne Licht aufstehen kann. Sie putzt gerade die Zähne, als das Telefon sein Klingeln gegen die Metallspinde wirft. Es ist Schwester Bärbel, die wissen will, ob es Ingrid gutgeht. Ingrid rennt rüber und hilft Blut abnehmen. *War noch was? Wie ist der Zustand der anderen?* Frau Mikesch, den Kopf auf der rosaroten Spitzenkrause des Nachthemds, verweigert beharrlich die Blutabnahme, einerseits (Ingrids Eindruck) weil Frau Mikesch diese Weigerung für ihre Psyche braucht und daraus die Energie zum Gesundwerden zieht, andererseits um einen Anlaß zu schaffen, der Ingrid nötigen soll, sich auf Frau Mikeschs endloses Reden einzulassen (auch das zu therapeutischem Zweck). Ingrid läßt Frau Mikesch grantig in ihrem Bett sitzen und verrichtet den Rest der anstehenden Arbeit. Anschließend trinkt sie eine Tasse schwarzen Kaffee und berichtet den Kollegen, die den Dienst antreten, von den Vorkommnissen der vergangenen Nacht: Frau Grauböck gestorben, ihr Tod eine Katastrophe. Frau Mikesch eine Nervensäge.

Oberarzt Doktor Kalvach streichelt Ingrid die Haare, was Ingrid als Ausdruck größten Wohlwollens auffaßt. So was hat Kalvach bisher nie getan, und es ist väterlich gemeint. Ingrid freut sich darüber. Kollegin Ladurner gibt sich derweil die Blöße, allen zu erzählen, daß sie auf ihren Mann grantig ist und deshalb später nach Hause kommen will, um ihm selbiges heimzuzahlen. Kindisch. Ingrid würde so was nie betreiben. Aber es kann ihr recht sein, daß Kollegin Ladurner drauf aus ist, ihre Eheprobleme mit Arbeit suffizient zu therapieren, da braucht sie selbst kein schlechtes Gewissen zu haben, wenn sie das Haus so früh wie möglich verläßt. Sie memoriert rasch die Gänge, die sie am Vormittag zu machen hat, dann deklariert sie Kollegin Ladurner ihre eigene Ehe:

– Ich bin seit 11 ½ Jahren verheiratet.

– Das schaffe ich nie, sagt Ladurner.

Und eine junge Schwester gibt ebenfalls ihren Kren dazu:

– Ich auch nicht, schon gar nicht, wo hoffentlich bald neue Scheidungsgesetze kommen. Da werden wir die Männer schön angelehnt lassen.

Nach dem entsetzlichen Tod von Frau Grauböck hat Schwester Bärbel Ingrid in alle Affären des Hauses eingeweiht. Sowie jemand stirbt, kann man damit rechnen, die vertraulichsten Dinge zu erfahren, das ist Ingrid schon öfters aufgefallen. Da hat jeder sein Maß, der eine zum Weinen, der andere zum Reden. Dem Vernehmen nach stimmt Kollegin Ladurner ihre Nachtdienste mit einem Assistenten der Chirurgie ab, einem Ägypter. Ingrid fragt sich, warum sie selbst so blöd ist und nicht ebenfalls anfängt, ihre Fähigkeiten in puncto Fremdgehen auszuloten. Vermutlich, weil ihr die momentane Einteilung mit Mann-Kinder-Berufstätigkeit-Haushalt auch ohne Liebhaber zum Kragen herauswächst. Ein Pantscherl, denkt sie, ist genau das, was mir auf dem Weg ins Narrenhaus noch fehlt.

Drei Aufnahmen und Telefonate um ihre Lohnzettel mit der AUVA und mit dem Rathaus. Die Frau von der AUVA kennt Ingrid sogar noch beim Vornamen, was Ingrid verblüfft. Auch im Rathaus ist man sehr dienstbeflissen. Beide schicken ihr die Lohnzettel von 1968. Somit kann der Wohlfahrtsfonds haben, was er will.

Die Morgenbesprechung ist dann der Schock zum endgültigen Wachwerden. Der Chef hat eine Art wie in der NS-Zeit. Es läuft Ingrid kalt über den Buckel. Diesmal regt er sich darüber auf, daß etliche Kollegen Termine in anderen Häusern wahrnehmen, während sie hier noch im Dienst sind. Er sagt, diese Sümpfe werde er trockenlegen. Er nennt sogar Namen, coram publico, was betretene Gesichter bei den Oberärzten zur Folge hat. Aber den meisten ist es zu gönnen. Dann heimst ein Kollege Lob für Dinge ein, die auf Ingrids Konto gehen. Aber weder der Kollege sagt etwas noch Ingrid. Die ärgert sich bloß, *das war ich*, müßte sie sagen, und sei's nur, damit es wenigstens die Kollegen hören, die in unmittelbarer Nähe sitzen. Müßte sie. Aber sie gibt keinen Laut von sich, vielleicht weil sie nach den bedrückenden Ereignissen der vergangenen Nacht nicht begreifen kann, wie solche Ungerechtigkeiten überhaupt möglich sind und warum der Primar ihr den Schrecken nicht ansieht, den sie irgendwie verdauen muß.

Wieder am Gang, erntet das lauteste Lachen ein Witz von Oberarzt Kober:

– Fünf Frauen an der Kette in der Küche. Artgerechte Haltung.

Ingrid lacht pflichtschuldig.

– Ist echt zum Schießen. Hahaha.

Kery hingegen wird böse, Kober solle sich als geohrfeigt betrachten, weil, wie sie sagt, frauenfeindliche Aussage. Ingrid weiß sofort, wie gut das bei den Kollegen ankommt. Kery, das dumme Huhn, kapiert nicht, daß sie sich mit dieser Masche in die Sackgasse manövriert. Ingrid bespricht den *schönen Fall* mit Kollegin Ladurner, die stimmt zu und meint, sie würde sich ebenfalls hüten.

Raus und weg.

Dick verpackt fährt Ingrid mit dem Lift nach unten. Sie mag das Rasseln der Seilrollen und das dumpfe Aneinanderschlagen der Liftkabel im Schacht. In den Ambulanzgängen werden

Namen aufgerufen. Man hört das Brummen des Entwicklers für die Röntgenbilder noch vorn in der Aufnahme. Ingrid stülpt im Gehen die blaue Wollmütze beidhändig über das Haar, schlüpft mit geübtem Ärztinnengriff in die Handschuhe und drückt sich durch die Schwingtüren ins Freie, in die schneidend kalte Luft, in der sie sich ein wenig benommen fühlt. Oder ist es die Erleichterung, den Nachtdienst überstanden zu haben? Für einen kurzen Moment, als sie träge den Schnee von den Scheiben ihres Käfers schiebt und der Wind ihr die aufgewirbelten Kristalle seitwärts ins Gesicht und in den Atemzug treibt, empfindet sie so etwas wie Glück. Das Scheuern der Schneeschaufeln hallt durch die Gassen. Ein Hubschrauber trägt sich ruckend im böigen Wind schrägrechts heran. Ihn in der morgendlichen Diesigkeit landen zu sehen ist ebenfalls ein gutes Gefühl.

Als sie den Wagen startet mit zweimal elsternhaft schnarrender Zündung und dann nur langsam anstotterndem Motor, ist es zwanzig vor neun. Saukalt. Vier Grad unter Null.

Mit kratzenden Scheibenwischern fährt Ingrid zu Palmers und belohnt sich mit zwei Garnituren schwarzer Unterwäsche für den Dienst. Als sie sich nach dem vertraulichen Gespräch mit Schwester Bärbel niederlegte, mußte sie die Diagnose stellen, daß die Wäsche, die sie trägt, schon morsch ist und für eine Affäre nicht mehr geeignet wäre. Ingrid muß zusehen, daß sie trotz des Gedränges, in dem sie sich befindet, mehr auf sich achtet. Sie fährt sogleich zum Friseur. Dort angekommen, wirft sie lediglich einen kurzen Blick durch das Schaufenster und stellt fest, daß es noch immer zu wenige Hippies gibt. Der Laden ist bummvoll, und stundenlanges Warten kommt für Ingrid nicht in Frage, weil ihr kein Laden bekannt ist, in dem man sich Zeit anschaffen kann. Also weiter zum Konsum, einkaufen, sehr kursorisch, Hauptsache viel. Der Grund: Sie kann sich nicht darauf konzentrieren, was sie am Neujahrstag für die

Meute kochen will. Sie räumt die Einkäufe in den Kofferraum, dann steuert sie vis-à-vis die Trafik an. Sie hat ihre Zigaretten im Ärztezimmer liegenlassen. Die sind verloren.

Der Trafikant sagt:

– Frau Doktor sehen gut aus.

– Hübsche Kinder habe ich und einen tollen Mann, antwortet Ingrid. Hat der eine Ahnung. Aber sie ist immerhin beruhigt, daß ihr nicht jeder auf den ersten Blick ansieht, wie's ihr geht.

Dann die nächste eilige Angelegenheit: Die Weihnachtsfilme zum Entwickeln bringen. Und noch mal zum Konsum, weil sie die Servietten vergessen hat. Es ist jetzt Viertel nach zehn. Wenn sie sich beeilt, kommt sie rechtzeitig nach Hause, um von der Couch aus den Vormittagsfilm zu verschlafen. Seit längerem steht wieder einmal *Der Hofrat Geiger* auf dem Programm, mit der elfjährigen Ingrid als Statistin. Die Freude darüber (oder ein Anfall von Sentimentalität?) läßt sie der Versuchung nachgeben, den Einkauf durch eine Flasche Marillensekt zu vervollständigen. Nach dem Nachtdienst ist sie immer so halb hinterm Mond, sie neigt an diesen Tagen zu Spontaneinkäufen. Wenn schon. Sie ist der Meinung, sie hat sich die Flasche heute verdient.

Was Ingrid daheim geboten bekommt, ist ein fürchterlicher Dreck im Windfang und Cara, die Hündin, die Ingrid vor Wiedersehensfreude am liebsten auffressen würde, obwohl Cara es bestimmt nicht nötig hat, fett wie sie ist. Offenbar haben die Kinder Cara wegen ihrer Schreckhaftigkeit zu Hause gelassen, und auch Peter, den Ingrid in seiner Werkstatt arbeiten hört, wird die Kracherei dankbar zum Vorwand genommen haben, sich im Keller zu verschanzen, statt mit den Kindern zu gehen. An diesem Großkampftag.

Ingrid kann Peters Aversion gegen das Böllerschießen nicht

für voll nehmen, schließlich bereiten ihm Fehlzündungen von Rennautos sichtliche Freude. Ihrer Meinung nach hat Peter von der Silvester-Symptomatik bei ehemaligen Kriegsteilnehmern gelesen, wie manche Frauen von Migräne lesen und bei Bedarf Betroffenheit herzustellen wissen. Der Krieg ist bei ihm eine Art Männer-Migräne, sehr schlau, klug, ausgeklügelt. Ausreden. Am zweiten Weihnachtsfeiertag hat Ingrid saubergemacht. Fenster und Türen standen zum Lüften offen, da knallte eine Tür vom Luftzug mit großer Wucht zu, und Peter, der auf dem Sofa eingeschlafen war, bekam einen solchen Schrecken, daß er vom Sofa fiel. Aber Frage (skeptisch): Würden in so einem Fall nicht auch die Kinder vom Sofa fallen? Und: Und außerdem verbringt Peter seine Freizeit ohnehin das ganze Jahr über im Keller, in der festen Überzeugung, daß der Einsatz an der Werkbank seine familiären Schwächen aufwiegt. Auch unter diesem Gesichtspunkt, findet Ingrid, braucht ihr der Herr Straßenverkehrsspezialist nicht sonderlich leid zu tun.

Sie stellt zwei Taschen in die Küche. Ehe sie auch die restlichen Einkäufe aus dem Wagen holt, dreht sie im Wohnzimmer den Fernseher auf, damit er warmlaufen kann. Es blitzt im Inneren des Kastens, die Bildfläche schimmert grünlich, wird nach und nach milchig hell, die Konturen gewinnen an Schärfe und zeigen ein weißes Insert:

Dieser Film spielt im heutigen Österreich, das arm ist und voller Sorgen. Doch – haben Sie keine Angst – davon zeigt er Ihnen wenig.

– Das hätte noch gefehlt, sagt Ingrid gähnend.

Nachdem einige Sekunden des Filmanfangs wie durch einen Schleier vor ihr abgelaufen sind, geht sie in die Garage und schleppt die Getränke herein. Sie brüht Kaffee, schneidet einen Apfel in Schnitze, und während die blasierte Stimme von Hans Moser vertraut an ihr Ohr dringt, hat sie eine präzise Vorstellung von den Bildern, die ins leere Wohnzimmer strahlen. Sie gibt Cara Baldrianperlen und beruhigt sie mit Streicheln und Zureden. Sie verräumt die Einkäufe, alles an seinen Platz. Der

Marillensekt? Mit dem hat sie sich eindeutig zuviel zugetraut, besser zum Neujahrskonzert, wenn die Nachbarn kommen, die keinen Fernseher haben. Ob Sissi und Philipp mit den Nachbarskindern zum Rodeln gegangen sind? Vermutlich. Sie hofft, daß Sissi ihren Bruder gut angezogen hat. Das ewige Kranksein der Kinder geht ihr schön langsam auf die Nerven. Masern, Scharlach, Feuchtblattern, Bindehautentzündung *and so on*. Was sie jetzt nötig hat, ist ein ruhiger Start ins neue Jahr.

Ingrid legt sich auf die Couch. Sie richtet den Heizlüfter auf ihre Beine und wickelt sich eng in die Decke, die Arme vor der Brust überkreuzt. Ehe sie einnickt, sieht sie fünf Minuten von *Der Hofrat Geiger*. Hans Moser, als Faktotum des Hofrats, will bei einer Bäuerin eine Vase gegen Eier eintauschen, aber Eier sind nur gegen ein Ofenrohr zu bekommen und ein Ofenrohr nur gegen eine Probierpuppe und eine Probierpuppe nur gegen einen Grabkranz und ein Grabkranz nur gegen eine Sitzbadewanne, die Sitzbadewanne nur gegen eine Unterhose und die Unterhose nur gegen einen Papagei. – Eine wie mit dem krummen Finger lockende Einladung zu wirren Vormittagsträumen.

Ingrid wacht auf, als sich Peter in der Küche durch die Besteckschublade wühlt. Sie zieht die schweren Augendeckel hoch. Am Fortgang der trübe heranschwimmenden Bilder – der Hofrat trifft seine Jugendliebe, Marianne Mühlhuber, die er vor achtzehn Jahren sitzengelassen hat – kann sie ablesen, daß nicht einmal eine halbe Stunde vergangen ist. Der Hofrat verspricht Wiedergutmachung, er beabsichtigt seiner früheren Geliebten und der mittlerweile siebzehnjährigen Tochter Mariandl den Namen zu geben, der den beiden zusteht. Doch die ehemalige Geliebte verhöhnt ihn:

– Weil wir ja jetzt im Wiedergutmachungszeitalter leben, nicht wahr! Wiedergutmachung! Wiedergutmachung! Ich kann das Wort schon nicht mehr hören!

Ingrid weiß, daß Marianne Mühlhuber das Anerbieten nach einigem Hin und Her akzeptieren wird, weil sie hofft, durch die Heirat die österreichische Staatsbürgerschaft zurückzuerhalten, die ihr in den Kriegswirren abhanden gekommen ist. Sehr romantisch. Der Hofrat indes, der sich gerade unerträglich einschleimt, wird seine Familie vom Hochzeitsbankett weg abermals verlassen, weil ihn der Ruf ins Amt ereilt.

– So ein Arschloch, mault Ingrid.

– Hast du etwas gesagt? fragt Peter, der in diesem Moment in der Tür erscheint, die schlanke Gestalt in für das Büro bestimmter Kleidung, Hose und frischem Hemd.

– Oh, nein, nein, wiegelt Ingrid ab mit schräg aufwärts in Peters Blick hineingewandtem Kopfschütteln.

– Ich habe *Arschloch* verstanden.

Ingrid setzt sich mit langsamen Bewegungen auf, zieht die Knie vor die Brust und schlingt die Arme um die Beine, ihre Vorstellung von Bequemlichkeit. Sie deutet mit dem Kopf Richtung Fernseher. Sie nimmt einen prüfenden Schluck vom Kaffee, der noch lauwarm ist. Ihr Blick wirkt, als falle sie in Zeitlupe aus allen Wolken.

– In zehn Minuten wird sich der Herr Hofrat darauf hinausreden, daß ihn das Amt rufe und daß er nur deshalb keine Zeit für seine Familie habe, weil er sich für die Gemeinschaft zersprageln muß. Das übliche Freilos. Ich wunder mich, daß mir dieser beinharte Realismus bisher nie aufgefallen ist. Ich habe immer gedacht, ich hätte in einem süßlichen Heimatfilm mitgewirkt. So kann man sich täuschen.

Peter blickt eine Weile auf den Bildschirm.

– Das muß ich in der Zeitung übersehen haben, daß der wieder einmal gesendet wird.

Dann kneift er Ingrid sacht in den Nacken, seine übliche Art. Er hat ein Pflaster um den Daumen, das scheuert. Weil Ingrid nicht reagiert, erkundigt sich Peter, ob sie etwa immer noch böse sei.

Sie ist erstaunt, daß er das Gespräch von vor zwei Tagen nicht längst verdrängt hat, das wertet sie als sicheres Zeichen, daß ihm das Gewissen zusetzt. Deshalb hakt sie nach – sie versucht (natürlich versucht sie es) zu erklären, mit zunächst leiser, die Silben verschleppender, allmählich sich erregender Stimme, warum die Diskussion nicht einfach erledigt sein könne, nur weil zwei Tage vergangen sind und der Jahreswechsel bevorsteht, davon werde nichts besser. Sie argumentiert, so eine profane Versöhnung, obwohl keine Änderung eingetreten ist, halte nicht lange, wäre überdies unehrlich. Er solle sich endlich mit den Tatsachen auseinandersetzen und sie (Ingrid) mit seinen Ausflüchten und ewiggleichen Antworten in Ruhe lassen. Für alles sei sie der Trottel, und falls er sie in dieser Ansicht korrigieren wolle, soll er zuerst in den Windfang schauen und dann in die Abwasch, in der sich das Geschirr von gestern und vom Frühstück türmt. Es gebe ja immer den Trottel Ingrid, der hinter allen herräumt. Ob er, wie die Dinge stehen, allen Ernstes meine, daß sie da nicht mehr böse sein soll.

– Na, eigentlich schon.

Er sagt es irgendwie recht lieb und würde es besser so stehenlassen. Aber er fährt fort, er finde ihr Verhalten genauso eigenartig, und er denke nicht daran, diesen Zustand auf Dauer mitzumachen. Ihre Berufstätigkeit beeinträchtige das Familienleben auf eine Art, da könne er nicht einfach zusehen.

Sie funkelt ihn mit einem schnellen Blick an, eine Sekunde später sind ihre Augen wieder geschlossen. Sie sagt, und erst am Ende des Satzes gehen ihre Augen wieder auf, aber Richtung Fernseher:

– Wozu hätte ich dann so lange studiert, wenn ich die Ausbildung nicht nutzen würde. Du hast doch gewußt, daß du eine angehende Ärztin heiratest.

Keine Antwort. Sein hilfloses Dastehen ist Antwort genug. Er hat nichts zu sagen, denn er weiß genau, daß es nichts gibt, was zu seiner Rechtfertigung dienen könnte.

Ingrid reibt die kalten Hände vor den weiterhin hochgezogenen Knien. Sie heftet den Blick auf den Bildschirm. Sie sucht einen Anhaltspunkt für ihren stockenden Gedankenfluß und zitiert schließlich einen Satz, den Kanzler Kreisky unlängst verwendet hat:

– Wie die Vogelscheuchen im Gurkenfeld, zum Reden nicht fähig.

Peter beklagt sich:

– Du bist so aggressiv.

Mit träger Genugtuung gibt Ingrid zurück:

– Allerdings.

In der Tat ist sie schon wieder sauer, kaum hat sie ein paar Worte mit Peter gewechselt. Sie sagt sich, was bildet der sich überhaupt ein. Im kommenden Jahr wird sie fünfunddreißig, sie hat die ersten grauen Haare, und er meint, über sie bestimmen zu müssen. Sie hat genug Probleme damit, sich von ihrem Vater zu lösen, da braucht sie keinen Mann, der genauso dominant sein möchte und, statt ihre Bemühungen zu unterstützen oder wenigstens anzuerkennen, ihr ein Gefühl der Unzulänglichkeit vermittelt. Obwohl sie viel mehr leistet als er, erhält sie fast nie ein Kompliment, außer vielleicht, daß das Essen gut ist. Stundenlanges Kochen wird honoriert, weil es ins Bild von der vorbildlichen Gattin, Hausfrau und Mutter paßt, wie es an den Fassaden der Gemeindebauten prangt: ein Heimchen mit Holzschuhen und Nackenhaarknoten, eine Garbe Ähren im Arm, links und rechts Kinder. Ansonsten? Kein Wort der Anerkennung. Es wird tunlichst alles vermieden, was daheim den Eindruck erwecken könnte, sie sei tüchtig oder gar begehrenswert. Das läßt Peters Egoismus nicht zu. Er schafft es nicht, sich aus dem Zentrum zu nehmen, das ist die Pathologie der Männer, da sind sie alle gleich, und wenn nicht alle, so die meisten. Garantiert steht Ingrid nicht allein da mit einem Mann, der nur sich selbst liebt. Das alles ist schade, sehr schade, zumal der Herr Haushaltsvorstand eindeutig keine Einsicht besitzt. Da könnte sie genausogut versuchen, Cara das Einmaleins beizubringen.

Wie war der Dienst, Ingrid?

Das fragt niemand.

Da sie schon einmal dabei ist, teilt sie Peter mit, daß sie es zuwege gebracht hat, ihren nächsten Dienst von Sonntag auf Montag zu tauschen. Sie komme seit Tagen nicht zur Ruhe und brauche das lange Wochenende zum konzentrierten Ausschlafen und Regenerieren. Da Peter in der kommenden Woche noch frei habe, sei es ja eigentlich egal.

Peter regt sich furchtbar auf, er habe sich für Montag soviel vorgenommen, er sei davon ausgegangen, Ingrid werde zu Hause sein und den Laden schmeißen (seine Diktion). Er habe sich mit zwei Kollegen für das Fußballturnier in der Stadthalle verabredet.

– Na toll, sagt Ingrid.

Eine Sekunde später verzieht sie den Mund:

– Die Kinder werden nicht das erste Mal allein zu Hause sein. Ich habe den hartnäckigen Verdacht, sie beschäftigen sich auch heute ohne elterliche Anleitung. Dann ist das halt ein Training für Montag.

– Die Kinder sind nicht das Problem, die schicke ich mit dem Andritsch-Buben in die Stadt, wo es schon etwas geben wird, einen Ersttagsstempel oder eine Rede am Rathausplatz. Aber ich kann die Arbeiter fürs Bad nicht auch mitschicken. Außerdem weiß ich nicht, wie du den Spiegel im Bad montiert haben willst.

Er redet lauter Schwachsinn, findet Ingrid, und weil sie Peter einbremsen muß, damit er nicht alles auf sie abwälzt, sagt sie dreimal, sie sei in diesen Dingen ja doch keine Hilfe, da müsse er schon seine eigenen Fähigkeiten in Anschlag bringen. Hier folgt sie dem Beispiel von Sissi. Die nicht einmal zehnjährige Tochter ist in strategischen Dingen gewiefter als die bald fünfunddreißigjährige Mutter. Im vorliegenden Fall heißt das,

Sissi hat längst begriffen, wie zuverlässig es funktioniert, wenn sie die Blonde spielt. Zweckdenken als Selbstschutz. Dummheit als Anwendung, als wäre Dummheit eine Form von Höflichkeit: *Tut mir leid, aber das kann ich nicht. Da kenne ich mich nicht aus. Das ist mir nun wirklich zu schwer.* Ingrid muß diese Sätze automatisieren, etwas anderes, das leuchtet ihr ein, bleibt ihr nicht übrig. Entweder man gibt den Männern die Möglichkeit, sich überlegen zu fühlen, oder sie ziehen sich aus der Affäre.

Ob dann am Montag wenigstens etwas gekocht sei, fragt Peter. Das empfindet Ingrid erst recht als eine Frechheit. Wenn Peter einmal zum Einsatz kommen soll, kriegt er die Panik, dabei ist Ingrid weitaus öfter diejenige, die in den sauren Apfel beißt. Sie arbeitet auch härter für ihr Geld als der Herr Straßenverkehrsspezialist, der ganze Tage durch die Gegend heizt, wie es ihm beliebt. Wenn man einen Gradmesser sucht, wie unterschiedlich bei ihnen die berufliche Belastung ausfällt, muß man sich nur anschauen, was sie nachts träumen. Während Ingrid regelmäßig dienstliche Probleme verarbeitet und von Glück reden kann, wenn sie mittendrin aufwacht, kauft Peter sich im Traum einen Alfa Romeo und ist am Morgen vor Seligkeit nicht ansprechbar. Er prahlt sogar damit, daß er im Innendienst mit den Kollegen Dart spielt. Vermutlich auch deshalb ist ihm daheim jeder Handgriff zuviel.

Sie sagt:

– Ganz nach deinen Wünschen, es wird alles passieren.

Ohne ein weiteres Wort steht sie auf und schlägt mit schmalen, vom Gähnen wäßrigen Augen den Weg Richtung Küche ein.

Als sie an Peter vorbeigeht, meint er geduldig (kann sein, es ist versöhnlich gemeint):

– Ich weiß, du bist in letzter Zeit etwas drüber.

– Sprich: Du brauchst das, was ich gesagt habe, nicht besonders ernst zu nehmen.

Sie schüttelt den Kopf und wendet sich bereits wieder ab.

Sie ist nicht gewillt zu streiten, dem Energieaufwand, der dazu erforderlich wäre, fühlt sie sich im Moment nicht gewachsen. Im Weitergehen nimmt sie an, daß Peter und sie an diesem Tag nicht mehr viel miteinander reden werden. So ein Idiot. Alles, was recht ist. Er hält sich in ihr eine Putzfrau, eine Köchin, eine Gouvernante für die Kinder und ab und zu eine Geliebte, die aber nicht befriedigt wird. Die seltenen Male, die er sich für seine frühzeitigen Ejakulationen entschuldigt, sind gezählt. Und die Verwandlungskunst geht weiter: Wäscherin, Büglerin, Tippse. Und alles sehr billig. Die Früchte des langen Kampfes für die Emanzipation der Frau. Wohin diese Entwicklung bisher geführt hat, dafür ist Ingrid der gemeingültige Beweis. Da pfeift sie auf den ganzen Linksruck, der ist nur auf den Straßen laut. Aber zu Hause heißt es: *Psst!*

Mit einer Zigarette zwischen den Lippen wäscht Ingrid einen Teil des Geschirrs ab. Nachdem Peter sich beleidigt in den Keller verzogen hat, legt sie sich langgestreckt und mit spitz angewinkeltem Ellbogen zurück auf die Couch und verfolgt an einer Haarsträhne vorbei das weitere Geschehen im Fernsehen, ohne daß ihr die Passagen, die sie versäumt hat, abgehen. Sie ist mit dem Film zu gut vertraut, als daß sie nicht in der Lage wäre, das Fehlende aus dem Gedächtnis einzufügen. Außerdem hat während der dreiundzwanzig Jahre, die der Film jetzt alt ist, auch in Ingrids Kopf eine gewisse Fragmentierung stattgefunden. Es gibt Lieblingsszenen, die ein Eigenleben abseits der Filmhandlung führen, während andere Szenen, ebenfalls abseits der Filmhandlung, ihre Bedeutung ganz und gar eingebüßt haben, totes Material, das genausogut herausgeschnitten werden könnte, wenn es nach Ingrid ginge. Diese Szenen läßt sie teilnahmslos ablaufen und nutzt die Flaute zum Nachdenken über Alltagssorgen, über die vergangene Nacht, zum Träumen. Dann wieder ist sie wie gefangen von einer Einstellung, deren Vertrautheit ihr fast gespenstisch vorkommt.

Wenn sie zurückschaut, stellt sie dieselbe Fragmentierung an ihrem eigenen Leben fest. Es gibt darin keine durchgehende Ordnung, keine strenge Chronologie. Ihr Leben kommt ihr vor wie eine auf den Haufen geworfene Ansammlung scheinbar in sich abgeschlossener Etappen, zu denen auch ihr Auftritt im Film gehört. Sie hat dies gemacht, sie hat jenes gemacht, und alles in allem hat sie nichts gemacht, was ihr in der nächsten Etappe sonderlich weitergeholfen hätte.

Ingrid schläft, aber wieder nur einige trümmerhafte Minuten. Die heimkehrenden Kinder und das Bellen des Hundes reißen sie heraus. Philipp hat einen knieweichen Schritt, seine Finger in den nassen Fäustlingen sind weiß, trotzdem lächelt er mit seinem vor Kälte gespannten Gesicht und macht zweimal »Brrr«. Ingrid zieht ihn aus, frottiert ihn ab, schleppt ihn in sein Zimmer, wo er darauf besteht, seinen *Universitätspyjama* als Trainingsanzug zu tragen. Seit dem Heiligen Abend hat er zu Hause nichts anderes mehr angehabt als seinen *Universitätspyjama*, auch tagsüber, da er auf Sissi mit ihrem *Universitätspullover* neidisch ist, wohingegen Sissi, damit sie nachts nicht nachsteht, sich im *Universitätspullover* niederlegt, mit dem einzigen Unterschied, daß sie den Pullover im Bett ohne Unterhemd trägt. Ein Volltreffer.

– Morgen muß der Pyjama gewaschen werden, sagt Ingrid.

Sie hilft Philipp hinein, fordert ihn auf, mit nach unten zu kommen und sich im Fernsehen die Mama anzuschauen, wie sie als Mädchen in Schwarzweiß und im Schürzenkleid ausgesehen hat. Wie war eigentlich die Farbe? Sie laufen polternd die Treppe hinunter ins Wohnzimmer. Dort hat Sissi bereits auf den anderen Sender gedreht. Ingrid schnauzt sie an, sie solle sofort zurück auf den Film drehen. Sissi gehorcht bereitwillig in gespielter Ahnungslosigkeit, anschließend erzählt sie, daß Philipp beim Rodeln, als er bei einem gewissen Hansi mitfahren durfte, sich um zehn Zentimeter Breite fast den Schädel entzweigeschlagen hätte. Hansi, sagt Sissi, sei *urgestopft* (dürfte sie beeindrucken) und insulinpflichtiger Diabetiker (dürfte sie ebenfalls beeindrucken).

– Kannst du nicht ein einziges Mal für fünf Minuten dein Mundwerk schonen, bittet Ingrid.

Philipp geht nach draußen und kommt mit Sissis orange getönter Skibrille zurück. Er schildert den Film in Farbe und äußert die Hoffnung, daß er die Mama, wenn sie ins Bild komme, mit Hilfe der Skibrille besser erkennen werde. Sissi verpaßt Philipp einen Schlag auf den Kopf, er höre doch, daß die Mama fernsehen wolle, dann gibt sie ihm den Rat, sich zum nächsten Weihnachten Buerlecithin zu wünschen, ganz oben auf der Liste, damit er ruhiger werde (das könnte auch Ingrid brauchen, sie ißt den Kindern bereits heimlich das Biomalz weg). Als hätte sie, was sie zu Philipp gesagt hat, im selben Moment wieder vergessen oder als glaube sie, sich ausreichend eingeschmeichelt zu haben, fängt Sissi zum zehnten Mal in dieser Woche an, Ingrid anzusingen, sie wolle sich die Ohren stechen lassen. Ingrid möchte wissen, woher das Mädchen diese hartnäckige Idee hat. Doch da im selben Moment das Fernsehbild zusammenfällt, weil Peter im Keller die Bohrmaschine in Betrieb genommen hat, bleibt Ingrid eine abermalige Behandlung des Themas erspart. Ein hochfrequentes Heulen füllt die Mauern des Hauses und den Kamin, gleichzeitig zucken hektische weiße und graue Linien über den Schirm und reißen die Mutter von Mariandl aus ihrem Erstaunen darüber, daß ihr Mann, der feine Herr Hofrat, hinter ihrem Rücken dem minderjährigen Mariandl die Erlaubnis zur Heirat gegeben hat.

Ingrid hält es im Kopf nicht aus, die Interferenzen, diese Mischung aus Heimatfilm und Bohrmaschinenstörfeuer, strahlen bis in ihr Hirn. Sie faßt es nicht: Wie konnte sie diese Ungeheuerlichkeit dreiundzwanzig Jahre lang übersehen? Wie konnte sie übersehen, daß sich die sitzengelassene Frau mit dem unehelichen Kind durch die dreißiger Jahre und den Krieg schlägt, damit der Herr Hofrat nach achtzehn Jahren daherkommt und sich großzügig zum totalen Familienoberhaupt aufschwingt? Wenn Ingrid sich vergegenwärtigt, daß ihr die Schnulze, als sie ein Mädchen war, Inbegriff des höchsten Glücks inmitten der vertrauten Landschaft gewesen ist. Wenn sie bedenkt, wie sehr sie von diesem Film und seinen Happy-End-Exzessen gerührt war, und ihre Freundinnen nicht weniger, in einem kollektiven Tagtraum, den der Film erzeugte oder aufgriff und verstärkte. Wenn sie außerdem bedenkt, wie sehr sie noch Jahre später für den Hofrat und seine bornierte Lebensart schwärmte und daß sie die Autogrammkarte des päpstlich lächelnden Paul Hörbiger bis heute bei den besonders gehüteten Schätzen aufbewahrt: Wenn sie dies alles bedenkt – und zwar unter dem Aspekt ihres eigenen Lebens und ihrer jetzigen Situation –, müßte ihr eigentlich speiübel werden.

Nach fünf Sekunden hat Peter sein Loch gebohrt, und die Bilder fluten zurück in die gewohnt ruhige Gangart, bis die Bohrmaschine nochmals für drei Sekunden alles durcheinanderwirft. Ingrid schickt Philipp in den Keller, er solle seinem Vater mitteilen, daß erst nach dem Mittagessen weiter gebohrt werden dürfe. Philipp, die Skibrille im Gesicht, rennt hinaus und kommt mit der Nachricht zurück, der Papa sei in drei Minuten fertig. Der Film auch. Tatsächlich halten die wiederhergestellten Bilder ihre Balance nur für Sekunden, dann lösen sie sich abermals in Zucken, Knistern und Rauschen auf; als würde Peter im Keller etwas versäumen. *Mio marito.* Ingrid nimmt es ihm übel.

– Was baut er da unten? fragt sie scharf.

– Ein Modell der Opernkreuzung, sagt Philipp naiv.

Heftig stampft Ingrid mehrmals mit dem Fuß gegen den Boden. Sie geht in die Diele, reißt die Tür zum Stiegenhaus auf und schreit die Treppe hinunter:

– Verdammt, ich schaue den Schluß des Films! Schlimm genug, daß dich deine Straßenkreuzungen mehr interessieren!

Sie kehrt in der gebotenen Schnelle ins Wohnzimmer zurück, gerade rechtzeitig, um ihren eigenen Auftritt nicht zu verpassen. Der Auftritt kommt ihr diesmal ausgesprochen kurz und substanzlos vor. Ingrid hat den Eindruck, von dem damaligen Mädchen völlig abgeschnitten zu sein. Die äußeren Spuren sind ebenso erloschen wie die Sehnsüchte und Träume von damals, keine Verbindung zu der vierunddreißigjährigen Frau, die übernächtigt mit einem summenden Gefühl in den Gliedern auf der Fernsehcouch eines kleinen Hauses im achtzehnten Bezirk sitzt und fassungslos in den Fernseher schaut, während ihre eigene Weltgestalt von 1947 über den Bildschirm geistert.

Philipp, der sein Lippenkauen unterbricht, sagt, er habe die Mama vor lauter Musik und anderen Menschen nicht gesehen, und er würde gerne wissen, wie der Film in den Fernseher kommt.

– Der Strom kommt aus der Steckdose, und die Sendung aus der Luft. Sie durchdringt die Wände, sonst könnte man nur im Freien fernsehen. Aber wie das geht, daß die Sendung durch die Wände dringt, und warum die Leute, die hinter den Flaktürmen wohnen, einen senkrechten Balken mitten durchs Bild haben, kann ich dir nicht erklären. Am besten, du fragst den Papa, der wird dir auch sagen können, weshalb die Bohrmaschine das Bild zusammenhaut.

Ingrid stürzt sich ins Kochen, damit es keine Nachrede gibt, sie mache ihre Arbeit nicht. Zwischen den pfeifenden, stöhnenden Töpfen, während sie schneidet und raspelt, reibt und würzt, spielt sie die Szene von damals nach. Sie bewegt ihren um mehr als zwanzig Jahre gealterten Körper, wie sie annimmt sich seinerzeit bewegt zu haben, glaubt aber nicht, besonders überzeugend zu sein. Es ist, als wäre ihre Leichtigkeit am Wegrand zurückgeblieben.

Selbst Cara, die Hündin, die hereinkommt, schaut Ingrid nur kurz an und geht wieder hinaus.

Die Unterhaltung beim Essen ist normal und friedlich. Wenn nicht Sissi den Mund offen hat, sagt Ingrid belangloses Zeug über den Dienst, damit keine Stille entsteht, von der sie weiß, daß sie Philipp bedrückt. Ingrid hat die Beobachtung gemacht, wenn es am Tisch still ist, fängt Philipp an, mit dem Essen zu spielen. Hingegen ißt er sehr brav, wenn man Geschichten erzählt. Also berichtet sie, daß ein Kollege für ihre Arbeit Lob eingeheimst habe. Danach kommt ihr in den Sinn, was Schwester Gitti beim Frühstück erzählt hat, und das gibt sie ebenfalls zum besten: Daß der neue Primar nicht weiß, daß Schwester Margot mit Oberarzt Dr. Feldhofer verheiratet ist, und daß der Primar, während Feldhofer assistierte, ständig mit Schwester Margot flirten wollte. Es soll enorm peinlich gewesen sein.

Philipp ißt brav und macht anschließend ein Probst-Gesicht. Ansonsten interessiert die Geschichte niemanden, wieso auch.

Philipp sagt:

– Es wäre leichter, wenn das Essen nicht wäre.

Einen Augenblick später steht er, ohne zu fragen, vom Tisch auf und steigt in den oberen Stock hinauf. Sissi nutzt die Gelegenheit und steht ebenfalls auf, sie bittet um den Feldstecher, damit sie die Vögel am Futterhaus beobachten kann. Peter, geschmeichelt, holt den Feldstecher, und auch er setzt sich bei dieser Gelegenheit ab, in den Keller. Ingrid badet die Hände im Abwaschwasser, schichtet die Teller in den Reiter zum Abtropfen. Mitunter, wenn sie einen schlechten Tag erwischt, kommen ihr diese Kleinigkeiten schlimmer vor als Krieg und Winter.

Dann Ohropax, was an solchen Tagen die einzige Möglichkeit ist, zu einer Stunde Schlaf zu kommen. Ein Lärm, ein Durcheinander, Kinder, die sich gegenseitig die Türen zuhalten, die um jedes Stück Papier streiten, und für Ingrid kein Platz außer in ihrem Körper. Stöpsel rein, Schlafmaske über die Augen, über den Kopf gezogene Decke, kellerdunkle Nacht, unabhängig sein von der Umgebung und der Familie. Mit Ohropax wird sich Ingrid der harten Grenzen ihres Körpers bewußt, sie denkt an eine Stahlröhre, schwer und hohl. Die Geräusche von außen sind fast weg, aber die im Innern belästigen und nehmen ganz gefangen: Atmen, Schlucken, Pulsschlag.

Der beängstigende Effekt, sich wegen zweier kleiner Stöpsel in den Ohren eingesperrt zu fühlen, hält sie eine Weile wach.

An dem Tag, an dem die Verhandlungen um den Staatsvertrag zum Abschluß gekommen waren und Ingrid erst um elf Uhr zu Hause eintraf, weil sie mit Peter im Magazin geschlafen und sich vertrödelt hatte, rechnete sie mit einem Riesenwickel. Wegen der Zahnschmerzen ihres Vaters, die so akut geworden waren, daß sogar Sehstörungen auftraten, fiel aber niemandem etwas auf.

In der Früh sagte Ingrid:

– Das muß ich alles verschlafen haben.

Und ihr Vater sagte:

– Deinen Schlaf hätte ich gerne.

Zwischendurch muß Ingrid aufs Klo, und großen Durst hat sie auch. Da sieht sie Philipp mit seinem Matchbox-Traktor auf dem oberen Treppenabsatz sitzen und vor sich hinstarren. Er tut ihr leid, und sie hat ein schlechtes Gewissen, so daß sie die Ohrenstöpsel herausnimmt, sich anzieht und den Rest der Familie zusammentrommelt. Wer Lust habe, sich auszulüften, solle bis in fünf Minuten gerichtet sein.

Sissi grantelt herum, kommt aber mit.

Peter macht keine Anstalten, was Ingrid nicht im mindesten erstaunt. Er argumentiert mit seinem Knöchel, den er sich Heiligabend verstaucht hat, als er mit den Rollschuhen, die Sissi vom Christkind bekommen hat, im Vorzimmer gestürzt ist. Wenigstens ist immer etwas los.

– Einverstanden, entschuldigt.

Obwohl: Der soll sich nicht so anstellen. Wenn er nicht spazierengehen kann, soll er mit den Kindern wieder einmal eine Runde mit den öffentlichen Verkehrsmitteln drehen, was sich ja auch großer Beliebtheit erfreut.

Kurzes Nachfragen.

Kurze Antwort:

– Jetzt bist du ja schon angezogen.

Der Herr Kellerbewohner. Er weiß gar nicht, was er wegschmeißt, wenn er diese Zeit mit seinen Kindern versäumt.

Ingrid spannt die Gummis am Ende von Philipps Overall-Hosenbeinen über die Sohlen seiner Stiefel, zieht die Schnur, an denen die Fäustlinge hängen, durch die Ärmel des Oberteils, zieht Philipp die Pudelmütze über den Kopf. Sie legt den Hund an die Leine und gibt Peter einen Kuß auf die Wange. Peter hält ihr auch die andere Wange hin, so daß sie ihm vor den Kindern ein zweites Bussi geben muß. Darauf soll es ihr nicht ankommen. Peter verspricht, die Silvestertelefonate zu erledigen und im Kohlenkeller etwas Ordnung zu schaffen. Ingrid ist überzeugt, daß er, drei Minuten nachdem sie gegangen sind, vorm Fernseher sitzen wird. Bestimmt gibt es irgendwo Sport, dann kann er sich dafür entschädigen, daß ihn seine Kinder, wie er unlängst jammerte, seinen Fernseher nur nutzen lassen, wenn es ihnen paßt. Der Ärmste. Kann einem richtig leid tun. Lauter Menschen, die ihn nur brauchen, wenn er das Geldbörserl offen hat.

– Türkenschanzpark oder Schönbrunn? fragt Ingrid.

– Schönbrunn, tönt es einhellig.

Auch Ingrid ist Schönbrunn lieber, weil dort die Wege besser geräumt sind und das Gehen leichter fällt. Sie packt Kinder und Hund in den Wagen, wechselt zwei Sätze mit der Nachbarin, die das Tischtuch zum Fenster hinausschüttelt – auch jemand, der Angst hat, daß die Ehe krachen geht; ihr Mann zieht dem Hörensagen nach die Unterhosen seines verstorbenen Vaters an, was allerdings bitter ist –.

Und los geht's.

Eigentümlich geduckt sind die Gebäude von Schönbrunn diesmal hingestellt, dick und voll. Das Gelb der Fassaden wirkt gebleicht vom niedergedrückten Schornsteinrauch, nach dem die Luft schmeckt. Die Alleen sind fast menschenleer, die Hecken aufgepackt mit Schneehauben, und die kahlen, schmutzigen Laubbäume stehen hart gezeichnet im weißgrauen Licht, Krähen im Geäst, schwarze Päckchen, wie vom Christkind hineingeworfen. Die Luft ist kalt. Am Himmel treiben graue Wolken, und Philipp, der seinen Bob nicht zu Hause lassen wollte, zieht ihn quietschend über den Rollsplitt und das steifgefrorene Laub im hartgetretenen Schnee. Manchmal läuft Philipp voran, er schaukelt in seinem dick wattierten Overall mit den armsteifen Bewegungen eines Pinguins. Er blickt unablässig umher. Man hört Böllerschießen und Musik aus der Gegend des Tiergartens oder des Platzls, Geräusche, die rasch verhallen über dem Schnee, als kämen sie von weiter weg. Eine wunderbare Stimmung, findet Ingrid. Sie genießt es und sagt sich: Wenn das neue Jahr so schön wird wie dieser Nachmittag, wäre es die reinste Freude. Wer weiß, vielleicht frißt das Schwein des Glücks die schlechten Vorzeichen noch einmal weg.

Sissi läßt sich von Cara kreuz und quer über die Gehwege zerren, und Ingrid hat Zeit zum Sinnieren. Nur leider kommt sie auf keinen grünen Zweig, jedenfalls nicht dort, wo sie darauf aus ist, die momentane Situation zu verbessern. Sie hat einfach zu spät eingesehen, daß es blöd ist, immer die perfekte Ehefrau abgeben zu wollen. Statt sich die damit verbundenen Plackereien mit Küssen und Rosen aufwiegen zu lassen, hätte sie ihren Mann besser rechtzeitig zum Mithelfen erzogen, etwas, wofür er jetzt nicht mehr zu gewinnen ist. Er putzt sich ab nach dem Motto, einmal die Dumme, immer die Dumme. Ingrid bestreitet nicht, daß sie sich das teilweise selbst anlasten muß, weil sie Peters Bequemlichkeit zuerst gefördert und dann nicht energisch genug unterbunden hat. Wobei (das ist alles sehr kompliziert) ihr ohnehin kein Beispiel einfällt, das Peters Fähigkeit belegen würde, in Beziehungskonflikten etwas sowohl zu verstehen als auch Konsequenzen daraus zu ziehen. Da dürfte bereits seine Mutter in der Erziehung das eine oder andere falsch gemacht haben.

Und das ist wieder typisch für sie: Kaum hat Ingrid einen wunden Punkt an Peter aufgedeckt, empfindet sie Mitleid mit ihm. Der Tod von Frau Grauböck in der Nacht fällt ihr ein (seltsam, daß sie es zwischendurch immer wieder vergißt) und daß Peter, als seine Mutter starb, erst fünfzehn war, im Krieg, das frühe Kriegspielen, das dürfte sich bei ihm ebenfalls negativ eingeschrieben haben, auch wenn der vierzigjährige Mann und der Bub von damals schwer zusammenzubringen sind, wo genau und worin sie sich treffen und was schon davor angelegt war und was erst hinterher dazugekommen ist. Das Davor und Danach vernachlässigt man meist. Krieg ist leichter, und noch leichter ist Krieg und Kindheit, obwohl keiner in Krieg und Kindheit steckengeblieben ist. An ihrer eigenen Person kann sie wenig erkennen, von dem sie überzeugt ist, daß es ohne Krieg anders geworden wäre. Bei Peter hingegen? Da führt der Komplex geradewegs in ihrer beider Eheschlamassel, jedenfalls, wenn Ingrid es beim Nachdenken bequem haben will. Dann sieht sie den kleinen Peter, wie er seinen verwundeten Arm hält, wie ihm die Rotzglocke von der Nase hängt, wie er sich sagt (sie glaubt es): Alle sind gegen mich, die einen schießen auf mich, und die andern lassen mich im Stich, allen voran die Familie.

Ein dunkelbraunes Eichkätzchen mit weißem Brustfleck taucht am Weg auf, bleibt stehen, hebt den Kopf und schaut dem heranwackelnden Philipp entgegen. Das Eichkätzchen scheint für einen Moment zu überlegen, welche Richtung es nehmen soll. Dann kracht ein Böller über den hoch ummauerten Flächen, und das Eichkätzchen springt in eine dichte Hecke. Philipp läuft zu der Stelle, wo das Tier verschwunden ist, schaut hinein, und Sissi gibt ihm einen Stoß gegen das Hinterteil, so daß er kopfüber in die Hecke fällt. Sehr *hoppadatschig*. Ingrid weist Sissi zurecht. Philipp rast hinter seiner lachenden Schwester her wie Mord und Brand. Die ist ihm nicht zu groß zum Raufen. Er schreit:

– Du blödes Viech.

Doch da Philipp darüber das Weinen vergißt, kann auch Ingrid über die Situation lachen. Am liebsten würde sie Sissi den Rat geben, sich diese Art für ihre späteren Männer zu bewahren.

Kurz darauf übernimmt Ingrid das Ziehen des Bobs, weil Philipp allmählich die Puste ausgeht. Na bitte, da ist die Welt für ihn wieder heil.

– Du bist die beste Mama, keucht er, schon wieder unbekümmert (das ist ein guter Zug an ihm). Ein blinkendes Tröpfchen hängt an seinem Nasensteg, es scheint ihn aber nicht zu stören. Ingrid hält ihn am Nacken fest, putzt ihm die Nase. Sie denkt: Das einzig Gute, was dabei herausgekommen ist, sind die Kinder.

Die Probleme begannen in den Jahren des zweiten Studienabschnitts, als Ingrid bis an den Rand des Nervenzusammenbruchs schuftete und von Peter keine Unterstützung bekam. Das ging schon in Hernals los, noch bevor Peter die Lizenzen seiner Spiele verkaufte. Mit dem Verkauf der Lizenzen Ende 1960, während der Schwangerschaft mit Sissi, hoffte Ingrid, daß jetzt ein besseres Leben beginnen werde. Statt dessen wurde es schlimmer. Ingrid lag im Krankenhaus, Peter war beruflich unterwegs, weil er seine Straßenkreuzungen zu fotografieren hatte. Sie preßte und schwitzte, und von draußen drang ständig Schlagergesang von einem Frühschoppen herein, Trude Herr, Vico Torriani, das machte sie ganz fertig. Dann Peters viel zu kurze Besuche auf der Wochenstation und die Behauptung, daß es über seine neue Arbeit nicht viel zu erzählen gebe.

Die vielen einsamen Spaziergänge am Wilhelminenberg mit dem Kinderwagen und später das langweilige Entenfüttern mit Sissi, als Ingrid eigentlich hätte lernen sollen. Einmal, da waren sie zu viert beim Konsum, 1965 oder Anfang 1966, Philipp war noch kein Jahr, und Sissi mußte speiben, genau auf Philipp in den Kinderwagen und auf die Waren, die Ingrid dort abgelegt hatte. Philipp schrie wie am Spieß. Und Peter? Lief rot an bis unter die Haare, schaute sich um, ob jemand ihn und seine Familie beobachtete. Vorsorglich nahm er zwei Schritt Abstand, um seinen fehlenden Anteil an der Misere für jedermann kenntlich zu machen. Wenn etwas schiefging, war immer Ingrid schuld, weil Peter sich ja einen Dreck um etwas kümmerte. Schöne Logik. Ingrid könnte Dutzende Beispiele nennen, lauter Dinge, die sie nicht vergessen kann. Ihr geht es da wie einem Elefanten, jedenfalls solange diese Vorfälle nicht verarbeitet sind. Und verarbeiten kann sie erst jetzt. Denn erst jetzt, seit Philipp im Kindergarten ist, findet Ingrid wenigstens manchmal die Zeit, sich die Gedanken zu machen, die sie sich schon damals dringend hätte machen müssen. Die Crux bestand darin, daß sie in dem Strudel aus Alltagssorgen nicht zur Besinnung kam und deshalb das Ausmaß, wie wenig Unterstützung sie von Peters Seite erhielt, gar nicht zu würdigen wußte. Eben weil sie sich alleine durchboxen und drüberhanteln mußte. Die Angst, sich vor den Eltern eine Blöße zu geben, tat den Rest. Und so, zwischen Hammer und Amboß, vergingen die Jahre.

Nicht einmal eine Hilfskraft für die Kinder oder den Haushalt gelang es ihr durchzusetzen. Peter legte sich wiederholt mit dem Argument quer, er hasse diese semifamiliären Bindungen, er wolle nicht parat stehen für fremde Leute und jederzeit den Chauffeur machen müssen. Damit hatte es sich. Das Angebot ihres Vaters, das Kindermädchen von der Steuer abzusetzen, indem er es als Hilfskraft beim Ordnen seines Nachlasses führt, kam gar nicht zur Diskussion. Und Ingrid hatte es auszubaden. Wären nicht Frau Andritsch und die anderen Nachbarinnen gewesen, sie hätte sich aufhängen können.

Sie war jung, auch wenn sie sich damals nicht gar so jung vorkam: zwanzig, zweiundzwanzig, vierundzwanzig. Sie sah nicht annähernd und wollte vielleicht auch nicht sehen, was sie ruhig ein wenig kritischer hätte unter die Lupe nehmen dürfen. Es ist ja nicht so, daß sie nicht gewarnt worden war. Selber schuld, kann sie nur sagen. Denn sie muß zugeben, vieles hat sie sich vorgemacht. Das große Glück zum Beispiel – wenn sie ehrlich ist, gab es das nie.

Und jetzt: Jetzt muß sie mit den Konsequenzen leben. Sie muß das Beste daraus machen, obwohl es keine leichte Aufgabe ist, Peter in seiner freundlichen, unbekümmerten, konsequent distanzierten, eingefleischt gleichgültigen Art zu lieben.

Fortsetzung: In seiner grundanständigen, gutmütigen, selbstgenügsamen, nein, anspruchslosen, in seiner alles verharmlosenden und vieles herunterspielenden, von Not und Krieg gelehrten, defensiven, kontaktscheuen undsoweiter undsoweiter –.

Aus der Verjüngung der Allee Richtung Neptun-Grotte dringt Gelächter und Geschrei. Augenblicke später biegen Jugendliche in Ingrids Gesichtsfeld, die sich auf italienisch unterhalten. Zwei Paare bilden sich. Ohne Musik tanzen sie im Walzerschritt die Allee herunter. Schnee quietscht unter ihren Füßen, sie lachen und stoßen »Auguri!«-Rufe aus. Cara bellt. Sissi schaut blauäugig, Philipp steht der Mund offen, ein wenig empört. Ingrid hat eine riesige Freude, sie strahlt mit den Jugendlichen, wirft ihren roten Schal, der gut zu ihren vielen Haaren paßt, zurück über die Schulter und dreht sich ebenfalls zweimal. Mit einem Luftpartner und der Zigarette in der Hand. Das erste Mal an diesem Tag, daß sie das Gefühl hat, der Boden unter ihren Füßen ist fest.

Wien und Walzer, früher (früher!) war das für sie ein Begriff.

Als die Laternen angehen, sind sie wieder zu Hause. Peter empfängt seine Familie unter der Tür, so kann Cara ins Haus und Tapser bis in die Küche machen. Ingrid, die ihren feuchten Mantel aufknöpft, bekommt einen Kuß, nicht gerade einen Kinokuß. Aber immerhin. Sie freut sich darüber, zumal sie vom geisterhaften Tanzen der Jugendlichen nach wie vor halb abwesend ist. Es kommt noch besser: Gefragt, was um Himmels willen in ihn gefahren sei, ob er den ganzen Marillensekt weggetrunken habe (er verneint), schwingt Peter sich zu dem Bekenntnis auf, daß er sich ein Leben ohne sie drei nicht mehr vorstellen könne. Auch das tut Ingrid gut, obwohl Peter damit zu verstehen gibt, daß er Frau und Kinder als Personalunion begreift.

Peter hilft den Kindern aus den Stiefeln. Er berichtet von den Telefonaten, die er geführt und entgegengenommen hat.

Er sagt:

– Trude läßt fragen, ob wir einen Kalender brauchen. Sie schickt uns einen.

– Das ist nett, daß sie an uns denkt.

Als Ingrid die Kinder in die Badewanne steckt, bringt Peter sogar eine Tasse Kaffee mit warmer aufgeschäumter Milch. Sehr aufmerksam. Er ist wie verwandelt.

Wie verwandelt? Natürlich, Ingrid kennt die dahintersteckenden Mechanismen aus jahrelanger Erfahrung. Für den Moment sind Peters Annäherungsversuche und Versöhnungsgesten trotzdem ganz angenehm. Sie ist ja immer schnell zu erweichen. Den Wunsch, daß es wieder besser wird, hat sie schon aus dem pragmatischen Grund, weil es die Kinder gibt. Sie hofft halt, daß keines von ihnen Peters partnerschaftliche Minderbegabung geerbt hat. Gleichzeitig hofft sie natürlich auch, daß die Zwanghaftigkeit, mit der Peter sich in Nebensachen vertieft, nicht an die beiden übergegangen ist. Damit würden die Ärmsten schlecht fahren.

Sie meint Peters Basteln in der Werkstatt und die Spiele,

von denen er nicht abgelassen hat, bis ihm nichts anderes mehr übrigblieb. Schlagende Beispiele in puncto radikaler Nebensachen. Für Ingrid hatten die Spiele am Anfang Freiheit und Abenteuerlust und Kreativität und Wille zur Selbstbehauptung signalisiert. Aber bis auf die Sache mit der Selbstbehauptung hat Ingrid das ziemlich falsch eingeschätzt. In Wahrheit war es eine Fortsetzung des Tschick-Sammelns in der Erbsenzeit, ein während der ersten Nachkriegsjahre entstandenes, aus der Not geborenes, völlig ineffizientes, letztlich sinnloses Unternehmen, mit dem Peter sich beschäftigte, um größeren Plänen aus dem Weg gehen zu können.

Wer kennt Österreich?

Ingrid denkt: So langsam, doch, so langsam mache ich mir ein Bild.

Sie seift den Kindern die Köpfe ein und spült ihnen das feine, leichte Haar, wie es schon ihre eigene Mutter gemacht hat, als Ingrid und Otto gemeinsam in der Wanne saßen. An Otto erinnert Ingrid sich nicht mehr sehr gut. Aber sie weiß noch, daß ihre Mutter Otto *Waschbär* nannte und sie (Ingrid, Gitti) *Iltis*. Sie nennt Philipp *Waschbär* und Sissi *Iltis*. Die Kinder stoßen ihre schrillen Lacher aus, und weil Ingrid vom Dienst und vom Spaziergang ziemlich geschlaucht ist und weil sie von der Kälte ein wenig Kopfweh hat, überredet sie die beiden zu einem Wettbewerb, wer länger untertauchen kann. Die Kinder halten sich die Nasen zu und saugen auf *Fertig!Los!* mit aufgerissenen Mündern die Luft ein. Ehe sie mit den Hintern zur Badewannenmitte rutschen und mit den Oberkörpern unter Wasser fallen, kneifen sie fest die Augen zu. Ihre Gesichter mit den trompeterdicken Wangen sehen unter Wasser schlierig aus, verschwommen durch die Seife, perspektivisch vergrößert. Ingrid denkt an Fische, die man unter einer Brücke schwimmen sieht. Das Kreischen der Straßenbahn auf der Pötzleinsdorfer Straße ist jetzt ebenso vernehmbar wie das Ticken in der Gastherme.

Sie wiederholen das Spiel mehrmals. Einmal rufen die Kinder etwas unter Wasser, hinterher wollen sie wissen, ob Ingrid verstanden hat, was.

– Donaudampfschiffahrtsgesellschaftskapitän?

– Nein! kreischt Sissi.

– Also noch einmal.

Ingrid sitzt neben der Badewanne, sie nimmt einen Schluck vom Kaffee. Die Luftblasen platzen an der Wasseroberfläche. Dumpf und entstellt steigen die Stimmen der Kinder zu Ingrid auf und trotzdem verständlich.

– Popocatepetl?

– Nein!

Es plätschert alles so dahin, aber es plätschert sehr rasch. Es vergeht. Die Zeit ist einfach weg. Was habe ich gemacht? Die letzten sechs Monate? Im letzten Jahr? Bei den Kindern hat sich viel getan. Sissi kommt im nächsten Jahr ins Gymnasium, Philipp in die Schule, dann ist auch er aus dem Gröbsten raus. Aber bei mir? Alles, was geschieht, hat mit den Kindern zu tun. Die Jahre ordne ich Dingen zu, die nur indirekt mich betreffen. Früher habe *ich* Peter kennengelernt, und im nächsten Jahr habe *ich* maturiert, und in dem einen Jahr war meine erste Fehlgeburt, und wieder in einem anderen Jahr bin *ich* von zu Hause ausgezogen, und irgendwann habe *ich* promoviert. Jetzt werden die Kinder eingeschult und haben Scharlach undsoweiter. Und *ich*: lebe so nebenher.

Die Kinder müssen ihre Geschlechtsteile waschen, währenddessen erzählt Ingrid, daß im Tiergarten zu der Zeit, als Peter dort als Fotograf arbeitete, ein Seehund eingegangen ist, nachdem er den Fotoapparat eines sowjetischen Soldaten verschluckt hatte. Die sowjetischen Soldaten hätten Schlitzaugen gehabt wie *Der kleine Wassermann* in Philipps Lieblingsbuch (sein Haar, ob es grün ist? von Wasserlilien durchzogen, wenn er auf moosigen Karpfen zwischen Algenbäumen reitet).

Die Kinder sind beeindruckt, sie tauchen nochmals unter. Ingrid soll die Zeit nehmen. Sie sitzt da, ihr Blick ist auf die Uhr gerichtet, zehn Sekunden sind vergangen. Gleich wird Philipp hochschießen, daß das Wasser an alle Wände spritzt, und keuchen, ganz erschöpft und enttäuscht, daß ihn Sissi schon wieder geschlagen hat.

Es ist vielleicht das letzte Mal, daß die Kinder um die Wette tauchen, denkt Ingrid. Unten klingelt derweil das Telefon. Peter ruft nach ihr, und noch ehe die Kinder aus dem Wasser hochkommen, läuft Ingrid aus dem Bad und die Treppe hinunter. Sie geht davon aus, daß der Rest von dem, was an den Kindern noch schmutzig ist, von selbst sauber werden wird, indem es einweicht.

Es ist ihr Vater, der seine Glückwünsche zum Jahreswechsel deponiert, die Stimme belegt von all dem, was zwischen ihnen je gesagt worden ist, ergänzt um manches Wort, das er mit Peter gewechselt hat. Er beklagt sich im Auftrag von Alma (wie er behauptet), daß Ingrid zu Weihnachten nicht gekommen ist.

Ingrid klemmt den Hörer zwischen Ohr und Schulter und wischt sich die feuchten Hände am Kleid ab. Seit Peter und ihr Vater beim Auseinanderbauen der Wohnzimmermöbel handgreiflich geworden sind, hat sich der Kontakt zwischen dem dreizehnten und dem achtzehnten Bezirk auf ein Minimum reduziert.

– Weihnachten ist ein Fest des Friedens, Papa.

Ingrid ist nicht unfreundlich, aber hörbar distanziert.

(Das Singen, das Umarmen, das Küssen, das Die-Dankbare-Spielen und die blöden scheinheiligen Reden, sie will das alles nicht.)

– Und ich brauche meinen Frieden ganz besonders.

Ihr Vater seufzt nachsichtig. So milde hat sie ihn schon lange nicht mehr erlebt. Er spricht eine weitere Einladung für den Neujahrstag aus. Doch da Ingrid auch das neue Jahr abseits der Pyrotechnik nicht mit Familienböllern und Knalleffekten beginnen möchte, stellt sie einen Besuch erst im Anschluß an den nächsten Nachtdienst in Aussicht.

Sie sagt es gleich:

– Ich komme besser allein.

Peter muß sie gar nicht fragen, und die Kinder, die sich bei den Großeltern langweilen, können das Schispringen genausogut zu Hause anschauen.

– Mutter wird enttäuscht sein. Sie würde die Enkel gerne wieder einmal sehen.

Nach einer Pause fragt er:

– Geht es dir gut?

– Ich denke, ja, so halbwegs. Ich bin halt ohne Unterbrechung beansprucht. Nichts Neues.

– Du mußt dich mehr schonen, rät Richard.

– Ich mich? Eher man mich.

Aber darauf geht ihr Vater nicht ein.

– Weißt du schon, auf welches Fach du dich spezialisieren wirst, wenn du mit dem –?

Das Wort *Turnus* fällt ihm nicht ein, und nach einiger Zeit sagt er:

– Mit dem post-graduate fertig bist?

– Gynäkologie.

(Wenn überhaupt.)

Er lacht. Ingrid hat den Eindruck, er will seinen überlegenen Humor demonstrieren, indem er sagt:

– Ich bin aufrichtig dankbar, sagen zu können, daß ich zwei Fächer bislang nicht in Anspruch genommen habe, die Gynäkologie und die Psychiatrie.

Anschließend redet ihr Vater eine Weile über den Linksruck nach der letzten Wahl, über den sich Alma insgeheim freue. Er läßt einfließen, daß diese Entwicklung ihm keineswegs, wie man vermuten könnte, das Gefühl gebe, er habe den Sinn seines Lebens verfehlt. Mittlerweile seien die einen wie die andern. Er berichtet von der Situation innerhalb der Partei. Die meisten Geschichten hört Ingrid zum zweiten oder dritten Mal, sie sagt aber nichts und hört sich alles brav an, das tut nicht weh. Einer der Vorteile der Jahre, die sie mit Peter verbracht hat, ist der, daß sie ein gewisses Gespür für das andere Geschlecht entwickelt hat. Niemand besser als ihr Vater, um das Gelernte anzuwenden.

Es vergehen fünf Minuten, dann gelingt es Ingrid, die Langatmigkeit der väterlichen Ausführungen freundlich abzuwürgen mit der Frage, was er zu Weihnachten verschenkt habe.

– Mama einen Safe von Wertheim und mir einen Feuerlöscher fürs Auto.

Das wird auch immer origineller. Aber immer noch besser als bei ihr, wo nur Dinge geschenkt werden, die ohnehin fällig sind.

– Übrigens, sagt Richard, Mutter läßt fragen, ob du genug Handtaschen hast.

– Man kann nie genug haben.

– Ja, natürlich.

Funkstille.

Peter kommt vorbei, auf dem Weg zwischen Wohnzimmer und Küche. Er berührt Ingrid am Hals. Es läuft ihr kalt den Rücken hinunter; ob angenehm oder unangenehm, kann sie nicht sagen. Ihr scheint aber, Peter ist eigens deshalb vom Fernseher aufgestanden.

Richard fragt:

– Und was macht ihr heute abend?

– Die Einladung an den Semmering, zu der sich Peter hat breitschlagen lassen, ist ausgefallen, weil dort alle krank sind. Wenn die Kinder jetzt noch zwei Stunden schlafen, gehen wir zum Chinesen, sonst bleiben wir zu Hause.

– Wirst du eine Ente essen?

Sie bläst hörbar die Luft aus.

– Weiß nicht, ich denke, ich habe noch Zeit mit meiner Wahl, bis ich im Lokal vor der Karte sitze.

– Na ja, wozu geht man zum Chinesen, wenn man keine Ente ißt?

Diese Art von Kritik ist Ingrid zu hoch beziehungsweise schüttelt sie derartige Kommentare mittlerweile ab, und übrig bleibt: Der Mann ist nicht mehr zu ändern, der wird nur immer noch besserwisserischer (und kann ihr den Buckel runterrutschen).

Oben rufen die Kinder, daß sie fertig sind.

– Sag Mama schöne Grüße und Prosit Neujahr.

– Mama will mit dir reden. Ich gebe sie dir.

– Hallo, Ingrid?

– Mama? Ich muß jetzt aufhören, die Kinder sitzen in der Badewanne und rufen nach mir. Ich komme am Dienstag.

Gewicht nackt:	Philipp	19,5 Kilogramm
	Sissi	32 Kilogramm
	Ingrid	62 Kilogramm

Peter föhnt den Kindern die Haare und füttert sie mit Broten ab. Ingrid stellt sich derweil unter die Dusche und hat Schuldgefühle, weil sie innerlich zumacht, sowie sie mit ihren Eltern zu tun bekommt. Es ist, als hätte sie ein abnormes Interesse daran, daß zwischen ihr und ihren Eltern alles bleibt, wie es ist. Klar, sie hat hinreichend Gründe, ihren Eltern die kalte Schulter zu zeigen. Doch gleichzeitig will sie nicht bestreiten, daß sie weder Zeit hat, das Verhältnis zu verbessern, noch ein Verlangen verspürt, sich mit einer eventuellen Verbesserung der Beziehung zusätzliche Verpflichtungen aufzuhalsen. Manchmal kommt es ihr vor, als ob sie vor allem aus Routine barsch und unleidig ist, damit man sie in Ruhe läßt. Wobei von Ruhe dann erst recht nicht die Rede sein kann, weil sie sich schuldig fühlt, sowie sie ihre Eltern abgebeutelt hat. Diese Schuldgefühle führen dazu, daß sie ihren Fehler gutmachen will; das hat weiterhin mit ihrem Ruhebedürfnis zu tun. Jetzt zum Beispiel:

Beschließt sie, sofort nach dem Duschen unter einem Vorwand zurückzurufen und freundlicher zu sein. Doch davor schreckt sie gleichzeitig zurück, weil es wenig wahrscheinlich ist, daß sie sich hinterher besser fühlen wird. *Wirst du dann zufrieden sein?* Eingehüllt in Wasser und Dampf, kommt sie zu dem Schluß, daß sie der größte Egoist von allen ist.

Konter, Parade:

Nein, Ingrid, du dummes Huhn, du mußt dich von dieser idiotischen Vorstellung freimachen, denn das stellt alles auf den Kopf. Du kannst nicht für das Glück aller zuständig sein. Man braucht auch ein Minimum an Energie für sich. Denk dran, was in der *Cosmopolitan* stand, die vor einigen Wochen im Ärztezimmer lag: *Man verwendet seine Energien für sich und den Rest, der verbleibt, für andere.* Du machst es genau umgekehrt. Du bist eindeutig zuwenig egoistisch, das springt jedem sofort ins Auge. Statt daß du ständig nach Rechtfertigungen für dein eigenes Verhalten suchst, sollten besser die anderen sich an der Nase nehmen. Ist doch so? Oder?

Aber das schlechte Gewissen bleibt trotz des guten Zuredens, und Ingrid nimmt sich vor, wenigstens am Dienstag, wenn sie ihre Eltern besucht, einen Anfang zu machen. Nicht mehr als einen kleinen Anfang. Das tut nicht weh.

Ingrid trocknet sich ab und kleidet sich für den Abend. Bei dieser Gelegenheit kramt sie die Autogrammkarte von Paul Hörbiger aus ihrer Schublade und verbrennt sie in der Klomuschel. Sie kippt das Fenster, damit sich der Rauch verziehen kann. Dann geht sie nach unten, wo Peter im Spielzimmer für die Kinder den August macht. Philipp herzt Peter ein paarmal und drückt ihn, so daß Ingrid fast ein wenig eifersüchtig wird. Daß Peters Nichtstun ihm bei den Kindern soviel Ansehen einträgt, sobald er sich doch einmal herbeiläßt, mit ihnen zu spielen, ist ein Phänomen, das sich Ingrid nie erhellen wird. Aber bitte, sie erzieht die Kinder, Peter konsumiert sie.

– Ich möchte euer Idyll nicht stören, aber wenn ihr zwei (sie deutet auf Sissi und Philipp) nicht stantepede ins Bett geht, ist der Chinese gestrichen und auch das Bleigießen fällt ins Wasser. Also los, ich mein's, wie ich's sage.

Als dann während des Fernsehens ihr Feuerzeug runterfällt, bückt sich Peter unverzüglich, um es aufzuheben. Und als sie niesen muß, sagt er sofort:

– Zum Wohl.

Diese enorme Fürsorglichkeit macht sie fast stutzig. Seit dem Mittagessen, seit immerhin sechs Stunden, hat Ingrid kein Wort der Kritik mehr gehört, es gibt keine Rhetorik und keinen beleidigten Unterton. Peter sucht sogar Hautkontakt, wenn auch auf unbeholfene Art; wie er ihr das feuchte Haar hinters Ohr streicht. Doch da gute Absicht zweifellos vorhanden ist und Peter trotz allem nicht mehr zum Himmel stinkt als die meisten Männer, will sie nicht so sein und dem harmonischen Abend nicht im Weg stehen. Ein paar Mal beißt sie sich auf die Zunge und schluckt eine Bemerkung hinunter, die sie gerne losgeworden wäre. Aber bitte. Der Himmel wird es ihr vergelten, oder die Hühner werden lachen.

Vielleicht wird Peter sich ja der Tragweite bewußt, weshalb ein anderer Wind weht, vielleicht packt ihn die Angst vor einer möglichen Trennung, wie sie Andritschs gerade droht. Vielleicht trifft das seinen Stolz, und er entsinnt sich für ein paar Tage seiner häuslichen Pflichten. Denkanstöße gäbe es genug.

Apropos Andritsch: Ingrid ist gespannt, ob Herr Andritsch um Mitternacht wieder ein Feuerwerk abbrennt wie zu Silvester im letzten Jahr. Da wehte kein Lüftchen, und der Rauch der gezündeten Raketen blieb auf der Terrasse stehen und wurde immer dichter, bis Herr Andritsch und seine Gehilfen (zuletzt Peter, nachdem der Andritsch-Bub das Handtuch geworfen hatte) inmitten der Batterien aus Getränkekisten und Feuerwerkskörpern nur mehr als verschwimmende, lallende Schemen auszumachen waren. Es kommt Ingrid vor, als habe sie übers Jahr nicht so mit dem Bauch gelacht wie zu Silvester 1969 beim Anblick dieser eingerauchten und hustenden Männer. Im Gedröhn des Mitternachtswalzers und der heftig schwingenden Kirchenglocken und unter den hellen Funken- und Gelächtergarben brachten sie ihre Mission unverdrossen zu Ende. Donau so blau, so blau –.

Cara kommt zu Ingrid auf die Couch und bohrt ihre kalte Schnauze in Ingrids linke Achselhöhle, die ledrigen Vorderpfoten auf Ingrids Schenkeln und in ihrer Hand. Draußen kracht es wieder heftig. Es hört sich an, als würden die Nachbarskinder Cola-Dosen in die Luft sprengen, mag sein, es ist der eine oder andere Briefkasten betroffen. Ehe es richtig arg wird, sollte Ingrid Cara nochmals Baldrianperlen verabreichen und sie dann in den Keller sperren.

– Hast du gute Vorsätze fürs neue Jahr? will Peter wissen.

– Gute Vorsätze? Das ist Opium für die Unglücklichen, erwidert Ingrid. Sie streichelt den Hund. Nach einer Weile sagt sie:

– Weißt du, die guten Vorsätze haben auch im abgelaufenen Jahr nichts geholfen, die erstbeste Hürde hinter Dreikönig haben wir gerissen.

Peter murmelt betreten, aber ohne zu widersprechen, vielleicht weil er die richtigen Worte nicht findet. Man kann ihm aber anmerken, daß gute Vorsätze für ihn tröstlich wären.

Er hockt neben ihr, vorgekrümmt, rollt seine Zigarette zwischen den Fingern, mit vorgeschobenen Lippen. Er widmet sich eine Weile dem Fernseher, lacht sogar mehrmals, wie zweigeteilt, denn nachher, nachdem er eine Weile gewartet hat, richtet er sich auf und will darüber sprechen, wie es weitergehen soll. Ingrid, die ebenfalls raucht und dem Rauch ihrer Zigarette nachblickt, ruhig von den wechselnden, belanglosen Bildern im Fernsehen, antwortet freundlich, sie habe ihm vorgestern alles gesagt, es gebe nichts hinzuzufügen.

Peter meint dann noch, es falle ihm schwer, sich mit ihrer Position abzufinden. Sie münzt das um auf sich, ihr gehe es umgekehrt genauso. Peter drückt seine Zigarette aus und sitzt da mit den Händen in den Hosentaschen, die Schultern hochgezogen. Ingrid reicht ihm verbal den einzigen Strohhalm, der zwischen ihren Fingern noch irgendwie Substanz hat:

– Es ist ein Erfolg, daß wir dieses Jahr überstanden haben. Das kommende kann eigentlich nur besser werden.

Immerhin: Wünsche für das Jahr 1971 hätte sie schon. Wünsche. Die hat man immer, obwohl man sich auch die am liebsten abgewöhnen würde.

Eine Feststellung, nichts weiter.

Ende des Lateins.

Von ihrer Übernächtigkeit hat sie ein schläfrig summendes Gefühl in den Zähnen und einen schleierartigen Schmerz hinter der Stirn. Ihre Gedanken verschwimmen um so mehr, je länger sie dasitzt. Aber eins steht ihr klar vor Augen: Sie ist keinesfalls bereit, ihren Beruf aufzugeben. Da gibt sie nicht nach. Sie liebt ihren Beruf. Es ist der Beruf, den sie haben wollte. Sie mag es, das Spital zu betreten, sich bis auf die Unterwäsche auszuziehen und dann in die weißen Hosen und den weißen, knielangen Mantel zu schlüpfen. In der Dienstkleidung fühlt sie sich als moderne, selbständige und kräftige Frau. Ihre Schrift in den Krankenakten. Der Umgang mit den Patienten und dem Personal. Sie gefällt sich dabei, es entspricht ihrem Gefühl von sich selbst, es ist das, was sie braucht.

Inzwischen ist es halb sieben, und sie hört die Kinder oben nach wie vor herumlaufen. Ihre kleinen trappelnden Schritte, die den Lampenschirm zum Erzittern bringen, wenn sie einander von einem Zimmer ins andere jagen.

Donnerstag, 31. Mai 2001

Gegen Morgen hat Philipp einen Traum: Er ist Arbeiter auf der Kolchose *Sieg des Kommunismus* und begegnet dort Atamanovs Braut, die als Operateurin der mechanisierten Melkung arbeitet. *Operateurin der mechanisierten Melkung*. Der Ausdruck verblüfft Philipp noch im Traum und scheint in seiner sonderbaren Gestelztheit alles, was sich sonst noch zuträgt, von vornherein zu verbürgen: Daß die Frau Asja heißt, und warum auch nicht, sie befinden sich in der Ukraine, im Landkreis Kriwoj Rog. Dort fängt Philipp ein Verhältnis mit Asja an, in einem Raum, in dem zahlreiche 50-Liter-Milchkannen und eine tischgroße Milchschleuder stehen. Die Details der Verführung sind die üblichen, und wie nicht anders zu erwarten in solchen Träumen, gefällt der Frau, was Philipp mit ihr macht. Sie schreit vor Glück, was Philipp besonders beeindruckt wie überhaupt die ganze Person: Sie ist etwa 25 Jahre alt, dunkelhaarig, hat ein sehr eigenwilliges, großflächiges Gesicht, hohe Backenknochen, hängende Oberlider und eine leicht vorgespitzte Oberlippe. Sie ist mittelgroß, praktisch ohne Busen, hat aber die obersten zwei Knöpfe offen, was den fehlenden Busen irgendwie wettmacht, als bestehe darin, daß nichts versprochen wird, der eigentliche Reiz. Tatsächlich hat Philipp das Gefühl, daß ihm von Atamanovs Braut etwas verweigert wird, als wäre es ihre Entscheidung, eine Art Hochnäsigkeit, keinen Busen zu besitzen. Diese Empfindung verwirrt ihn, und plötzlich steht Atamanovs Braut in einiger Entfernung zu ihm, wieder zur Gänze bekleidet, und er begreift, weiterhin im Traum, daß der Traum während seiner Verwirrung einen Sprung gemacht und ihn um das Ende des Geschlechtsverkehrs gebracht hat. Philipp und Asja verlassen den Raum. Atamanovs Braut trägt jetzt eine abgewetzte Lederjacke, in der sie aussieht wie eine Parteigenossin zur Zeit der Klassenkämpfe. Sie strahlt etwas Entschlossenes und Überzeugtes aus, das Philipp neidisch macht, so daß er Lust bekommt, Kommunist zu werden, einen roten Paß zu besitzen und so einen Ausweg zu finden für seine Misere. Das sagt er Atamanovs Braut, bereits in einem der Ställe, und einen Augenblick lang ist ihm, als müsse er in Tränen ausbrechen vor lauter Rührung über die Tiefe und Tragweite seiner Gefühle. Doch Atamanovs Braut schaut ihn lediglich kurz an und sagt dann:

– Von Politik verstehe ich nichts.

Von diesem Traum hochgradig irritiert und gewillt, in Zukunft ein besserer Mensch zu sein, geht Philipp in der Früh zuallererst zum Papiercontainer, um vom geschriebenen Nachlaß seiner Großmutter zu retten, was sich noch findet (zielstrebig werde ich werden, verantwortungsvoll, das Erz der Vergangenheit abbauend). Aber nein, nein, er hat kein Glück. Kein Glück. Der eine wirft's weg, der andere zerrt's wieder raus. Außer ein paar vergilbten Betriebsanleitungen (Staubsauger, UV-Lampe, Mixgerät, Fernseher) und einer verrutschten Postkarte aus den fünfziger Jahren, die ein Lappländerpaar in Tracht beim Rentiermelken abbildet (Renmjölkning), hat alles Persönliche und auch sämtliche Bücher, die er weggeschmissen hat, den Interessenten gefunden, der er selbst nicht war. Niedergeschlagen und mit dem Wissen, daß die Zusammenhänge nicht mehr herstellbar sein werden, setzt er sich auf die Vortreppe und ruft sich Einzelheiten der Briefe, die er gelesen hat, ins Gedächtnis zurück.

Philipp geht nur mit Widerstand in den Kindergarten.

Ihm offenbart sich nicht ganz, wieviel Realität diese Bemerkung für ihn noch besitzt, ob er mehr als dreißig Jahre später, während er den Satz wiederholt, den Widerstand aufgegeben hat und vorwärtskommt oder freiwillig geht oder gehen will oder nicht mehr gehen muß.

Er wartet, er weiß nicht worauf.

Gegen zehn kommt die Postbotin. Philipp küßt sie wie schon öfters und wieder im Blickschatten der Mauer. Dann fragt er sie (inspiriert von einem Roman Wilhelm Raabes), wie viele Kilometer sie von Berufs wegen pro Tag zurücklege.

– Etwa zehn, gibt sie zur Antwort.

Er sagt ihr, angestrengt rechnend, daß sie, anstatt die Erde zu umrunden, wofür sie bei zehn Kilometern pro Tag wenig mehr als zehn Jahre bräuchte (da wäre sie Ende dreißig): daß sie statt dessen am Fleck trete. Sie komme trotz der vielen Kilometer, die sie mit ihrem Postkarren zurücklege, aus Wien nicht hinaus, nicht einmal aus dem dreizehnten Bezirk. Sie überlegt einen Moment, verständnislos, dann sagt sie mit gleichgültiger Miene, daß ihr das egal sei, sie wolle lieber noch ein wenig schmusen statt reden. Als ob Philipp um des Redens willen geredet hätte. Sie küssen einander noch *ein wenig*. Aber das ist nichts, was Boden unter den Füßen hätte. Es überrascht Philipp, wie kalt ihn die Berührungen lassen, die ihm die Postbotin gestattet.

Betrug und Verrat sollen das letzte Auflodern und somit die letzte Hoffnung der Liebe sein. Heißt es. Aber Philipp kehrt ebenso niedergeschlagen zur Vortreppe zurück wie er sie verlassen hat. Blitze zucken, es beginnt zu regnen. Bald schüttet es nur so. Die Tropfen prasseln mit hoher Geschwindigkeit nieder, was sich akustisch am deutlichsten am kupfernen Vordach über der Haustür niederschlägt. Es knöchelt regelrecht. Der Kies am Vorplatz spritzt mit den Tropfen hoch. Ab und zu hört es ein wenig auf, aber nur kurz. Es dunstet stark ein. Alles grau in grau. Die grünen Bäume, die grünen Sträucher, die grünen Fensterläden. Grün und grau. Kein knallroter Mercedes, weil Steinwald und Atamanov in andere Geschäfte verwickelt sind. Kein Telefon. Keine Johanna. Nichts.

Vor lauter Zorn schnallt Philipp den Gürtel ein Loch enger und macht sich trotz des Regens an der Teppichstange zu schaffen, wo er den ersten Hüftumschwung zustande bringt, seit er sich um diese Kunst bemüht. Er probiert es gleich nochmals, weil er spürt, daß er gerade die nötige Faust für die Sache hat, rutscht von der regennassen Stange ab und fliegt mit Wucht zu Boden. Seine Lunge krampft sich zusammen, und während er mit aller verbliebenen Kraft das Kreuz wölbt und wartet, bis er wieder Luft bekommt, ermahnt er sich, ruhig zu bleiben und sich nicht an das Leben zu klammern. Er atmet wieder normal, oder beinahe. So liegt er eine Zeitlang im Gras, das Staubkorn im Auge unseres Herrn und Schöpfers, mit herausfordernder Hochnäsigkeit, die ihn vor dem Fluchen bewahrt. Der Regen klatscht ihm ins Gesicht (ein feiner Regen fällt auf ihn herab), und er spürt, wie an seinem Hinterkopf ein diffuser Schmerz und eine unangenehme Wärme rhythmisch an einer Beule arbeiten. Er will gar nicht hingreifen, aus Trotz, nicht aus Angst, aus reinem Trotz.

Doch als er wenig später in der Badewanne liegt, greift er doch hin und ist höchst überrascht, daß Blut die Haare verklebt.

– Himmelherrgott, was mir alles passiert.

Am Abend sitzt er mit einem Verband um den Kopf vor dem Fernseher und fühlt sich einigermaßen wohl. Steinwald und Atamanov kommen nach Hause. Philipp hat die beiden schon erwartet. Er hört, daß sie den Kühlschrank auffüllen, mehrmals die Treppe ins Obergeschoß hoch- und wieder heruntersteigen. Sie haben in den ehemaligen Kinderzimmern, die die kleinsten Zimmer des Hauses sind, ihre Quartiere genommen, wie um zu demonstrieren, daß sie den Ehrgeiz haben, möglichst wenig Platz zu brauchen; oder um Philipp beim Bewohnen des Hauses nicht mehr als unbedingt nötig zu helfen. Nach einiger Zeit klopft Steinwald an Philipps Tür. Er tritt ein und erkundigt sich, ob Philipp am Essen teilnehmen wolle. Nachdem Philipp zugesagt hat, bittet Steinwald, weiterhin mit der unbefangensten Miene von der Welt, Philipp möge, solange es regnet, keine Dinge in den Container werfen. Außerdem sei das Dach des Hauses undicht.

Philipp schaut vom Fernseher auf und fragt sich, was Steinwald noch alles einfallen wird, ehe er auf seinen (Philipps) bandagierten Kopf zu sprechen kommt. Steinwald fährt fort, Atamanov sei gerade am Dachboden gewesen, um den Cassettenrekorder zu holen, und habe dabei die bedauerliche Feststellung gemacht (Wasser dringt ein, ein König ist nichts neben einer Tatsache). Steinwald hebt entschuldigend die Arme.

– An mehreren Stellen.

– Schlechte Neuigkeiten für einen eingefleischten Müßiggänger wie mich.

Steinwald kratzt sich unterm Hut. Wie meistens trägt er auch jetzt seinen kleinen braunen Filzhut, unter dem die dunklen Locken hervorquellen.

Philipp sagt:

– Sie haben einen hübschen Hut, Steinwald. Er erinnert mich an den Hut des Polizisten in *French Connection*. Sie wissen doch, Gene Hackman, die Verfolgungsjagd, in der ein Straßenkreuzer einer hochtrassig geführten Stadtbahn nachjagt.

Steinwald preßt die Lippen aufeinander, für einen Augenblick ist das Rot fast verschwunden. Philipp glaubt, gleich kommt Steinwald auf das Thema des Kopfverbands zu sprechen. Aber nein. Als sei er überzeugt, daß Philipp lediglich Mitleid heischen wolle, und als glaube er obendrein, daß man am weitesten kommt, wenn man sich gegen Schmeicheleien taub stellt, ignoriert Steinwald Verband und Kompliment und sagt lediglich noch, geschäftsmäßig, bevor er geht, daß er und Atamanov nicht imstande seien, den Schaden am Dach zu beheben. Aber er könne, wenn Philipp es wünscht, bei Firmen, die verläßlich und nicht zu teuer sind, Angebote einholen und die Arbeit beaufsichtigen. Steinwald schaut Philipp unbefangen an, und Philipp, der nicht weiß, was er erwidern soll, brummt ein mürrisches Danke und wendet sich wieder dem Fernseher zu.

Bis zum Essen hat er noch eine Stunde Zeit, und wie schon die Tage zuvor achtet er dort, wo er beim ständigen Wechseln der Kanäle länger verweilt, genau auf das, was geredet und verlesen wird. Vielleicht, so sagt er sich, begegnet ihm irgendwo ein Satz, den er Johanna gegenüber verwenden oder der ihm in einem anderen Zusammenhang nützlich sein kann, Steinwald und Atamanov gegenüber, im Gespräch mit der Postbotin, in Betrachtung eines der Fotos, die im Schlafzimmer der Großmutter über der Frisierkommode hängen. Er braucht sehr viele Sätze.

Ich bin noch zu klein für deine Gute-Nacht-Geschichten. Es wird etwas förmlich, ziehen Sie etwas Dunkles an. Warum hast du das nicht gleich gesagt? Da kann man nicht so einen Clown reinlassen. Auch für die Pipi-Sätzchen drängen junge Kollegen nach, und peu à peu werden auch die Solohuster abnehmen. Aber es reicht, Edda, Schluß mit dem Herumgeseiere, reiß dich zusammen! Guten Abend, Johanna sagt uns, wie das Wetter wird. Er braucht dringend einen Arzt! Lassen Sie mich durch! Wenn du jetzt nicht gehst, werfe ich dich hinaus, und wenn mir das nicht gelingt, hole ich jemanden, der mir hilft. Morgen muß ich wieder zurück und habe noch gar kein Gefühl dafür. Wer gewinnt? Keiner, die eine Seite verliert nur langsamer als die andere. Das ist genau das richtige Wort. Ich möchte nicht um jedes Paar Strümpfe bitten müssen. Augenblickmal, das ist von nun an deine Geschichte, nicht mehr die unsere. Zerbrich dir nicht meinen Kopf. Leg dich schlafen, dann geht das vorbei. Alles verlockt zur Trägheit. Regenwahrscheinlichkeit 60 Prozent. Wind aus nordwestlicher Richtung. It's a crying shame. Man sagt zwar, es kämen opernhafte Stellen darin vor, aber das ist spitzfindig.

An einer Klowand auf der Uni hat Philipp einmal den Satz gelesen:

Einst hörte ich eine Trompete blasen, doch wußte ich nicht, was dies zu bedeuten hatte.

Solche Dinge fallen ihm wieder ein.

Beim Abendessen reden sie über Philipps Beule, und Steinwald gibt ein paar Unfälle zum besten, die er am Bau erlebt oder erzählt bekommen hat. Am meisten beeindruckt Philipp ein verlorenes Auge. Bei einem Reifenplatzer an einem vollbeladenen LKW sei unter dem Druck der austretenden Luft ein Kiesel mit solcher Wucht in das Auge eines Arbeiters geschleudert worden, daß der Arbeiter das rechte Auge verloren hat. Diese Erzählung macht Philipp ganz baff. Er versinkt in Gedanken an riesige Sattelschlepper und Augenklappen und Seeräuber und Filibustiere, die Töchter polnischer Grafen entführen, und sagt für eine Weile gar nichts. Aber später, als er im Bett liegt (als er von fern einen der Arbeiter die Querflöte blasen hört, spaßeshalber), ist er froh um seine Kopfverletzung und sucht nach einer Lage, in der er die Beule spürt, ohne Schmerzen zu empfinden.

Zu spät kommt ihm in den Sinn, daß auch er eine Lastwagengeschichte auf Lager hat. Jetzt ärgert er sich, daß er es versäumt hat, die Geschichte anzubringen, wo es so schön gepaßt hätte. Obwohl Steinwald und Atamanov noch nicht zu Bett gegangen, sondern im Obergeschoß mit dem Gestalten ihrer Zimmer beschäftigt sind, widersteht Philipp dem Bedürfnis, nochmals aufzustehen. Aber damit er die Geschichte beim nächsten Abendessen verläßlich parat hat (ihm fällt ein, daß auch Johanna die Geschichte noch nicht kennt), erzählt er sie sich selbst, bestimmt vier oder fünf Mal, in verschiedenen Ausführlichkeiten:

In allen Versionen ist er sechzehn und läuft von daheim weg. Einmal nimmt ihn ein finnischer Lastwagenfahrer Richtung Griechenland mit, ein andermal ein burgenländischer Lastwagenfahrer Richtung Frankreich. Beide Fahrer manövrieren ihre Sattelschlepper mitten in der Nacht auf einen kleinen Parkplatz und legen sich über das Lenkrad in der Absicht, für eine Stunde zu schlafen. Von da an läuft die Geschichte immer präzise nach dem gleichen Schema ab: Im Gegensatz zum Fahrer hat Philipp keine Lust zum Schlafen, weil er nicht sonderlich müde ist. Außerdem ärgert er sich, daß die Standheizung auf vollen Touren läuft und ihm der Fahrer aus Sorge um seinen Nacken, den er sich leicht verkühlt, verboten hat, das Fenster zu öffnen. In der Kabine herrscht eine erniedrigende Hitze. Philipp schaut gelangweilt Richtung Autobahn, auf die Lichter, die sich in die Dunkelheit bohren. Nach einiger Zeit kommt ein zweiter Sattelschlepper auf den ansonsten leeren Parkplatz und parkt unmittelbar vor ihnen ein. Der hinzukommende Sattelschlepper setzt zurück, der Abstand zu ihnen verringert sich langsam. In dem Moment richtet sich der Fahrer neben Philipp von seinem Lenkrad auf, im Halbschlaf sieht er die näher kommenden Schlußlichter, sein Gesicht verzerrt sich, er stemmt sich gegen das Lenkrad und tritt voll auf die Bremse, die aber nicht reagiert. In noch größerer Panik, dem näher kommenden LKW im nächsten Moment hinten draufzuknallen, tritt der Fahrer mit aufgerissenem Mund zwei weitere Male voll auf die Bremse. Aber auch diesmal tut sich nichts. Der Fahrer will das Lenkrad herumreißen. Im selben Moment packt Philipp ihn an der Schulter und ruft (hier sind Varianten möglich):

– Wir stehen, Mann, wir stehen!

Freitag, 1. Juni 2001

Am Morgen ist Philipp müde und zerschlagen, sein Kopf dröhnt wie ein Glockenturm. Er bringt sich die längste Zeit nicht aus dem Bett, so steif fühlt er sich, so elend. Ohne wieder einschlafen zu können, bleibt er unter der Decke liegen, bis alles still geworden und der Mercedes weggefahren ist. Dann sitzt er ungewaschen, unrasiert, mit ausgebranntem Kopf, irgendwie weggetreten, obwohl er Kaffee für zwei trinkt, augenreibend und gähnend auf der Vortreppe und fühlt sich vom heißen Wetter geohrfeigt. Das notiert er in sein aktuelles Heft, dann schaut er einigen Schülern zu, die vorne an der Straße vorbeigehen. Er denkt an die unverwechselbaren Gerüche von Spitzabfällen und verschütteter Tinte, die immer vom Grund seiner Schultasche hochgestiegen und ihm deutlich im Gedächtnis geblieben sind. Er denkt an das Schönschreibheft, das er in der Schule hatte. Er schaut auf die Tauben, auf ihr schnörkelloses, geschäftsmäßiges Fliegen in dem Segment aus Garten und Himmel, das er von seinem Platz aus überblickt. Er gähnt. Er wartet, ob etwas geschieht. Er wartet, ob die Postbotin auch heute wieder mit ihm schlafen wird.

Die Postbotin kommt. Auch eine Postbotin sagt Bedeutsames:

– Zu mehr reicht die Zeit nicht.

Sie lacht verängstigt und zieht rasch ihre Hosen hoch.

Als Philipp sie nach draußen begleitet, stellt er fest, daß sich eine Taube ins Stiegenhaus verirrt hat. Der zerzauste Vogel sitzt geduckt, die korallroten, schuppigen Füße in den Handlauf des Geländers gekrallt, einen halben Meter über der Kanonenkugel, und schaut Philipp mit seinen kleinen, schmutzig-orangen Augen an. Einen Moment lang ist Philipp unschlüssig, was er zuerst tun soll. Schließlich entscheidet er sich dafür, zunächst die Postbotin zum Tor zu geleiten. Sie sind beide benommen und mutlos, ein wenig verlegen. Ihrer beider Abenteuerlust hat Sprünge bekommen. Zur Ablenkung erzählt Philipp von dem Tag zwei Jahre nach dem Tod seiner Mutter, als ihn sein Vater dazu überredete, dem Briefträger zu helfen, die Telefonbücher auszutragen. Das war bei knietiefem Schnee und aus Gründen der Familienräson. Philipp sollte am Abend hundemüde sein, damit sein Vater zu einer Nachbarin gehen konnte, ohne fürchten zu müssen, daß der Sohn mitten in der Nacht aufwacht. Philipp lacht und hebt die Schultern, eine Geste, die gleichermaßen seinem Vater und der Postbotin gilt. Sie küssen einander zum Abschied, wie schon an den vergangenen Tagen im Schatten der Mauer. Dann kehrt Philipp ohne Eile ins Haus zurück und scheucht die Taube durch die Eingangstür ins Freie.

Die Taube fliegt aufs Dach. Der Kaffee wird kalt. Die Sonne verglüht. Philipp sitzt mit einem Butterbrot auf seinem gewohnten Platz, wo es um diese Tageszeit eigentlich schon nicht mehr auszuhalten ist. Er kann sich zu nichts entscheiden. Er studiert das Wandern der Mittagsschatten. Er kratzt an einem Insektenstich unterhalb des linken Knies. Kratzt ihn langsam weg. Geh in Steinwalds Zimmer, das so tadellos in Ordnung gehalten ist, schau dort aus dem Fenster oder aus dem hinteren Fenster im Schlafzimmer der Großmutter, deinem Lieblingsfenster. Geh in die Lainzer Straße und hol die Fotos ab, die längst fertig sein müssen.

Philipp redet sich zu.

Und bleibt auf der Vortreppe sitzen.

Er überlegt, was Steinwald und Atamanov gerade machen, wo sie sich herumtreiben. Und wo Johanna bleibt. Er würde Johanna gerne anrufen, aber er traut sich nicht, weil er Angst hat, sie zu stören oder einzuengen oder den Anschein zu erwecken, etwas zu wollen oder gar zu erwarten. Er weiß aus Erfahrung, wie es normalerweise endet, wenn er Johanna anruft, ohne eine klare Vorstellung zu besitzen, was er damit bezweckt (etwa Anspruch auf ihre Gefühle erheben). Deshalb reißt er sich zusammen, obwohl er es nicht mag, wenn er sich zusammenreißen muß.

– Das ist auch so ein Weg zur Verlogenheit, wenn man sich zusammenreißt, sagt er zu sich und stemmt sich von der Vortreppe hoch.

Seine Runde entlang der Gartenmauer beginnt er neuerdings im Norden, denn seit bei diesen Nachbarn der Swimmingpool gefüllt ist, macht er sich Hoffnung, dort endlich einmal jemanden anzutreffen. Sonnenschirme sind aufgespannt. Weiße Gummischlapfen liegen herum. Diesmal treibt sogar ein aufblasbarer Plastikdampfer im Wasser, dessen Schaukeln darauf hindeuten könnte, daß unmittelbar vor Philipps Erscheinen ein Schulmädchen oder ein Bankdirektor in dem Wasser geschwommen ist. Aber die Bewohner sind weiterhin unsichtbar oder verstorben oder hinterhältig, oder sie haben viel zu tun oder beaufsichtigen die Putzfrau oder fluchen auf ihre Ehepartner oder rechnen und verrühren Dinge in Töpfen oder stöhnen und keuchen, weil das Wochenende vor der Tür steht, übereinander oder hintereinander, und kleben von Schweiß oder epilieren die Beine oder schreiben Naturlyrik oder üben Tonleitern hinter schalldichten Fenstern, mit der Trompete zum Beispiel.

Im nächsten Garten hat Philipp mehr Glück. Dort, wo er vor Wochen mit einer Drahtbürste bedroht worden ist, sitzt an diesem Nachmittag eine junge Frau auf einer Wolldecke im Rasen und liest. Eine Rothaarige mit Sommersprossen. Sie bemerkt Philipp nicht, entweder weil er kaum Geräusche macht oder weil sie so in ihre Lektüre vertieft ist, daß sie ihre Umgebung nicht wahrnimmt. Philipp schaut ihr eine Weile zu. Irgendwann ruft er sie an und fragt, was das für ein Buch sei.

Sie sieht auf, ohne sonderlich überrascht zu sein, hält das Buch hoch, aber aufgrund der zu großen Entfernung kann Philipp nicht erkennen, was es ist.

– Ist es gut? fragt er.

Die Frau macht eine vage Handbewegung, die entweder nicht viel besagt oder dem Buch kein allzu gutes Zeugnis ausstellt.

Also bietet Philipp Lektüre aus seinem Fundus an, die Frau könne über die Mauer klettern und sich ein Buch aussuchen.

– Geht nicht, ruft sie, froh um ein gutes Argument: Ich bin schwanger.

Diese Auskunft trifft Philipp unvermittelt. Er denkt, da ist mir schon wieder einer zuvorgekommen, du versäumst alles, sie ist schwanger, und bei dir ist gar nichts.

Die Frau sagt:

– Zwillinge.

– Bitte?

– Ich bekomme Zwillinge, ruft sie und freut sich, als ob sie eben erst davon erfahren hätte.

Philipp freut sich ebenfalls, denn daß eine Frau mit Zwillingen schwanger ist, hat er bisher noch nie erzählt bekommen.

– Ja großartig, ruft er: Und weiß man, wer der Vater ist?

Die Frau lacht, wird ein wenig rot. Sie schüttelt den Kopf, aber so, daß klar ist, daß sie damit Philipps Frage nicht beantworten, sondern lediglich kommentieren will. Philipp lacht zurück. Das Lachen schmerzt ihn an den Ellbogen, und er muß sich ein wenig hochstrampeln, damit er in eine bequemere Position kommt. Dabei verliert er den rechten Gummistiefel. Dann liegt er mit dem Bauch auf den Dachziegeln, mit denen die Mauer, zum Haus hin schräg abfallend, gedeckt ist, und zwar so, daß der Oberkörper über die Mauer ragt, als stecke der unsichtbare Rest in einer himmelwärts gerichteten Kanone. Philipp weiß nicht, was er mit seinen Händen anfangen soll, und fühlt sich seltsam abseitig oder kommt sich sehr dumm vor oder einem Traum entsprungen und sagt, um von seiner mißlichen Situation abzulenken:

– Könnte ja sein, daß ich der Glückliche bin.

Die Frau schaut ihn durch eine Locke hindurch neugierig an, als sei der Gedanke eine Überlegung wert, dann sagt sie:

– Sie sind es nicht.

Aber es wäre möglich gewesen, denkt er. Freilich, das Mögliche in der Vergangenheitsform ist das Vergebliche. Trotzdem ist Philipp zufrieden mit der Antwort.

Sie unterhalten sich eine Weile über Zwillinge, wie das sein wird, wenn beide Kinder krabbeln können, gleichzeitig in verschiedene Richtungen. Aber der mangelnde Komfort auf der Mauer raubt Philipp nach einiger Zeit die Luft, er bekommt starke Schmerzen an den Rippen, so daß er das Gespräch beenden muß. Die Frau nickt, als er seinen Abgang ankündigt. Sie greift mechanisch nach ihrem Buch, läßt Philipp aber nicht aus den Augen, bis er hinter der Mauer verschwunden ist.

Eigentlich ist Philipp auf allen Mauern seines Lebens eine Randfigur, eigentlich besteht alles, was er macht, aus Fußnoten, und der Text dazu fehlt. Etwas in der Art, etwas in dieser jämmerlichen Schönschreibart, sagt er zu sich, und er sagt es in einer Mischung aus Stolz und Trotz, denn der Gedanke, daß er Nähe nur dort sucht, wo er keine Gefahr läuft, vereinnahmt zu werden, kommt ihm für einen Moment wie der Beweis seiner Souveränität vor – wenn ihm auch gleichzeitig klar ist, daß er sich etwas vormacht. Trotzdem (trotzdem, trotzdem) fühlt er sich durch diesen Gedanken gestärkt (auch die Begegnung mit der Schwangeren hat seine Laune ein wenig gebessert), und so beschließt er, den günstigen Wind zu nutzen und in seinem Zimmer, dem ehemaligen Nähzimmer, die Tapeten herunterzureißen.

Freitag, 30. Juni 1978

Im knisternden Radio ein Vortrag über Alternativenergien, in dem davon die Rede ist, daß das vermehrte CO_2 in der Luft zu einer Erwärmung der Erdatmosphäre führen wird, wodurch die Eismassen an den Polen teilweise abschmelzen, was wiederum den Meeresspiegel um fünf bis acht Meter ansteigen läßt. Venedig bis zum Hals, New York bis zu den Knien im Wasser.

– Wir würden besser nach New York fahren, sagt Sissi, die zukünftige Berufsrevolutionärin, die mit offenem Mund an ihrem Reisekaugummi kaut.

Ihre Urlaubshalluzinationen, das kann Peter sich lebhaft vorstellen, umfassen U-Bahnen, Müllgeruch, Plätze mit Panflötenspielern und in den Museen Bilder, auf denen die Porträtierten beide Augen auf einer Wange haben und aussehen wie Ufonen. Dazu langhaarige Typen, die an den Ecken stehen und bei jedem jungen Menschen, der vorübergeht, zwischen den Zähnen zischen.

– Was uns an der Adria alles Schönes erwartet, sagt er.

– Ich wüßte nicht was, kontert Sissi, siebzehn, ein mittelgroßes, schlankes Mädchen mit fuchsrot gelockten, völlig willkürlich geschnittenen Haaren.

– Sonne und Meer, sagt Peter.

– Und die Glocken an den Fischernetzen, die wie auf einer Ziegenalpe klingen. Willkommen daheim.

Sie befinden sich auf der Fahrt nach Jugoslawien, wo sie auch den großen Urlaub des letzten Jahres verbracht haben. Diesmal wollen sie campen, weil sich die Hotels im letzten Jahr teilweise in einem Zustand präsentierten, daß nicht einmal Peter je zuvor etwas ähnlich Trostloses vor Augen gekommen ist, nicht einmal als er in den fünfziger Jahren mit seinen Spielen durch Österreich tourte und bei seiner Quartierwahl nicht allzu wählerisch war. Durchhängende Betten, beim WC fehlte mehrfach das *W*. An einem der letzten Tage holten sie sich nahe bei Dubrovnic Flöhe. Als Peter nachts von den Bissen wach wurde und Licht machte, hüpften die Flöhe zu Hunderten auf ihm und den Kindern herum. Wie Staub, der auf Dachböden in Lichtstrahlen tanzt.

Er weckte die Kinder und rief:

– Sachen zusammenpacken!

Nach fünf Minuten waren sie draußen und wechselten über die Straße in ein anderes Hotel, obwohl sie das Geld für das erste Zimmer nicht erstattet bekamen; da müsse man auf den Manager warten. Die Rückfahrt nach Wien war dann alles andere als komfortabel. Aber unterhaltsam: Wer die meisten Flöhe zur Strecke bringt. Sie lachten viel. Zu Hause mußte Peter jedoch gut 300 Schilling für Flohpulver, Flohsprays und ein Flohhalsband für Cara ausgegeben, und trotzdem blieb drei Wochen lang immer irgendwo eine Gruppe zurück, die nach einigen Tagen des Stillhaltens über eines der Kinder herfiel.

Um derlei Vorkommnissen diesmal aus dem Weg zu gehen, werden sie in der Nähe von Porec zelten. Unter Olivenbäumen, zwischen wilden Schildkröten. Nettere Gesellschaft. Es wird herrlich sein.

Trotzdem nörgelt Sissi:

– Papa, ich will nicht campen. Bitte.

Er sagt:

– Dem Antrag wird nicht stattgegeben.

– Ich bin doch kein kleines Baby mehr, das nicht auf sich selbst aufpassen kann. Sogar die Eltern von Edith erlauben ihr, daß sie auf Interrail geht.

– Vielleicht, weil Ediths Eltern selbst nicht in den Urlaub fahren. Da bist du besser dran.

Nervös läßt Sissi das Gummiband schnellen, das sie an ihrem linken Handgelenk trägt – *gegen den bösen Blick* (eine von Sissis typischen Auskünften auf angeblich dumme Fragen). Im Ton herablassender Empörung sagt sie:

– Nur mich fragt wieder mal keiner.

– Ich brech gleich in Tränen aus. Du wirst Spaß haben, und außerdem wirst du dich erholen.

– Wenn meine Erholung deine einzige Sorge ist.

– Es ist zumindest eine, mein Gott.

– Ich würde mich aber besser erholen ohne euch.

– Indem du im Zug zwischen Innsbruck und Neapel am Gang schläfst. Nach meiner bescheidenen Meinung –.

– Immer noch besser als im Zelt mit euch Schnarchern.

– Es war der Hund, der geschnarcht hat.

Ach ja? Sissis rechter Mundwinkel hält dem Lächeln des linken stand. Ihr Kopf wackelt in lautloser Erheiterung hin und her. Sie sagt kühl:

– Wenn du willst, laß ich dich in dem Glauben. Es gibt noch andere Gründe, warum mir dieser Urlaub schaden wird. Weil Familienleben die Persönlichkeit zerstört.

– Jetzt hör aber auf.

– Man braucht sich nur umzuschauen.

– Da frag ich mich aber, wo du deine Augen hast.

– Ich frag mich, warum ausgerechnet du derjenige sein willst, der weiß, was gut für mich ist.

Peter lenkt den Wagen kurzfristig bloß mit der Linken. Scherzend (das hat er auch schon besser gekonnt) hebt er den Zeigefinger der Rechten in die Lücke zwischen den Vordersitzen und verkündet:

– Weil ich ein paar Jahre mehr am Buckel habe als du.

– Ich bin genauso alt wie Mama, als du sie kennengelernt hast.

– Dann weißt du bestimmt auch, daß deine Mutter damals spätestens um sechs zu Hause sein mußte, sonst fing sie sich was. Sie ist noch mit Anfang zwanzig mit ihren Eltern in den Urlaub gefahren, und nicht nach Jugoslawien, sondern nach Bad Ischl.

– Sie wird es gehaßt haben. Das zipft mich so an, immer mit euch mitzockeln.

Und kurze Zeit später, unter beredtem Seufzen:

– Ich würde mir so sehr einen liberaleren Vater wünschen.

Peter lenkt den Wagen über die Bundesstraße am Semmering, wo Ingrids Eltern einen Garten besitzen; in Schottwien. Das letzte, was Peter über den Garten gehört hat, ist, daß er von der Schwester seines Schwiegervaters genutzt wird. Von Tante Nessi und ihrer versnobten Familie.

– Ich bin liberal, wendet er ein: Als nächstes käme die totale Teilnahmslosigkeit, die hast du mir auch schon vorgeworfen.

Im Rückspiegel sucht er Sissis Augen. Sie hält seinem Blick für diesen kurzen Moment stand, ein müdes Lächeln auf den Lippen, das Bände spricht. Peter weiß, daß sie ihn ansieht wie etwas, dessen Qualitäten man nicht besonders hoch veranschlagt, in einer Mischung, wo das Bedauern die Verwunderung überwiegt. Man müßte sie für zwei Wochen in die Ferien zu einem ihrer Großväter schicken, sie dürfte sich sogar aussuchen, zu welchem, da käme sie schon nach der halben Zeit zurück, hoffentlich mit bescheideneren Ansprüchen und objektiveren Begriffen von dem, was man unter liberal zu verstehen hat.

Sissi sagt:

– Du bist nur liberal, solange es für dich bequem ist.

– Wenn ich's bequem haben wollte, wärst du längst auf der Eisenbahn, da könnte ich's billiger haben. Meine Meinung ist, daß ich sogar erstaunlich liberal bin, geduldig, gutmütig und großzügig. Genau so, wie ich es mir von meinen eigenen Eltern gewünscht hätte. Ich habe mir nämlich auch gewünscht, daß sie liberaler wären.

– Sie waren Nazis, sagt Sissi.

Obwohl der Vorwurf auch ein wenig ihm zu gelten scheint und obwohl er es satt hat, sich wegen seiner Geburt und seines Jahrgangs und seiner wie in einem Giftschrank weggesperrten Kindheit schuldig zu fühlen, läßt Peter den Vorwurf auf sich sitzen. Er will nicht schon auf der Hinfahrt mit Sissi zusammenkrachen. Seit Ingrids Tod hat er sich ein paar Strategien zurechtgelegt, wie er mit den Kindern über die Runden kommt. Und er sieht auch ein, daß zutrifft, womit ein Arbeitskollege ihn unlängst trösten wollte, nämlich daß es nicht ganz einfach ist, ein siebzehnjähriges Mädchen für sich zu gewinnen, wenn man das Unglück hat, ihr Vater zu sein.

Was soll's. Er bemüht sich, seinen Kindern innerhalb vernünftiger Grenzen den größtmöglichen Spielraum zu gewähren. Mit der mangelnden Anerkennung, die ihm dafür zuteil wird, hat er in den vier Jahren, seit er für die Erziehung allein verantwortlich ist, umzugehen gelernt. Solange er sich keine Sorgen macht (dieses Recht werden sie ihm hoffentlich zubilligen), redet er den Kindern nicht drein. Und wenn eines der Kinder unbedingt seine Meinung hören will, versucht er, diese möglichst neutral zu formulieren, damit er sich nicht vertut. Er beklagt sich selten über den verheerenden Saustall in den Zimmern. Die ausufernde Telefonrechnung macht er nur zum Thema mit Hinweis auf die Nachbarn, die am selben Anschluß hängen und sich über die ständig belegte Leitung beschweren. Vor gut zwei Stunden, als Philipp und er zur Abfahrt bereit waren, nahm er es hin, daß die Waschmaschine noch eine Dreiviertelstunde brauchte, bis sie durch war, mit T-Shirts von Sissi darin. Er sagte nicht, daß die letzte Schulwoche und selbst der Vormittag ausreichend Zeit geboten hätte, die T-Shirts rechtzeitig zu waschen, und er sagte nicht, daß es typisch sei, obwohl es typisch war. Er nimmt diese Dinge hin, manchmal mit einem Gefühl der Beklemmung. Aber dann redet er sich zu, daß Sissis Art auch ihre guten Seiten hat, zum Beispiel, wenn er selber später dran ist, als er versprochen hat, und Sissi es gar nicht bemerkt. Um die Zeit zu überbrücken, bolzten er und Philipp den Fußball gegen das Garagentor, mit wildem Scheppern, so daß Herr Andritsch an den Zaun trat und sagte, sie sollen zusehen, daß sie in den Urlaub kommen, aber hurtig. Endlich um drei, als die Freitagsglocken läuteten, eine Stunde nach dem verabredeten Termin, stopfte Sissi ihre nasse Wäsche in eine Nylontasche und die Tasche in den ohnehin randvollen Kofferraum. Peter behielt für sich, wie grindig er das fand, und er ließ es Sissi auch durchgehen, daß sie ihre Wagentür mit den Worten »Scheiß Urlaub!« zuzog.

Dann sind sie losgefahren, here we go, here we go, und Peter hat zur Unterhaltung ein Liedchen angestimmt, Jimmy Brown das war ein Seemann undsoweiter. Er hat hinterher wohlweislich eingestanden, daß Freddy Quinn kalter Kaffee ist gegen David Bowie, selbstverständlich. Aber besser Freddy Quinn als Schweigen im Walde (oder die Lieder, die man ihm in seiner Kindheit beigebracht hat).

– Stimmen wir überein, meine Damen und Herren?

Sie sind jetzt über den Paß, und die Straße läuft einen Hügelrücken hinab. Sie passieren mehrere Pensionen, Kurve links, Gerade, Kurve links, Kurve rechts, nach einer weiteren kurzen Geraden öffnet sich die Landschaft, und sie blicken auf die südlichen Voralpen.

Peter sagt:

– Ich verspreche euch vierzehn Tage schönes Wetter. Ich habe meinem Namenspatron einen Schnaps bezahlt, da wird er uns nicht im Stich lassen.

Philipp lacht behäbig und rutscht zur Mitte der Rückbank, weil er die Sonne auf seiner Seite hat. Die Strahlen brennen ihm auf Arm und Schenkel.

– Mach dich nicht so breit, sagt Sissi.

– Ich?

– Schau, daß du dein Bein auf deine Seite bekommst. Nimm deinen Fuß weg!

– Es ist mir zu heiß am Fenster.

– Du hast vor der Abfahrt genug Zeit gehabt, dir zu überlegen, von welcher Seite die Sonne kommen wird, wenn wir nach Süden fahren.

– Dann häng du nicht deine Haare zu mir herüber.

– Tu ich ja gar nicht.

– Und ob.

– Ach, halt dochs Maul.

– Blöde Kuh.

Phillip packt sich wieder in seine Ecke. Nach einiger Zeit lacht er, ein wenig hinterhältig, wie ein Gnom.

Sissi beklagt sich:

– Papa, das Schwein furzt, mir kommt gleich das Blut aus der Nase.

– Kann ich was dafür? fragt Philipp.

Sein zartes Bubengesicht mit den im Verhältnis zu großen, weil schon ausgewachsenen Zähnen färbt sich an den Wangen und auf der Stirn rot, hinauf bis zum Flaum am Haaransatz.

– Furzt du oder der liebe Gott? fragt Sissi.

– Aber ich kann nichts dafür, erwidert Philipp, und schon lacht er wieder sein leises, gnomenhaftes Lachen, so halb durch die Nase und halb mit dem Bauch. Augenblicke später starrt er glucksend zum Fenster raus gegen eine dichte Wand aus Bäumen und Gestrüpp.

– Blödmann, sagt Sissi und bläst sich eine Strähne ihres Haares aus dem Gesicht. Sie harkt die Strähne mit den Fingern hinter das rechte Ohr.

Jetzt kann auch Peter Philipps Furz riechen, er kurbelt das Fenster handbreit nach unten, aber Sissi, die hinter ihm sitzt, wo sich ihr die bessere Deckung bietet, murrt, daß der Fahrtwind an ihren Haaren zerre. Ach ja? Also kurbelt Peter das Fenster wieder hoch.

– Dort vorne, das ist die Bärenwand, sagt er mit Blick auf die im Schönwetterdunst heran- und davonschwimmenden Hänge: Und dahinter ist die Kampalpe, die sieht man von hier aus aber nicht.

Wie erwartet werden die Hinweise ignoriert. Peter ist der einzige, der eine gewisse Solidarität mit dieser Landschaft zu empfinden scheint, der mehr sieht als nur leere Räume und leere Dörfer, die aus Sand gebacken sind und zerfallen, sowie der Wagen die Stelle hinter sich gelassen hat. Philipp macht Anstalten zu einem Nickerchen. Sissi schaut zwar zum Fenster raus, aber so, als fahnde sie dort draußen nach dem Sinn des Lebens, den die Luft, wer weiß, als winzige Materie enthält. Man möchte ihr viel Glück wünschen.

– Jetzt freu dich doch ein wenig, sagt Peter.

– Ich freu mich halt nicht, sagt sie mürrisch und zeigt ihm charmant die Zunge.

Bislang will keine Ferienstimmung aufkommen. Dabei ist die Erleichterung darüber, wie die Zeugnisse ausgefallen sind, bei allen groß, auch bei Peter, der angesichts der vielen Schularbeiten, die er nie zum Unterschreiben vorgelegt bekommen hat, unangenehme Überraschungen nicht ausgeschlossen hätte. Sissi hat etliche Dreier im Zeugnis und einen Vierer in Mathe, von dem sie behauptet, daß er vermeidbar gewesen wäre. Sie hat keine Fehlzeiten, geht also gerne zur Schule, sie erweckt sogar den Eindruck, daß ihr die Schule mit ihrer den Tag strukturierenden Wirkung in den Ferien abgeht. Philipp hingegen ist während des halben Schuljahres grün im Gesicht. Er braucht in den Ferien immer einige Tage, bis er sich von den *Schrecken des kapitalistischen Leistungssystems* (Ausdruck Sissi) erholt hat. Die letzte Schularbeitenrunde hat er komplett verhaut, da ist ihm die Puste ausgegangen, auch, weil Cara, sein Liebling, Anfang Juni eingeschläfert werden mußte. Nicht ganz ohne Einfluß war wohl auch, daß ihn einige Lehrer (Lehrkräfte) auf der Schaufel haben, speziell die Alten, die mit der verschnarchten Art des Buben nicht zurechtkommen. Vor Pfingsten (Peter weiß das um fünf Ecken herum) hat der Geschichtslehrer vor versammelter Klasse Philipps Schultasche ausgeschüttet. In der Tasche soll der Dreck der letzten Jahre sedimentiert gewesen sein: abgebrochene Stifte, Spitzabfälle, Radiergummi- und Papierreste, Büroklammern, massenhaft Brösel inklusive einiger verschimmelter Jausenbrote, die mit den Servietten verwachsen waren. Sehr übelreichend, igitt, kann er sich vorstellen. Wer hat ihm das eigentlich erzählt? Philipp ist auch der einzige in der Klasse, der es glaubwürdig schafft, den Nachmittagsunterricht zu vergessen. Mit dem Fußball unterm Arm klingelt er bei Klassenkollegen, deren Mütter ihn unter vielsagendem Kopfschütteln darauf aufmerksam machen, daß er jetzt besser mit den anderen auf der Schulbank säße. Ja wahrlich, ein kleiner Depp. Er kann einem richtig leid tun. Nicht einmal Peter ist bislang aufgegangen, welche Talente der Rotzfresser mitbringt. Geschickt ist er jedenfalls nicht, es ist unmöglich, ihm beizubringen, wie man auf den Fingern pfeift oder auf einem Grashalm, da tun ihm hinterher nur die Backen weh. Geschäftstüchtig ist er auch nicht. Wenn Peter ihn zum Kutschkaplatz fährt, damit er den Passanten seine Pfadfinderlose andrehen kann, bringt er am Abend alle Lose zurück, legt sie auf den Küchentisch und zieht hilflos die Achseln hoch in der unausgesprochenen Erwartung (Hoffnung?), daß die Heinzelmännchen es für ihn richten werden. Er besitzt keinen Ehrgeiz, weder im Sport noch bei den Mädchen, die interessieren ihn noch gar nicht. Und Mut ist ebenfalls nicht seine Sache. Wahrlich, was für ein Tropf.

– Philipp, weißt du noch, wie du dich im Prater nach der Fahrt auf der Achterbahn übergeben mußtest?

– Ich glaube, ich leide unter Höhenangst.

– Und im Spiegelkabinett? Da hast du dich so über dein Aussehen geschämt, daß du sofort wieder rauswolltest?

– Mir war noch schlecht von vorher.

– Du bist mir eine schöne Flasche von einem Bruder, sagt Sissi.

– So war das jetzt nicht gemeint, wirft Peter ein: Du hast einen ganz großartigen Bruder, Sissi. Du hast allen Grund, stolz auf ihn zu sein.

– Er furzt nur ein bißchen viel.

– Blöde Sau.

– He, dahinten, reißt euch zusammen.

Sie fahren das Mürztal hinunter Richtung Südwesten. Bei der Ortsausfahrt von Mürzhofen, vor einem Maisfeld, das auf der gegen St. Lorenzen liegenden Seite von einem Baumrain gesäumt wird, stehen Kinder am Straßenrand und verkaufen Kirschen. Als Schutz gegen die Sonne haben die Kinder einen alten Regenschirm an einen groben Stecken gebunden und den Stecken in den Boden gerammt, so daß der Schatten über die Steige mit den Kirschen fällt.

Peter hält an, er kauft anderthalb Kilo.

Wieder unterwegs, erlaubt er den Kindern, die Kerne aus dem Fenster zu spucken. Jetzt hört er von der Rückbank, wenn der Fahrtwind einen schlecht gespuckten Kern zurück ins Wageninnere schleudert, sogar Lachen. Furchtbar komisch finden sie das. Er selber schluckt die Kerne. Soll gut für die Verdauung sein, hat es in seiner Kindheit geheißen.

– Mein erstes Auto. Hab ich euch je erzählt –.

– Zehn Mal, Papa.

Peter stockt und stützt für einen Augenblick die Unterarme auf das Lenkrad. Er späht in die überbelichtete Straße. Im Beschwerdeton sagt er:

– Sissi, du weißt ja gar nicht, was ich erzählen will.

– Nur zu.

– Die Alarmanlage, die ich im ersten Jahr –.

– Bei der immer, wenn man eine der Türen geöffnet hat, die Hupe losgegangen ist.

Gekonnt spuckt Sissi mit Schwung einen Kirschkern quer durch das Auto zu Philipps Fenster, schwups, draußen. Ihr Blick bleibt seitwärts bei ihrem Bruder.

– He! empört sich Philipp.

Ein Lächeln kräuselt sich auf ihren Lippen. Man hört das Rascheln der fransigen Papiertüte. Sissi steckt sich eine weitere Kirsche in den Mund.

– Und daß dir die Nachbarn Prügel angetragen haben, weil die Alarmanlage auch für dich nicht zu umgehen war. Ob morgens, ob abends.

– Es freut mich, Sissi, daß du so gut informiert bist. Da hast du genügend Stoff zum Nachdenken.

Und kurz darauf:

– Die späten vierziger und frühen fünfziger Jahre, ich kann euch sagen. Was für ein Mond. Was für sibirische Nächte. Habe ich euch auch von meiner Ferialarbeit beim Bau des Kraftwerks Kaprun erzählt?

– Nicht nur einmal.

– Mhm-mhm.

Im Rückspiegel erhascht er einen Blick auf Sissis unausgeschlafenes (erschöpftes?) Gesicht. Er nimmt wahr (zumindest in Teilen), wie ihre Zungenspitze einen Kirschkern hinter die locker vorgewölbten Lippen schiebt, wie sie tief Atem holt, wie sie den Kopf senkt und ihn dann hochwirft, während sie gleichzeitig den Kern in Richtung ihres eigenen Fensters schleudert, mit einem hörbaren Flup!

Peter packt seine Tochter rhetorisch beim Handgelenk:

– Wenn ich's mir überlege, Sissi, kann ich kein so schlechter Vater sein, bei dem vielen, was ich erzähle.

– Solange du dich selbst reden hörst, bist du glücklich.

Sie sagt es spitz und ohne zu zögern, das Gesicht nach wie vor ohne jeden Ausdruck des Zweifels, daß dies die geeignete Redeweise ist, sich in ihrer Familie zu verständigen.

– Weil aus dir ja nichts rauszukriegen ist, antwortet Peter, weiterhin ruhig: Wenn ich nur Anstalten mache, eine Frage zu stellen, höre ich gleich, ich soll nicht versuchen, dich bis aufs Hemd auszuziehen. Warum? Verstehe ich nicht.

Sie zuckt mit den Achseln und zieht die Brauen hoch, als wolle sie sagen, es sei nicht nötig, alles zu verstehen.

– Dein Bruder ist nicht so geizig mit Auskünften. Dem muß man nicht jedes Wort vom Mund abkaufen.

– Weil er nichts zu erzählen hat.

– Woher willst du das wissen? protestiert Philipp: Natürlich hab ich was zu erzählen.

– Hast du nicht.

– Hab ich doch.

– Lappalien. Einen großen Haufen Nichts.

– Stimmt doch überhaupt nicht.

– Lügen und Angebereien, die du dir aus deinen Abenteuerbüchern zusammenbaust.

– Das stimmt nicht. Ich hab grad soviel zu erzählen wie du.

– Und was? fragt Sissi: Schieß los, sagt sie: Sei kein Spielverderber, fordert sie ihn auf: Na, komm, schieß los, was hast du zu erzählen?

Kurz blickt Philipp zum Fenster raus. Tonlos liest er zwei Ortsnamen von einem Schild herunter:

– Peggau, Deutschfeistritz.

Dann nimmt er das Kirschenpaar herunter, das über seinem linken Ohr hängt, legt es sich in den Mund, zieht die Stengel ab und schiebt sie über den Scheibenrand in den vorbeistreichenden Fahrtwind.

– Na, komm, Philipp, erzähl uns was, sagt Peter.

Ein beleidigter Ausdruck liegt im Gesicht des Buben. Er öffnet den Mund, schließt ihn aber sofort wieder, ohne etwas gesagt zu haben.

– Ich bin schon gespannt, fügt Peter hinzu.

Sehnig und braungebrannt liegen seine Hände eng nebeneinander oben am Lenkrad. Beim Zementwerk in Peggau zieht er den Wagen dynamisch in eine scharfe Linkskurve. Philipp kippt zu Sissi hinüber. Sissi stößt Philipp mit der Handfläche gegen die Schulter, zurück in seine Ecke.

– Bleib auf deiner Seite.

– Was kann ich dafür?

– Dort hast du einen Haltegriff, benutz ihn.

Philipps rechte Hand geht nach oben zu dem kunststoffbezogenen Griff über dem Fenster, die freie Linke legt er sich auf den Bauch, bewegt sie dort ein bißchen hin und her und gähnt nach einiger Zeit. Dann dreht er den Kopf mißmutig zur Seite, eine Strähne auf seinem Scheitel richtet sich in einem Luftwirbel auf. Er betrachtet seinen wenig ausgebildeten rechten Oberarmmuskel, den er in kurzen Abständen anschwellen läßt. Über den Oberam hinweg sieht er auf die sich öffnende und wieder schließende Landschaft und hinter Peggau für kurze Zeit auf den sich langsam bewegenden lautlosen Fluß, ein Band aus blaugrauer Flüssigkeit.

Ein Spaziergänger am anderen Ufer wirft für seinen Hund einen Stock ins Wasser. Philipp folgt dem Hund mit dem Blick, dann ist der Wagen vorbei, in der nächsten Kurve.

Peter sagt:

– Philipp, ich würde mich über eine Geschichte von dir freuen.

Der Wagen setzt über einen der Straßenkämme, es geht leicht bergab. Peter schaltet sinnlos einen Gang tiefer und wieder rauf. Er späht die Straße hinunter, ehe er mit einem schnellen Blick über die Schulter seinen Sohn ins Visier nimmt. Woran Philipp in diesem Augenblick denkt? Peter könnte es nicht sagen. Still und in sich gekehrt lehnt der Bub seitlich an der Tür. Könnte auch sein, daß sich hinter Philipps Träumen konzentrierte Wachsamkeit verbirgt. Peter hört das Gummiband gegen Sissis linkes Handgelenk schnellen. Er kann regelrecht hören, daß es schmerzt. Er denkt: Gleich wird die Stichelei weitergehen. Ich sollte die beiden ein wenig beschäftigen.

Vorschlag an die Nachkommenschaft:

– Ihr könntet was singen. Na? wie wär's? Zur Hebung

der allgemeinen Moral. Was ist? ja? ja? na, so was! das freut mich ... aber ... aber ... das lobe ich mir.

Der Bub wagt sich vor, nichts Besonderes, klar, aber immerhin: *Wann wird's mal wieder richtig Sommer, ein Sommer wie er früher einmal war*. Es ist ein einfaches Lied über Sonnenbrände, die man sich im heimischen Freibad holen konnte, über Wasserrationierungen und die Hoffnung, daß es auch in Zukunft wieder Hitzewellen geben wird, mitsonnenscheinvonjunibisseptember. Kein Wort von Liebe, gebrochenen Herzen oder dem Wunsch nach Freiheit in einer gottlosen Ferne. Ein lustiges und einfaches Lied. Philipp singt es langsam und sanft (sanft wie der sommerliche Fluß mit seinem trübblauen Wasser), und obwohl Philipp den rachenkranken Akzent von Rudi Carrell nicht ohne Charme imitiert, klingt es mehr wie eine Moritat.

Als er zu Ende gesungen hat, sagt Sissi:

– Es ist ein schöner Sommer, ich weiß nicht, was du hast.

– Aber nicht wie früher.

– Wann war früher?

– Früher halt.

– Wann früher?

– Als wir mit Mama in Venedig waren.

Die Male, daß die Kinder Ingrid erwähnen, unvermittelte Sätze wie dieser, werden von Jahr zu Jahr weniger, und auch der Schmerz läßt nach, den diese Sätze aus einem stillen Gären wecken. Peter weiß noch, wie erschrocken es ihn anfangs machte, wenn eines der Kinder am Küchentisch sagte:

– Das erste Mal, daß wir Apfelfleckerln ohne Mama essen.

Dabei brachen die Kinder keineswegs immer in Tränen aus, sie sagten diese Sätze meist beiläufig, so dahin, wie soll man es ausdrücken, als bedauernde Hinweise darauf, wie sehr sich die Dinge verändert hatten, in einer Kettenreaktion, die unendlich viele Details erreichte. Die Kinder machten diese Bemerkungen, weil sie darin eine Möglichkeit erkannt hatten, an das

Vorleben mit Ingrid anzuknüpfen, ex negativo: Wir tun es, und Mama tut es nicht mehr.

Ingrid. Dieser wunderbare, vom Tod so weit entfernte Mensch. Sie hatten gerade einen Urlaub in Venedig hinter sich, dort fanden sie ohne Schwierigkeiten zu Fuß auf die Piazza San Marco, weil sie als Markierung die von Millionen Händen glattpolierten Straßenecken und Brückengeländer verwendet hatten. Ingrids Idee.

Dann ein Sonntag. Es ist der letzte Tag, bevor für Ingrid die Arbeit am Krankenhaus wieder losgeht. Sie packt die Badesachen und die Kinder in ihren Wagen. Eine jüngere Arztkollegin, deren Mann ein Motorboot besitzt, hat zum Schwimmen eingeladen. Ingrid trägt den roten Bikini, den Peter ihr in Italien auf einem Straßenmarkt gekauft hat, sie lacht und genießt das Licht, das träge Fließen der Donau, das Leben. Noch immer ist sie vom Tod weit, weit entfernt, und doch nur, wie jeder, durch einen Zufall von ihm getrennt. Sie sagt, wie wunderbar dieser Tag sei, sie springt von der Bugspitze, taucht unter, es spritzt über ihren Füßen, das Wasser schließt sich, und Ingrid kommt nicht mehr hoch, eine Minute, zwei Minuten, so schnell geht das, so leicht stirbt sich's, keine Bewegung, kein Laut entsteigt dem Wasser, du sollst die Donau nicht duzen, auch in schönen Wassern kann man ertrinken. Wie? Was los ist? Ihr Armband hat sich an einem halb in den Kiesgrund eingeschwemmten Fahrrad verhakt, sie zerrt, statt aus dem Armband zu schlüpfen, wie oft hat sie den Reifen achtlos abgestreift vor dem Schlafengehen, wie oft, am Bettrand sitzend, dabei redend, nicht hinsehend, sie hat Hämatome am Armgelenk, die Fingernägel der anderen Hand brechen, die Muskelfasern in ihrer Schulter reißen, sie zerrt, der Armreifen verbiegt sich, aber er hält, ein ums andere Mal. Und Ingrid: Schluckt Donauwasser, sie bekommt das Wasser in die Lunge, sie hustet, unter Wasser kann man nicht gut husten, sie ist Ärztin, sie weiß, das macht es nicht besser, unter Wasser kann man nicht gut husten, sie weiß, daß man sterben muß, wenn man Wasser in der Lunge hat, sie will nicht sterben, sie will nicht, sie hängt am, sie zerrt, sie schlägt, sie hängt, wenn der Armreifen jetzt bräche, ja, sie würde bestimmt, laß los, nach oben, wenn der Armreifen jetzt, sie würde es bestimmt noch, sie hängt am, nein, doch, laß los, aber nein, sie würde es bestimmt noch schaffen, sie hängt am Leben, laß los, baba.

Jetzt die erschreckende Wirklichkeit: Ist nicht nur der ruhig nach der Strömung sich ausrichtende Körper und das zur Seite treibende offene Haar, ist nicht nur die letzte Luftblase, die den Weg aus Ingrids Lunge findet und zur Oberfläche steigt, um sich dort einen Moment als glitzernde Kuppel auf dem ruhig dahinziehenden Wasser aufzurichten und zu vergehen. Es ist auch das, was sich an Deck des Bootes und im Wasser ringsum abspielt, wo das Leben (wovon die Schlagerdichter singen) weitergeht. Der Mann der Kollegin taucht nach Ingrid, bis er ebenfalls Wasser in den falschen Hals bekommt. Seine Frau feuert ab, was der Kasten mit den Rettungsmitteln hergibt, Signalpistole, Leuchtmunition. Die Frau setzt eine Boje, sie wirft den Rettungsring ins Wasser, der davontreibt, donauabwärts. Sissi ruft nach ihrer Mutter, wohl zwanzigmal, und die Stimme verhallt, Mama, Mama, vom Flußwind verweht, das Mädchen, Sissi, müßte den Mund unter Wasser halten, nein, tut sie nicht, dort kauert sie, sie ist dreizehn, auf einer der schmalen Plastikbänke, Sissi, mit dem Kopf zwischen den Knien, den Händen über dem Kopf, sie weint. Und Philipp: Er schaut übers Wasser, er wartet, daß seine Mutter hochkommt, daß seine Mutter ihnen lachend eine lange Nase macht, daß sie ihnen das Schilfrohr zeigt, das sie zum Atmen verwendet hat, wie im Western, John Wayne, *Rio Lobo*, Philipp hat den Film gemeinsam mit seinem Vater gesehen, er zählt bis hundert, Mama, du hast uns einen schönen Schrecken eingejagt, das ist schon gar nicht mehr lustig, dann fängt er wieder von vorne an … siebzehn, achtzehn, neunzehn, zwanzig, einundzwanzig –.

Es heißt, wenn man den Kopf in die Donau steckt, die Donau, die jeden Tag eine andere ist, dann höre man ein singendes Geräusch, das angeblich von den Kieseln auf dem Stromgrund kommt, die vom Wasser langsam vorwärts und übereinander geschoben werden.

Durch einen unglaublichen Zufall, einen absolut dummen Zufall.

Und Peter wünschte, daß Ingrid zurückkäme, um zu sehen, wie er sich hält, denn er hält sich ganz gut, findet er, ja, seit die Anfangszeit überstanden ist, damals, als er wie mit einer Bleiweste lebte und den Kindern vor lauter Zeitdruck die Hausaufgaben diktierte, so daß Sissi irgendwann sagte:

– Papa, ich glaube, dir geht deine Schulzeit ab.

Und er wünschte, daß Ingrid zurückkäme, um ihm beizupflichten, wie gut sie es jetzt haben könnten, denn seither ist vieles geschehen und anders geworden, die Zeit hat so manches geregelt.

Und er wünschte, daß sie wieder eine Familie wären und die Welt so schön wie in einem Album, daß die Bäume im Garten blühten, und die Sonnenuntergänge eine einzige Pracht wären und daß sie gemeinsam gute Bücher läsen und die Kinder stolz wären und gerne nach Hause kämen.

Und er wünschte, daß Ingrid neben ihm am Beifahrersitz säße, wo jetzt der Fotoapparat und die Schmalfilmkamera liegen, und daß sie zwischendurch ihre Hand auf seinen Oberschenkel legte und mit den Fingern leichten Druck ausübte.

Und er wünschte, daß sie glücklich wären bis ans Lebensende, er bildet sich ein oder ist überzeugt, daß sie glücklich sein könnten, er denkt das sehr oft, düster, schmerzhaft, undeutlich, ja, denken kann man vieles, es kostet nichts.

Es kostet nichts.

Denn es ist nicht so, nein, daß er nicht wüßte, ja, um es leichter zu haben, hat er seine Erinnerung ein wenig korrigiert, er weiß aber doch, daß seine Ehe nicht das war, was sie sich vorgestellt hatten, und daß die Zutaten für ein haltbares Glück nicht gereicht hatten und daß wenigstens Sissi alt genug war, die Misere mitzubekommen. Und er weiß auch, daß die Jahre vor Ingrids Tod die am wenigsten erfolgreichen Jahre seines Lebens waren, das will was heißen bei einem, der auch davor und danach meistens auf seiten der Verlierer gestanden ist, bei dem sich die Niederlagen eingelagert haben wie Arteriosklerose.

Sooft er daran denkt, ist das alles noch, als wär es gestern gewesen.

Als er am Vortag von Ingrids Tod daheim anrief, schickte sie eines der Kinder ans Telefon.

Sissi: Es geht mir gut. Bei uns nieselt es.

Er: Kann ich mit Mama sprechen.

Sissi: Ja.

Er: Ich habe gehört, es nieselt bei euch.

Ingrid: Ja, da muß ich wenigstens nicht Garten gießen.

Er: Ist das Gras schon wieder gewachsen?

Ingrid: Ja, natürlich.

Er: Hier in München hat es nur gestern geregnet, jetzt ist es wunderschön. Gibt es zu Hause etwas Besonderes?

Ingrid: Nein, denke, es geht uns gut.

Funkstille.

Er: Dann gib ihnen ein Bussi von mir.

Ingrid: Ja.

Er: Und dir auch ein Bussi.

Ingrid: Danke, bis dann.

So stand die Sache. Recht traurig. Traurig. Vor allem in den letzten Jahren hatten sie viel gestritten, meistens war der Ausgangspunkt eine Kleinigkeit, so nichtswürdige Kleinigkeiten, zum Beispiel: Ihr letztes Geburtstagsgeschenk an ihn, Spoerl, *Mit dem Auto auf Du*. Deutlich vor Augen steht Peter auch Philipps Erstkommunion. Das war seltsam. Wenn er nicht wüßte, daß es so war, würde er nicht glauben, daß er seinerzeit Sprüche klopfte wie:

– Mein Sohn trägt kein Mascherl.

Und Ingrid sagte:

– Wenn dir die Erstkommunion auf die Nerven geht, ist das deine Sache, und jetzt hältst du dich besser zurück.

Dann sagte sie noch:

– Du erträgst es offenbar nicht, wenn nicht du im Mittelpunkt stehst, sondern wer anderer.

Da meinte er:

– Jetzt reicht es mir, Schluß mit dem Zeug, ich höre mir den Blödsinn nicht länger an.

Ingrid legte eins drauf, indem sie behauptete:

– Deine Reaktion spricht dafür, daß ich jetzt etwas Wahres gesagt habe und du das nicht erträgst.

Wenn er sich diese Momente ins Bewußtsein ruft (und als nächstes fallen ihm Ingrids Eltern ein, die verdammten Alten), überkommt ihn eine abscheuliche Stimmung, da fühlt er ein nagendes Gefühl im Magen, und er hätte am liebsten, daß dem Auto Flügel wüchsen, so unangenehm, so bedrückend ist ihm, was er nicht ungeschehen machen kann. Alle paar Tage (alle paar Stunden?) ist das, da hat es ihn, da muß er dann zusehen, wie er sich ablenkt (oder abreagiert oder betäubt). Diesmal legt er sich mächtig ins Zeug, die Kinder zu weiterem Singen zu animieren, na kommt, los, ihr Schlafmützen, avanti, *Griechischer Wein*, *By the Rivers of Babylon*, *Fiesta Mexicana*. Das hilft. Und als Sissi, der die Lieder davor zu wenig engagiert waren (Da ist mir sogar Streiten noch lieber), als sie mit ihrem vom Kirschenessen blauroten Mund und ihrer schönen Altstimme ebenfalls ein Lied beisteuert, na, wie darf man das verstehen? daß jetzt die Ferien beginnen? *Blowing in the Wind*, stimmt Peter beim Refrain ein mit seinem ratternden und zittrigen Baß, gerührt wie zu Weihnachten bei *Stille Nacht*, einen schmerzhaften Kloß im Hals, weil es ihm einen Moment lang vorkommt, als seien sie, ja was? ja was? dieser Gedanke kommt ihm nur selten vertraut vor: eine Familie.

Er weiß, klar, er weiß es natürlich nur zu gut, das wird nicht ewig anhalten, vermutlich nicht einmal sehr lange. Sowie sie aus dem Auto gestiegen sind, rennt wieder jeder in seinem eigenen Tempo.

In Graz hinter dem Hauptbahnhof verläßt Peter die Durchfahrung. Er hält sich nicht Richtung Knoten Süd, wo ein neues Stück Autobahn ansetzt, sondern manövriert den Wagen südöstlich Richtung Stadtrand, wo er – kleine Fleißaufgabe – eine Kreuzung begutachten will, auf der sich Anfang der Woche ein tödlicher Unfall ereignet hat. Die Zeitungen gaben ziemlich verworrene Darstellungen.

– Muß das sein? fragen die Kinder unisono.

– Es wird nicht lange dauern.

Damit sie ihm den Abstecher nicht allzu übelnehmen, lenkt er den Wagen bei der Justizanstalt Karlau vorbei.

– Da bekommt ihr etwas zu sehen. Die Gebäude da vorne, die aussehen wie ein Kloster, die Außenmauer mit oben dem Stacheldraht. Das ist das Zuchthaus.

– Faszinierend, sagt Philipp.

Sissi wiederholt bissig:

– Faszinierend –. Dann doziert sie:

– Es gibt drum so viele Gefängnisfilme, weil es so viele Leute *faszinierend* finden, daß man andere Leute wegsperrt.

– Das ist ja auch interessant, verteidigt sich Philipp.

Peter springt Philipp mit dem Argument bei, daß alles, was die Gesellschaft nicht erlaube, in Zuchthäusern konzentriert sei, das verleihe der Sache einen gewissen Reiz: Ist doch so?

– Sehr reizvoll, sagt Sissi.

Und Peter:

– Der beste Beweis dafür ist, daß auch du am liebsten Zigaretten rauchst, die rezeptpflichtige Kräuter enthalten. Die Ursache dieser Verlockung dürftest du ruhig mit etwas mehr Objektivität beleuchten, im Interesse der Selbsterkenntnis.

Sissi sagt nichts darauf. Doch als Philipp sich bei einem Greißler ein Eis holen will und Peter auf der Hauptstraße umdreht, nicht ganz vorschriftsmäßig, zugegebenermaßen (die Gelegenheit war grad günstig), stöhnt sie vernehmlich:

– Der Herr Ingenieur vom Kuratorium für Verkehrssicherheit, alle Achtung.

Wie wurscht ihm das ist. Soll sie meckern, wenn sie was davon hat. Philipp bekommt sein Eis. Schmeckt's? Und er, Peter, seine Kreuzung. Er findet sie auf Anhieb.

– Jetzt könnt ihr eurem Vater mal zehn Minuten bei der Arbeit zusehen. Bitte um gebührende Aufmerksamkeit.

Er sagt es, als sei es als Scherz gemeint, und in der Tat hat er keine Hoffnung, daß die Blicke seiner Kinder voller Bewunderung auf ihm ruhen werden, vor allem bei Sissi macht er sich nichts vor. Er gesteht sich ein, wieviel ihm ihre Anerkennung bedeuten würde. Wieviel. Er gesteht es sich ein, ist aber vorsichtig genug, sich nichts anmerken zu lassen.

– Auch diese Arbeit muß jemand tun. Immer noch besser als ein Besuch in der Klopapierfabrik.

Peter Erlach, achtundvierzig Jahre alt, wohnhaft in Wien, achtzehnter Gemeindebezirk, Pötzleinsdorfer Straße. Witwer seit vier Jahren, das prägt. Zwei Kinder, siebzehn und zwölf. Er ist Verkehrsexperte, eine Stimme, die in allen einschlägigen Gremien Gewicht hat. Ein schlanker, muskulöser Mann, der bei oberflächlichem Hinsehen für Ende dreißig durchgehen könnte, sich gut bewegt, der eine gelassene, leicht verschleppte Art hat zu reden, eine markante, angenehme Stimme und ein sympathisches Lächeln, aus dem selten ein Lachen wird. Sein Kopf ist schmal mit einer kräftigen Kinnpartie, so daß der breite Mund mehr vor als zwischen den Wangen zu liegen scheint. Seine ebenfalls breite Augenpartie streckt sich unter dichtem, dunkelbraunem Haar, den sauberen Scheitel trägt er auf der rechten Seite. Er ist gut gebräunt, weil im heimischen Keller über der Werkbank eine Höhensonne hängt. Er sieht aus wie ein Mann mit Selbstbewußtsein, wie einer, der sich seiner Wirkung bewußt ist. Dabei ist er ein stiller, nachdenklicher Charakter, der vom Leben nie etwas Besonderes verlangt hat. Vielleicht, daß man ihn in Frieden lasse. Er ist ausgeglichen, besser gesagt kontrolliert. Stimmungen sind für ihn etwas Zyklisches, etwas, das ab- und zunimmt wie der Mond, wofür es Bauernregeln gibt (daß auf Regen Sonnenschein, immer). Er hat keine Freunde, viele Bekannte. Bei seinen Bekannten ist er beliebt. Er gilt als verläßlich, und man hält ihn für klug, obwohl er nicht viel redet. Wo man ihn läßt, neigt er zur Zurückgezogenheit. Ein Einzelgänger, wenn man so will. Einer, der dankbar ist, wenn er sich auf niemanden einstellen muß. Manchmal schläft er mit einer Bibliothekarin der Technischen Universität. Aber weil die Frau verheiratet ist, kommt es ihm als eine Angelegenheit vor, die ihn zu nichts verpflichtet. Eine Mittagspausenbeziehung, die er vor seinen Kindern geheimhält. Kleines Versteckspiel. Bei anderer Gelegenheit, als er weniger umsichtig war, ist er schuldig gesprochen worden, mit seinem noch nicht abgestumpften Interesse an Frauen das Ansehen der verstorbenen Mutter herabzusetzen. Offiziell ist er seither ein vollendetes Muster an Tugend.

Was weiter von Bedeutung ist: Als Entwickler einer allgemeinen Knotenlehre hat er sich internationale Reputation erworben durch den bloßen Hinweis auf Dinge, die eigentlich selbstverständlich sein müßten. Daß man Kreuzungen als aktive, katalysatorische Verteilersysteme zu verstehen hat. Und daß der Sinn einer Kreuzung ihr Gebrauch im Straßenverkehr ist, präziser: daß eine Kreuzung, die geplant und gebaut wird, ihre Realität erst im nachhinein erhält, daß erst der Verkehr, der auf ihr stattfindet, ihr die Rolle zumißt, die sie spielt. Und: Daß es Mechanismen gibt, die den Verstoß gegen Regeln herausfordern, und daß folglich nur eine Kreuzung, die für alle Beteiligten nach den Kriterien der Selbstverständlichkeit funktioniert, eine sichere Kreuzung ist.

Er parkt den Wagen seitlich in der Einfahrt einer Tankstelle, die zur Straße hin zwei Zapfsäulen hat. Er nimmt einen Notizblock aus dem Handschuhfach, den Fotoapparat vom Beifahrersitz und steigt aus. Gegen die grelle Sonne blinzelnd, läßt er den Blick über die Anlage schweifen, ohne ersichtliche Hast und ohne neugierig zu wirken. Er macht erste Notizen. Er reguliert an der Kamera Blende und Fokus. Schießt ein Foto. Dann unterzieht er die Kreuzung einer gründlichen Inspektion. Er arbeitet konzentriert, die heiße Sonne prickelnd mal auf dem Gesicht, mal im Nacken, den Geruch des Verkehrs in der Nase, wie er es mag.

Es ist ein Knoten mit drei Ästen, ein schiefes T, wo ein Nebenast in eine stark mit Durchgangsverkehr belastete Hauptstraße stößt. Der schwächere Ast hat lediglich lokale Bedeutung und mündet von unten in spitzem Winkel in den Hauptast. Das bringt Nachteile bei der Übersichtlichkeit, zumal die Kreuzung durch private Liegenschaften in der Breitenwirkung beengt ist. Wie Peter feststellt, werden auf der – für sich betrachtet – übersichtlich verlaufenden Hauptachse hohe Geschwindigkeiten gefahren. Trotzdem gibt es für abbiegende Fahrzeuge keinerlei Verzögerungs- und Vorsortierungsspuren, dadurch auch keinen Stauraum. Das tut seine Wirkung. Speziell die Situation für die von stadtauswärts kommenden Linksabbieger ist verheerend. Die Spur wird bei der Querung der Kreuzung nicht geführt. Ein Wagen, der im Eckverkehr aus der Hauptstraße in den Nebenast biegen will, wird dies – um aus dem Gefahrenbereich zu kommen – möglichst rasch tun, dabei kann es dann passieren, daß er die Gegenfahrbahn anschneidet. Peng. Noch von der Garage aus fotografiert Peter einen dieser Abbiegevorgänge. Einen Augenblick später überquert er die Hauptstraße zur linken Seite des einbiegenden Astes, wo zahlreiche Kreidemarkierungen die Arbeit der Polizei vom Anfang der Woche dokumentieren. Peter betrachtet die Markierungen. Pfeile, Begrenzungsstriche, Bremsspuren.

Er registriert die in der Sonne funkelnden Plastiksplitter, die in den Rinnstein gekehrt wurden. Unterdessen läßt er den Verkehr um sich herum geschehen, weder ängstlich noch achtlos, mit dem deutlichen Gefühl, daß ihm nichts zustoßen kann, weil er jede Unregelmäßigkeit aus dem Geräuscheteppich heraushört. Erfahrungssache. Er macht weitere Fotos. Er läuft ein Stück in den Nebenast hinein. Am oberen Ende, wo die Straße neuerlich auf eine Querstraße stößt, bietet sich dem Blick ein Gasthaus und auf dem Platz davor ein Mädchen, das auf Stelzen in die Ferien stakst. Peter schaut dem Mädchen einen Augenblick lang zu. Dann wechselt er nochmals die Straßenseite und macht eine Fotografie der Kreuzung in Richtung der Stadt. Die Autogarage ist jetzt ebenfalls im Bild. Am äußerst rechten Rand des Suchers schiebt sich der hellbraun-beige Opel Manta herein, den Peter im Vorjahr gekauft hat. Die Kinder sind mittlerweile ausgestiegen. Mag sein, er hätte den Wagen besser im Schatten geparkt.

– Ich bin gleich soweit! ruft er.

Er überfliegt seine Notizen, rekapituliert die Bestandsaufnahme. Nach einer weiteren Fotografie verschließt er den Apparat und tritt mit gezücktem Stift, begleitet vom Läuten der Ladenklingel, in die Fleischhauerei, die mit der Eingangstür zur Unfallstelle liegt, das Haus eingeklemmt zwischen den beiden Straßen, die keilförmige Schmalseite des Hauses zum vortrittsberechtigten Ast.

Nachdem Peter um sechs Semmeln mit Salami und Gurken gebeten hat, stellt er einige Fragen. Ob es an dieser Stelle schon öfters Unfälle gegeben habe, Blechschäden, und ob man zuweilen Reifenquietschen höre, ohne daß es kracht.

– Ja, schon, antwortet die Frau hinter der Ladentheke.

Sie reißt mit dem Messer ein breites Stück Haut von einer Ungarischen und schneidet die Wurst elektrisch auf.

– Der Doktor hat mir verordnet, ich soll mich nicht aufregen, sonst kriege ich den Herzschlag, und der Ofen ist aus.

Aber ich glaube, es ist die Galle. Ich hatte noch nie Probleme mit dem Herzschlag, aber mit der Galle.

Das Gesicht der Frau hat überall Furchen. Ihre Hände sind alt, an der rechten Hand fehlt der kleine Finger inklusive der Gelenkpfanne. Ein faltiger Hautlappen über der Amputationsstelle ist dunkler als die Haut am Handrücken, und man sieht dort auch nicht die Venen darunter.

– Es kreischt und quietscht, es ist wie in einem Schweinestall. Die Leute schaffen ihre Wagen alle paar Jahre zur Autoweihe. Dann fahren sie aufs Geratewohl durch die Gegend, nach dem Motto, der liebe Herrgott hat gestern nichts kommen lassen, so wird auch heute nichts kommen.

Die Luft in der Fleischhauerei macht auf Peter den Eindruck, als ob sie Fett ausdünste, so dick ist sie. Der Laden scheint auf Hartwürste und Jausenversorgung spezialisiert zu sein. Zwei schwitzende Warmhalteöfen in dem ansonsten kühlen Raum bieten drei verschiedene Sorten Leberkäse zur Auswahl. Peters Magen knurrt. Er spürt den Schweiß in den Achselhöhlen und auf der Brust. Auf der Kreuzung hatte es dreißig, wenn nicht vierzig Grad.

– Ein Desaster, sagt die Frau: Nichts für schwache Nerven.

Mit routinierten Handbewegungen schneidet sie sechs Semmeln in Hälften. Nebenher läßt sie sich über Einzelheiten aus, soweit sie darüber Bescheid weiß. Einige Hinweise, deren Wirklichkeitswert Peter bedeutsam erscheint, hält er schriftlich fest, zum Beispiel, daß der Begrenzungspfosten vis-à-vis an der flachen Straßenecke nie lange stehe, bis er wieder umgefahren sei.

– Ich hätte es mir denken können, sagt er.

Einen Augenblick später, nachdem die Frau mit einem Seufzen zum Ende ihres Berichts gelangt ist, fügt er hinzu:

– Das sind Straßen ohne Verstand.

– Die Menschen haben keinen Verstand.

Die Frau schneidet zwei große Essiggurken der Länge nach

in Scheiben, verteilt die Scheiben, legt die Dachhälften auf die belegten Böden. Sie wickelt die fertigen Brote in Butterpapier und schiebt sie in einen Papiersack. Peter läßt zwei Flaschen Mineralwasser hinzugeben. Die Frau reicht ihm die Tasche.

Beim Zahlen sagt er:

– Manche Straßen bilden die unerwünschte Eigenschaft aus, daß sie den Verkehr genau dort beschleunigen, wo sie ihn eigentlich drosseln sollten. Im speziellen Fall dieser Kreuzung müßte man entweder die Verkehrsbeziehungen im spitzen Winkel verbieten oder die Einmündung dieser Straße (er redet mit den Händen) so nach links biegen, also nach Süden, daß sie frontal auf die Hauptstraße stößt. Hand in Hand damit würde es sich empfehlen, mit der Einmündung dieser Straße einige Meter zurückzurücken. Der Vorteil dabei wäre, daß man auf diese Weise für die Hauptstraße den Platz für eine Vorsortierungsspur zum Ein- und Ausfädeln der Linksabbieger gewinnen würde und auf dieser Straße Platz für eine Verkehrsinsel. Mit Hilfe der Verkehrsinsel könnte man die kritischen Fahrströme ausbremsen und ihnen gleichzeitig die Spur führen. Das würde nicht nur die Leistungsfähigkeit der Anlage erhöhen und die Übersichtlichkeit wesentlich verbessern, sondern auch die meisten Kollisionen vermeiden helfen. Voraussetzung für eine derartige Ausbildung wäre allerdings, daß man dieses Haus niederreißt.

– Nette Aussichten.

Die Miene der Frau bleibt ziemlich ausdruckslos. Sie gibt Peter das Wechselgeld heraus, schiebt anschließend die Kassenlade mit dem Bauch zu und wischt sich die Hände an einem Geschirrtuch ab.

– Ist Ihnen schon aufgefallen, daß Stiefmütterchen vorzugsweise auf Gräbern und auf Verkehrsinseln angepflanzt werden? fragt sie.

– Ist mir noch nie aufgefallen.

– Dann denken Sie drüber nach.

Peter wendet sich zur Tür.

– Besten Dank für die Auskunft.

Er tritt hinaus in die Hitze und Helligkeit, wo ihm vom plötzlichen Kontrast gelbe Lichtpünktchen vor den Augen tanzen. Kurz kneift er die Augen zu, und als er sich nochmals umwendet, weil ihm die Fleischhauerin unter die Tür gefolgt ist, spürt er die gleißende Sonne wie einen Peitschenhieb im Rücken. Das Haus scheint sich über ihn zu neigen, so kommt es ihm vor, und im gleichen Moment glaubt er zu wissen, daß die Frau das Haus verkaufen wird, sowie man ihr ein vernünftiges Angebot macht. So eingekeilt zwischen zwei Straßen, kein Platz vor der Tür. Eine solche Gelegenheit kommt nicht wieder.

– Mit Parkplätzen sind Sie hier auch nicht verwöhnt. Seien Sie froh, sagt er nüchtern.

Er wendet sich ab, im Geruch des warmen Asphalts. Er geht über die Stelle, wo sich vor drei Tagen der junge Mopedfahrer zu Tode geblutet hat. Dabei stellt sich Peter vor, wie die Kreuzung nach einem verkehrsgerechten Umbau aussehen könnte. Ja, wenn er es sich überlegt, stimmt es tatsächlich, daß die Rabatten der Verkehrsinseln gerne mit Stiefmütterchen bepflanzt sind. Er meint auch zu wissen, woran das liegt. Nicht an den Geistern der Toten, die auf den blutigen Kreuzungen nach den Brillen, Hüten und Schultaschen suchen, die an den Straßenrändern zurückgeblieben sind. Es liegt wohl daran, daß Stiefmütterchen – er mag Stiefmütterchen ebenfalls nicht besonders – billig und dankbar sind. Wie Chrysanthemen. Einen Strauß Chrysanthemen hat er am Vorabend an Ingrids Grab gebracht.

– Schwups, schon erledigt.

Die Kinder stürzen sich auf die Salami-Semmeln; wie immer scheint es darum zu gehen, wer seine Brötchen schneller unten hat.

– Schlingt nicht so.

Philipp schafft es immerhin, zwischen zwei Bissen die Frage herauszudrücken, ob es eine interessante Kreuzung ist.

– Was man halt so unter interessant versteht. Zwei Straßen wie Ach und Krach.

(Wie Bomben und Granaten, wie Fleisch und Blut, wie Rast und Ruh.)

Bevor Peter in den Wagen steigt, löscht er seinen ärgsten Durst. Er läßt den Tank auffüllen, dann fahren sie weiter, alle drei kauend. Im Radio die 6-Uhr-Nachrichten.

Daß es im Nationalrat in der letzten ordentlichen Sitzung vor der Sommerpause zu einem Riesenkrach um die von der SPÖ beantragte Novellierung des Arbeiterkammer-Gesetzes gekommen sei. Und daß die sechs ÖVP-Landeshauptleute ihr Ja zur Volksabstimmung über das Atomkraftwerk Zwentendorf gegeben hätten. Großoffensive der Äthiopier gegen Eritrea. Bonn übernimmt den Vorsitz der EG. Hans Krankl werde in den nächsten drei Jahren auf den Rufnamen »Juan« hören. Die Neuerwerbung des FC Barcelona sei am Flugplatz der katalanischen Hauptstadt von 120 Journalisten sowie hunderten Fans stürmisch empfangen worden. Die Sowjetunion bereite einen bemannten Raumflug zum Mars vor. Prinzessin Anne in Wien.

Philipp, von Peter dazu aufgefordert, rattert die Aufstellung der Mannschaft herunter, die vor einer Woche den amtierenden Weltmeister aus dem Bewerb der Fußball-WM geworfen hat. Philipp nennt die Torfolge inklusive Spielminuten und Torschützen. Er erwähnt den einzigen Spielerwechsel des österreichischen Teams, einundsiebzigste Minute Franz Oberacher für Walter Schachner. Gelb für Kreuz und Sara. Schiedsrichter Abraham Klein, Israel. Es vergeht einige Zeit. Dann will Philipp mit Sissi darauf wetten, welche Farbe das nächste entgegenkommende Auto hat. Er blitzt mit diesem Ansinnen aber ab. Zu kindisch. Die Dramatisierung dessen, was ohnehin geschehen wird. Peter stellt sich ersatzweise zur Verfügung.

– Weiß.

– Blau.

Sie wetten fünfmal. Aber immer liegen sie beide daneben, drum lassen sie es wieder. Philipp nimmt sich ein Asterix-Heft von der Heckablage. Sissi linst auf die sommerliche Landschaft. Peter indes grübelt, wie er eine zwanglose Unterhaltung anbahnen könnte. Womit? Gute Frage. Er setzt zweimal an, hält aber lieber den Mund, ehe er sich neuerlich der Gefahr aussetzt, mit seinen Themen auf Ablehnung zu stoßen. Ist nicht ganz einfach, etwas zu finden, das kein alter Hut ist, den Kindern entgegenkommt und gleichzeitig nicht erwachsenenhaft oder neugierig klingt.

Er würgt den letzten Bissen seiner zweiten Salami-Semmel hinunter. Dann ein dritter Anlauf, apropos, daß den Fleischhauern, als während des Kriegs Lebensmittel nur auf Bezugsschein zu erhalten waren, von heute auf morgen die wundersame Fähigkeit zuflog, Fleisch auf wenige Gramm genau abzuschneiden, und daß ihnen diese Fähigkeit ebenso plötzlich wieder abhanden kam, sowie das Kartenwesen abgeschafft war. Darf's ein bisserl mehr sein?

– Ein erstaunliches Phänomen, nicht?

Er erntet eine der üblichen spitzen Bemerkungen von Sissi, die sich diesmal auf Ernesto Che Guevara beruft:

– Der Kapitalismus wird irgendwann an seinen Widersprüchen ersticken.

Peter nimmt es zur Kenntnis. Sei's drum. Am Ende ertappt er sich dabei, daß er – zum wievielten Mal? – versucht, anhand der in den Fenstern sich rasch vorbeispulenden Panoramabilder heimisches Kulturgut zu vermitteln, als sich ihnen jenseits der hinter Bäumen verborgenen Mur ein Blick auf den Turm von Schloß Weißenegg bietet. Ein plump getarntes Selbstgespräch, bei dem es, wie bei den Gesprächen mit der toten Ingrid, vor allem darum geht, sich selbst zu umarmen.

Hinter Wildon erwacht dann auch Sissis Redseligkeit, entweder befallen von Langeweile oder von einem Mitteilungsbedürfnis, das ähnlich unbeholfen ist wie das ihres Vaters. Nachdem sie ihren Bruder angestupft hat, sagt sie:

– Erklär mir noch mal, warum du Friseur werden willst.

Philipp schaut von seinem Asterix-Heft auf und sagt:

– Ich will doch gar nicht Friseur werden.

– Aber Friseur ist doch ein schöner Beruf.

– Laß mich in Ruhe, ich will nicht Friseur werden.

– Aber du sagst doch sonst immer, daß du Friseur werden willst.

– Ich habe noch nie gesagt, daß ich Friseur werden will.

– Das wäre aber genau der richtige Beruf für dich.

Philipp versteckt sich hinter dem Asterix-Heft, so gut er kann. Als Sissi nicht lockerläßt, sagt er:

– Laß mich in Ruhe mit dem saudummen Zeug.

– Warum saudummes Zeug? Du drehst den Frauen Dauerwellen und kochst ihnen einen guten Kaffee, während sie unter der Trockenhaube sitzen.

– Papa, sag Sissi, daß ich nicht Friseur werden will.

– Sissi, laß deinen sonderbaren Humor woanders aus.

– Ich interessiere mich dafür, was er später werden will, erwidert Sissi, ganz Schweinchen Schlau. Und wieder zu Philipp gewandt: Wenn du nicht Friseur werden willst, was willst du dann werden?

Philipp schaut zum Fenster raus auf die Trasse der im Bau befindlichen Autobahn südlich von Lebring, auf einen Laster, der sich ihnen nähert in Richtung der neuen Autobahnbrücke, die der Manta im nächsten Moment unterquert.

– Willst du Asphaltarbeiter werden? fragt Sissi: Dann hättest du Muskeln und ganzjährig eine gute Farbe und wärst große Klasse. Das gefällt den Mädchen. Weißt du eigentlich, daß du ein ziemlich hübscher Bub bist.

Philipp verzieht das Gesicht. Die Lektionen der letzten Zeit raten ihm, Komplimente von Sissi zu ignorieren. Mit Lob fängt man Narren.

Sie sagt:

– Du bist hübsch, aber ein bißchen klein, und leider befürchte ich, daß du nicht mehr wachsen wirst. Du wirst so klein bleiben, wie du bist.

– Das stimmt überhaupt nicht.

– Man nennt das Wachs-tums-hor-mon-mangel. Das läßt sich bei dir nicht mehr beheben, dafür bist du schon zu alt, weil du bald diesen Flaum auf der Oberlippe bekommst. Aber sei nicht traurig, Schönheit ist nicht alles.

– Jetzt sei doch nicht so gemein zu ihm, sagt Peter.

Er reibt sich die Wangen. Er muß daran denken, wie sehr sich Sissi in den letzten Jahren um Philipp gesorgt hat und wie oft sie deshalb eingespannt war. Peter hat immer den Hut vor ihr gezogen und ihr deshalb auch manches nachgesehen. Jetzt hängt er der Frage nach, ob Sissi ihren kleinen Bruder – seit wann geht das eigentlich so? –, ob sie ihn deshalb in letzter Zeit härter anpackt, weil Philipp allmählich selbständig wird.

– Ich hab doch gesagt, daß er ein hübscher Bub ist.

Philipp, der jetzt in Wut gerät, platzt heraus:

– Papa, die dumme Kuh hat nur schlechte Laune, weil sie sich auf dem Schulfest verliebt hat.

Noch ehe Peter Luft holen kann, um Philipp wegen der *dummen Kuh* zu bitten, sich einer netteren Ausdrucksweise zu bedienen, faucht Sissi:

– Bist du still!

– Papa, er heißt Valentin! Er –.

Aus dem angefangenen Satz wird nichts. Sissi stürzt sich auf ihren Bruder, nimmt ihn in den Schwitzkasten und hält ihm mit der Hand den Mund zu. Philipp redet weiter, doch da er die meisten Laute nicht mehr bilden kann und das wenige, was er an dumpfem Gebrabbel herausbringt, von Sissis Drohungen übertönt wird, ist nichts mehr zu verstehen.

– Gebt Ruhe da hinten, es reicht. Hört ihr? Ich hab gesagt, es reicht. Ihr sollt aufhören.

Da die Kinder nicht reagieren, lenkt Peter den Wagen in die Nische einer Bushaltestelle und läßt die Kinder balgen, bis ihr Zorn von selbst erlahmt. Zum Ausklang bedenken die Kinder einander mit den üblichen banalen Schimpfwörtern (Ausnahme: Arsch-mit-Ohren-Friseur). Dann setzen sie sich stocksteif in ihre Ecken und starren geradeaus.

Peter sagt, fast ohne die Stimme zu heben:

– Sissi, du brauchst deinen Grant nicht an Philipp auslassen.

Sie läßt ihren Vater ein wenig warten.

– Das geht mir alles so auf die Nerven. Ich begreife nicht, warum ich mit euch in den Urlaub fahren muß.

– Mit einem alten Nazi und einem Friseuranwärter. Ist es das, was du sagen willst?

Sie schluckt, sie muß es sich verbeißen, daß sie gleich in Tränen ausbricht. Mit Mühe würgt sie ihre Scham hinunter, die wenigen Tränen, die ihr dennoch kommen, blinzelt sie rasch weg.

– Es war ja nur geblödelt.

– Wo wir grad beim Blödeln sind. Eins möchte ich doch sagen: Dein Herr Che Guevara hatte nicht alle Tassen im Schrank. *Die Aufgabe des Revolutionärs ist es, die Revolution zu machen*. Das ist genau das richtige fürs Poesiealbum. Aber wenn man mit fünfzehn Leuten in den bolivianischen Dschungel geht und glaubt, auf diese Weise die Regierung stürzen zu können. Also bitte! Alles, was recht ist! Im Dschungel waren nur Schlangen. Und dann mit der Maschinenpistole hysterisch draufhalten, im Namen des Volkes und für das Elend der Massen. Da frage ich mich, ob der Herr Doktor und seine Kombattanten ihre Sinne noch beieinander hatten.

Sissi blickt ihn wider Erwarten an, die mageren Arme verschränkt. Ihr zu kurzes T-Shirt ist hochgerutscht und gibt ein Stück des nackten Bauches frei. Mit einem Ausdruck völliger Verständnislosigkeit sagt sie:

– Das verstehst du eben nicht, dazu bist du zu alt.

Dabei ist eine solche Traurigkeit in ihrer Stimme, daß Peter jedes weitere Wort vergeht.

Er seufzt einmal tief, das hilft, Spannung abzubauen. Er fühlt sich ausgelaugt, er ist es auch.

– Morgen sind wir am Meer, da schaut die Welt ganz anders aus.

Er startet den Motor, kuppelt und sagt:

– Dann können wir ja wieder.

Here we go ... Here we go. Und so fahren sie schweigend, obwohl alle nicht aufs Maul gefallen, also desto schlimmer, unter der hohen Wölbung des Himmels mit der Sonne schon nicht mehr ganz so hoch oben, mit den Schatten schon nicht mehr ganz so hart, begleitet vom Hunger der Vögel, die schwarze Querlinien in das Blau ritzen, durch windüberpfiffene Dörfer, zwischen Sonnenblumen, die in staubigen Gärten stieren, an Leibnitz vorbei, über die Mur und immer geradeaus, der Brückenwirt, bevor die Straße erneut über die Mur setzt, zwanzig Schilling für den, der mir sagt, wie oft wir die Mur heute queren, falsch, mein Sohn, da vorne das siebente Mal, und langsam, langsam, da haben wir die Bescherung. Denn: Denn unmittelbar vor dem nördlichen Brückenkopf stößt der Wagen ans Ende des Staus, der sich nach vorne zum Grenzübergang streckt, Spielfeld, auch Spielfeld (gemeinsam mit Straß) eine der 88 (später 92) Stationen in Peters – ehemaligem? – Spiel, *Wer kennt Österreich?* an dem jetzt andere verdienen, eine Station wie heute schon? na? na? wer kann sie mir aufzählen? Wien und? Noch mal zwanzig Schilling. Doch selbst Peter hat seine liebe Not, die Stationen zusammenzubringen, er denkt nach, mit dem Geruch des Meidlinger Magazins unter der Schädeldecke: Holzstaub, verschütteter Leim, feuchtes Papier und Asche, Asche, als er und die schwangere Ingrid im Herbst 1960 alles ausräumten und die restlichen Kartons und Spielfiguren und den ganzen Müll (den Bärenpelz) am Vorplatz verbrannten. Soll ich es euch sagen? Seid ihr alle da? Wien, Leobersdorf, Wiener Neustadt, Semmering, Bruck, Graz, Spielfeld/Straß.

Wer kennt Österreich?

So langsam, doch, so langsam, tatsächlich, macht man sich ein Bild.

Sissi hat ihre verspiegelte Sonnenbrille auf. Sie blickt geduckt, ein wenig gepeinigt, wie es scheint, zur Seite, doch ohne recht durchblicken zu lassen, wie's ihr – die wahrhaftige Wahrheit – geht. Auf alle Fälle ist sie *schaumgebremst* (um ihre eigene Diktion zu verwenden). Als Peter aussteigt, da er sich einen Überblick über die Situation verschaffen will, und Philipp ihm folgt, macht Sissi keinerlei Anstalten, ebenfalls aus ihrer Verschanzung zu kommen. Peters Frage, ob er sie auf den Zug bringen soll, damit sie nach Wien zurückkehren kann, scheint sie gar nicht zu hören, und wenn doch, läßt sie sich trotzdem zu keiner Reaktion herbei.

Da soll sich einer auskennen. Er weiß beim besten Willen nicht, was das für eine merkwürdige Phase ist, die das Mädchen gerade durchläuft. Aber was er weiß, ist, daß dies der letzte Urlaub mit ihr sein wird, und das tut ihm leid, weil sie trotz ihrer Mucken ein lieber Kerl ist. Im nächsten Schuljahr wird sie das Gymnasium beenden, und wenn sie erst mit dem Studium begonnen hat, wird sie daheim nicht mehr zu halten sein, da macht er sich nichts vor. Sie wird ihm abgehen, bestimmt. Hoffentlich kommt sie oft vorbei zum Essen oder wenn sie von einem Freund den Weisel bekommen hat. Einmal (nur): Weil ein Junge von den Pfadfindern sie ausgenutzt hatte. Sie war todunglücklich und weinte. Peter tröstete sie mit seinen allgemeinen und lahmen Floskeln, die ansonsten ihr Mißfallen erregen. Aber er hielt ihre Hand, und sie hielt seine und schlief oben bei ihm ein. Ist schon eine Weile her, vor anderthalb Jahren. Auch seither gibt es immer wieder Momente, in denen sie seine Nähe zu suchen scheint. Aber die meiste Zeit verhält es sich so, daß sie lautlos die Türen öffnet und wieder schließt und sich auf Zehenspitzen durchs Haus drückt und daß sie immerzu sehr ausführlich den Kopf schüttelt, einerlei, was er macht, ob er ein Glas Wasser trinkt oder sich schneuzt. Irgend etwas an der Art, wie er lebt, gefällt ihr nicht. Oft wochenlang. Er spürt es, ein ständiges, wie zum Reflex gewordenes Kopfschütteln oder windschiefes Anschauen oder beides, wenn sie gemeinsam in einem Raum sind. Dann dauert es meist nicht lange, bis sie abrauscht. Er hat nicht die leiseste Ahnung warum und wie ihm geschieht, was er falsch macht und was er seiner Tochter eigentlich schuldig bleibt.

Rätsel über Rätsel.

Er beugt sich ins Auto:

– Sollte in den nächsten Minuten etwas weitergehen und ich bin nicht hier, dann schiebt doch den Wagen einfach nach vorne.

Wieder das Zupfen am Gummiring, das hat Sissi sich in den letzten Jahren angewöhnt. Sie sagt trocken:

– Du bist echt klasse, Papa.

Er nimmt die Schmalfilmkamera vom Beifahrersitz, macht sie bereit und filmt Sissi durch das Seitenfenster. Sie streckt ihm, wie schon einmal an diesem Tag, die Zunge raus, glänzend vom Speichel und den Spiegelungen des Fensterglases. Peter tritt auf die Gegenfahrbahn, führt die Kamera in einem weiten Bogen über den Stau. Mit dem Gerät vor dem rechten Auge geht er die Reihe der dicht an dicht stehenden Autos entlang Richtung Grenze, eine gedrängte Galerie verlotterter Gastarbeiterwagen mit hängenden Hinterteilen und überladenen Dachträgern. Dazwischen vereinzelt deutsche und holländische Wohnmobile, an deren Heckträger Klappräder und High-Riser festgeschnallt sind. Es kommen Urlauber ins Bild, die ungeduldig ihre Absätze über den Boden schleifen lassen. Türkische Männer, denen der Stau weniger anzuhaben scheint. Zwei dieser Männer werden von unaufhörlichem Lachen geschüttelt. Geschorene Kinder winken mit beiden Händen. Ein Hund trottet am erweiterten Straßenrand, die weggeworfenen Abfälle beschnuppernd. Und da ist diese Frau, eine Jugoslawin, in deren angekraustem Haar sich ein Insekt verfangen hat und die am Straßenrand mit beiden Händen gegen ihren Kopf schlägt, während ein gleichaltriger, großgewachsener Mann unmittelbar daneben gelassen zuschaut, die Hände im fleischigen Nakken. Das Insekt fällt zu Boden, die Frau zertritt es mit einem Twist der Schuhspitze. Bringt ihre Frisur in Ordnung. Als sie bemerkt, daß sie gefilmt wird, wirft sie der surrenden Kamera eine Kußhand zu. Ehe Peter die Kamera stoppt, schwenkt er sie von rechts nach links und zeigt nochmals die reglose Kolonne der wartenden Fahrzeuge.

– Eine Stunde Warten, sagt die Jugoslawin mit einem verlegenen Lachen. Eine kräftige, kräftig lachende junge Frau in Jeans und Bluse und mit einem sympathischen Mondgesicht.

Der Mann in ihrer Begleitung, nackt bis zum Gürtel in der offenen Fahrertür, kugelt zweimal seine Schultern und sagt:

– Nix sehr schlimm. Geht vorwärts.

Peter bleibt stehen und knüpft eine kleine Unterhaltung an. Im Verlauf dieser Unterhaltung stellt sich heraus, daß die beiden in einer Textilfirma in Ternitz arbeiten. Sie sind unzufrieden mit ihrer Beschäftigung, aber sie finden nichts Besseres. Trotzdem sind sie guter Laune, selbst als sie sich über die Arbeitsbedingungen beklagen. In Fühlung mit der Grenze scheinen sie die Selbstsicherheit wiederzugewinnen, die man ihnen bei der Einreise abgenommen hat.

– Zigarette? fragt der Mann und hält seine Schachtel in Peters Richtung.

– Ich habe es aufgegeben, sagt er.

Dennoch ist die Bekanntschaft bereits nach fünf Minuten über die Grenze dessen gediehen, was man nach wenigen gewechselten Sätzen erwarten darf. Die Situation, im Stau aneinandergekettet, Stoßstange an Stoßstange, erzeugt ein angenehmes Gemeinschaftsgefühl, um so angenehmer, da es zu nichts verpflichtet.

– Wir fahren ins Reich von Josip Broz Tito zum Campen.

Und daß er das Essen vom Kohlengrill mag und den Geruch der Kräuter, die dort, wo sie hinfahren, wild wachsen: Fenchel, Thymian, Rosmarin.

– Ja, ja, sagt die Frau. Darauf das rauhe, dunkelkehlige Lachen: Auch bei uns.

Weiter vorne krachen die Anlasser, die Motoren springen an, es geht drei Wagenlängen weiter.

– Sie uns besuchen in Split mit Frau und Kinder, sagt der Jugoslawe, nachdem er seinen Wagen über die entstandene Lükke bewegt hat.

– Zwei Kinder, sagt Peter, aber nicht Frau.

Sein rechter Zeigefinger weist nach oben, wo sich das Licht allmählich ausdünnt. Die Luft trägt einen dünnen Uringeruch vom Straßenrand heran.

– Oh, sagt die Jugoslawin. Mit ihrer seltsamen Stimme. Dann lächelt sie so freundlich, daß auch Peter lächeln muß. Eine Rückkoppelung.

Abermals setzt sich die Kolonne für zwei Wagenlängen in Bewegung.

Peter schaut sich um:

– Ich muß dann wieder.

Er schüttelt dem Gastarbeiterpaar die Hände und geht zurück, damit sein Ausbleiben zu keiner weiteren familiären Verstimmung führt.

Als sein Wagen wieder in Sicht kommt, hebt er nochmals die Schmalfilmkamera und richtet sie auf die Kinder am Straßenrand. Sissi macht für die Kamera mit ausdruckslosem Gesicht Hampelmänner. Philipp markiert den starken Mann, indem er auf die Zähne beißt, die Mundwinkel heftig nach unten zieht und seinen lächerlichen Bizeps demonstriert. In den Bewegungen der Kinder ist noch immer etwas vom Streit, ein Abglanz der Handgreiflichkeiten, des Zorns und der Hilflosigkeit. Und doch liegt eine verblüffende Schönheit in diesem

Versuch, einen Beitrag zum Familienarchiv zu leisten, eine Kraft und Schönheit, die in Peter ein Gefühl hochsteigen läßt, das man ruhig Zärtlichkeit nennen darf.

– Und was ist das? fragt er mit vorsichtiger Befangenheit, nachdem er die Kamera gestoppt hat.

Das sind T-Shirts von Sissi. Warum fragen? Sie liegen zum Trocknen auf der Motorhaube und am Deckel des Kofferraums. Über dem Rückspiegel der Fahrerseite hängt ein Lumpen, den Sissi unter dem Gepäck hervorgegraben und mit dessen Hilfe sie den Lack notdürftig von Schmutz befreit hat. Peter filmt auch die T-Shirts. Er geht sehr nahe ran. Später einmal, wenn er zu Hause im Keller eine Vorführung gibt, werden die kräftigen Batikfarben blaß sein und etwas zusätzlich Körniges und Weiches haben, wie die Luft in der Früh, wie etwas, das seine Bedeutung erst in der Zukunft zugewiesen bekommt, wie etwas, das sich erst in der Zukunft begibt.

– Ich gehe bis zur Grenze zu Fuß, sagt Sissi.

Und weg ist sie.

Peter blickt ihr hinterher mit einem Gefühl des schleichenden Verlusts. Wie sie stolpert im Schotter des Straßenbanketts, ein unglückliches Mädchen in Schuhen, die gut aussehen, in denen sie aber fürchterlich schwitzen muß. Ihr Haar. Ihr Rücken. Ihr Hintern. Und daß sie sich nicht umdreht. Das beklemmt ihn, obwohl er weiß, es ist das, was sie jetzt braucht, anderthalb Stunden, in denen sie ihrer Familie entrinnt und auf sich selbst gestellt ist, ein Gefühl (die konkrete Erfahrung der Freiheit?), das ihre Sehnsucht mildert und sie der Antwort auf die Frage näherbringt, die sich Dschingis-Khan inmitten der Mongolenzüge gestellt hat: *Wo nur bin ich in diesem Strom?*

– Sie ist nicht gut drauf, sagt Philipp.

– Das scheint mir auch so, sagt Peter.

Langsam vollzieht sich der Ablauf der Zeit. Die Sonne verglüht, die orangefarbene Scheibe sackt ab, tiefer und tiefer, verwaschen im Dunst, streift einen bewaldeten Hügel hinter dem

Schloß von Spielfeld, gleich darauf, rötlicher, nachdem Peter den Wagen ein Stück nach vorne gesetzt hat, steht sie wieder frei am Himmel, in einer westlichen Landschaftskerbe. Die Unebenheiten in der Ferne glätten sich ein. Ein leichter Wind kommt auf. Dann ein Sonnenuntergang wie ein Gemetzel. Die bewaldeten Hügel scheinen der Sonne hinterher unter die glitschige Horizontlinie zu stürzen. Und der Himmel reißt sich drachengleich los und löst sich in der Höhe in nichts auf.

Freitag, 8. Juni 2001

Philipp sitzt auf der Vortreppe, streichelt eine aus der Nachbarschaft zugelaufene Katze, mit der er sich angefreundet hat, reibt mit dem Zeigefinger der Rechten an ihren Wangenknochen und kratzt sich selbst den Bauch. Er sieht den Autos, die vorne die Einfahrt passieren, beim Fahren zu, den Frauen mit Kind, die nicht einmal den Kopf nach ihm drehen, obwohl der Anblick, der sich ihnen bieten würde, nicht schlechter wäre als andere Anblicke. Aber nein. Die Frauen und Kinder interessieren sich nicht für ihn. Kein Hahn kräht. Kein Hund bellt. Die Tauben gurren. Der Kaffee wird kalt. Das Erkalten des Kaffees und das langsame Verbrennen der Sonne sind in etwa dasselbe. Aber er schwadroniert ja nur und verduselt und verschreibt seine Notizbücher mit nichts als Andeutungen und Widersprüchen.

Selbst seine Geschicklichkeit im Fliegenfangen macht ihn nicht mehr froh. Er gibt die Fliegen der Katze zu fressen.

– Was soll ich denn jetzt deiner Meinung nach tun? fragt er die Katze. Sie miaut gnädig. Und mit einmal sieht auch Philipp sich an einem Punkt angelangt, an dem er nicht mehr bestreiten will, daß er etwas falsch macht. Er weiß nicht was, es geht über seinen Horizont, aber zweifellos macht er Fehler.

Auch Nichtstun kann die Dinge zum Eskalieren bringen.

Prompt, als sei sie es gewesen, die ihm diesen Gedanken eingegeben hat, biegt Johanna um die Ecke. Sie fährt mit dem Fahrrad bis vor seine Füße, und derweil er sich ärgert, daß er den Kopfverband vor zwei Stunden abgenommen und anschließend geduscht hat, sagt sie, sie habe ihm etwas zum Lesen mitgebracht. Sie greift in den Korb an ihrer Lenkstange und überreicht ihm mit strahlendem Gesicht einen Quartband, der außen grün marmoriert ist, keinerlei Prägungen aufweist und mindestens drei Kilo wiegt. Philipp öffnet den Band behutsam und liest laut:

– Denkschriften der kaiserlichen Akademie der Wissenschaften. Mathemathisch-naturwissenschaftliche Classe. Dreiundsiebzigster Band. Jubelband zur Feier des fünfzigjährigen Bestandes der k. u. k. Centralanstalt für Meteorologie und Erdmagnetismus. Wien 1901.

Während Johanna stolz darauf hinweist, daß das Buch hundert Jahre alt ist, fragt sich Philipp, ob er in Zukunft über die Liebe nachdenken soll, wenn er über das Wetter nachdenkt (wer will es verstehen?). Er spricht Johanna darauf an. Sie winkt ab. Aber wenig später sagt sie, doch, ja, sie glaube schon, daß es sie erregen würde, wenn er ihr, während sie miteinander schlafen, den Artikel über den Wassergehalt von Wolken vorlesen würde. Sie nickt mehrmals mit zusammengepreßten, leicht vorgestülpten Lippen. Dann, nach einer Pause, nickt sie nochmals und lacht.

Wie sie lacht!

– Also: Über den Wassergehalt der Wolken, Absatz, von Doktor Victor Conrad, Absatz, Klammer, aus dem Physikalisch-chemischen Institute der Wiener Universität, Klammer zu, Absatz. Mit fünf Textfiguren, Absatz, Strich, Absatz, Klammer, vorgelegt in der Sitzung am siebzehnten Mai neunzehnhunderteins, Klammer zu, Absatz, Strich, Absatz. Die erste Untersuchung über den Wassergehalt von Wolken und Nebeln hat Schlagintweit im Jahre achtzehnhunderteinundfünfzig angestellt. Er hatte auf der Vincenthütte, Klammer, dreitausendeinhundertzweiundfünfzig Meter, Klammer zu, die an den Hängen des Monte Rosa liegt, längeren Aufenthalt genommen, um den Kohlensäuregehalt der Luft in diesen Höhenschichten zu bestimmen –.

Kichern Johannas, die sich auf dem Weg zu Philipps Zimmer T-Shirt und BH auszieht.

– Da Schlagintweit hiebei –

Neuerliches Kichern Johannas.

– die zu untersuchende Luft durch Kohlensäure absorbierendes Material leitete und den CO_2-Gehalt aus der Gewichtzunahme der absorbierenden Substanzen erschloß, mag ihm der Gedanke gekommen sein, Nebelluft durch Wasser absorbierende Substanz, Klammer, Chlorcalcium, Klammer zu, zu leiten und wieder aus der Gewichtzunahme den Gesamtwassergehalt des aspirierten Luftquantums zu bestimmen, dann die in der Luft enthaltene Feuchtigkeit, Klammer, das gasförmige Wasser, Klammer zu, zu subtrahieren und so den Gehalt an flüssigem Wasser zu erhalten, das in Tröpfchenform in der Luft suspendiert ist. Auf diese Weise findet Schlagintweit im Cubikmeter Wolke cirka zwei Punkt neunundsiebzig Gramm flüssiges Wasser.

Philipp unterbricht den Vortrag und fragt die schon zur Gänze entkleidete und auf dem Rücken liegende Johanna, was sie meine, ob die Wolken mehr dem Regen oder mehr dem Himmel ähneln?

Ohne ihm eine Antwort zu geben, dreht sie sich herum, nimmt ihm das Buch aus der Hand und wirft es neben die Matratze. Es landet mit einem Knall auf dem Dielenboden.

Philipp protestiert:

– Johanna! sagt er: Der Artikel über den Wassergehalt von Wolken soll dich erregen, *während* wir miteinander schlafen, nicht *davor*.

Aber sie hört ihm bereits nicht mehr zu. Er überlegt, was er tun soll, vielleicht die Frage wiederholen, ob sie glaube, daß die Wolken dem Himmel näher sind oder dem Regen, und wer dem Sommer verwandter, der Frühling oder der Herbst. Aber dann sagt er sich, daß das im Augenblick gleichgültig ist und ihn vielleicht nie wieder interessieren wird, ihn bedrücken ganz andere Fragen, und selbst die können warten, bis Johanna und er erschöpft nebeneinanderliegen.

Diesmal versucht sogar Johanna den Punkt des Ankommens und die Zeit bis zum Weitermüssen so lange wie möglich hinauszuzögern, als wäre sie jetzt, da die Bettwäsche weiß ist, daraus nicht mehr wegzudenken. Philipp findet sie in dem Moment sehr schön, und er würde sie gerne fragen (Johanna, du, sag mal), ob sie auch Momente kenne, in denen die Wände und Böden und selbst die Augenblicke abwesend sind. Ob sie dann auch bereit sei, jede gemeine Logik und so die Lächerlichkeit, die einen bedrängt, zu leugnen und zu sagen, ich bin und bleibe, wer und wo ich bin, solange es mir paßt.

Er fragt sie nicht, nein. Aber hinterher, hinterher, als es vorbei ist, ob sie –.

– Nein, das ist einfach nicht möglich, Philipp, du willst die Gesetze des Lebens über den Haufen rennen.

Johanna streicht Philipp eine schweißfeuchte Strähne aus dem Gesicht. Ihr Blick sagt ihm, es ist hoffnungslos.

– Weil nur Idioten sich nicht ändern. Jeder vernünftige Mensch schaut vorwärts, und um vorwärts schauen zu können, muß man wissen, was hinter einem ist. Du kannst dir nicht das Gegenteil in die Tasche lügen.

Er denkt: Es ist so wenig, ich muß mir gar nicht viel in die Tasche lügen, es paßt auf einen Daumennagel, alles, was ich lügen muß, kann ich auf einen Daumennagel notieren, und der Rest ist so einfach wie das Wetter.

Johanna sitzt über ihm, betrachtet ihn lange, schaut zwischendurch zur Decke oder zum Fenster. Schließlich, als sei alles Denkbare und Mögliche nebensächlich, erinnert sie ihn an sein vor mehreren Wochen geäußertes Vorhaben, in dem Zimmer, in dem sie gerade miteinander geschlafen haben, die Tapeten herunterzureißen. Sie nickt. Philipp stellt sich vor, wie schön es in dem Zimmer sein würde, wenn unter den Tapeten hervorkäme, was er sich wünscht. Verschiedene Anzeichen, wo sich kleine, im Laufe der Zeit schmutzig gewordene Zungen von selbst gelöst haben, lassen einen von Kleister verwischten roten Anstrich erhoffen, der ihn an Marokko erinnert, wo er noch nie war und wohin er nicht gehen will.

– Johanna, sagt er.

Aber nein, das bringt nichts, das ist sinnlos. Er hätte mit dem Satz besser gar nicht erst angefangen.

Johanna fällt das Reden leichter.

– Schau, sagt sie, alles, was du machst, verspricht nicht den geringsten Erfolg. Und was mich am meisten ärgert, ist, daß ich ein Teil deiner Pleite bin. Weil du nichts anpacken willst, bloß mich, aber nicht fest genug.

Geflüster beim Einsickern der Nacht. Er denkt über Johannas Vorwürfe nach, eine ganze Weile lang: Darüber, daß sein letztes Buch nichts eingebracht hat. Die fünf Jahre mit Ella. Ein paar andere Begebenheiten, die teilweise Jahre zurückliegen. Seine Familie, seine Mutter, sein Vater, daß Sissi viel zu jung nach New York geheiratet hat. Und daß auch Johanna in ihrer Ehe stagniert und auf den Schubser wartet, der sie in ein anderes Leben befördert. Er verliert völlig den Überblick. So viel schwirrt ihm im Kopf, und alles zusammen verstört ihn derart, daß er den Faden verliert und nichts erwidert. Er berührt Johannas Busen, flüchtig, und für einen Moment denkt er, daß diese Berührung etwas Dauerhaftes ist, ein ins Endlose wiederholter Augenblick, der sich seine Flüchtigkeit durch die Wiederholung bewahrt und sie zugleich verewigt. Philipp schlingt die Arme enger um Johannas Taille und drückt sein Gesicht in ihre Seite.

In dieser Stellung gerät er über einer Sache ins Grübeln, die er irgendwo gelesen hat: daß sich manche Empfindungen für immer auf der Haut festsetzen, die Kälte der Pistole zum Beispiel, die man im Urlaub an die Schläfe gesetzt bekommt. Er wünscht sich, daß seine Hand ein Erinnerungsvermögen besitzt und sich die Rundungen von Johannas Busen und das Gefühl, das die Rundungen erzeugen, merkt. Als Kind hat Philipp mehrere Wochen lang versucht, seine Zehen zu füttern. Er hat auch die Füße abwechselnd in die Höhe gehalten, damit sie die Welt besser sehen konnten. Sissi hat ihn deswegen noch Jahre später gehänselt, was wohl der Grund ist, weshalb er sich daran erinnern kann oder wenigstens weiß, daß es diese Phase gegeben hat.

Als Philipp wieder aufwacht, ist es dunkel geworden. Johanna liegt nicht neben ihm, er spürt die Abwesenheit ihres Körpers sehr deutlich, aber er riecht und fühlt auch, daß sie noch nicht lange fort ist. Überhaupt hat das Laken etwas sehr Vertrautes. Er sagt sich, wenn Johanna ihre Ankündigung, Franz zu verlassen, jemals wahr macht und dann bestimmt auch ihn verläßt, weil es dann keinen Reiz mehr für sie hat, ihn zu treffen, würde er den Geruch vermissen, den sie bei ihren wenigen Besuchen in den Laken zurückläßt. Der Gedanke, daß dieser Geruch irgendwann nicht mehr zu riechen sein wird, quält ihn, solange er wach liegt, und er begreift, wie leicht es Johanna eines Tages fallen wird, nicht mehr dazusein. Und sei es nur, um ihm seinen Grundfehler zu verdeutlichen und ihm zu beweisen, daß sie recht hat und ihr Recht durchzusetzen weiß. Johanna will weiter. Er will bleiben. Er will in diesem Bett bleiben. Er will auf der Vortreppe bleiben. Er will den Schotter des Vorplatzes und Johanna riechen. Er will nicht weg, nein, er will nicht. Herr, der du die Herzen der Könige wenden kannst: Meines, bitte, wende nicht.

Philipp streckt die Arme über die ganze Breite der Matratze aus und ist dabei seltsam erleichtert und verängstigt zugleich, weil Johanna noch hier ist. Nicht neben ihm, aber in der Küche. Von dort hört er Rudimente ihrer Stimme und ihr gedämpftes Lachen, ab und zu unterbrochen vom Gurgeln der Spülmaschine und dem Rhabarber-Rhabarber einer tieffrequenten Stimme (Steinwald?), die von der Spülmaschine teilweise nicht zu unterscheiden ist. Das dauert ein paar Minuten. Dann schläft Philipp wieder ein.

Kurz vor sieben verlassen Steinwald und Atamanov das Haus, gut eine Stunde später folgt ihnen Johanna. Philipp begleitet sie bis zum Tor. Da ihre Haare naß sind und er sich bereiterklärt hat, ihr Fahrrad zu reparieren – froh, weil wenigstens dieser Morgen davon verschont bleibt, daß zehn Minuten lang ein Fön auf höchster Stufe kreischt –, hat Johanna sich ein Taxi bestellt. Sie ist gut gelaunt und vermeidet die Themen der hinter ihnen liegenden Nacht oder redet wenigstens geschickt drumherum. Während sie auf das Taxi warten, während der Seifenschaum in Philipps Ohren knistert, sagt sie, daß Steinwald einen sehr ordentlichen Charakter habe, er (Philipp?) im Prinzip auch, aber nur manchmal. Ob er (Philipp!) den tieferen Sinn kapiere. Fraglich. Steinwald sei in eine Friseuse verliebt. Die Friseuse singe in einer Frauenband, die ausschließlich Seemannslieder spielt, und die Lieder heißen *Ahoi* und *Das Meer* und *Captain Ahab* und –. Philipp fällt ihr ins Wort:

– *La Paloma, Fährt ein weißes Schiff nach Hongkong, Die Gitarre und das Meer, Das ist die Liebe der Matrosen.*

Er will anfangen zu singen: A-hoi! Die Welt ist schön und muß sich immer dreh'n. Aber Johanna kommt ihm zuvor, küßt ihn und sagt, daß es nett gewesen sei. Philipp besteht weder auf der Gegenwartsform noch auf einer näheren Erläuterung des Begriffs *nett*.

Johanna steigt in das Taxi. Das Taxi fährt davon.

Philipp bleibt auf dem Vorplatz stehen und hört widerwillig den Tauben zu.

Ein paar Tauben gehen weiter ihren sinnlosen Beschäftigungen nach: Gurren und mit den Krallen Blech Bearbeiten. Philipp schaut zur Dachrinne hinauf. Er zählt sieben Vögel, die sich lieber bei ihm als woanders aufhalten. Er fragt sich, warum warum warum. Es gibt doch nichts, was sie hier halten kann. Sie sollen einfach verschwinden. Die Welt ist schließlich groß, so heißt es, nach allem, was man hört. Er klatscht in die Hände:

– Sucht eine andere Unterkunft! Die Welt ist groß! So heißt es jedenfalls! Schleichts euch! Versteht ihr? Habt ihr verstanden?

Er ruft sehr laut und macht weitausholende Gesten in Richtung Stadt und Lainzer Tiergarten, wo die Wälder mit ihren halbzahmen Wildschweinen im dunstigen Morgenlicht stehen.

Aber er kann schreien und gestikulieren, soviel er will. Die Tauben unterbrechen nicht einmal ihr Gurren.

Donnerstag, 14. Juni 2001

Philipp repariert Johannas Fahrrad. Er stellt es auf den Kopf, dort, wo der große Abfallcontainer gestanden ist und jetzt nicht mehr steht, weil sogar bei ihm nichts Großartiges mehr wegzuwerfen ist. Während er sich denkt und sagt, was er Johanna alles fragen müßte und wie wenig er in der kurzen Zeit, wenn sie einander sehen, tatsächlich dazu kommt, ihr Fragen zu stellen, repariert er die Schäden am Fahrrad sehr gewissenhaft. Er wechselt die Bremsklötze, die Glühbirne des Rücklichts, verbessert die Position des Dynamos, fixiert die Lenkstange, zieht ein paar Schrauben an und ölt alles, was zu ölen ist. Er arbeitet sehr konzentriert, so daß er bereits nach anderthalb Stunden fertig ist. Zu früh für sein Empfinden, weshalb er das Fahrrad auch wäscht, wozu er den Gartenschlauch benutzt, den Steinwald und Atamanov schon mehrmals verwendet haben. Er wäscht auch sein eigenes Fahrrad. Er bewässert den Gemüsegarten. Wer weiß, was alles das Bedürfnis hat, aus der Erde zu schießen. Die Erde ist schon ganz rissig von der ständig herrschenden Hitze. Er stellt fest, der Sommer macht Ernst. Das Wetter ist so: Heulen möchte man.

– Wie töricht, geglaubt zu haben, es hätte anders kommen können, sagte der alte Stanislaus, als es mit dem Glanz vorbei war.

Philipp setzt sich wieder (wieder) auf die Vortreppe, in den Geruch des Schotters, und lebt sein Leben trübsinnig Richtung Abend, er wartet, das aktuelle Notizbuch neben sich, am hinteren Ende des Bleistifts saugend, auf Steinwalds und Atamanovs Rückkehr. Mit Johanna ist ohnehin nicht zu rechnen.

Doch was kommt, das ist ein Licht, als trüge Philipp eine grünlich getönte Plastiksonnenbrille. Wenig später setzt Hagel ein, für gut fünf Minuten, das ist um halb sechs. Philipp schaut auf die Uhr. Es hagelt Schloßen von gut einem Zentimeter Durchmesser. Den größten springt er hinterher, und während sie in seiner Hand schmelzen, machen sie ihn stolz, als ob sie nur über seiner Herrschaft niedergegangen wären, auf seine Länderei. Das ist nicht wahrscheinlich, auch nicht logisch, aber das wenigste ist da, um logisch zu sein, und der Gedanke, daß der Hagel diesmal nur für ihn gefallen ist, ist ihm sympathisch, obwohl er sich gleichzeitig einsam fühlt wie seit Monaten nicht. Weil kein Schwein neben ihm steht. Weil die Liebe den Hunden preisgegeben ist. Weil am Himmel die düsteren Fische mit den Schwanzflossen schlagen. Undsoweiter, undsoweiter.

Irgendwie gehört seine Mutter in diesen Zusammenhang. Es ist, als wäre sie nur kurz zum Einkaufen weggegangen und er zu Hause geblieben. Aber er kann nicht genau bestimmen, woher dieser Eindruck stammt, diese vage Kontur einer Erinnerung, die er schon so gut wie aus dem Gedächtnis verloren hat und die in ihren präzisen Umrissen nicht wiederherzustellen sein wird.

Am Abend brät er für Steinwald und Atamanov Schnitzel, das haben die beiden sich gewünscht, nachdem Philipp sie hat regelrecht bedrängen müssen, ihr Lieblingsessen zu nennen. Philipp hat den Verdacht, seine Schwarzarbeiter wollen weiterhin keine Umstände machen oder sich möglichst unauffällig verhalten, indem sie das Allerbanalste fordern, das Allereinfachste. Im Taktschlag des Fleischhammers singt Philipp *Schöner fremder Mann*, was ihn fröhlich stimmt wie überhaupt die ganze Kocherei, die etwas ist, das er tun kann, ohne gleich in Verzweiflung zu geraten. Er paniert das Fleisch, setzt den Reis auf, wäscht, schneidet, raspelt, hackt und stückelt für den Salat. Er läßt zwei Schnitzel ins Fett gleiten, aber das führt augenblicklich zu einer so starken Lärm- und Rauchentwicklung, daß er die Pfanne vom Herd reißt und das zu heiße Fett in den Ausguß schüttet. Was ein Fehler ist. Denn das Fett kühlt ab und verklumpt im Abflußrohr. Philipp merkt es, als er die Pfanne reinigt, um mit den abgeschabten Schnitzeln einen zweiten Anlauf zu nehmen. Das Wasser bleibt in der Abwasch stehen. Selbst ein Kessel voll kochend heißem Wasser, das er dem Fett hinterherschüttet, ändert an dieser Situation nichts. Das Rohr bleibt zugepfropft. Steinwald könnte ein zweites Mal zum besten geben, womit er schon Philipps Auskunft, Schriftsteller zu sein, kommentiert hat:

– Der Finger in der Nase dichtet auch.

Während Philipp sich damals vor Lachen verschluckt hat, schämt er sich jetzt, als müßten seine Schwarzarbeiter unweigerlich denken, daß er eine Niete von höchster Konzentration ist, einer von der Sorte, die zu nichts anderem taugt, als Schaden in der Welt anzurichten: Du Blasengel! Du halbgarer Surrealist! Philipp wird ganz klein vor sich selbst und findet sich richtig zuwider, was letztlich der Hauptgrund ist, weshalb er das Mißgeschick Steinwald und Atamanov gegenüber verschweigt.

Auch den Versuch seiner Gehilfen, nach dem Abendessen den Abwasch zu erledigen, wehrt er erfolgreich ab, indem er Steinwald daran erinnert, daß dieser ihm die Angebote vorlegen wollte, die in puncto undichtes Dach eingegangen sind. Drei Kostenvoranschläge, preislich kein nennenswerter Unterschied. Steinwald rät, sich für das Angebot mit dem frühesten Termin zu entscheiden, weil der frühe Termin den Vorteil habe, daß Steinwald die Arbeiten beaufsichtigen und die Rechnung kontrollieren könne, während er sich zu den anderen Terminen als Atamanovs Trauzeuge in der Ukraine aufhalte.

Was zum Teufel?! schießt es Philipp in den Kopf, und für eine Weile hat er Mühe, einen klaren Gedanken zu fassen, so sehr fühlt er sich zurückgesetzt, an den Rand gedrängt, übergangen und ausgeschlossen. Ausgerechnet Steinwald! Trauzeuge! Philipp zögert. Am liebsten würde er aufstehen und den

Raum verlassen. Aber in einem plötzlichen Anfall von Zuversicht packt ihn die feste Überzeugung, daß Atamanov auch ihn (Philipp, wär das schön) zu der Hochzeit einladen wird und daß die Argumente für den ehesten Termin lediglich die Einleitung sind.

Philipp sagt:

– Okay, damit es zu keiner Kollision mit Jewgenijs Hochzeit kommt.

Steinwald nickt. Philipp wartet, er schenkt Mandarinenlikör ein. Auch Atamanov nickt. Philipp bekennt, wie sehr ihn der Gedanke erleichtere, daß er bald wieder sein eigener Herr sein werde, noch ehe sie (Steinwald und Atamanov, die Glücklichen) zu der Hochzeit fahren. Die beiden freuen sich mit ihm. Philipp glaubt schon, Atamanov wolle ihm auf die Schulter klopfen und die Einladung aussprechen. Aber nein. Atamanov kratzt sich, das ist wohl ein Tick von ihm, wie andere immer umarmen müssen, hinter seinen wirklich arg abstehenden Ohren und sitzt ansonsten nur so da.

Im stillen sagt sich Philipp (vielerlei und etwa in dieser Reihenfolge), es sei ohnehin nicht vorstellbar, mit diesen Blindgängern der christlichen Seefahrt in die Ukraine zu fahren. Er sagt sich, daß die Straßen in der Ukraine nicht tragfähig seien, zu viele Unsicherheiten. Er sagt sich, daß eine Ortsveränderung nichts anderes sei als ein schlechter Scherz. Und er sagt sich (geradeaus ins Gesicht), daß derlei Ausreden nichts kosten und daß Johanna schon recht hat, wenn sie alles an ihm und seinem Verhalten bis ins Detail hinein bezeichnend nennt. Er hat weniger daran Interesse, etwas zu tun oder nicht zu tun, etwas zu sein oder nicht zu sein, sondern vielmehr Interesse an der Möglichkeit, mit gewissen konventionellen Worten an allerlei Möglichkeiten zu denken.

In Betrachtung von Atamanovs Ohren sagt er sich, daß es Atamanov ganz recht geschieht, wenn er sich keinen Bleistift hinters Ohr stecken kann, ein Bleistift findet dort nämlich keinen Halt, garantiert nicht, und das gönnt er dem baldigen Hochzeiter von Herzen.

Sie spielen bis in die Nacht hinein Tip-kick, nicht das erste Mal, das spart anstrengendes Reden. Obwohl Atamanovs Deutsch nicht hoffnungslos ist, bringt jede Unterhaltung mit ihm alle anderen in Schweiß, und ein befriedigendes Gespräch kommt trotzdem nicht zustande. Philipp ist brillant in der Verteidigung und ein hervorragender Weitschütze, aber vor dem Tor ein Versager, was den Ausschlag gibt, daß er die meisten Partien knapp verliert. Er lacht viel, voll ehrgeiziger Anspannung, und droht seinen Kontrahenten schreckliche Niederlagen an. Atamanov geht ins Bett. Steinwald und Philipp spielen eine letzte Partie, und als sich abzeichnet, daß Philipp auch dieses Spiel verlieren wird, erzählt Steinwald, daß er den Mercedes ausgesprochen billig erstanden habe, weil darin ein Selbstmörder gelegen sei, zwei Sommermonate lang.

Obwohl Steinwald das Thema ganz von sich aus angeschlagen hat, weckt es spürbare Scheu in ihm. Er schwitzt die Einzelheiten regelrecht aus, und zwar brockenweise. Philipp setzt den Ball vor Steinwalds Tor. Aber der Ball kommt mit der gegnerischen Farbe nach oben zu liegen.

– Deshalb die Dufttannenbäume, sagt Philipp.

Steinwald nickt, und nachdem er den Ball in Philipps Richtung gekickt hat, mit nicht mehr Glück als Philipp zuvor, erklärt er, weiterhin widerstrebend, daß er nicht über ausreichend Geld verfüge, den Wagen innen komplett zu erneuern. Bisher habe er lediglich die Vordersitze und Bodenbeläge ausgetauscht und die Türverkleidungen ersetzt. Er macht eine Pause. Philipp schießt den Ball knapp an Steinwalds Tor vorbei. Trotzdem reagiert Steinwalds Torwart nicht. Steinwald richtet sich auf. Der Wagen sei verläßlich, außerdem könne man mit offenen Fenstern fahren. Er macht seinen Abstoß direkt auf Philipps Tor. Philipp lenkt den Schuß zur Ecke ab. In der Erleichterung, noch nicht verloren zu haben, fragt er, wer der Tote gewesen sei. Er wisse es nicht, erwidert Steinwald. In dem Wagen seien persönliche Gegenstände zurückgeblieben, die ihn stutzig gemacht hätten. Aber sonst keine Ahnung.

– Schöne Geschichte, fügt Steinwald seufzend hinzu, läßt sich auf den nächstbesten Stuhl fallen und bleibt dort sitzen. Anstalten, die ihm zustehende Ecke noch auszuführen, macht sein Flügelstürmer nicht.

Philipp kann nicht schlafen. Ihm brennen die Augen, und die Müdigkeit ist zwar da, aber nur in den Gliedern. Versehen mit einer Schachtel Zigaretten, der fast leeren Flasche Kirschrum und der halbvollen Flasche Mandarinenlikör, die mindestens zwanzig Jahre alt ist, aber erst von ihm angebrochen wurde, liegt er auf dem Flachdach der Garage, bläst große Rauchwolken in die kühle Nachtluft und wartet auf das Nordlicht. Nach einer ungewöhnlich starken Sonneneruption sollen in dieser Nacht große Felder elektromagnetischer Teilchen die Erde erreichen.

Philipp sieht sie gegen halb zwei, kleine, nervös zuckende Schleier und Bänder aus grünem, manchmal violettem Licht. Er nimmt drei, vier Schlucke vom Mandarinenlikör. Ausgerechnet Steinwald! Trauzeuge! In der Ukraine! denkt er. Das ist doch alles Irrsinn und Lüge, eine einzige infame Lüge, Schwindel, Betrug, Impertinenz und Makulatur. Es gibt sie nicht, die Inseln im Süden. Bestimmt nicht. Wetten. Ich will tot umfallen. Es hat sie nie gegeben. Es gibt nur schlechte Straßen, Moraste, Abgründe, heulende Wölfe und Diebe, die alles nehmen, selbst den Mond, den sie untereinander in Phasen teilen. Ich spucke dem Mond ins Gesicht und – eine allerletzte Anstrengung: Ich wische das Nordlicht mit der Hand vom Himmel.

Wir mögen die Ukraine nicht, sagen die jungen Füchse und legen sich schlafen.

Montag, 9. Oktober 1989

Als Alma am Vorabend die ersten vier Waben schleuderte, gab es einen dumpfen Knall. Sie schaltete die Schleuder vorsichtshalber ab, und hinterher war das Gerät nicht mehr in Gang zu bringen. Nach einer Weile betätigte sie den Schalter erneut, da lief die Schleuder mit einmal wieder an. Nach dem vierten Abschalten in den Leerlauf, wobei Alma achtgab, die Schleuder nicht mehr auf *Aus* zu schalten, weil dabei beim letzten Mal ein Funken geknistert hatte, funktionierte der Schalter wieder nicht. Daraufhin holte Alma Schraubenzieher und Isolierband und versuchte, den Fehler auf eigene Faust zu beheben. Mit einer nicht ganz einwandfreien Methode: Sie überbrückte den Schalter mit Bienendraht. Es krachte ganz schön. Sie baute, so gut sie es zusammenbrachte, alles wieder zurück und probierte es nochmals. Da schaltete der Schalter zu ihrer Überraschung auf der Aus-Stellung ein. Von da an berührte sie den Schalter nicht mehr und bediente das Gerät von der Steckdose aus. So ging es gut, bis sie mit der Arbeit fertig war. Auf den elektrischen Entdeckler verzichtete sie, sie machte die Gläser wie früher mit der Gabel auf. Es war auch nicht soviel zu entdeckeln wie beim letzten Mal.

Jetzt ist der Elektriker bei ihr, und es stellt sich heraus, daß der Schleuder nichts fehlt und daß Alma mit ihrer Bienendraht-Methode vom Vortag auch nichts kaputtgemacht hat. Zuerst war der Schalter defekt, hervorgerufen durch den Staub, der sich im Laufe der Jahre eingelagert hatte. Dann war Alma beim Montieren des Schalters ein Fehler unterlaufen, deshalb funktionierte der Schalter plötzlich verkehrt.

– Alles staubt ein, sagt der Elektriker sentenziös. Er bläst mit Druckluft über die offenliegenden Anschlüsse, sprüht aus einer Dose eine feine, schimmernde Gischt Kontaktöl darüber. Er montiert den Schalter zurück an seinen Platz. Hinterher schaut er sich die Waschmaschine an, die seit einer Woche gefährlich rattert. Der Bügel eines BHs hat sich in der Trommel verfangen. Der Elektriker holt den Bügel binnen Sekunden per Zangengriff heraus. Das hätte Alma auch selber machen können. Sie bezahlt die Reparaturen bar und bringt den Elektriker nach draußen. Anschließend kehrt sie in die Werkstatt zurück und reinigt die Schleuder, aus der über Nacht aller Honig abgeronnen ist. Sie füllt den letzten Rest in Gläser. Dann räumt sie die Werkstatt für den Winter auf. Unter anderem, was sie schon viel früher hätte tun sollen, entfernt sie die alten Beuten von ihrem angestammten Platz neben dem Schrank und stellt sie an die Wand, die zum Heizraum grenzt, damit bei der Tür zum Garten der Durchgang nicht mehr so beengt ist.

Als Alma sich das Ergebnis ansieht, befällt sie die Furcht, etwas Falsches getan zu haben. Ihr ist, als hätte sie einen Verrat an Richard begangen, weil sie gemeinsam mit ihm die Beuten neben den Schrank gestellt hat, und einen Verrat an Ingrid, weil die Beuten neben dem Schrank standen, als Ingrid während ihres letzten Besuchs bei der Bienenarbeit half. Alma schimpft sich ein verrücktes Huhn. Aber obwohl ihr der Verstand sagt, es ist viel besser so, du hättest viel früher drauf kommen sollen, empfindet sie eine leise Wehmut, und ein wenig spielt auch ein Anflug von schlechtem Gewissen herein, daß sie mit den Veränderungen nicht wartet, bis auch Richard tot ist.

Auf Anraten von Dr. Wenzel hat Alma Richard vor drei Jahren in ein Pflegeheim gegeben, im Sommer 1986, als die Gärten radioaktiv waren. Die damalige Entscheidung kam nicht unvorbereitet, es war schon länger klar, daß es irgendwann nicht mehr gehen wird. Trotzdem kann Alma diesen Schritt noch immer nicht ganz verwinden. Wieder und wieder sieht sie Richards große angstvolle Augen, und sie möchte seine Hand nehmen und ihm sagen, so, Schluß, du kommst mit nach Hause. Oft, speziell in letzter Zeit, wünscht sie sich diesen Moment herbei. Sie weiß selbst nicht, wie ihr geschieht, aber seit Richards Geist gänzlich zerrüttet ist (nicht dieses zermürbende Halb-halb von Sinn und Unsinn, das etwas Gespenstisches hatte), hängt sie wieder sehr an ihm. Anfangs hat sie ihn öfters tagweise mit nach Hause genommen, manchmal auf sein inständiges Bitten hin. Aber selbst zu Hause findet er sich nicht mehr zurecht, so stark hat er abgebaut. Es ist, als würde ein selbstvernichtender Stachanov, unterstützt von mehreren kräftigen Gehilfen, in Richards Gedankengängen den Geist wegschaffen, Tag für Tag, bis nichts mehr zu holen ist und nur mehr ein feuchter Wind durch die tauben Systeme dieser armen Psyche weht.

Weihnachten vergangenen Jahres wollte Alma, daß Richard die Feiertage in der vertrauten Umgebung verleben kann. Aber er war ganz abwesend, und die meiste Zeit glaubte er sich in einer Kapelle, vermutlich wegen der Kerzen. Er sang mehrmals unangekündigt *Großer Gott wir loben dich*, und als Alma ihn soweit hatte, daß er begriff, welche Bewandtnis es mit dem Weihnachtsbaum und den Geschenken hat (Richard, das ist für dich, schau, das sind Weihnachtsgeschenke für dich, Richard, Weihnachtsgeschenke, es ist Weihnachten), traten ihm Tränen in die Augen, weil echte Kerzen am Baum leuchteten und er fürchtete, daß das Haus abbrennt. Alma holte den Feuerlöscher aus dem Keller und stellte ihn Richard in den Schoß, das beruhigte ihn ein wenig. Er umarmte den Feuerlöscher, stimmte die erste Strophe von *Oh Tannenbaum* an. Aber mittendrin brach er ab und wünschte sich, dies möge sein letztes Weihnachten sein. Anschließend sagte er:

– Komm, wir gehen weg von hier, das ist kein Ort für uns.

Kaum hatte Alma ihm gezeigt, wo er sich befindet, hier ist deine Küche, dein Wohnzimmer, das du gemeinsam mit mir eingerichtet hast, die hartnäckigen Möbel, hier ist dein Arbeitszimmer, dein Aktenschrank, das ist der Schreibtisch, an dem du deine Reden geschrieben hast. Kaum schien es, als habe er erfaßt, daß er die Zimmer des eigenen Hauses abgeht, sagte er wieder:

– Und wo werden wir schlafen? Sie werden jemand anderen ins Bett legen, und wir werden kein Bett haben. Schau, daß du mit diesen Leuten sprichst und einen Schein löst und wir hinausgehen können. Wir werden zu Fuß in den nächsten Ort marschieren, dort ein Zimmer beziehen und dann sehen, was sich für die Zukunft machen läßt.

Über beide Feiertage hinweg ließ die Sorge um einen Schlafplatz Richard nicht los. Ständig brütete er über Alternativen, wo er mit Alma hingehen könnte. Es war unmöglich, ihn von diesem Wahn für länger als eine Stunde abzubringen.

Und jetzt: Jetzt sieht es aus, als ob ausgerechnet ein Streit ums Bett dazu führt, daß ein nächstes Weihnachten für ihn tatsächlich nicht mehr stattfinden wird.

Donnerstag vor vier Tagen wurde Hofrat Dr. Sindelka, Richards Zimmernachbar im Pflegeheim, in Richards Bett angetroffen. Richard lag mit einem Oberschenkelbruch und mehreren Platzwunden am Fußboden davor. Was passiert war? Das läßt sich nur vermuten, da es keine Zeugen gibt und Richard, als man ihn fand, bereits wieder vergessen hatte, wie er in diese mißliche Situation geraten war. Aller Wahrscheinlichkeit nach hat sich Dr. Sindelka, der ebenfalls ein hoffnungsloser Sklerotiker ist, im Zimmer geirrt und gedacht, sein Bett sei widerrechtlich von Richard okkupiert. Die beiden haben sich von Anfang an nicht vertragen, teils aus politischen Gründen, teils aus Eifersucht, wer sich in physisch besserer Verfassung befindet. Sindelka muß mit einem hölzernen Kleiderbügel auf Richard losgegangen sein, auf diese Weise gelang es ihm, Richard aus dem Bett zu werfen und es für sich in Beschlag zu nehmen. Richard wird seither in Lainz behandelt, wo man ihn umgehend operieren wollte. Doch bei den Vorbereitungen auf die Operation stellte sich eine ausgeprägte Anämie heraus – Ursache unbekannt –, weshalb die Operation auf unbestimmte Zeit verschoben werden mußte. Richard bekommt Blutkonserven und seit dem Vortag Sauerstoff, weil das Herz nicht mehr das kräftigste ist, wie Alma sich hat sagen lassen. Aufgrund der ganzen Strapazen und der schweren Verletzung hat Richard erstmals Wasser in der Lunge. Er nimmt fast keine Nahrung zu sich, und die meiste Zeit redet er mit der Deckenlampe und phantasiert über Dinge und Personen, die nur mehr der Vergangenheit angehören. Lediglich sein Wortschatz war, zumindest am Vortag, merklich besser als in der Zeit vor dem Unfall. Immerhin. Während Almas Besuch, als Richard von einer Krankenschwester eine Spritze zwecks Blutverdünnung verabreicht bekam, drohte er wie in alten Tagen mit dem Rechtsanwalt.

Er murmelte schwach, aber verständlich:

– Der Rechtsanwalt wird Unterlassung anmahnen. Für den Fall von Säumigkeit erfolgt binnen sechs Wochen –.

Dann eines dieser Phantasiewörter, mit denen Richard sich oft behilft. Es klang weder nach *Anzeige* noch nach *Klage*, etwas in dieser Richtung wird aber bestimmt gemeint gewesen sein.

– Bis in sechs Wochen haben wir das ausgestanden, Herr Doktor, beruhigte ihn die Krankenschwester.

Und Richard beinah gütig:

– Das will ich allen Mitgliedern des Hohen Hauses empfehlen.

Was bitte spielt es da noch für eine Rolle, wo in der Werkstatt die alten Beuten stehen?

Keine. Es spielt keine Rolle. Ja, ich verstehe. Von welcher Seite man es auch betrachtet, es macht keinen Unterschied. Es wäre nur, um alles so zu erhalten, wie es war, als es noch eine Familie gab. Es wäre nur, um sich einen kleinen Ersatzaltar zu bauen gegen die Bürde, im Haus völlig frei schalten und walten zu können, und um sich selbst eine kleine Beschränkung aufzuerlegen, in eigener Sache, nicht in Sachen Ingrids oder Richards. Ingrid (sie vor allem) würde sich über die Skrupel ihrer Mutter bestimmt amüsieren.

Für ihren Seelenfrieden möchte Alma die Umstellung trotzdem rückgängig machen, würde es auch tun, wenn sie sich der körperlichen Anstrengung, die mit dem Zurücktragen verbunden wäre, noch gewachsen fühlte. Fühlt sie sich aber nicht. Deshalb vertagt sie das Projekt auf später. Sie schlüpft in die schiefgelaufenen Gartenschuhe und geht nach draußen, um in aller Gemächlichkeit das Bienenhaus auszukehren, ihre emotionale Aufwärmstube. Vor einem halben Jahrhundert, als Richard das Bienenhaus im Herbst nach dem Anschluß einem ins Exil gehenden Nachbarn abkaufte und als Ganzes über die Mauer hieven ließ, hätte Alma niemals vermutet, daß die Art, wie sie sich damals fühlte, bei der Arbeit mit den Bienen erhalten bleiben würde, egal ob während des Krieges oder nach dem Tod der Kinder oder jetzt, da Richard immer weniger wird.

Richard liegt auf Klasse, in einem Zweibettzimmer, an dessen Tür Alma leise klopft, ehe sie die Klinke nach unten drückt. Der kleine Raum wirkt größer als am Vortag, weil der Platz für das zweite Bett leer ist. Richard liegt ausgestreckt in seinem Bett wie die Maus in der Falle. Die Decke liegt eng an seinem Körper, die Arme oben drauf. Im rechten Handrücken zwischen den knotigen Sehnen steckt eine Kanüle, über die Richard Blut erhält. Sein Kopf liegt wie zur Präsentation in der Mitte des Kissens. Zwei Schläuche sind in die Nase gestoppelt, die Kinnladen sind hart und die dünnen Lippen wie zusammengelötet. Die Augen hingegen hat Richard weit geöffnet. Ohne auf Almas Begrüßung zu reagieren, schaut er mit bestürzter Miene an die Decke, als sähe er dort Dinge, zu denen Alma keinen Zugang hat. Woran er in diesem Augenblick denkt, in welcher Welt er ist. Alma würde es gerne wissen.

– Ich bin's, pünktlich wie eine Engländerin.

Aber Richard scheint sie wieder nicht zu erkennen, nicht einmal an der Stimme.

– Ich, Alma. Willst du mich nicht ansehen?

Sie zieht ihre Jacke aus, hängt sie an einen der Haken innen an der Tür. Sie legt das mitgebrachte Obst auf den kleinen Tisch unter dem Fenster und zieht einen Stuhl zu Richards Bett. Ehe sie sich setzt, beugt sie sich über ihren Mann und gibt ihm einen Kuß auf die gelblich blasse Stirn, dort, wo diese nicht von Sindelkas Schlägen mitgenommen ist. Richards Haut fühlt sich heiß an. In den Augen hat er geplatzte Adern. Von seiner strohig trockenen Handinnenfläche blättert Schorf ab. Darunter erkennt man die grün schimmernden Adern.

– Nessi? fragt er und meint seine Anfang des Jahres verstorbene Schwester, die ihn ohnehin nur besuchte, solange die Möglichkeit bestand, etwas beiseite zu schaffen.

– Ich bin's, Alma, deine Frau.

Er wendet sich ihr zu und schaut sie an, als wäre sie aus dem Zoo entsprungen. Nach einer Weile lächelt er und sagt mühsam:

– Obacht.

Eine Wendung, die Alma von früher kennt. Sie nimmt an, daß er damit ausdrücken will, sie gefalle ihm.

– Bin ich hübsch? fragt sie.

Er nickt. Wenig später sagt er deutlich *gut* und *ja*, dann formuliert er noch *warum* und etwas im Zusammenhang mit *weiß*, was Alma aber nicht versteht. Bei *warum* glaubt sie, daß Richard fragen will, warum er hier ist oder warum sie erst jetzt kommt. Aber eigentlich könnte so vieles gemeint sein. Warum Otto nicht auf ihn gehört hat. Warum Ingrid mit dem Strohhalm in ihre Limonade bläst. Der Sauerstoff, den Richard über die Nasenbrille erhält, quillt zur Befeuchtung durch einen an der Wand befestigten Wasserbehälter. Große Blasen steigen auf in dem bauchigen Glas. Es gurgelt sehr laut.

– Das muß halt sein, sagt Alma. Eine ihrer Standardantworten, die leider nicht auf alles passen. (Variante: *Da kannst du ganz unbesorgt sein.*) Auch diesmal gelingt es ihr nicht zu vertuschen, wie wenig von dem, was Richard gesagt hat, bei ihr angekommen ist. Richard wird unwirsch. Sie nimmt alle Schuld auf sich und bittet ihn, er solle es ihr noch einmal sagen, weil in letzter Zeit ihre Ohren so schlecht seien, daß sie aufs erste Mal nicht alles hört. Bei *wiederhäusel* statt *wiederholen* weiß sie, was gemeint ist, doch die Lautansammlungen drumherum bleiben ihr ein Rätsel, und so sagt sie halt irgendwas (wenn ich dich recht verstehe), und zur Sicherheit fügt sie hinzu:

– Manchmal bin ich ganz meschugge.

Das verärgert Richard ebenfalls.

– Ja, ja, sagt er mit stirnrunzelnder Miene, als habe er Alma im Verdacht, sie lasse sich gehen oder strenge sich zuwenig an oder wähle den falschen Zeitpunkt, um ihm vorzuführen, daß sie nur Stroh im Kopf hat. Dumm geboren, dumm geblieben. Doch als er wenig später mit den Händen Zeichen in die Luft macht, ahnt Alma nach einiger Zeit, daß er um die Augengläser bittet, die er seit mehreren Monaten nicht mehr benutzt hat. Alma findet die Brille auf dem Bord in der Waschnische, neben dem Glas für die dritten Zähne, die sie unlängst hat generalüberholen lassen. Sie schiebt Richard die Bügel hinter die großen, knorpeligen Ohren, dabei gibt sie acht, daß sie keine der Wunden berührt. Richard strahlt, weil er wieder besser sieht. Jetzt hat Alma den Eindruck, Richard nehme von ihrer Anwesenheit richtig Kenntnis und freue sich, daß sie bei ihm ist. Er blickt sie an. Sie glaubt sehen zu können, daß in seinen Augen eine deutlich wahrnehmbare Schärfe liegt, als gebe es dahinter noch zusammenhängende Gedanken.

Also beginnt sie zu erzählen, von den Umstürzen bei den Nachbarn im Osten, von Ungarn, wo die Diktatur des Proletariats dieser Tage zu Ende gegangen ist, von der Entwicklung in der DDR, wo der 40. Jahrestag des Arbeiter- und Bauernstaates mit Massenverhaftungen gefeiert wurde. Michail Gorbatschow war in Berlin und hat zu weiteren Reformen gemahnt.

Das hat Eindruck gemacht. Sie erzählt von den Wahlen in Vorarlberg, wo die ÖVP ihre absolute Mehrheit gehalten hat. Vom Specht, der bei Wesselys das neue Fallrohr der Dachrinne bearbeitet. Ja, den gibt es noch, am Vormittag war er wieder da. Die halbwüchsige Tochter des Wessely-Sohnes, der das Haus jetzt bewohnt, verhindert, daß der Schießprügel aus dem Schrank geholt wird, das Mädchen ist ebenso rührselig wie ich. Stell dir vor, das Mähen des Gartens schiebe ich trotz vieler Vorsätze seit Wochen auf, weil ich beim letzten Mal eine Blindschleiche und einen Frosch umgebracht habe. Kurz vor Mittag haben zwei Straßenarbeiter hereingeschaut und sich fürs Laubrechen angeboten. Unter den Bäumen riecht es schon säuerlich, vor allem die Steinobstblätter fallen, aber das Gras ist fürs Zusammenrechen einfach zu hoch, und dazu der Gedanke an den Frosch und die Blindschleiche, da habe ich die Arbeiter wieder weggeschickt. Mir kommt vor, ich bin in letzter Zeit ein wenig seltsam geworden. Das macht bestimmt die *splendid isolation*, in der ich lebe, das Alleinsein ist manchmal nicht ganz leicht. Wie ich im Frühling das drohnenbrütige Vierer-Volk auflösen mußte, hat mich das so merkwürdig getroffen, es war ein ganz ähnliches Gefühl wie nach dem letzten Rasenmähen, als ob ich ganz kläglich versagt hätte. Statt daß ich mir denke: Ja, was ist denn eigentlich los, wenn's nicht klappt, habe ich eben statt fünf nur vier Stöcke oder statt vier nur drei, das ist doch kein Unglück. Aber ich werde ganz deprimiert darüber und bringe es nicht einmal mehr fertig, eine Königin zu töten, wenn sie überzählig ist. Ich glaube, es hat mit den Kindern zu tun, daß sie gestorben sind. Es ist schon abenteuerlich, nach so vielen Jahren, daß diese Schmerzen noch immer nicht verschmerzt sind. Ich denke, daran wird sich nicht mehr viel ändern. Weißt du, wenn eine Königin beim Hochzeitsflug zugrunde geht, und das Volk kriecht so suchend beim Flugloch herum, dann stelle ich mir die Frage, geht jetzt auch dieser Stock kaputt, warum passe ich nicht besser auf, warum sterben sie mir, kaum daß ich ihnen den Rücken zuwende. Ich kann dir nicht sagen, wie froh ich bin, daß bald der Winter kommt. Am Vormittag habe ich im Bienenhaus Kehraus gemacht, Schluß für heuer, das Wetter war genau richtig, ganz wie meine Laune, mittelmäßig, aber nicht von der lästigen Art. Viel Wind. In der Früh, ist dir das aufgefallen, war der Himmel wie aufgebläht, in der Nacht hat es einen kräftigen Pumperer gegeben, ich wollte schon die Polizei rufen, weil ich mir die Sache zunächst nicht erklären konnte, habe dann aber festgestellt, daß vom Wind ein Buch aus dem Regal gefallen ist. Eins von dir. Es muß ganz außen gestanden sein, nomen est omen, es heißt *The Outsider*. Woher hast du es? Es ist mir bisher nie aufgefallen. Ich denke, das beste wird sein, ich lese es, vielleicht fange ich noch heute damit an, weil eigentlich warst auch du ein Außenseiter. Ich glaube, das ist das, was mich am meisten an dir angezogen hat. Ich weiß noch genau, wie wir uns kennengelernt haben, da waren wir noch ein bißchen jünger als heute, so jung wie das Jahrhundert damals, das war, als wir mit der akademischen Gruppe der Naturfreunde auf die Rax gefahren und den Danielsteig hinaufgegangen sind, du mit deinen Wanderabzeichen am Revers, du hast gesagt, daß das Leben ein Jammertal und sinnlos sei, und ich habe geantwortet, schau dir dieses sonnenbeschienene Kar an, die Latschen, die Felsabbrüche und daß ich all das genießen kann und meine Kraft im Klettern spüre und mich freue, das ist es wert, daß ich lebe. Das war im Jahr 1927, erinnerst du dich. Ich habe immer gehofft, dir deinen Pessimismus nehmen zu können, deshalb habe ich dir regelmäßig von meinen Broten gegeben. Weil du Geld hattest, hast du nie eigene Brote mitgenommen, aber uns anderen fehlte das Geld, um ins Gasthaus zu gehen, deshalb hatten wir Brote und aßen sie im Gehen. Du, es war eine schöne Zeit, die zwanziger und dreißiger Jahre, ich glaube, das war bei mir, was man die Blüte des Lebens nennt. Ich war glücklich, ich meine, insofern glücklich, als ich damals nicht ahnte, daß das Leben ein großes Hindernislaufen sein wird, das auf Dauer müde macht. Für dich waren die fünfziger Jahre die Blüte des Lebens, wir haben einmal darüber geredet, du hast sie ein spätes Geschenk genannt, obwohl den Gedanken, daß der Krieg der Vater aller Dinge ist, darf man gar nicht denken, es stimmt auch nicht, der Krieg ist der Vater von gar nichts außer von weiteren Kriegen. Ich glaube, in den fünfziger Jahren hast du die Zeit wiedergefunden, in die du hineingeboren wurdest, die Zeit vor dem Ersten Weltkrieg, kein entscheidender Unterschied zwischen dem greisen Renner und dem greisen Franz Joseph, und auch sonst traten nur alte Männer auf den Plan, abgesehen von Figl, aber der hatte auf ausnahmslos jedem Geschirr Hirschen und Auerhähne, also im Grunde auch ein alter Mann. Und all diese Herrschaften, ich könnte sie dir aufzählen, die ganze Galerie, das sind die, die die fünfziger Jahre gemacht haben. Für die Jungen war kein Platz, Richard, das hat dir gefallen, stimmt doch, du warst dabei, wie die alten Männer losgelegt und an ihrem besseren Österreich herumgebastelt haben. Vergangenheit, nur als Beispiel, war für die jungen Leute ein irreführender Begriff, denn plötzlich hatten wir eine eigene Zeitrechnung, wie es seinerzeit auch zwei Wetterberichte gab, einen für die Touristen und einen für die Bauern. Du mußt entschuldigen, Richard, es kommt mir heute so absurd vor, was anderswo eben erst passiert war, war in Österreich bereits lange her, und was anderswo schon lange her war, war in Österreich gepflegte Gegenwart. Ist es dir nicht auch so ergangen, daß du manchmal nicht mehr wußtest, hat Kaiser Franz Joseph jetzt vor oder nach Hitler regiert? Ich glaube, darauf lief es hinaus, wie bei einem Brettspiel hat eine Figur die andere übersprungen, die einträgliche Figur ist über die kostspielige hinweg, und plötzlich war Hitler länger her als Franz Joseph, das hat den fünfziger Jahren den Weg geebnet, das hat Österreich zu dem gemacht, was es ist, nur erinnert sich niemand mehr daran oder nur sehr schwach. Ich kann dir sagen, ich war heilfroh, daß wir in der Nachbarschaft die schwedischen Diplomaten und später die Holländer von der Unilever hatten, die lachten, als ihr Bub vom ersten Schultag nach Hause kam und am Klo an die Wand pinkelte, da gab es kein Strafknien oder daß der Krampus nur Kartoffeln und Kohlen bringt, damit das Kind nicht übermütig wird, da hieß es, die Kinder haben eine geschäftige Phantasie, die soll sich ausleben, damit später etwas aus ihnen wird, da wurde eher das Kindermädchen zurechtgestutzt wegen unnötiger Strenge. So Begriffe hatten die, für mich war das anfangs ein kleiner Kulturschock, aber dann habe ich schnell verstanden, in welche Richtung es weitergehen muß, ist ja kein Erfolg, genau besehen, wenn die Kinder eine Alarmanlage gegen den Krampus bauen, die hat sogar funktioniert. So Dinge tun mir heute leid, ich meine, das hätte man früher einsehen können. Mir tut auch leid, daß ich dich damals nicht nach Schweden begleiten durfte, als sie dieses Kraftwerk einweihten, erinnerst du dich, damals warst du Minister, war das nicht eben noch, und jetzt sind schon wieder bald zwanzig Jahre die Sozialisten am Ruder, so ein Jahr ist gar nichts mehr, Richard, wir hätten auch später mehr wegfahren sollen, aber jetzt ist das vorbei, ich will selber nicht mehr, denn wenn ich weg bin, denke ich den ganzen Tag an zu Hause, dort ist es halt doch am schönsten, von Schlafen als Gast kann eh nicht die Rede sein, arbeiten kann man nichts und Konversation machen, das weißt du, ist ebenfalls nicht meine Stärke, mit der fremden Verpflegung, so gut sie sein mag, habe ich auch immer meine Schwierigkeiten, ich brauche keinen zusätzlichen Schmiß, der mir den Bauch verschandelt, dann lieber wochenlang Milch und Haferflocken. Weil's mir grad einfällt, Gretel Puwein ist zur Zeit in Florenz, du weißt doch, Gretel Puwein aus der Beckgasse, ich hab gehört, so ganz allein, wie sie behauptet, soll sie nicht gefahren sein, und wenn schon, sie ist Witwe, groß getrauert hat sie von Anfang an nicht, soll sie's genießen. Nach Italien hätte ich auch noch einmal gewollt, erinnerst du dich, wie wir mit den Fahrrädern in Italien waren, 1929, noch vor der Hochzeit, streng dich an, Richard, dein oberkatholischer Vater hätte dich ums Haar erschlagen, weil es noch vor der Heirat war, wenigstens daran könntest du dich erinnern, mir kommt es vor, als wenn es gestern gewesen wäre, wir sind den Po entlang hinunter nach Venedig, in der Nähe von Mestre, nachdem wir das Schiff verpaßt hatten, habe ich zum ersten Mal in meinem Leben einen Esel schreien gehört, in der Früh, als es dämmerte, weißt du noch, wir übernachteten in der Scheune eines Melonenbauern, das Geschrei riß uns aus dem Tiefschlaf, ich war zutiefst erschreckt über diese unheimlichen Laute in der Dämmerung, von denen ich nie und nimmer gedacht hätte, daß ein Esel dahinterstecken könnte, ich muß lachen, wenn ich nur daran denke, mit dem melodischen I-a in unseren Kinderliedern hatte das wirklich sehr wenig Verwandtschaft, auf mich wirkte es eher, als würde mit einer rostigen Säge die Dämmerung in Scheiben geschnitten, so ein heiseres A-i, a-i, ich weiß noch, ich war sehr aufgeregt, du hast mich in den Arm genommen, du hast gesagt, ein Esel, es ist ein Esel, Richard, woher wußtest du, daß es ein Esel war, nicht einmal in Meidling gab es Esel, also auch bestimmt nicht in Hietzing, deshalb glaubte ich dir die Erklärung auch nicht, obwohl ich dir damals alles glaubte, meistens blind, das darfst du mir glauben, du hast nicht die entfernteste Vorstellung, wie sehr ich dich damals bewunderte, das vergess' ich nicht, als wir in den Kaltenleutgebner Bergen bei einer Wanderung vom Parapluieberg auf der Hochstraße zum Sparbacher Tiergarten dieser Dame begegneten, einer wirklichen Dame dem Aussehen nach, erinnerst du dich, es war in der Nähe der Kugelwiese, die Frau trug einen Arm, buchstäblich einen Arm voll Türkenbund, daran fand ich damals auch gar nichts Besonderes, du hast sie zur Rede gestellt, und als sie die Nase hochwarf, hast du sie ins Gesicht hinein als dumm beschimpft, so unverfroren warst du, wenn du glaubtest im Recht zu sein, mir war das peinlich, und gleichzeitig war ich stolz auf dich, weil man mir zu Hause nur eingeimpft hatte, Höflichkeit mit Höflichkeit zu überbieten, hingegen, daß es noch etwas anderes gibt als nur Höflichkeit, habe ich von dir gelernt, das ist einer der Gründe, weshalb ich dich jetzt so behandle, als wärst du mir all die Jahre ein treufürsorgender Ehemann gewesen, das erklärt auch, warum mir die Vorstellung, mein Leben mit einem anderen Mann verbracht zu haben, ganz fremd ist, sich das zu wünschen, hieße, sich zu wünschen, ein anderer Mensch zu sein und andere Kinder gehabt zu haben und andere Dinge erlebt zu haben, andere Dinge zu wissen als die, die ich weiß, du, Richard, all diese Dinge und Momente, die ich möglichst lange bewahren will und die es noch immer gibt, wenn ich sie dir erzähle, ich bin so froh, daß ich mit meinen zweiundachtzig Jahren noch halbwegs klar denken kann, sei bloß nicht neidisch, der Zahn der Zeit findet auch an mir genug zu nagen, mehr als mir recht ist, all diese Wehwehchen, und speziell die ewige Müdigkeit, die macht mir am meisten zu schaffen, weißt du, daß immer alles viel mehr Zeit in Anspruch nimmt, als ich dafür veranschlage, was ich früher im Vorbeigehen erledigt habe, ist mittlerweile zu einer Prozedur geworden, als müßte ein ständiger Ausgleich stattfinden, je weniger es zu tun gibt, desto länger muß es dauern, damit meine Vollbeschäftigung erhalten bleibt, ein fleißiger Gaul wird nicht fett, kann sein, aber müde, ich sag's dir, kaum je, daß ich das Plansoll, das ich mir am Morgen setze, erfülle, ich hab immer alle Hände voll zu tun, und trotzdem wird die Arbeit nicht weniger, der ganze Strauß von morgens bis abends, da fällt mir ein, daß auch die Kinder einmal Türkenbund abgerupft haben, es war während des Krieges bei der Josefswarte, also ganz in der Nähe vom Parapluieberg, ich hatte dort mit den Kindern Farn ausgegraben, und Otto, der hatte oft solche Ideen, puderte mit den Staubgefäßen des Türkenbunds Ingrids Nase ganz dunkel, Otto war damals so zwölf, und Ingrid entsprechend jünger, sieben, wenn ich daran denke, mein Gott, dann stauben die Stempel der Blumen wie im Traum, damals hatte die Sache aber einen Haken, stell dir vor, zu meiner Überraschung war die Farbe kaum wegzubringen, als Ingrid am nächsten Tag in die Schule gehen wollte, du hast sie geschimpft, sie sähe aus wie ein Ameisenbär, sie solle sich schämen, das hast du gesagt, zu Ingrid, deiner Tochter, sie hieß Ingrid, wenn du dich anstrengst, erinnerst du dich, es ist nicht schwer, du hattest vor Jahren eine Tochter, sie hieß Ingrid, und deine Tochter hat wieder eine Tochter, Sissi, das ist deine Enkelin, streng dich an, du hast Enkel, Sissi und Philipp, deine aufgeweckte Nachkommenschaft, Sissi und Philipp, Sissi hat sich vor etlichen Jahren blicken lassen und Fragen über ihre Mutter gestellt auf der Suche nach ihren Wurzeln, damit sie sich in New York wohler fühlt, von sich selbst hat sie nicht viel preisgegeben, und die obligate Geburtstagskarte von ihr habe ich in diesem Jahr auch nicht erhalten und auch keine Urlaubskarte, ich weiß nicht, welchen Schluß ich daraus ziehen soll, vielleicht, daß sie nicht auf Urlaub war, oder, was wahrscheinlicher ist, daß es die erste von weiteren Karten ist, die nicht kommen werden, was das Mädchen, nein, sie ist eine junge Frau, laß mich nachrechnen, Richard, sie ist bereits siebenundzwanzig, Moment, achtundzwanzig, sie wird ihre ersten Stürze auch hinter sich haben, man könnte die Hände über dem Kopf zusammenschlagen, was sie nur so lange in New York macht mit der halben Erdkugel zwischen sich und Wien, sie ist in New York, Richard, sie ist Journalistin, Soziologin, wenn mich mein Gedächtnis nicht täuscht, sie hat eine Tochter, die heißt, wunder dich nicht, *Parsley Sage Rosemary and Thyme*, such dir einen aus, *Parsley Sage Rosemary and Thyme*, nicht Thyme, das wäre ein sehr komischer Name selbst in dieser Familie, deinen Enkel, Philipp, ob er noch weiß, wie gerne er als Kind ein Stück der geschleuderten Bienenwaben auskaute, ich habe ihn unlängst im Fernsehen gesehen, ich bin mir fast sicher, daß er es war, er hat Ähnlichkeit mit dir, er ähnelt dir, du hast die dominanteren Gene als ich, der Mund, die Augenpartie, die Kopfform, das kommt aus deiner Linie, auch das politische Engagement, stell dir vor, er hat gegen Spekulanten und für mehr Wohnraum demonstriert, ganz vorne, mit aufgestellten orangen Haaren, als wäre er an eine Steckdose angeschlossen, ich habe mir überlegt, ob ich ihm ein Zimmer bei uns in Hietzing anbieten soll, er kann auch zwei haben oder drei, da besteht kein Mangel, was hältst du davon, daß er irgendwann zur Strafe das Haus kriegt und Sissi das Geld, möchte wissen, wie das ankäme, und wie es ihm geht, dem armen Kerl, weißt du noch, daß er zwei- oder dreimal klammheimlich zu uns nach Hietzing kam, um für sein Zeugnis Geld einzuheimsen, notenmäßig war das noch nicht einmal aufsehenerregend, ich habe zu ihm gesagt, er solle mehr Gebrauch von seinem Hosenboden machen, so ein hübscher kleiner Kerl, der hätte mir alles versprochen, daß er im nächsten Jahr Klassenbester sein wird, kein Problem, na, wir wollen's mal nicht übertreiben, der hatte die Ferien vor Augen, die dauern bei uns ja lange genug, um jeden Ehrgeiz rechtzeitig wieder einzuschläfern, dann hat er mir ganz gewissenhaft die Hand geschüttelt, früh übt sich, hab ich mir gedacht, das war noch vor Ingrids Tod, und jetzt mit den roten Haaren, wie eine Leuchtboje, und so dürr wie damals, da hat sich nicht viel verändert, und wie er sich freuen konnte so über das ganze Gesicht, ich kann mir nicht helfen, das war später wie weggewischt, die wenigen Male, als er sich noch bei uns blicken ließ, ein Jammer, ich glaube, es hat den beiden nicht gutgetan, unseren Enkeln, daß ihre Mutter so früh gestorben ist, ich meine Ingrid, deine Tochter, du hattest eine Tochter, denk nach, dann fällt es dir ein, deine Tochter hieß Ingrid, das ist kein Test oder eine Fangfrage, bitte schau mich nicht so mißtrauisch an, Ingrid haben wir sie genannt, auch Eva war in der engeren Wahl, weißt du noch, damals war das wichtig, na, ob man am Vergessen sterben kann, so wie man erstickt, du wolltest Eva, ich wollte Ingrid, nein, Richard, deine Enkelin heißt Sissi, nein, Ingrid war deine Tochter, Sissi ist deine Enkelin, und Sissi hat wieder eine Tochter, Rosemary, aber das wird jetzt zuviel, ich will nicht noch mehr Verwirrung stiften, Richard, übrigens, die alte Uhr im Wohnzimmer geht wieder besser, vor ein paar Wochen hat sie mehr Zeit verloren, sie geht jetzt wieder fast genau, verstehst du das, Richard, verstehst du das, ich verstehe es nicht.

– Was? fragt er.

– Verstehst du das?

– Was?

– Es ist nicht wichtig, Richard.

– Was?

– Sei froh, Richard, wichtig und unwichtig, ja und nein, das gibt es alles nicht mehr.

– Was?

– Ja, mein Gott, was? Was? Ich habe auch viele Was?

Zum Beispiel, das würde ich gerne zur Sprache bringen.

Sie tut es aber nicht, schon seit Jahren: Weshalb er seiner Schwester den Garten in Schottwien überschrieben hat, das hat sich ihr nie erhellt. Und weshalb er 1938 ohne Angabe plausibler Gründe sein Geld aus dem Geschäft ihrer Mutter gezogen hat, das hat sich ihr ebenfalls nie erhellt. Und warum die Lüge mit Gastein, 1970, das schwärt am heftigsten, wenn es ihr in den Kopf kommt, und es kommt ihr sehr oft in den Kopf. Aus der Korrespondenz zwischen Richard und Nessi, die sich in Richards Schreibtisch gefunden hat, geht hervor, daß er 1970 nicht nur mit seiner Verwandtschaft, sondern auch mit Christl Ziehrer in Gastein war. Alma würde seit Monaten gerne fragen, was? was? das würde sie doch gerne wissen, was ihn dazu bewogen hat, sie zu hintergehen und dabei seine Verwandtschaft ins Vertrauen zu ziehen, dieses scheinheilige Pack. Sie würde gerne sagen, wie schäbig sie das findet und daß dies während seiner ersten Monate im Pflegeheim der wichtigste Grund war, weshalb sie, Alma, die doch eigentlich nicht nachtragend ist, viele der avisierten Besuche im letzten Moment schwänzte. Es war ihr irgendwie egal.

– Weißt du noch, als ihr damals in Gastein wart, du und Nessi und Hermann? 1970? Du hast nie viel von diesem Urlaub erzählt.

– Aha?

Geheimnisse, die er gut gehütet hat. Und wofür? Für wen? Für niemanden. Um sich die Geheimnisse irgendwann selbst nicht mehr verraten zu können. Schätze, von denen er vergessen hat, wo sie vergraben sind. Bäume, die als Merkhilfe dienen sollten. Richard, die Bäume sind umgefallen. Bäche, die als Merkhilfen dienen sollten. Die Bäche, ich glaube, Richard, die haben sich ein neues Bett gegraben. Flüsse. Die sind angeschwollen. Seen. Die sind ausgetrocknet. Was ein Fluß war, ist ein See. Wie Fischkot sinken die Ereignisse zum Grund, zum Grund, das heißt zum Meer. Aber lassen wir das.

Alma steht auf. Sie hat einen trockenen Mund. Da kein sauberes Glas zu finden ist, trinkt sie das Wasser mit gebeugtem Rücken vom Hahn. Es tut ihr leid, daß sie versucht hat, Richard über die Gastein-Episode auszufragen. Sie möchte es wiedergutmachen. Sie setzt sich zurück ans Bett, und weil sie in dem Zimmer weiterhin allein sind, singt sie für Richard das Lied *Der Winter ist vergangen*, das sie gerne miteinander gesungen haben vor mehr als vierzig Jahren. Sie singt mit leiser Stimme, da muß es in Richards Gehirn einen hellen Fleck geben, denn er beginnt, ihre Hand zu streicheln, und tut es während des ganzen Liedes. Als Alma zu Ende gesungen hat, unternimmt er einige Male den Versuch, sich aufzurichten. Aber sein Körper gehorcht ihm nicht, wie vor Jahren sein Gehirn aufgehört hat zu gehorchen, wie vor Jahren seine Kinder aufgehört haben zu gehorchen. Sein welkes Gesicht spannt sich ärgerlich, sein Blick ist grimmig, seine Mundwinkel gehen in bitterem Schwung nach unten, als wolle er sagen, es war harte Arbeit, bis hierher zu kommen, und das ist der Lohn, ich fasse es nicht, das ist der

Lohn. Er formuliert mühsam mehrere zu bloßen Lauten eingesiedete Begriffe, ehe er unter dem leisen Druck von Almas Hand zurück in sein Kissen sinkt.

– Ist schon gut, Richard. Laß gut sein. Mach dir keine Sorgen. Kümmer dich nicht mehr darum.

Er läßt ein unzufriedenes Knurren hören, nimmt aber keinerlei weiteren Anlauf.

– Mach dir keine Sorgen, wiederholt Alma sanft.

Einen Augenblick später klopft es. Eine Krankenschwester betritt den Raum, ein junges Mädchen mit ganz kurz geschnittenen dunklen Haaren und einer heiseren Stimme und der Frage, ob der Herr Doktor einen Saft möchte.

Die Schwester reicht Alma ein Glas mit gelber Flüssigkeit, die nach Orangensirup riecht, einen Strohhalm dazu. Alma führt den Strohhalm behutsam zu Richards Mund. Richard nimmt langsame, kleine Schlucke, bei denen die Sehnen an seinem Hals stark hervortreten. Der Knorpel an seiner Kehle hüpft heftig auf und nieder.

– Ich schicke jemanden, der die Blutkonserve abhängt, sagt die Schwester.

Alma wirft einen Blick auf den Blutsack, der mit kopfstehender Beschriftung an einem Galgen neben dem Bett baumelt. Bei Almas Eintreten sind noch dicke Tropfen langsam aus dem Gummibeutel in einen kleinen Zylinder gefallen und von dort in den Schlauch geflossen, der zu Richards rechtem Handrükken führt. Jetzt ist der Beutel leer.

Die Krankenschwester geht nach draußen. Eine Minute später kommt eine Ärztin, die den blutgefüllten Schlauch mit geübten Handbewegungen unterhalb des Sackes abklemmt. Die junge Frau schraubt den Schlauch aus der Kanüle, die in Richards Handrücken steckt. Sie hält das offene Ende des Schlauchs mit der einen Hand nach oben, und mit der anderen Hand spritzt sie eine klare Flüssigkeit in die Kanüle, zum Ausspülen, wie sie sagt. Sie verschließt die Kanüle mit einem kleinen roten Deckel. Dann schenkt sie Alma ein aufmunterndes Lächeln und sagt:

– Vor der Operation tun ihm die Konserven gut, das päppelt ihn ein wenig auf.

Die Ärztin wirft einen Blick auf den Inhalt des Urinals, das seitlich am Bett hängt, sie geht mit dem leeren Blutbeutel hinaus. Bereits in der Tür beginnt sie sich die rohweißen Handschuhe von den Fingern zu zupfen.

– Ingrid war ebenfalls Ärztin, sagt Alma.

Aber Richard, der die Augen geschlossen hat, reagiert auf die Ansprache nicht. Er erweckt den Eindruck, als sei er erschöpft und nahe dem Einschlafen. Vorsichtig nimmt Alma ihm die Augengläser ab. Es scheint ihm nichts auszumachen, sich wieder von ihnen zu trennen. Alma legt die Brille auf das Nachtkästchen neben das Saftglas. Sie steht auf. Eine Weile schaut sie mit verschränkten Armen zu dem großen Fenster hinaus, durch das ein mattes Nachmittagslicht auf den mit Resopal beschichteten Tisch fällt, eine Vase mit Blumen darauf, die Alma am Vortag gebracht hat, daneben das frische Obst. Das Grün der Bäume (draußen) und das Weiß der Einrichtung (herinnen) haben etwas Ermüdendes. Alma hofft, daß Richard in einen freundlichen Schlaf fällt, ohne die Last der drohenden Vernichtung, ohne Geister, ohne den Unterschied zwischen den Lebenden und den Toten, die man so leicht verwechselt. Ob Richard im Traum noch alle Begriffe hat und alles weiß und kennt wie früher. Fraglich. Und wer in den Träumen alles drin ist, die Kinder, Otto, Ingrid, und in welchem Alter, und sie selbst, in welchem Alter, mit welcher Frisur, noch mit den kurzen Haaren, und wo, im Garten, zu Hause, in der Badewanne. Richard stöhnt leise, ein feuchter Rachenton. Alma geht zu ihm zurück. Sie streichelt seine Stirn, die eingesunkenen Schläfen, das flaumige Haar über dem Ohr, die Farbe von den Wundmedikamenten. Hofrat Doktor Sindelka. Auch das. Richards Hand, seine Fingernägel, vor allem die Fingernägel – sie sehen aus wie von den Leichenhänden im »Handkurs« zu Beginn des Studiums. Das Studium. Das sie nie beendet hat. Sie lupft das untere Ende der Bettdecke, betrachtet Richards gebrochenes Bein, das bandagiert und nach außen gedreht in einer gelblichen Schaumstoffschiene liegt. Richards Körper wirkt in seiner Schlaffheit mickrig, fast gewichtslos, die Haut des gesunden Beines mit dem schimmernden Spinnengeflecht der feinen, bläulichen Adern darunter (wie Seidenpapier in Fotoalben), die Knochen ganz lose und hohl und leer. Einmal reißt Richard kurz die Augen auf, dann übermannt ihn der Schlaf, erschöpft vom Alter, gesättigt von den Blutkonserven, er grunzt (zufrieden? hoffentlich zufrieden), das Grunzen mischt sich unter das Gurgeln des vom Sauerstoff aufgeworfenen Wassers. Alma deckt Richard sorgfältig wieder zu. Anschließend betrachtet sie ihren Mann noch eine Weile, dabei denkt sie (traurig? ja, traurig), daß er jetzt zu denen gehört, denen die Geschichte nichts mehr anhaben kann.

Wieder zu Hause, wird Alma von Minka empfangen, der Katze. Sie kommt zu Alma heran und läßt sich streicheln. Zwischendurch miaut sie fragend, sie springt auf das Sandsteinpodest, das ihr Lieblingsplatz ist, seit vandalierende Jugendliche die Schutzengelskulptur heruntergestoßen und ihr zum Gaudium beide Flügel abgebrochen haben. Die Katze richtet den Schwanz in die Höhe, dreht sich auf dem Podest im Kreis, die Beine eng, während Alma mit der tastenden Hand über den dunklen, knisternden Aalstrich entlang des Rückgrats fährt, hinunter, hinauf, zurück. Ein kurzer Ruck geht durch den kräftigen Körper, die Katze springt vom Podest herab und folgt Alma nach drinnen, eilt ihr maunzend von der Tür an voraus. Alma gibt dem Tier zu fressen. Auch Alma fühlt sich ausgelaugt, hungrig. Sie verschlingt ein großes Wurstbrot, sitzt dann für eine Weile mit abwesendem Blick da, die Ellbogen gegen den Tisch gestemmt, und horcht auf das Krachen der Futterkekse zwischen den Katzenzähnen, auf das Geräusch der geläpperten Milch.

Bis du kommst, Mama, bin ich zu saurer Milch geworden in einem zersprungenen Glas.

Als die Katze zu Ende gefressen hat, gähnt sie zufrieden, rülpst, leckt sich das Maul, fährt mit den Vorderpfoten über die Barthaare, es klingt, als würde sie seufzen.

– Soso. Was ist denn mit dir?

Nach einem weiteren Gähnen schaut die Katze Alma leer an. Einen Augenblick später trottet sie gemächlich Richtung Veranda, wo sie sich zum Schlafen unter einem der Sessel ausstreckt, als fehle die Kraft zum Hinaufspringen. Alma wechselt ebenfalls den Raum, Richtung Wohnzimmer. Sie läßt sich zum Lesen auf die Ottomane fallen. Aber ihre Konzentration reicht lediglich für zwei Seiten, dann schläft auch sie ein, für eine Stunde, Gott sei Dank und leider: Leider, weil sie die Zeit lieber für etwas verwendet hätte, was ihr Freude macht. Gott sei Dank, weil sie sich nach dem Aufwachen ausgeruht und nicht mehr so zerschlagen fühlt.

Alma rappelt sich hoch, streckt sich. Nachdem sie die Gardinen vom Fenster weggezogen hat, nimmt sie nochmals das Buch zur Hand, kommt auch gut voran, dreißig, vierzig Seiten, bis sie auf eine Stelle stößt, in der es ums Verzeihen geht (ich trage keinem was nach, Verzeihen ist das Waschmittel des Universums, gegen das Verzeihen ist alles andere machtlos, na ja). Richards Besuch in Gastein drängt sich hartnäckig zwischen die Zeilen, und obwohl Alma, während sie weiterliest, erhebliche Gegenwehr leistet, kann sie den Faden der Handlung nicht mehr festhalten. Nach einer Weile wird es ihr zu bunt, und sie beschließt, der Gastein-Angelegenheit symbolisch ein Ende zu bereiten, indem sie Richards Korrespondenz mit Nessi in den Dachboden trägt. Sie sagt sich, warum sich mit diesen Dingen belasten, das bringt nichts, es ist vorbei. 1952 haben Richard und sie gemeinsam befunden, daß Frau Ziehrer von allen Bewerberinnen die beste Sekretärin abgeben werde. Schade halt, daß es für Alma eine so unglückliche Wahl war. Aber ob sie jetzt traurig ist oder nicht oder nachtragend oder nicht, es ändert nichts an dem, was zwischen Richard und Frau Ziehrer war, hingegen ändert es sehr wohl etwas an dem, wie Alma sich fühlt, wenn sie an Richard und Frau Ziehrer denkt.

Alma holt einen mittelgroßen Karton aus dem Keller und trägt ihn in Richards Arbeitszimmer. Der Raum ist weitgehend in dem Zustand verblieben, in dem Richard ihn verlassen hat, mit den von ihm irgendwann begonnenen und nie zu Ende geschriebenen Notizen am Schreibtisch, der Schreibmaschine, ein leerer Bogen darin eingespannt, gewölbt von der Walze, und davor, an einer helleren Stelle, wo die oberste Schicht des Tischholzes durchgescheuert ist, eine der vielen Füllfedern, die Richard im Laufe seines Arbeitslebens geschenkt bekommen hat. An der Wand das gerahmte Foto von Richard und der Familie Chruschtschow auf der Staumauer von Kaprun. Fotos von den Staustufen an der Donau. Und zwischen Bücherregal und Rollbalkenschrank die Landkarte von der kleinen Republik, die geografisch die Form einer Hühnerkeule hat. Ein Geruch nach verschütteter Tinte und vor sich hinbröselnden Farbstiften und langsam der Zukunft entgegenrostenden Büroklammern entsteigt den Schubladen. In der vierten Lade, die Alma öffnet, finden sich – zum wievielten Mal? – die Briefe von Nessi und Hermann, der lieben Verwandtschaft. Ohne nochmals hineinzublättern, wirft Alma den Packen in den Karton und, damit es sich lohnt, auch diverse andere Briefe an Richard, dazu etliche Aktenordner. Sie hievt den Karton vor die Brust, steigt die Treppen hoch mit langsamen Schritten bis unter das Dach, wohin es sie seit Anfang des Sommers nicht mehr verschlagen hat. Eine drückende Luft, eine drückende Stille stemmen sich ihr entgegen, Wärme und Feuchtigkeit, nur das leise Knacken der Dachbalken ist zu vernehmen, belauert von den Mäusen in den Strohmatratzen. Alma hat noch den Geruch des kriegsbedingt leergeräumten Dachbodens im Gedächtnis und die von den Brettern abstrahlende, gleichsam rauhe Wärme, die dort das halbe Jahr über herrschte und anders war als die Wärme auf der Veranda und im Bienenhaus (wo das dunkle Holz in der Sonne immer ein wenig verbrannt riecht). Sie weiß noch, wie Otto, der vorbildliche Hitlerjunge, das beste Gut der Nation, sie sachlich streng an der Kübelspritze und am Sandeimer instruierte. Sie weiß noch, wie Peter eine Seitenwand des auseinandergebauten Biedermeierschranks am letzten Treppenstich fallen ließ und ohne ein weiteres Wort aus dem Haus stürmte, nachdem er und Richard sich weder über die Art des Tragens hatten einigen können noch über die Sicherheitspolitik für die Welt, die sie schon den ganzen Nachmittag über betrieben hatten. Sie weiß. Sie weiß. Lauter so Geschichten. Sie stellt den Karton auf ein schmales Bett hinter dem Treppengeländer, auf mehrere andere Kartons, die von einer großen Mappe getragen werden mit (was was was?) häßlichen Stichen aus dem Besitz von Richards Eltern (Jagdszenen und französischen Modeblättern). Es herrscht ein stellenweise planmäßiges, dann wieder ganz unbeschreibliches Drunter und Drüber, als wären manche Ecken passiv, manche noch aktiv: offene Koffer, zu labilen Türmen gestapelte Schachteln, eingerollte Teppiche, Eislaufschuhe (spröd wie aus Pappmaché), Schultaschen griffbereit an Wandhaken, Schachteln mit Schulheften (zehn Sätze mit *daß*), eine Rodel (oder was einmal eine Rodel war), alte Federbetten, die Federn sedimentiert, eine Wehrmachtsdecke, Kaffeedosen (Arabia, Meinl), Keksdosen (Haeberlein, Heller) ungewissen Inhalts (abgerissene Briefmarken? Knöpfe?) und Staub, auf allem Staub wie zäher Verbandsstoff, als wäre das Gerümpel, ähnlich Richards gebrochenem Bein, bandagiert gegen die Schmerzhaftigkeit der darauf lastenden Zeit. Es ist, als würde nach und nach mit der Feuchtigkeit auch die Bedeutung aus den Gegenständen gepreßt. Wohin man schaut, verklumpen sich die abgelegten Dinge zu einem Grundstoff, einer Materie, die Generationen vermengt, zu eingedickter, eingeschrumpfter, ihrer Farben beraubter Familiengeschichte.

Zwischen den Möbeln und dem Gerümpel hindurch, vorbei an Ottos Tretauto, schiebt sich Alma zum nach Westen gelegenen Fenster und öffnet es, um frische Luft einzulassen. Als sie den linken Flügel befestigen will, fällt die Ringschraube aus der Wand. Alma denkt, ja, richtig, das gab's schon mal, das hatten wir schon öfters. Im Sommer. Sie hebt die Ringschraube auf, dreht sie notdürftig in das ausgeleierte Loch, hängt den Haken in den Ring, knipst einige hohle Fliegenkadaver und Mäuseкötel aus den Ritzen des inneren Fensterbrettes, das ganz schrundig ist von den Jahren, und blickt hinaus über die Gärten und Häuser in die Abenddämmerung über dem Bezirk. In einer Luftströmung, die über das Wiental hereinkommt, bewegt sich leise das trockene Laub in den Bäumen, halb sich abzeichnend in dem fahlen Licht, halb schon verwischt. Über dem Lainzer Tiergarten bildet sich dichtes Gewölk, Haufenwolken und gehäufte Schichtwolken mit Quasten am Bauch. Der Himmel in dieser Richtung ist vollständig bedeckt, darunter liegt kompakter Schatten. Die Farbe der Bäume schlägt kaum mehr durch. Die Wolken ziehen heran, träge und schwer, wie eingeladen von Almas Blicken. Bald werden auch die Dachfirste und Giebel, die dort hinten zu sehen sind, mit dem finsteren Milieu verschmelzen.

Alma wartet mit vor der Brust verschränkten Armen und hält Ausschau. Sie weiß nicht worauf und wonach.

Damals, kurz nach Mitternacht, als Ingrid kam und sie weckte, weil es an der Türe klopfte und Ingrid sich ängstigte. Es war Otto, der nicht hereinkonnte. Ingrid hatte alles gut versperrt. Ottos letzte Nacht daheim, bevor er wieder zum Barrikadenbau loszog und sich freiwillig einer Kampfeinheit anschloß. Zwei Jahre zuvor hatte er noch Briefe geschrieben aus dem Kanutenlager. Mit musizierenden Engeln am Briefkopf.

Er hatte die Engel von einem Quartett abgepaust und mit Wasserfarben koloriert.

Kommentar überflüssig.

Denn seinen Engeln befiehlt er um deinetwillen, dich zu behüten auf allen deinen Wegen. / Sie werden dich auf Händen tragen, damit dein Fuß auf keinen Stein stoße. / Über Löwen und Nattern kannst du schreiten, auf Junglöwen und Drachen kannst du treten. (Psalm 91, 11–13)

Wirklich und wahrhaftig.

Ja?

Noch einmal?

Das gibt es nicht.

Zögernd wendet Alma sich vom Fenster ab. Sie geht zur Tür, drückt die Tür hinter sich zu, nimmt die Gedanken an ihre Kinder mit, die Treppe hinunter, piano, als lauschte sie etwas anderem, einer anderen Stimme. Ihre rechte Hand gleitet über die von Tausenden Kinderhänden, Erwachsenenhänden geglättete (abgenutzte?) Kanonenkugel, die Otto zufolge 27 ½ Stunden brauchen würde, um in Gefechtstempo den Äquator zu umfliegen (er mußte es strafweise für die Schule ausrechnen). Sie hält kurz inne. Versonnen. Erstaunt. Falten zwischen den Brauen. Sie streicht an den Seiten über ihr Kleid. Plötzlich empfindet sie, wie leer das Haus ist, so anders als am Anfang, Otto und Ingrid, ihre Mutter oft da, und Richard, der sich freute, wenn recht viel Besuch kam. Von den fünf Leuten, die hier gelebt haben, ist nur mehr sie selbst übrig. Sie nickt langsam, mehrmals. Dann geht sie die Kellertreppe hinunter und holt aus der Kühltruhe einige von den besseren Vorräten, die sie ursprünglich für Besuche gespart hat und langsam wegißt, weil sie keine Besuche mehr will. Sie legt die Vorräte zum Auftauen in die Küche. Von dort biegt sie ins Wohnzimmer und dreht in der Hoffnung auf gute Neuigkeiten bei den Nachbarn im Osten den Fernseher an. Doch das Herunterleiern der Meldungen ohne jede Anteilnahme erschüttert sie diesmal ganz besonders. Noch ehe die *Zeit im Bild* zu Ende ist, schaltet sie auf einen anderen Sender, auf dem ein harmloser Blödsinn mit Fritz Eckhard läuft. Aber dieser Kitsch geht ebenfalls über ihre Kraft, und eine Dokumentation zur Entstehung des Lebens wiederum ist zu hoch für sie, obwohl das Thema sie interessiert. Es ist von Ketten von Aminosäuren die Rede, die sich nach einer bestimmten Ordnung aneinanderreihen und verbinden. Doch wie daraus Leben entsteht, offenbart sich ihr nicht. Sie dreht den Fernseher ab, ein wenig frustriert. Sie nimmt das Buch über die *Outsider* zur Hand, das in der vergangenen Nacht aus dem Regal gefallen ist, mal sehen, vielleicht gelingt es ihr, darin etwas über Richard zu erfahren. Aber auch hier: Fehlanzeige. Bereits auf der ersten Seite stolpert sie über mehrere Wörter, die ihr nichts sagen und die auch im Langenscheidt nicht angeführt sind. So stellt sie das Buch unverrichteter Dinge ins Regal zurück. Sie geht wieder zum Sofa, legt sich hin, dreht sich mit dem Gesicht zum großen Fenster, die Beine leicht angezogen, Knie auf Knie, die Knöchel aneinandergeschmiegt. In dieser Stellung lauscht Alma auf die vertrauten Geräusche im Haus, friedlich, sanft liegt sie da, geduldig, auf nicht unangenehme Weise einsam, also nicht einsam, sondern allein. Vielleicht niedergeschlagen, ja, ein wenig niedergeschlagen, weil die Möglichkeit, Wissen zu erwerben, auch für sie nachgelassen hat. Oft, wenn sie trotz zunehmender Übung in der Kunst des Weglassens und Einsparens schon am frühen Abend zu nichts mehr zu gebrauchen ist und lediglich das Bedürfnis verspürt, an nichts zu denken, nur still zu liegen, sagt sie zu sich: Das war wieder nicht mein Tag, der sollte bald kommen. Sie sagt es sich auch jetzt: Das war wieder nicht mein Tag, der sollte bald kommen. Gleichzeitig nimmt sie ohne Bitterkeit zur Kenntnis, wie unsinnig ihr Wunsch ist, weil dieser Tag nicht kommen kann, sie wüßte nicht wie und womit. So starrt sie erwartungslos in sich hinein, ohne glücklich oder unglücklich zu sein, ohne recht schlafen zu können, mit einem

Gefühl, als ob der Raum um sie herum schaukelte, fern von ihr. Windböen laufen an den Fenstern auf, eine lose Scheibe klirrt leise, eine Viertelstunde später wird Regen gegen das Haus geworfen. Mit klopfendem Herzen und erhitzten Wangen lauscht Alma nach draußen, auf das Prasseln und Gluckern und Brausen und später auf ein dumpfes Grollen, das sich über die anderen Geräusche legt. Dieses Grollen veranlaßt sie aufzustehen, die Deckenlampe zu löschen und durch eines der türhohen Fenster in den Garten zu blicken, auf das Bienenhaus und auf die Bäume, die mit ihren Kronen schwarz gegen schwarz vor den Hintergrund und gegen den Himmel gestemmt sind. Es ist kein Lichtschimmer dort oben. Alma denkt, hoffentlich gibt es nicht wie beim letzten starken Regen kleine Bäche in der Veranda, das hätte noch gefehlt. Sie hatte drei Sachverständige im Haus, und keiner wußte eine wirkliche Lösung ohne einen Umbau im großen Stil. Aber für wen? Für mich? Für mich lohnt es sich nicht, die paar Jahre, die ich noch lebe, wird es schon halten, dann sollen sich andere drum kümmern. Und der dritte Sachverständige bestärkte Alma in dieser Ansicht. Er riet ihr, am besten nichts anzurühren, solange es nicht wirklich ganz arg werde, gegen Schnee, Eis und Hitze fände sich kaum ein wirklich gutes Material (siehe die Frostaufbrüche der Straßen). Seither befürchtet Alma, daß es eines Tages *wirklich ganz arg* werden wird. Ansonsten, das ist ihre Meinung, soll das Haus ausdienen, mehr wird nicht mehr verlangt.

Das Gewitter ist herangekommen. Es gießt wie aus Schaffeln. In Abständen von drei, vier Sekunden entladen sich zickzackförmige Blitze, von denen die meisten sich gabelförmig spalten. Die Blitze sind weiß und blendend hell, manchmal leicht ins Bläuliche spielend, andere Male orangefarben. Die Mehrzahl der Blitze ist von keinem Geräusch begleitet, nur von Zeit zu Zeit hört Alma in der Ferne ein leichtes an- und abschwellendes Rollen. Alma würde gerne die Sekunden zählen, aber wegen der Häufigkeit der Blitze und der Seltenheit des Donners kann sie nicht unterscheiden, zu welchem Blitz das Grollen gehört. Deshalb zählt sie für sich so dahin, angenehm betäubt vom mechanischen Aneinanderreihen der Zahlen, in Betrachtung der Schattenrisse im Garten, der Regenschraffuren, von denen sie nicht loskommt, einundzwanzig, zweiundzwanzig, dreiundzwanzig, vierundzwanzig, damit sie nicht an all diese Dinge denken muß, die wie gewohnheitsmäßige Altersschmerzen sind, dort, wo es durch allzu ausgiebigen Gebrauch zu Abnützungen gekommen ist, wo durch endlose Wiederholungen zwei Gedanken auf empfindliche Nerven drücken.

Daß sie Otto nicht in ihren Schoß betten konnte. Sie kann denken, soviel sie will, es gibt keinen Ersatz dafür, daß sie ihre Kinder, als sie starben, nicht in den Armen gehalten hat. Manchmal denkt sie mit einem sacht unter der Asche glühenden Groll, die Kinder hätten besser auf sich aufpassen sollen. Aber in Wahrheit ist es ein Vorwurf gegen sich selbst, weil das Aufpassen und Beschützen in den Aufgabenbereich der Mutter fällt. Sie würde es gerne besser machen, sie würde – doch wenigstens – den Kopf des toten Otto in ihren Schoß nehmen dürfen und den Kopf der toten Ingrid. Ob das eine Rettung wäre? Vielleicht. Und ihren Mann, Richard, würde sie in den großen Fauteuil setzen, den er zuletzt bevorzugt hat. Sie würde ihm den grün bezogenen Schemel zum Hochlagern der Füße bringen, dann wären alle versammelt (nochmaliges Zunehmen des Regenprasselns), alles wäre in Ordnung (wieder ein oranger Blitz), vielleicht nicht in Ordnung, nein (was für ein Sauwetter), aber besser.

Einmal ging Alma rüber ins Bad, Ingrid saß völlig verschlafen am Klo, da war Ingrid bereits siebzehn oder achtzehn. Alma streichelte Ingrids Kopf und drückte ihn gegen ihren Bauch, es war wie in alten Zeiten.

Ja, die alten Zeiten. Die glorreichen alten Zeiten, in denen man so leicht versackt.

Und jetzt?

Jetzt stillen die Rosen ein letztes Mal in diesem Jahr ihren Durst.

Jetzt knickt der Wind die Blumen auf den Gräbern, sofern die Blumen nicht aus Plastik sind.

Dann ein Donnerpoltern, ganz nah, als fielen alle Bilder von den Wänden, und die Menschen aus den Bildern und das Geißlein aus der Uhr.

In der Schule hat Alma gelernt, daß sich die Farben eines rasch rotierenden Windrads im menschlichen Auge vermischen, blau und gelb zu grün. Wenn jedoch bei völliger Dunkelheit ein Blitz das rotierende Windrad für eine Hundertstelsekunde erhellt, wird das Windrad in Ruheposition gesehen, die Farben klar voneinander abgegrenzt. Aus demselben Grund scheinen die heimeilenden Vögel in der Luft erstarrt zu sein, wenn der Blitz sie erleuchtet. Ganz ähnlich frieren die Dinge in der Erinnerung ein; als würde die Erinnerung das Farbengemisch der Vergangenheit in seine Bestandteile zerlegen und einzelne Farben herauslösen, als würde die Erinnerung die Vögel (Tauben), die vor Jahren in eilender Bewegung waren, für einen Augenblick ans Gewitter nageln.

Der Wind hat am Fenster gerissen, das Fenster hat am Haken gerissen, der Haken hat an der Ringschraube gerissen, die Ringschraube hat am Holz gerissen, das Holz hat nachgegeben, und die Ringschraube ist aus der Wand gefallen. Eine Weile dreht sich das Fenster lose in den Luftströmungen über dem westlichen Rand der Bundeshauptstadt, Wien, unabsetzbare Königin an der Donau. Die Angel quietscht, das Fenster wendet sich ein Stück zu dem in schwerer Müdigkeit harrenden Kinderspielzeug, zu den Briefen, denen der Adressat abhanden gekommen ist. Das Fenster wendet sich nach vorn, zurück, nach vorn. Dann schlägt es in einer Böe an die Wand, und das Glas springt in Scherben aus dem Rahmen heraus.

Alma stellt sich ein Glas Fernet aufs Nachtkästchen (auf daß wir nicht alleine sterben müssen). Sie zieht ihre Kleider aus, schlüpft in ein frisches Nachthemd, das mit den Marienkäfern. Sie schiebt sich unter die schwere Decke, nimmt den *Grünen Heinrich* vom Nachtkästchen und richtet die Lampe so, daß der Lichtkegel genau auf die aufgeschlagenen Seiten fällt.

Wie sie bloß hierher gekommen ist? Es ist verrückt. Sie kann es nicht fassen. Wie bloß? Es ging alles so schnell, nicht lange gefackelt, einmal umgedreht, einmal hingeschaut, schon vorbei.

[Applaus. Ende.]

In dem Zimmer hängt eine Federzeichnung an der Wand, ein Blatt im DIN-A3-Format, das der Enkel, Philipp, der Großmutter geschickt hat, der Datierung nach, als er zwölf war. Unten rechts, in einer allürenhaften Mischung aus Groß- und Kleinbuchstaben, hat er einen Titel notiert: *DIE Füße MEINER Schwester SISSI*. Tatsächlich bietet das Blatt nur wenig mehr: Senkrecht ins Bild fallende Glockenhosen, der obere Rand knapp über Kniehöhe, das linke Knie von einer Schraffur aus vier Strichen und einem Querstrich markiert. Unterhalb der Hosen gerippte Socken, entlang deren man ein gutes Stück weit in die Hosenröhren hineinsehen kann. Dann stumpfnasige Schuhe, hauptsächlich die Sohlen. Der linke Schuh liegt beinahe waagrecht nach seiner Seite, während der rechte, aufrecht stehend, leicht nach vorn und ein wenig zur anderen Seite kippt, woran, wie auch an der dreispitzförmigen Öffnung der Hosenröhren, zu erkennen ist, daß Sissi während des Zeichnens auf dem Rücken gelegen ist, vielleicht lesend, auf ihrem Bett, vielleicht schlafend, auf Philipps Bett, und deshalb die Schuhe.

[Applaus. Ende.]

Eins noch – was Alma sich?

Sie fragt sich, warum man der abenteuerlichen Idee von Gott und dem ewigen Leben mehr Wahrscheinlichkeit zuspricht als der sehr viel einfacher, wenn auch nicht leichter zu denkenden

Variante, daß es mit dem Tod aus und vorbei ist und daß wir (wir) nicht wieder auf die Füße fallen. Schon im Leben immer der Wunsch, auf die Füße zu fallen, und noch zum Tod hin das sich Klammern an die durch nichts bestärkte Hoffnung, daß es ewig so weitergehen wird.

Daß es in ihrer Kindheit hieß, an ihr sei ein Bub verlorengegangen. Ja?

Wie die Tivoligasse damals ausgesehen hat? Eine breite, graue Straße, grau, grau, holprig und staubig.

Moment –.

Der 21. Februar 1945. Als viele der wertvollen Vögel aus dem schwer getroffenen Tiergarten entkommen und in die fensterlosen Hietzinger Villen flüchten konnten. Die Vögel wurden von den in der Stadt verbliebenen Kindern sichergestellt – was man halt damals *sicherstellen* nannte. Gemeinsam mit einem Sohn von Dr. Jokl hat Otto einen Tukan eingefangen, der soll bei Jokls im Kochtopf gelandet sein als Abwechslung auf dem seit Wochen eintönigen Speiseplan.

Weißt du noch? Im letzten Kriegsjahr hast du gelernt, wie man überprüft, ob Milch gewässert ist. Wenn man eine Stricknadel in die Milch tauchte, und es blieb an der Nadel eine Spur Milch hängen, war die Milch unverdünnt, ansonsten war sie gestreckt.

Sauer? In einem zerbrochenen Glas?

Hatte das Ingrid geschrieben oder Otto?

Eine Postkarte?

Keine Antwort.

Auf alle Lebenden und Toten.

[Applaus. Ende.]

Eins noch – wovon Alma?

Sie träumt von kleinen Schweinen. Ihr Vater und sie laden viele kleine Schweinchen von einem Wagen, tragen jedes einzeln in den Keller und legen sie auf eine Stellage, wo sie brav liegenbleiben, bis auf drei.

Ihr Vater sagt:

– Die drei werden nicht angenommen.

Dabei sind es die schönsten Schweinchen von allen.

Alma legt die lebhaften Schweine nochmals zu den anderen, und da bleiben auch sie brav liegen.

[Bravo. Applaus.]

Der Allsehende droben wird den Traum einer Rose und den Traum einer Lilie kennen und scheiden. Das hat jemand gesagt, als Alma noch klein war, manchmal versucht sie, sich zu erinnern, wer es gewesen ist, aber es fällt ihr nicht ein.

Gesagt wird viel.

Das Vergessen ist der beste Gehilfe des Henkers.

Man lebt nicht einmal einmal.

Das Leben besteht aus vielen Tagen. Dieser wird enden.

Im Konversationslexikon der Madame de Genlis, in einer Ausgabe aus der Mitte des vorigen Jahrhunderts, behandelt das einundfünfzigste und letzte Kapitel Gesprächsschablonen, die der Reisende auf dem Totenbett mit seinem Arzt wechseln soll. In Lautschrift abgefaßte Sätze in einer fremden Sprache.

– Bin ich verloren?

– Werde ich große Schmerzen leiden müssen?

– Ich bin bereit, vor meinen Herrn zu treten.

[Applaus.]

Im bereits ausgekühlten Fernseher, wenn er liefe, wenn das richtige Programm eingestellt wäre (wäre wäre wäre), antwortet ein vor drei Jahren verstorbener russischer Regisseur auf die Frage, was das Leben sei:

– Eine Katastrophe.

Was man ja immer ein wenig geneigt ist zu unterschlagen.

Ja?

: ?

Ja.

[Black-out]

Mittwoch, 20. Juni 2001

Am Vormittag haben Steinwald und Atamanov das Hochzeitsgeschenk von Steinwald, die Eheringe, im Motorraum des Mercedes eingeschweißt, angeblich, weil sie mehrere Grenzen und Steuerbehörden fürchten. Jetzt stehen sie in bequemer Haltung neben Philipp, und alle drei sehen sie den Handwerkern zu, die mit Hilfe eines mobilen Krans größere Stellen des Dachs freilegen und Ziegel auf den Schneehaken stapeln. Als der Kran kurzzeitig nicht benötigt wird, räumt Atamanov die Dachrinne aus. Steinwald holt unterdessen eine Axt aus dem Keller. Er will den sehr nahe am Haus stehenden Marillenbaum fällen, damit der Kran auch hinter das Haus fahren kann. Philipp redet ihm nicht drein, ihm ist klar, der Baum steht im Weg. Doch als er sich Richtung Vortreppe verdrückt, denkt er, wie schade es ist, daß auch die Putzbürste verschwinden wird, die im Marillenbaum hängt. Jemand hat sie mit dem Kopf nach oben an einen Ast gebunden, weil der Ast abgestützt werden mußte. Aber der Baum war jung und ist noch fast einen halben Meter gewachsen.

Die Axt schlägt regelmäßig gegen den Stamm. Den Kopf dem Geräusch zugewandt, hört Philipp auf die Schläge und (und) stellt sich dabei vor, wie von den Erschütterungen ein Erdbeben unter dem Haus durchläuft, wie in Atamanovs Zimmer das Bild seiner Braut aufs Gesicht fällt, wie die Schneehaken die Ziegelstapel nicht mehr halten können. Die Ziegel kommen ins Rutschen, schlittern über die Dachkante und regnen entsetzlich auf Philipp herab.

Sein Vater hat wiederholt erzählt, daß er in den fünfziger Jahren bei einem Besuch im Naturhistorischen Museum das stärkste je in Österreich registrierte Erdbeben erlebt habe, ausgerechnet bei den ausgestopften Tieren. Plötzlich hätten sich die Tiere zu bewegen begonnen und seien reihenweise von ihren Stangen, Steinen und Podesten gefallen. Die Scheiben der Vitrinen seien gesprungen, er, Philipps Vater, habe sich nur mühsam auf den Beinen gehalten und Maul und Augen aufgesperrt, weil er gar nicht begriffen habe, was da vorging. Dieser Bericht hat Philipp als Kind tief beeindruckt, der Gedanke an die stürzenden Tiere, die Schneeziege, das javanische Nashorn, der sizilianische Zwergelefant, hat nie aufgehört, ihn zu beeindrucken. Doch mittlerweile ist Philipp überzeugt, daß ihn sein Vater belogen hat. Vermutlich hatte jemand von dem Erdbeben und den Auswirkungen des Erdbebens auf das Naturhistorische Museum erzählt, oder sein Vater hatte davon in der Zeitung gelesen und sich ein paar Details hinzuerfunden. Jedenfalls kann Philipp die Geschichte genausogut als von sich erlebt ausgeben.

Er hört den Marillenbaum fallen. Kurz darauf geht er hinters Haus, um sich ein Bild zu machen, wie die Arbeiten vorankommen. Atamanov steht neben dem Kran und schaut mit den Händen auf dem Rücken zum Dach hinauf, wo die Dachdecker angefaulte Latten ersetzen. Steinwald, den Oberkörper mittlerweile nackt, den Hut im Nacken, holzt zwischen den stehengebliebenen Bäumen Gestrüpp aus. Eigentlich wollte Philipp Steinwald die Geschichte von den ausgestopften Tieren und dem Erdbeben im Naturhistorischen Museum erzählen, statt dessen schnauzt er ihn an, er solle endlich den Garten in Ruhe lassen. Steinwald hält inne, rührt sich nicht, läuft nur ein wenig rot an. Philipp hat weiterhin Mühe sich zu beherrschen. Mit denen bin ich fertig, denkt er, die legen mich ja doch nur rein (die legen mich ja doch nur rein).

– Ich lasse mir diese Demütigungen nicht länger gefallen. Ihr haut mich in einer Tour übers Ohr.

Steinwald runzelt die Stirn, verblüfft, daß Philipp ihm in einem solchen Tonfall kommt. Er setzt an, etwas zu erwidern.

Doch bevor er noch Zeit hat, ein Wort herauszubringen, dreht Philipp ihm den Rücken zu und geht gemessenen Schritts und erhobenen Haupts zur Vortreppe zurück.

Dort ärgert er sich maßlos über sein Verhalten. Noch während er Steinwald angeschnauzt hat, war ihm bewußt, daß der Garten lediglich den nötigen Vorwand liefert, um eine Szene zu machen. In Wahrheit ist er (Philipp) zornig, daß Steinwald und Atamanov ihn bei der Hochzeit in der Ukraine nicht dabeihaben oder ihn nicht mitnehmen wollen; was auch immer. Eine Weile überlegt Philipp, wie er das Vorgefallene wiedergutmachen könnte. Aber es fällt ihm nichts ein, nichts jedenfalls, was er übers Herz bringen würde, ohne nochmals in Zorn zu geraten. Mehrmals steht er von der Treppe auf, lugt um die Hausecke, kann sich aber nicht dazu durchringen, zu Steinwald zu gehen und sich zu entschuldigen. Mürrisch verzieht er sich in den Garten. Neben einem der Stühle lehnt er sich rücklings an die Mauer und beobachtet von dort die Dachdecker, die sich mit schweren Schuhen und kiloweise Werkzeug am Gürtel über die Dachschräge bewegen. Zwei Arbeiter pinkeln auf die neu verlegten Ziegel. Ist wohl ein Ritus, überdies zeitsparend. Man kann den Männern keinen Vorwurf machen. Die Arbeit geht flott voran. Während die Dachdecker ihre Blasen leeren, wird Philipp bewußt, daß er bald allein sein wird: Die Dachdecker weggefahren, Steinwald und Atamanov in der Ukraine. In zwei Tagen reisen sie los. Johanna hat sich in einem Anfall von er weiß nicht was ein neues Fahrrad gekauft, während ihr altes, von ihm repariert, in seiner Garage steht. Johanna läßt sich seit Tagen nicht blicken. Auch die Stimmen der Kinder, die Philipp vor einer Stunde noch gehört hat, sind aus dem Nachbarsgarten verschwunden.

Beim Hören der Kinderstimmen kam es ihm vor, als hätte auch er gestern noch gespielt. Aber jetzt, ohne die Stimmen im Rücken, ist es ihm unerklärlich, wie dieser Eindruck hat entstehen können. Jetzt kommt es ihm vor, als sei er nur ein großer Angeber, der alles erfindet: das Wetter, die Liebe, die Tauben auf dem Dach, seine Großeltern, Eltern und seine Kindheit – die hat er auch (nur) erfunden.

Er kämpft sich zur westlichen Mauer durch, dort versucht er, eine hüfthohe Fichte auszureißen, was ihm aber nicht gelingt, er schürft sich nur die Hände auf. Weil er Steinwald nicht um die Axt bitten will, holt er aus dem Keller einen stumpfen Fuchsschwanz, der beim Sägen ständig steckenbleibt, so daß Philipp sich mehrmals fast das Handgelenk bricht. Er sägt wie ein Verrückter und ist nahe an einem Muskelkrampf, da läßt sich der Stamm endlich brechen. Einige Fasern sind noch zu kappen. Dann geht Philipp mit der Fichte unterm Arm zu Steinwald, hält ihm den Baum entgegen und bittet ihn, dafür zu sorgen, daß die Dachdecker den Baum auf dem First plazieren.

– Ich will am Abend eine kleine Feier veranstalten, der Tag ist es wert, gefeiert zu werden. Das Haus ist ja fast wie neu.

Prepared for the future.

Steinwald schaut Philipp einen Moment lang an, als ob dieser im Fieber rede, dann verlangt er:

– Erst nehmen Sie zurück, was Sie vorhin gesagt haben.

Der Sauhund, fährt es Philipp durch den Kopf, das ist Erpressung. Er atmet tief durch. Der Lumpenhund.

– Ich nehme es zurück.

Steinwald nickt. Er nimmt den Baum, lehnt ihn gegen die Hauswand, tastet sein Hemd ab, das in den Zweigen eines Fliederbusches hängt, und bietet Philipp eine Zigarette an. Sie rauchen wortlos eine Länge. Hinterher geht Philipp ins Haus, bestellt per Telefon Essen und Trinken für fünfzehn Personen, ein paar Raketen, ein paar Fackeln. Anschließend widmet er sich ganz der Aufgabe, möglichst viele Gäste einzuladen.

Johanna sagt, sie habe schon eine Verabredung, überdies seien für die Nacht Regenfälle vorhergesagt.

Philipp fragt, ob das metaphorisch gesprochen sei oder ob sie neuerdings ebenfalls lieber über das Wetter reden wolle.

– Ein Tief herrscht an allen Fronten.

Sie tut den Einwurf mit einem Murren ab und verkündet, daß mit ihr nicht zu rechnen sei, definitiv, unabhängig von der Verabredung möge sie kein Gegrilltes, das erinnere sie zu sehr an ihre erste Ferialarbeit bei der Wiener Messe. Außerdem sei da noch das Kind und der Franzl (und dessen Hosen, Hoden, Finger, Füße, der Schlüssel für das Atelier, das Haus, die Bilder, der Schreibtisch, das Schwarze Kamel und die Stadt).

Und weiter:

– Ich muß morgen früh raus.

Ach so:

– Ich habe schon verstanden.

Gar nichts hat er verstanden. Vor allem mag er es nicht, wenn er sich im Stich gelassen fühlt (hat er noch nie gemocht) und wenn ihm Johanna gleichzeitig das Gefühl vermittelt, er rücke ihr auf den Pelz, er falle ihr auf die Nerven. Falle. Falle. Wie die Fliege ins Mus, wie der betrunkene Bauer ins Wirtshaus.

Vor Weihnachten stellte er Johanna zur Rede. Da konterte sie:

– Ich glaube, du verwechselst öfters mal deine eigene Ablehnung mit Abgelehntsein.

– Aha?

– Scharf beobachtet, was? Bestimmt hast du in dieser Form noch gar nicht darüber nachgedacht.

Ehe er sich auch diesmal eine solch deprimierende Replik einhandelt, sagt er lieber nichts. Lieber. Lieber behauptet er, *Johanna, bevor ich's vergesse, das anzukündigen*: Daß er beschlossen habe, mit Steinwald und Atamanov in die Ukraine zu fahren.

– In zwei Tagen geht es los.

Johanna tut verblüfft:

– Aha, sagt sie. Und: Was in aller Welt, so kenne ich dich gar nicht, so kurzentschlossen.

Pause. Sehr aufgeladen. Philipp sagt:

– Wer keine Freunde hat, ist sich selbst ein Feind.

Pause, neuerlich aufgeladen (distanziert, erstaunt, verzweifelt, überlegen).

– Hast du schon ein Hochzeitsgeschenk gekauft, und wenn, was für eines?

Schweigen. Kann mitzählen. Philipp fällt auf, daß bei den neuen Telefonen kein Rauschen mehr in der Leitung ist.

Johanna lacht (amüsiert?):

– Das hätte ich mir denken können, daß ich dir zwei Arbeiter schicke, die dir den Rücken freihalten sollen für die Familienfront, und du verwendest die freigewordene Energie dafür, diesen trostlosen Figuren hinterherzulaufen. Da kann ich nur sagen, viel Glück. Hoffentlich holst du dir bei den beiden eine Injektion Tatendrang in Sachen Scheiße beiseite räumen.

Nachdem Philipp auch auf diese grimmige Analyse (seiner Torheit seiner Tragik seiner sozialen Krankheit?) nicht reagiert hat, weil ihn der Abschied, der gleich zu leisten sein wird, schon im voraus anstrengt, beendet Johanna das Gespräch mit der Aufforderung, er solle bei der Gelegenheit erwachsen werden oder schauen, wo er bleibe.

So, das war wieder nötig.

– Ciao.

– Baba.

Vielleicht, denkt Philipp, ist das hervorragendste Merkmal des Erwachsenwerdens, daß man systematisch die Zuversicht verliert, das Blatt könne sich jeden Moment zum Guten wenden. Er ist auf dem besten Weg. Auch die Hoffnung, daß zu der Firstfeier Gäste kommen, ist mit einmal sehr gedämpft. Er sagt sich, Johanna müßte laut Beifall klatschen, wenn sie die Lustlosigkeit sehen könnte, mit der er zur Gartenmauer trabt.

Bei Johannas letztem Besuch vor über einer Woche haben sie in der Früh, nachdem der rote Mercedes aus der Einfahrt gebogen war, ein Bad genommen. Johanna auf der Frauenseite, so nennt sie den bequemeren Teil der Wanne, dessen Ende abgeflacht ausläuft, Philipp mit dem fingerdick gerippten Drehgriff zum Regulieren des Abflusses im Kreuz. Sie redeten über Johannas Arbeit beim Fernsehen und über Philipps Großmutter, die im hohen Alter ihr Englisch noch mal aufgefrischt hatte. Unterdessen wusch Philipp Johanna zweimal die Haare mit einem Lindenblütenshampoo, dem sie bescheinigte, daß es gut rieche. Sie wollte, daß Philipp ebenfalls sage, daß es gut rieche. Sie saß vor ihm, zwischen seinen Beinen. Er spülte ihr den Schaum aus den Haaren und hob die Haare an, damit er mit dem Strahl, der aus dem Duschkopf kam, auch ihren Nakken erreichte. Wasser floß gurgelnd in den Überlauf, weil Johanna Wellen erzeugte, indem sie rasch die Beine immer wieder öffnete und schloß. Philipp sagte, das Gurgeln höre sich an, als seien Gespenster unter der Wanne. Johanna lachte. Auch Philipp lachte. Gleich darauf stieg er aus der Wanne, um Platz zu machen, was das Gurgeln verstummen ließ, obwohl Johanna mit dem Öffnen und Schließen der Beine fortfuhr. Philipp war ganz schmierig von dem Zeug, das sich während der letzten halben Stunde im Wasser aufgelöst hatte, und da die Handtücher am Vortag in der Schmutzwäsche gelandet waren, rutschte er auf dem Badvorleger ins Schlafzimmer der Großmutter, wo frische Handtücher lagerten. Als er von dort zurückkam, stand Johanna aufrecht in der Wanne, unglaublich groß und breit und weit weg, strahlend von einem Glück, das ihm nicht in den Schädel wollte. Sie wrang mit beiden Händen ihr Haar aus.

Philipp steht auf dem letzten der Stühle an der Gartenmauer und horcht mit angehaltenem Atem.

Aber die Abwesenheit der Nachbarn ist weiterhin skandalös.

Er geht zu Frau Puwein und bringt ihr Kirschen. Auch Herr Prikopa sei herzlich eingeladen. Er führt drei Telefonate mit der Post in der Absicht, die Postbotin ausfindig zu machen. Doch man weigert sich wiederholt, ihm über den Nachnamen der Frau Auskunft zu geben.

Er ruft einen Kollegen an. Dort nimmt niemand ab.

Er ruft seinen Vater an. Der ist zu Hause.

– Erlach.

– Hallo Papa, ich bin's, Philipp.

– Was für eine Überraschung. Ich staune. Ich staune.

– Wie geht es dir?

– Ich kann nicht klagen. Und dir?

– Die Dachdecker sind gerade da. Sie bessern das Dach aus.

– Dann bist du fleißig?

– Wenn man es so nennen will. Und du?

– Ich habe die Lizenzen, die ich heute mit der Post zurückerhalten habe, in einen Ordner abgelegt. Sie stellen das Spiel mit Ende des Jahres ein.

– *Wer kennt Österreich?*

– Nach einundvierzig Jahren. Plus der Jahre, die ich das Spiel in Eigenregie vertrieben habe.

– Wenn ich an Österreich denke in der Nacht.

– Schade, ja.

– Papa, ich mache heute abend eine kleine Grillfeier. Willst du kommen? Dann unterhalten wir uns darüber.

– Kenne ich jemanden? Außer dir?

– Frau Puwein?

– Sagt mir nichts.

– Herrn Prikopa?

– Der vom Fernsehen? *Sachen zum Lachen*?

– Ist der nicht schon tot?

– Einen anderen Prikopa kenne ich nicht.

Funkstille.

– Ich glaube, ich würde es vorziehen, daheim zu bleiben. Trotzdem danke, daß du an mich gedacht hast. Du nimmst es doch nicht persönlich?

– Warum sollte ich es persönlich nehmen?

– Dann ist ja gut.

– Ist es traurig für dich, daß sie das Spiel einstellen?

– Ein wenig. Nicht sehr.

Funkstille.

– Weißt du, in der allerersten Ausgabe von dem Spiel lautete die letzte Spielregel: Der Verlierer darf nicht lachen. Das fand ich mit Anfang zwanzig originell. Als ob in Österreich je jemand gelacht hat, wenn er unter den Verlierern war. Man war ja nahezu immer unter den Verlierern. Heute, wenn ich das Fernsehen andrehe, und ich sehe diese Shows mit jungen Leuten, die sich einsperren lassen, ist es genau das Gegenteil. Wer verliert, tritt vor die Kamera und sagt, danke sehr herzlich, es war toll, ich bin stolz, derselbe geblieben zu sein. Das leuchtet mir nicht ein. Wenn ich verloren habe, war ich hinterher immer ein anderer. Ich habe nie gern verloren. Das Verlieren hat mir nie sonderlich gutgetan.

Funkstille.

– Nur Idioten verlieren nie, sagt Philipp.

– Das Spiel hätte man nochmals modernisieren können. Andererseits, was soll's, es ist vorbei. Habe ich dir je erzählt, daß *DKT* vor dem Krieg *Spekulation* geheißen hat und daß die Nazis es verbieten wollten, weil sie gegen das Geld eingestellt waren? Da hat man das Spiel kurzerhand in *Das kaufmännische Talent* umgetauft, das klang nach Fortbildung und ist noch heute erfolgreich. Die Deutschen nennen es ohne Genierer *Monopoly*.

– *Wer kennt Österreich?* klingt ebenfalls nach Fortbildung.

– Ist auch Fortbildung. Na, wie schon gesagt: Vorbei. Mach dir keine Gedanken um mich. Vielleicht ist es tatsächlich nicht sonderlich wichtig, daß die Leute wissen, wie man am schnellsten von Kufstein nach Bruck an der Leitha gelangt. Es ist ja auch mit mir so, um ehrlich zu sein: Ich will lieber zu Hause bleiben. Okay? Ich leg mich wieder nieder. Nett, daß du angerufen hast, Philipp.

– Ja, du, in dem Fall.

– Und sei mir nicht böse, daß ich nicht komme. Es riecht irgendwie nach Regen.

– Das sagt auch Johanna.
– Die Johanna von vor –?
– Ja, die.
– Siehst du sie hin und wieder?
– *Hin und wider* trifft es ziemlich genau.
– Ich wollte nicht neugierig sein.
– Ist schon okay.
– Also, bleib gesund.
– Du auch.

Philipp legt den Hörer auf. Er geht raus vor die Tür, wo gerade das Essen zugestellt wird, und wirft ein Fischfilet neben die Vortreppe. Das Filet ist für die Katze bestimmt, die sich seit zwei Tagen ebenfalls rar macht (weil sie im Dachboden vom Rattentod gefressen und ihr Lebensgeschäft in einem Schrank der oberen Diele zum Abschluß gebracht hat – aber das weiß Philipp noch nicht). Er rammt die Fackeln in den Boden, legt ein Stromkabel in den Garten und setzt die Hochzeitsmusik in Gang. Sogar den Küchentisch schleppt er ins Freie und bedeckt ihn mit einem weißen Tischtuch, damit das Ganze nach etwas aussieht. Dann besteigt er neuerlich die Stühle bei der Mauer in der Hoffnung, den wenigen Gästen, die ihr Kommen zugesagt haben, noch welche hinzuzufügen.

Der ältere Herr, der ihn vor einigen Wochen mit der Drahtbürste bedroht hat, pflückt Himbeeren. Philipp macht auf sich aufmerksam, indem er einen guten Abend wünscht. Der Mann dreht sich Philipp zu, mißt ihn mit einem gründlichen Blick. Philipp zweifelt im ersten Moment, ob der Mann ihn erkennt. Immerhin trug Philipp bei der bisher einzigen Begegnung eine Gasmaske und eine Schutzbrille. Nach einer langen Sekunde, während der Philipp Rauchgeruch von seinem Grill wahrzunehmen glaubt und eine kurze Hoffnung spürt, die ihn irritiert, weil nicht der leiseste Anlaß besteht, sich Hoffnungen zu machen, grüßt der Nachbar retour, nicht sonderlich freundlich, auch nicht sonderlich unfreundlich, aber in einer Art demonstrativer Geduldsausübung, die Philipp begreifen läßt, daß alle über ihn Bescheid wissen. Er würde am liebsten auch diesmal die Gasmaske und die Schutzbrille vor dem Gesicht tragen oder gleich ein vor Mund und Nase gebundenes Taschentuch. Er schaut den Nachbarn an, gekränkt, beleidigt, voller Unbehagen und doch auch, obwohl er nach außen hin ruhig bleibt, um Mitleid heischend, innerlich auf Knien vor dem nachbarlichen Gegenüber, dessen Gedanken klar vor Philipps Augen stehen: Das also ist die nächste Generation, dieser kleine Spion und Abweichler, er hat das Klettern am Stammbaum einer windschiefen Familie erlernt, und jetzt nutzt er die so erworbenen Fähigkeiten, um auf Stühle zu steigen, die entlang seiner Gartenmauer stehen. Philipp beginnt zu reden. Der Mann nimmt seine Beschäftigung wieder auf, hört aber, was durch gelegentliches Aufblicken signalisiert wird, in aller Ruhe zu, was Philipp vorzubringen hat: Daß er den Mann zu einer Grillparty einlade, ihn und die Familie, die Tochter.

– Sie ist doch Ihre Tochter? fragt Philipp und spürt, daß seine Ohren glühen.

– Ja, antwortet der Nachbar in hölzernem Ton und schaut Philipp ohne große Neugier an, ob dieser noch etwas mitzuteilen hat.

Da Philipp nichts Besseres einfällt, fügt er hinzu:

– Ich habe sie kennengelernt. Sie erwartet Zwillinge.

Der Mann nickt, aber so, als würde er eigentlich lieber den Kopf schütteln, was er nur aus Höflichkeit unterläßt. Spätestens jetzt ist auch für Philipp nicht mehr zu leugnen, daß das Gespräch die Grenze zur Peinlichkeit überschritten hat.

– Würde mich sehr freuen, wenn Sie kämen, sagt er rasch und meint es in dem Moment auch so. Und ob er Kirschen wolle, er habe jede Menge Kirschen. Nein, er habe eigene, sagt der Mann und deutet auf einen Baum hinter ihm, der voller Früchte hängt.

Der Mann entfernt sich Richtung Haus. Präziser: Er läßt Philipp stehen.

Der seinerseits geht zum Vorplatz zurück, wo Atamanov in der Glut des Grills stochert und Steinwald bei den lachenden Dachdeckern steht und zuschaut, wie die von Philipp gefällte Fichte am Dachfirst befestigt wird. Philipp freut sich, daß die Dachdecker so guter Laune sind.

Einer ruft:

– Der Hut steht dem Baum ohnehin besser als dir, für deinen Schädel ist er zu klein.

Erst in dem Moment begreift Philipp, daß Steinwalds Hut über den Terminaltrieb des Baumes gestülpt ist und auf diese Weise das Hausdach krönt. Steinwald protestiert nicht, lacht auch zaghaft. Aber die Ringe um seine Augen sind plötzlich sichtbarer als sonst, seine Mundwinkel sind etwas herabgezogen und die Schultern zurückgeschmissen. Er weiß offensichtlich nicht, wie er sich verhalten soll. Ein wenig ist es, als schäme er sich des Abdrucks in seinem fettigen Haar, der zeigt, wo der Hut gesessen ist. Er reibt sich wiederholt den Kopf. Einer der Dachdecker beobachtet ihn dabei und sagt zur prompten Bestätigung des Sprichworts vom Schaden und dem Spott:

– Paß bloß auf, daß du keine Phantomschmerzen bekommst.

Steinwald schmäht den Dachdecker und einen dicht neben dem Mann stehenden Lehrling mit einigen hinter den Zähnen gemurmelten Schimpfwörtern. Er spuckt aus. Gleichzeitig wird der Arm des Krans eingefahren. Weiterhin lachend kommen die Dachdecker zum Grill, um zu sehen, was es zu essen gibt.

Sie nehmen sich die ersten Würstchen, öffnen sich schnell mit Hilfe ihrer Feuerzeuge Bier, lecken die Tropfen vom Flaschenhals, springen in den Kranlastwagen und fahren davon, noch ehe die nächsten Gäste eingetroffen sind. Philipp wartet gemeinsam mit Steinwald und Atamanov, ohne viel zu reden (wie meistens) oder besser, Steinwald und Atamanov reden anfallsweise. Philipp hingegen ist nicht nach Reden, weil er Angst hat, daß mit dem Reden etwas kommt, das ihm sagt, wie schlimm es wirklich steht. Es wird allmählich diesig. Ein paar Dämmerungsstrahlen über dem Wienerwald, wo einige Wolken das Licht über dem Horizont auffächern. Dann treten Frau Puwein und Herr Prikopa durch das Tor der Einfahrt und überreichen Philipp eine Flasche Wein, die in Geschenkpapier eingepackt ist, Strohblumenköpfe auf blauem Grund. Philipp könnte sich nichts annähernd so Trostloses ausdenken wie eine Flasche Wein in Geschenkpapier mit einer goldenen Schleife um den Hals. Jetzt, jetzt so richtig, spürt er, wie erbärmlich alles ist, und wenn nicht alles, dann doch so viel, daß der Rest nicht weniger erbärmlich dasteht als das übrige. Er ist nahe daran, die Flasche gegen das Podest zu schmettern und sich mit Flüchen von seiner eigenen Feier zu verabschieden: Nur weg, unter die Bettdecke, ins Kopfkissen beißen. Manchmal tut es einfach gut, ins Kopfkissen zu beißen. Doch da er nicht einmal dazu den Mut aufbringt, wartet er noch eine Stunde, bis ein paar Sterne zu sehen sind. Dann zieht er seine Zigarette ordentlich in Brand und zündet in der Hoffnung, dem Abend auf diese Weise eine andere Richtung geben zu können, sämtliche Raketen, die er geliefert bekommen hat. Sie steigen pfeifend hoch, explodieren mit lautem Knall und werfen farbiges Licht über den Garten, über das Haus, über die Fichte mit Steinwalds Hut, über seine Nachbarn.

Die Stimmung bleibt dieselbe.

Steinwald ist unverändert schlechter Laune, die er in seiner eckigen Art mit entsprechend großem Talent demonstriert. Trübselig, kopfschüttelnd, mit sauertöpfischer Miene wirft er Fleisch und Paprikahälften auf den Grill und sieht sich ständig nach Stellen um, wo er noch nicht hingespuckt hat. Wenn Philipp Steinwalds Blick sucht, mustert ihn der verdrossen, ohne zu verhehlen, daß Philipp eine aufs Maul riskiert, sollte es ihm einfallen, etwas Falsches zu sagen. Als Philipp von Steinwald wissen will, woher der seinen Anzug habe – einen allzu weiten und beigen Anzug mit großen Brusttaschen, der Philipp an asiatische Diktatoren erinnert –, murmelt Steinwald unverständliche Worte, die er auf Nachfrage nicht zu wiederholen bereit ist, weshalb Philipp sich den Sinn zusammenreimen muß (Philipps Mutter soll oft gesagt haben: Man kann nur die Faust machen und still sein). Selbst Frau Puwein gegenüber, mit der sich Steinwald beim letzten Mal so gut unterhalten hat, neigt Steinwald zur Kürze, und zwar mit solchem Nachdruck, daß Frau Puwein den Versuch, Steinwald aus seiner Verschanzung zu locken, bald aufgibt. Sie wendet sich Philipp zu und erzählt (ob er es wissen will oder nicht – er will es nicht, weil ihm diese Kleinigkeiten vor Augen halten, wie wenig er weiß, wie wenig er bekommen hat, wie viel er bräuchte, nach wie vor braucht und weiterhin nicht bekommt): Von Alma Sterk, seiner Großmutter, die ihren Enkeln nie einen Vorwurf gemacht habe, daß sie sich nicht blicken ließen, und von Ingrid Sterk, seiner Mutter, als diese noch ein Kind war, bildhübsch, und wie schade, daß Ingrid so jung gestorben sei, und daß die Frage, weshalb Ingrid nicht einfach aus dem Armreif geschlüpft ist, sich nie geklärt habe (no na).

Philipp tut sein möglichstes, Frau Puweins Mitteilungsbedürfnis zu zügeln. Sie ist grausam ausführlich in ihren Erinnerungen. Während sich in ihrem Gehirn die verschiedensten Zusammenhänge und nur selten Spuren der Verflüchtigung finden, überlegt Philipp, warum er diese gattungsmäßig typischen, eher durchschnittlich anmutenden Kindheitsepisoden nicht hören will und warum sie ihm beliebig vorkommen, zufällig, irgendwie beschämend. Frau Puwein berichtet weitschweifig, wie Ingrid sich als Elfjährige zum Ziel gesetzt habe, die komplette Besetzung des Schönbrunner Tiergartens aus Kastanien und Zahnstochern nachzubilden, und weiter, daß sie, Ingrid, zu dieser Zeit bis über beide Ohren in ihren, Frau Puweins, Sohn Manfred verliebt gewesen sei, den Fredl.

– Sie hat ihm Liebesbriefe geschrieben. Der Fredl sagt, einen der Briefe besitze er noch.

Das geht Philipp endgültig zu weit. Ehe Frau Puwein sich in weiteren Details ergehen kann, nutzt er die von einem sentimentalen Erinnerungslachen Frau Puweins markierte Unterbrechung, um das Gespräch auf einen anderen Gegenstand zu lenken. Konkret: Er erkundigt sich nach der Ganggenauigkeit der Pendeluhr, die er Frau Puwein überlassen hat.

Frau Puwein, so kommt es ihm vor, glaubt, er wolle die Uhr zurückfordern. Sie gibt ausweichende Antworten, das spiele keine Rolle, ein paar Minuten vor oder zurück, mehr oder weniger, früher oder später, was mache das schon. Gleich darauf verabschiedet sie sich höflich unter dringendem Hinweis auf das Wetter, das schlecht zu werden drohe. Tatsächlich fahren einige schwere Wolken heran.

– Machen Sie sich keine Sorgen, das zieht trocken vorüber, sagt Philipp.

Frau Puwein und Herr Prikopa argumentieren mit Gründen, die bis zum Ende der Woche ausreichen würden, um sich als entschuldigt zu betrachten. Sie haken sich einer beim andern ein, streben schlurfend, ohne sich ein einziges Mal umzusehen, dem Ende der Auffahrt zu und verschwinden durch das Tor und hinter der Mauer.

Philipp bleibt mit Steinwald und Atamanov allein. Da stehen sie: eins, zwo, drei. Und Philipp denkt, so sehen keine intakten Persönlichkeiten aus. Man muß nur genau hinsehen, dann sieht man, das ist keine Unabhängigkeitserklärung, das ist nicht die Rettung von drei Leben, das ist ein Fiasko, das sind drei traurige Gestalten mit der grundlosen Hoffnung, daß es Hoffnung gibt, in der schmerzhaften Erkenntnis, daß nichts geblieben ist, wie es war, und auch nichts bleiben soll, wie es ist.

– Nehmt ihr mich mit? Wenn ihr übermorgen fahrt? fragt Philipp im vagen Gefühl, daß die Gelegenheit jetzt, bei allem Stolz und bei aller Scham, die er empfindet, halbwegs erträglich ist. Gleich wird es anfangen zu regnen, ganz so, wie Johanna es vorhergesagt hat. Die Sterne, nach denen sich die Schiffe richten, sind vom Himmel entfernt. Wind kommt auf, die Brise, die alles verändern kann. Es blitzt schon. Glutfäden stürzen, sich verästelnd, aus den Wolken, deren Bäuche gelbe Falten zeigen. Sekunden später fällt das Donnergrollen wie ein Haufen Steine in den Nachbarsgarten, und in Philipps Garten vibriert das Grollen im Boden nach.

Steinwald schaut Atamanov an, sie wechseln ein paar Worte, die Philipp nicht versteht. Philipp stürzt ohne jeden Halt in eine Leere, die nichts Erleichterndes hat. Er fühlt sich einsam, und sowenig er es zugeben kann: er ist es auch. Ein Autoscheinwerfer kriecht in der Einfahrt vorbei. Philipp schaut in diese Richtung. Schon ist auch vom Geräusch des Wagens nichts mehr zu hören. Die Dunkelheit zieht sich wieder zusammen, ist jetzt dichter als zuvor. Steinwald und Atamanov beratschlagen sich noch immer. Philipp steckt die Hände in die Hosentaschen, um gewappnet zu sein. Die beiden nicken einander zu. Für eine Sekunde glaubt Philipp, den Anlaß, weshalb Steinwald und Atamanov nicken könnten, bereits wieder vergessen zu haben. Sie nicken und drucksen heraus:

– Oh, wir wußten nicht, ja, ja, natürlich, wir hätten nicht gedacht.

– Heißt das ja?

– Ja.

Er würde mitfahren können, wahrhaftig. Und obwohl er sich aufdrängen mußte, um diese Gunst zu erringen, freut er sich oder ist zumindest froh, sei's, weil er statt Gehilfen Gefährten haben, sei's, weil er für einige Tage dazugehören wird, was er schon seit einiger Zeit nicht mehr empfunden hat. Zwar spürt er auch die Unsicherheit, in die er sich begibt und von der da draußen, in anderen Wetterlagen, wahrscheinlich mehr auf ihn wartet, als er sich vorstellen kann (und seine Vorstellung reicht weit, schon von Berufs wegen). Trotzdem würde er am liebsten unverzüglich ins Haus laufen und mit dem Packen beginnen:

Reisepaß, ein Zwischenstecker, Augentropfen, gute Medikamente gegen Durchfall, gegen Alkoholintoxikation – er muß Johanna anrufen, ob sie Empfehlungen hat.

Ja, sicher, mein Lieber: Einen Reisenden soll man nicht aufhalten.

Danke.

Steinwald schlägt die rechte Faust in die offene Linke und verkündet, daß er seinen Hut vom Dach holen müsse, trotz des heraufziehenden Wetters, trotz der Finsternis dieser gärenden Sommernacht. Trotz des staubigen Blaus, das der Vorplatz den Blitzen zurückwirft. Wind kommt auf. In wenigen Stunden, noch vor Morgengrauen, so Steinwald, werde sich der Hut in Böhmen befinden (und wenn nicht in Böhmen, dann bei den Nachbarn, die zu der Feier nicht erschienen sind). Steinwald schleppt mit Atamanovs Hilfe die längste Leiter herbei, die hinter der Garage zu finden ist. Aber die Leiter reicht nur bis knapp unter die Dachrinne. Steinwald knirscht mit den Zähnen. Philipp merkt, daß Steinwald sich nicht so leicht geschlagen geben will. Also regt er an, die Leiter in den Kofferraum des Mercedes zu stellen, in den Kofferraum des Mercedes, in dem er bald mitfahren wird, übermorgen schon.

– So kann die Leiter um den fehlenden halben Meter verlängert werden, außerdem hat die Leiter im Kofferraum mehr Halt.

Steinwald schaut Philipp erstaunt von der Seite an, aha, soll das heißen, so dumm, wie ich gedacht habe, ist der Mensch ja gar nicht. Er lobt Philipps Sinn für das Praktische. Philipp freut sich mit großen, glänzenden Augen. Steinwald parkiert den Wagen um, steckt sich die Hosen in die Socken, hängt die Jacke über die offene Wagentür. Dann steigt er mit großer Behendigkeit die Leiter hoch. Und Philipp hinterher. Einfach drauflos. Aus so vielen Gründen, von denen einer den andern so unklar macht, daß Philipp am Ende nicht weiß weshalb. Er arbeitet sich von Schneehaken zu Schneehaken, er will bis ganz hinauf, soviel steht fest, er will bis hinauf zum Giebel und und – – die unter ihm wankende Stadt gründlich auspfeifen!

Aber dann sitzt er rittlings über dem frisch reparierten First und freut sich nur, verblüfft über den Wirrwarr, in dem er sich befindet, höchst erstaunt über eine ängstliche, ihn gleichzeitig beschämende Glücksempfindung, die ihn nach links und rechts blicken läßt, verwirrt von den dunklen, übereinander- und hintereinandergeschichteten Dächern der Nachbarhäuser, angezogen von den Lichtern der Stadt und von Steinwalds Gesicht.

Steinwald sitzt ihm gegenüber, den Hut hat er kurz inspiziert und ausgeklopft. Jetzt trägt er ihn wieder am Kopf, eine Hand an der Krempe, vornübergebeugt, so daß ihm der Wind den Hut auf die Ohren drückt, statt ihn von dort wegzublasen. Steinwalds Traurigkeit ist verflogen. Er mustert Philipp, wie dieser ihn. Philipp scheint es, Steinwald ist zufrieden. Die Hochzeitsmusik spielt, sie flattert vom Wind zerfetzt durch den Garten und über dem Garten, den Philipp jetzt gut überschauen kann. Beim Podest des Schutzengels, wo das Feuer zweier Fackeln zuckt, übt Atamanov mit sauberen Bewegungen einige Tanzschritte, er singt dazu. Seine Stimme ist am Dach nur selten und in Bruchstücken zu hören, weil die Töne in alle Richtungen zerstieben. Die ersten Tropfen fallen und verdichten sich rasch. Der Wind läßt kurzfristig nach, frischt gleich wieder auf, wird kräftiger als zuvor. Philipps T-Shirt flattert an der Brust. Aber er sitzt fest im Sattel. Er drückt die Beine an das Hausdach, reckt seine Zwei-Hüftumschwung-Arme in die Höhe und schaut in die Wolken, die vorüberziehen.

Gleich wird Philipp auf dem Giebel seines Großelternhauses in die Welt hinausreiten, in diesen überraschend weitläufigen Parcours. Alle Vorbereitungen sind getroffen, die Karten studiert, alles abgebrochen, aufgeräumt, auseinandergezerrt, geschoben, gerückt, gerüstet. Er wird reisen mit seinen Gefährten, für die er ein Fremder ist und bleibt, gleich geht es dahin auf den wenig stabilen Straßen der ukrainischen Südsee, gleich geht es dahin durch Moraste und über Abgründe. Er wird von den Dieben verfolgt sein, die ihn schon sein Leben lang verfolgen. Aber diesmal wird er schneller sein. Er wird den Löwen und Drachen auf den Kopf treten, singen und schreien (schreien bestimmt) und ungemein lachen (ja? sicher?), den Regen trinken (schon möglich) und – und über – – – über die Liebe nachdenken.

Er winkt zum Abschied.

Inhalt